DOGMA Y RITUAL
DE LA
ALTA MAGIA

POR

ÉLIPHAS LÉVI

TOMO I
Dogma

EDITORIAL HUMANITAS S.L.

Título: "Dogma y Ritual de la Alta Magia"
Autor: Eliphas Levi

Primera edición, 1991
Reimpresión en 2011

ISBN: 978-84-7910-048-3
Depósito legal: B-5318-1991

Impreso por Editorial Humanitas, S.L.
Centro Industrial Santiga
c/ Puig dels Tudons, s/n
Talleres 8, Nave 17
Telf. y Fax: 93 718 51 18
08210 Barberà del Vallès
Barcelona (ESPAÑA)
http://www.editorial-humanitas.com
info@editorial-humanitas.com

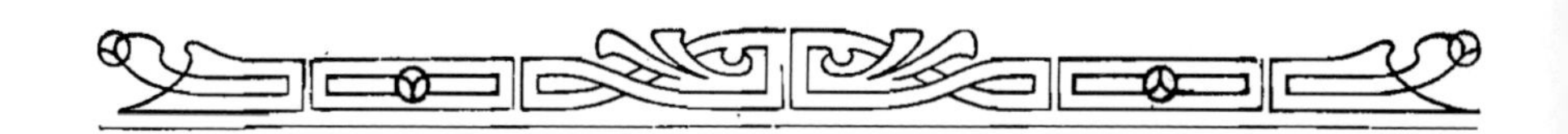

INTRODUCCIÓN

A través del velo de todas las alegorías hieráticas y místicas de los antiguos dogmas, a través de las tinieblas y de las bizarras pruebas de todas las iniciaciones, bajo el sello de todas las escrituras sagradas, en las ruinas de Ninive o de Tevas, sobre las carcomidas piedras de los antiguos templos y sobre la ennegrecida faz de las esfinges de Asiria o de Egipto, en las monstruosas o maravillosas pinturas que traducen para los creyentes las páginas sagradas de los Vedas, en los extraños emblemas de nuestros antiguos libros de alquimia, en las ceremonias de recepción practicadas por todas las sociedades secretas, se encuentran las huellas de una misma doctrina y en todas partes, cuidadosamente oculta. La filosofía oculta parece, pues, haber sido la nodriza o la madrina de todas las religiones, la palanca secreta de todas las fuerzas intelectuales, la llave de todas las obscuridades divinas y la reina absoluta de la sociedad, en las edades en que ella estaba exclusivamente reservada a la educación de los sacerdotes y de los reyes.

Había reinado en Persia con los magos, que un día perecieron, como perecen los dueños del mundo, por haber abusado de su poder; había dotado a la India de las más maravillosas tradiciones y de un lujo increíble de poesía, de gracia y de terror en sus emblemas; había civilizado a Grecia mediante los cuidados de la lira de Orfeo; ocultaba los principios de todas las ciencias y de todos los progresos del espíritu humano, en los audaces cálculos de Pitágoras; la fábula estaba llena de sus milagros, y la historia, cuando trataba de juzgar ese poder desconocido, se confundía con la fábula; derrumbaba o afirmaba los imperios por sus oráculos; hacía palidecer a los tiranos sobre su trono, y dominaba en todos los espíritus por la curiosidad o por el temor. A esta ciencia, decía la muchedumbre, nada le es imposible; manda a los elementos, sabe el lenguaje de los astros y dirige la marcha de las estrellas; la luna, a su vez, cae sangrando desde el cielo; los muertos se levantan de sus tumbas y articulan palabras fatales que el viento de la noche repercute. Dueña del amor o del odio, la ciencia puede dar a su antojo, a los corazones humanos el paraíso o el infierno; dispone, a su placer, de todas las formas y distribuye como le place, la fealdad o la belleza; cambia, a su vez, con la varilla de circe, a los hombres en brutos y a los animales en hombres; dispone también de la vida o de la muerte y puede conferir a su adepto la riqueza, por la transmutación de los metales y la inmortalidad por su quinta esencia y su elixir, compuesto de oro y de luz. He aquí lo que había sido la Magia desde Zoroastro hasta Manés, desde Orfeo hasta Apolonio de Tyana, cuando el cristianismo positivo, triunfante, al fin de los hermosos sueños y de las gigantescas aspiraciones, de la escuela de Alejandría, osó fulminar públicamente su filososía con su anatema, reduciéndola, por esta causa, a ser más oculta y más misteriosa que nunca.

De otra parte, circulaban con respecto a los iniciados y a los adeptos, rumores extraños y alarmantes; esos hombres estaban rodeados por todas partes de una influencia fatal; mataban o hacían enloquecer a aquellos que se dejaban arrastrar por su melíflua elocüencia o por el prestigio de su sabiduría. Las mujeres a que amaban se convertían en Estriges, sus hijos desaparecían en los conventículos nocturnos, y se hablaba, en voz baja y temblando, de sangrientas orgías y de abominables festines. Se habían encontrado osamentas en los subterráneos de los antiguos templos; se habían escuchado alaridos durante la noche; las cosechas se malograban y los rebaños languidecían, cuando el mago pasaba por delante de aquéllas y de éstos. Enfermedades, que desafiaban el arte de la medicina, hacían su aparición en el mundo—decían—bajo las venenosas miradas de los adeptos. En fin, un grito universal de reprobación se eleva contra la magia, cuyo solo nombre es un crimen, y el odio del vulgo se formula por este decreto: "¡¡Al fuego los magos!", como se había dicho algunos siglos antes: "Los cristianos a los leones."

Ahora bien, las multitudes no conspiran más que contra los poderes reales; no tienen la ciencia de lo que es verdadero, pero en cambio tienen el instinto de lo que es fuerte.

Estaba reservado al siglo XVIII el reirse, a la vez, de los cristianos y de la magia, cubriendo de fango de igual modo las homilías de Juan Jacobo que los prestigios de Cagliostro.

Sin embargo, en el fondo de la magia hay ciencia, como en el fondo del cristianismo hay amor, y en los símbolos evangélicos vemos al Verbo encarnado, adorado en su infancia por tres magos a quienes guía una estrella (el ternario y el signo del microscomo) y recibiendo de ellos el oro, el incienso y la mirra; otro ternario misterioso bajo cuyo emblema están contenidos alegóricamente los más elevados secretos de la cábala.

El cristianismo no debía odiar a la magia; pero la ignorancia humana siempre tiene miedo de lo desconocido. La ciencia se vió obligada a ocultarse para librarse de las apasionadas agresiones de un amor ciego; se envolvió en nuevos geroglíficos, disimuló sus esfuerzos y disfrazó sus esperanzas. Entonces fué creada la gerga de la alquimia, continua decepción para el vulgo, ansioso de oro, pero lengua viva para los verdaderos discípulos de Hermes.

Y ¡cosa singular! existen en los sagrados libros de los cristianos, obras que la Iglesia infalible no tiene la pretensión de comprender, ni ha tratado nunca de explicar; la profecía de Ezequiel y el Apocalipsis; dos clavículas cabalistas, reservadas sin duda en el cielo para que los comenten los reyes magos; libros cerrados y sellados con siete sellos para los fieles creyentes y perfectamente claros para el infiel iniciado en las ocultas ciencias.

Otro libro existe aún; pero éste, aunque sea hasta cierto punto popular y se le encuentre por todas partes, es el más oculto y el más desconocido de todos, porque contiene la clave de todos los demás; se le ha dado publicidad, sin ser conocido por el público; no se preocupen de pensar en dónde está, porque perderían mil veces el tiempo. Este libro, más antiguo quizás que el de Henoch, jamás ha sido traducido, y está escrito totalmente en caracteres primitivos y en páginas sueltas como las tabletas de los antiguos. Un distinguido sabio ha revelado su existencia, siendo de advertir que lo que le ha llamado la atención, no ha sido precisamente el secreto. sino la antigüedad y su singular conservación; otro sabio, pero de un espíritu más fantástico que juicoso, se ha pasado treinta años estudiándolo, sin comprender nada más que su indiscutible importancia. Se trata, en efecto, de una obra monumental y singular, sencilla y fuerte como la arquitectura de las pirámides, y duradera, por consiguiente, como ellas; libro que resume todas las ciencias y cuyas infinitas combinaciones pueden resolver todos los problemas; libro que habla y hace pensar; inspirador y regulador de todas las combinaciones posibles; la obra maestra quizá del espíritu humano, y seguramente una de las más hermosas que nos ha legado la antigüedad; clavícula universal, cuyo nombre no ha sido comprendido y explicado más que por el sabio iluminado Guillermo Postel; texto único, cuyos primeros caracteres, tan sólo extasiaron el espíritu religioso de San Martín, y hubieran dado la razón al sublime e infortunado Swedenborg. Este libro—ya hablaremos de él—y su explicación matemática y rigurosa, será el complemento y la corona de nuestro concienzudo trabajo.

La alianza original del cristianismo y de la ciencia de los magos, si queda una vez más bien demostrada, no será un descubrimiento de mediana importancia, y no dudamos que el resultado de un estudio serio de la magia y de la cábala, no conduzca a los espíritus serios a la conciliación, considerada hasta el presente como imposible, de la ciencia y del dogma, de la razón y de la fe.

Ya hemos dicho que la iglesia, cuyo atributo especial es el depósito de las llaves, no pretende tener las del Apocalipsis o de las visiones de Ezequiel. Para los cristianos y en opinión suya, en clavículas científicas y mágicas de Salomón se han perdido.

Es cierto, sin embargo, que en el dominio de la inteligencia, gobernada por El Verbo, nada de lo que está escrito se pierde, solamente las cosas que los hombres cesan de comprender, no existen ya para ellos, al menos como verbo. Esas cosas penetran, entonces, en el dominio del enigma y del misterio.

De otra parte, la antipatía y aun la guerra abierta de la Iglesia oficial contra todo lo que entra en el dominio de la magia, que es una especie de sacerdocio personal y emancipado, obedece a causas tan necesarias e inherentes como las del sacerdocio cristiano. La Iglesia ignora lo que es la magia, porque debe ignorarlo todo o perecer, como lo demostraremos más tarde. La conoce menos que su misterioso fundador, que fué saludado en su cuna por los tres magos, es decir, por los embajadores hieráticos de las tres partes del mundo conocido y de los tres mundos analógicos de la filosofía oculta.

En la escuela de Alejandría, la magia y el cristianismo se dan casi la mano bajo los auspicios de Ammonius Saccas y de Platón. El dogma de Hermes se encuentra casi todo entero en los escritos atribuídos a Dionisio el Areopagita. Sinesio traza el plan de un tratado de los sueños, que debía ser comentado más tarde por Cardan, y compuesto de himnos que podrían servir a la liturgia de la Iglesia de Swedenborg, si una Iglesia de iluminados pudiera tener una liturgia. Es también en esta época de abstracciones ardientes y de logomaquias apasionadas cuando se une el reinado filosófico de Juliano, llamado el Apóstata, porque en su juventud había hecho, en contra de su voluntad, profesión de fe en el cristianismo. Todo el mundo sabe que Juliano tuvo la desgracia de ser un héroe de Plutarco, fuera de razón, y fué, si así puede hablarse, el Don Quijote de la Caballería romana; pero lo que todo el mundo no sabe es que Juliano era un iluminado y un iniciado de primer orden; era un individuo que creía en la unidad de Dios y en el dogma universal de la Trinidad; era, en una palabra, un ser que no admitía del antiguo mundo más que sus magníficos símbolos y sus muy graciosas imágenes. Juliano no era pagano, sino un gnóstico atiborrado de las alegorías del politeísmo griego, y que tenía la desgracia de encontrar menos sonoro el nombre de Jesucristo que el de Orfeo. Como emperador pagó sus gustos de colegio como filósofo y como retórico, y, después que se hubo dado a sí mismo el placer de expirar como Epaminondas, con frases de Catón, tuvo de la opinión pública, ya toda cristiana, anatemas por oración fúnebre y un epíteto deshonroso por última celebridad.

Pasemos por alto las pequeñeces del Bajo Imperio y lleguemos a la Edad Media..... Tomad ese libro, leed en la séptima página y sentáos después sobre el manto que yo voy a extender y con una de cuyas puntas nos taparemos los ojos..... Vuestra cabeza da vueltas, ¿no es eso, y os parece así como si la tierra huyera de vuestros pies? Manteneos firmes y no miréis..... El vértigo cesa; hemos llegado. Levantáos y abrid los ojos; pero guardáos bien de hacer ningún signo y de pronunciar ninguna palabra cristiana. Estamos en un paisaje de Salvator Rosa. Es un desierto que reposa después de haberse desencadenado en él una tormenta. La luna no resplandece en el cielo. Pero, ¿no véis oscilar las estrellas por entre los matorrales? ¿No escucháis a vuestro alrededor el revoloteo de gigantescos pájaros que, al pasar, parece que murmurarán palabras extrañas? Aproximémonos silenciosamente a la encrucijada. Una ronca y fúnebre trompeta se deja oir; una infinidad de antorchas se iluminan por todas partes. Una numerosa asamblea se congrega alrededor de un círculo que está vacío; miran y esperan. De pronto, todos los concurrentes se prosternan y murmuran: ¡Helo ahí, helo ahí! ¡Es él! Un príncipe con cabeza de macho cabrío llega contoneándose, sube sobre su trono, se inclina y presenta a la asamblea un rostro humano, al que todo el mundo acude, cirio negro en mano, a ofrecerle un saludo y un ósculo; luego se endereza, lanza una carcajada estridente y distribuye a sus fieles oro, instrucciones secretas, medicinas ocultas y venenos. Durante esta ceremonia las malezas se incendian y arden mezcladas con osamentas humanas y grasas de supliciados. Druidesas coronadas de una planta parecida al perejil y de verbena sacrifican con hoces de oro niños sustraídos al bautismo y preparan horribles ágapes. Las mesas se ponen; los hombres enmascarados se colocan al lado de las mujeres semidesnudas, y comienza la bacanal. Nada falta allí, excepto la sal, que es el símbolo de la sabiduría y de la inmortalidad.

Corre el vino a torrentes, dejando manchas semejantes a la sangre; comienzan las conversaciones y las caricias obscenas; toda la concurrencia está borracha de vino, de lujuria y de canciones deshonestas. Todo el mundo se levanta en desorden y se forman los corros infernales..... Llegan entonces todos los monstruos de la leyenda, todos los fantasmas de las pesadillas; sapos enormes tocan la flauta al revés, y soplan, y soplan, apretando las ancas con sus patas; escarabajos cojitrancos se mezclan en la danza; cangrejos hacen sonar las castañuelas; cocodrilos hacen piruetas con sus escamas; llegan elefantes y mammuths vestidos de Cupido y levantan las patas como si danzaran..... Luego los corros se deshacen y se dispersan..... Cada danzante se lleva a su pareja despeinada..... Las lámparas y los fuegos se apagan, perdiéndose el humo entre las sombras.....Aquí, allí y acullá se escuchan gritos, carcajadas, blasfemias y estertores..... Vamos, despertáos, y no hagáis el signo de la cruz. Yo os he transportado y estáis en vuestro lecho, os encontráis un tanto fatigados, un poco si es, no es magullados, a causa del viaje y de la mala noche; pero habéis visto una cosa de la que todo el mundo habla sin conocerla. Estáis iniciados en terribles secretos como del antro de Trofonio. ¡Habéis asistido al *Sabbat!* De desear es que no os volváis locos y que os mantengáis en un saludable temor de la justicia y a una distancia respetuosa de la Iglesia y de sus hogueras.

¿Queréis ver ahora alguna cosa menos fantástica, más real, y verdaderamente más terrible? Pues os haré asistir al suplicio de Santiago de Molay y de sus cómplices, o de sus hermanos en martirio..... Pero, no os engañéis y no confundáis al culpable con el inocente. ¿Han adorado realmente los templarios a Baphomet, o han dado un humillante abrazo a la faz posterior del macho cabrío de Mendés? ¿Qué era, pues, esa asociación secreta y poderosa que ha puesto en peligro a la Iglesia y al Estado y la cual exterminaron sin oirla? No juzguéis nada a la ligera; son culpables de un gran crimen, han dejado ver a los profanos el santuario de la antigua iniciación; han recogido para repartirlo entre sí, y hacerse los dueños del mundo, los frutos de la ciencia del bien y del mal. El decreto que los condena se remonta más allá que el mismo tribunal del Papa o de Felipe el Hermoso. "El día que comas de este fruto, morirás", había dicho el mismo Dios, según vemos en el génesis.

¿Qué ha ocurrido en el mundo y por qué los sacerdotes y los reyes han temblado? ¿Qué poder secreto amenaza las tierras y las coronas? He ahí algunos locos que corren de país en país y que ocultan, según dicen, la piedra filosofal, bajo sus harapos y su miseria. Pueden cambiar la tierra en oro, y sin embargo ¡carecen de pan y de asilo! Su frente está ceñida por una aureola de gloria y por un reflejo de ignominia. El uno ha encontrado la ciencia universal y no sabe cómo morir para escapar a las torturas de su triunfo: es el mallorquino Raymundo Lulio. El otro cura con remedios fantásticos las enfermedades imaginarias y ofrece un formal mentís al proverbio que comprueba la ineficacia de un cauterio en una pierna de madera; es el maravilloso Paracelso, siempre ébrio y siempre lúcido como los héroes de Rabelais. Aquí es Guillermo Postel, que escribe ingenuamente a los Padres del Concilio de Trento que ha encontrado la doctrina absoluta, oculta desde el comienzo del mundo y que ya se le hace tarde en compartirla con los demás. El Concilio no se inquieta del loco y ni aun se digna condenarle, pasando al examen de cuestiones tan graves como la gracia eficaz y la gracia suficiente. Aquel que vemos morir pobre y abandonado es Cornelio Agrippa, el menos mago de todos, y a quien el vulgo se obstina en considerarle como el mayor hechicero del mundo, porque era a veces satírico y mistificador. ¿Qué secreto se han llevado todos esos hombres a sus tumbas? ¿Por qué se les admira sin haberlos conocido? ¿Por qué se les condenó sin escucharlos? ¿Por qué están iniciados en esas terribles ciencias ocultas de las que la Iglesia y la sociedad tienen miedo? ¿Por qué saben ellos lo que los demás hombres ignoran? ¿Por qué disimulan ellos lo que todo el mundo arde en saber? ¿Por qué están investidos de un poder terrible y desconocido? ¡Las ciencias ocultas! ¡La magia! He aquí dos palabras que os dicen todo y que aún pueden hacernos pensar más. *De omnire scibili et quibusdam aliis*

¿Qué es, por tanto, la magia? ¿Cuál era el poder de esos hombres tan perseguidos y tan fieros? ¿Por qué si eran tan fuertes no han vencido a sus enemigos? ¿Por qué si eran tan insensatos y tan débiles se les dispensaba el honor de temerles? ¿Existe una magia, existe verdaderamente una ciencia oculta que sea ciertamente un poder y que opere prodigios capaces de competir con los milagros de las religiones autorizadas?

A estas preguntas principales responderemos con una palabra y con un libro. El Libro será la justificación de la palabra y esta palabra es:

sí, ha existido y existe todavía una magia poderosa y real; sí, todo cuanto las leyendas dicen es cierto; aquí, única y contrariamente a lo que ocurre generalmente, las exageraciones populares no estaban sólo de lado sino muy por debajo de la verdad.

Sí, existe un secreto formidable cuya revelación ya ha trastornado el mundo, como lo atestiguan las tradiciones de Egipto, resumidas simbólicamente por Moisés, en el comienzo del génesis. Ese secreto constituye la ciencia fatal del bien y del mal y su resultado, cuando se divulga, es la muerte. Moisés lo representa bajo la figura de un árbol que está *en el centro* del paraíso terrenal, y vecino, y con raíces comunes al árbol de la vida; los cuatro ríos misteriosos, toman su manantial al pie de este árbol, que está guardado por la espada flameante y por las cuatro firmas de la esfinge bíblica, el querubín de Ezequiel..... Aquí debo detenerme y hasta temo haber dicho demasiado.

Sí, existe un dogma único, universal, imperecedero, fuerte como la razón suprema, sencillo como todo lo que es grande, inteligible como todo lo que es universalmente y absolutamente verdadero, y ese dogma ha sido el padre de todos los demás.

Sí, existe una ciencia que confiere al hombre prerrogativas, en apariencia sobrehumanas, helas aquí tales y como yo las he hallado enumeradas en un manuscrito hebreo del siglo XVI.

He aquí ahora cuáles son los privilegios y los poderes del que tiene en su mano derecha las clavículas de Salomón, y, en la izquierda, la rama florida del almendro:

א *Aleph.*—Ve a Dios cara a cara, sin morir, y conversa familiarmente con los siete genios que mandan a toda la milicia celeste.

ב *Beth.*—Está por encima de todas las aflicciones y de todos los temores.

ג *Ghimel.*—Reina en todo el cielo y se hace servir por todo el infierno.

ד *Daleth.*—Dispone de su salud y de su vida y puede disponer de las de los demás.

ה *Ile.*—No puede ser sorprendido ni por el infortunio, ni agobiado por los desastres, ni vencido por sus enemigos.

ו *Vau.*—Sabe la razón del pasado, del presente y del porvenir.

ז *Dzain.*—Tiene el secreto de la resurrección de los muertos y la llave de la inmortalidad.

Estos son los siete grandes privilegios. He aquí ahora los que vienen después.

ח *Meth.*—Encontrará la piedra filosofal.

ט *Teth.*—Tener la medicina universal.

י *Jod.*—Conocer las leyes del movimiento continuo y poder demostrar la cuadratura del círculo.

כ *Caph.*—Cambiar en oro, no solamente todos los metales, sino también la misma tierra, y aun las inmundicias de la misma.

ל *Lamed.*—Domar a los animales más feroces y saber pronunciar palabras que alienten y encanten a las serpientes.

מ *Mem.*—Poseer el arte notorio que da la ciencia universal.

נ *Nun.*—Hablar sabiamente sobre todas las cosas sin preparación y sin estudio.

He aquí, por último, los siete menores poderes del mago.

ס *Samech.*—Conocer a primera vista el fondo del alma de los hombres y los misterios del corazón de las mujeres:

ע *Guain.*—Forzar, cuando le plazca, a la naturaleza, y revelarse.

פ *Pe.*—Prever todos los acontecimientos futuros que no dependan de un libre albedrío superior, o de una causa inapercibida.

צ *Ain.*—Prestar en el acto a todo el mundo los consuelos más eficaces y los consejos más saludables.

ש *Schin.*—Tener el secreto de las riquezas; ser siempre el amo y no el esclavo. Saber gozar aun en la pobreza y no caer nunca ni en la abyección ni en la miseria.

ת *Thau.*—Agregaremos nosotros a estos tres septenarios que el sabio gobierna a los dementes, aplaca las tempestades, cura las enfermedades con el tacto y resucita los muertos.

Estas son las cosas que Salomón selló con su triple sello. Los iniciados saben y basta. Cuanto a los demás, que rían, que crean, que duden, que amenacen o que tengan miedo, ¿qué importa a la ciencia y qué a nosotros?

Tales son, efectivamente, los resultados de la filosofía oculta, y estamos en condiciones de no tener una acusación de locura o una suposición de charlatanismo al afirmar que todos estos privilegios son reales.

Esto es lo que todo nuestro trabajo, acerca de la filosofía oculta tenderá a demostrar.

La piedra filosofal, la medicina universal, la transmutación de los metales, la cuadratura del círculo y el secreto del movimiento continuo, no son, pues, ni mistificaciones de la ciencia, ni ensueños de la locura; son términos que es preciso comprender en su verdadero sentido, y que manifiestan todos los diferentes usos de un mismo secreto, los diferentes caracteres de una misma operación que se define de una manera más general, llamándola únicamente la gran obra.

Existe asimismo en la naturaleza una fuerza mucho más poderosa, siquiera sea en otra forma que el vapor, y por medio de la cual, un solo hombre que pudiera apoderarse de ella y supiera dirigirla, trastornaría y cambiaría la faz del mundo. Esta fuerza era conocida por los antiguos, y consiste en un agente universal cuya ley suprema es el equilibrio y cuya dirección tiende inmediatamente al gran arcano de la magia transcendental. Por medio de la dirección de ese agente, se puede cambiar el orden de las estaciones; producir en la noche fenómenos inherentes al día; corresponder en un instante de uno a otro confín del mundo; ver, como Apolonio, lo que ocurría al otro extremo de la tierra; dar a la palabra un éxito y una repercusión universal. Este agente, que apenas se revela ante el tacto de los discípulos de Mesmer, es precisamente lo que los adeptos de la Edad Media llamaban la materia primera de la gran obra. Los gnósticos hacían ígneo el cuerpo del Espíritu Santo, y a él era a quien adoraban en los sitios secretos del sabbat o del templo, bajo la geroglífica figura de Baphomet o del macho cabrío de Androgino de Mendes. Todo esto quedará demostrado.

Tales son los secretos de la filosofía oculta; tal se nos aparece la magia en la historia, veámosla, ahora, en los libros y en las obras, en las iniciaciones y en los ritos.

La clave de todas las alegorías mágicas se encuentra en las hojas que hemos señalado y creemos son obra de Hermes. Alrededor de este libro, que se puede llamar la clave de la bóveda de todo el edificio de las ciencias ocultas, vienen a establecerse numerosas leyendas que son o la tradición parcial o el comentario sin cesar, renovado bajo mil distintas formas. Algunas veces, esas ingeniosas fábulas se agrupan armoniosamente y forman una gran epopeya que caracteriza una época, sin que la muchedumbre pueda explicar cómo ni por qué. Así es como la fabulosa historia del Vellocino de Oro, resume, velándolos los dogmas herméticos y mágicos de Orfeo, y si nos remontamos a las poesías misteriosas de Grecia, veremos cómo los Santuarios de Egipto y la India nos espantan hasta cierto punto con su lujo y nos dejan absortos ante la acumulación de sus riquezas; luego llegamos a la tebaida, esa asombrosa síntesis de todo el dogma presente, pasado y futuro, a esa fábula, por decirlo así, infinita, que toca, como el dios Orfeo, a las dos extremidades del ciclo de la vida humana. ¡Cosa extraña. Las siete puertas de Tebas, defendidas y atacadas por siete jefes que han jurado sobre la sangre de una víctima, tienen el mismo sentido que los siete sellos del libro sagrado explicado por siete genios, y atacado por un monstruo de siete cabezas, después de haber sido abierto por un cordero vivo e inmclado en el libro alegórico de San Juan! El origen misterioso de Edipo, que se encuentra suspendido como un fruto sangrando sobre un árbol del Cytheron, recuerda los símbolos de Moisés y los relatos del génesis. Lucha contra su padre y le mata sin conocerle; espantosa profecía de la emancipación ciega de la razón sin la ciencia; después llega enfrente de la esfinge. ¡La esfinge! El símbolo de los símbolos, el enigma eterno para el vulgo, el pedestal de granito de la ciencia de los sabios, el monstruo devorador y silencioso, que manifiesta por su forma invariable el dogma único del gran misterio universal, ¿cómo el cuaternario se cambia en binario y se explica por el ternario? En otros términos más emblemáticos, pero más vulgares, ¿cuál es el animal que por la mañana tiene cuatro patas, dos al medio día y tres por la noche? Filosóficamente hablando, ¿cómo el dogma de fuerzas elementales produce el dualismo de Zoroastro y se resume por la triade de Pitágoras y Platón? ¿Cuál es la razón final de las alegorías y de los números, la última palabra de todos los simbolismos? Edipo responde una simple y terrible palabra que mata la esfinge y va a convertir al adivinador en rey de Tebas; la palabra del enigma ¡es el hombre!..... ¡Desgraciado! ha visto demasiado y bastante claro, y muy pronto expiará su funesta e incompleta clarividencia por una ceguera voluntaria; después desaparecerá en medio de un huracán como todas las civilizaciones que hubiera adivinado un día, sin comprender todo el alcance y todo el misterio, la palabra del enigma de la esfinge. Todo es simbólico y transcendental en esa gigantesca epopeya de los destinos humanos. Los dos hermanos enemigos, manifiestan la segunda parte del gran misterio completado divinamente por el sacrificio de Antígona; después la guerra, la última guerra, los hermanos enemigos muertos el uno por el otro; Capaneo, por el rayo a que desafiaba; Amphiaraüs, devorado por la tierra, son otras tantas alegorías que llenan de asombro, por su verdad y por su grandeza, a los que penetran el triple sentido hierático. Esquilo, comentado por Balanche, no da más que una débil idea, sean, por lo demás, las que fueren las majestades primitivas de Esquilo y la belleza del libro de Balanche.

El libro secreto de la antigua iniciación no era ignorado por Homero, que traza el plan y las principales figuras sobre el escudo de Aquiles.

con una precisión minuciosa. Pero las graciosas ficciones de Homero pronto parecen hacer olvidar las sencillas y abstractas verdades de la revelación primitiva. El hombre se agarra a la forma y olvida la idea; los signos al multiplicarse pierden su poder; la magia también se corrompe en esa época y va a descender con las hechiceras de Tesalia a los más profanos encantamientos. El crimen de Edipo, ha producido sus frutos de muerte y la ciencia del bien y del mal erige a éste en divinidad sacrílega. Los hombres fatigados de la luz se refugian en la sombra de la substancia corporal: el sueño del vacío que Dios llena, pronto les parece más grande que el mismo Dios y se crea el infierno.

Cuando en el curso de esta obra nos sirvamos de palabras consagradas: Dios, el cielo, el infierno, sépase de una vez por todas, que nosotros nos alejamos tanto del sentido atribuído a estas palabras profanas, como la iniciación está separada del pensamiento del vulgo. Dios, para nosotros, es el Azoe de los sabios, el principio eficiente y final de la gran obra. Ya explicaremos más adelante lo que estos términos tengan de obscuro.

Volvamos a la fábula de Edipo. El crimen del rey de Tebas no es el de haber comprendido a la esfinge, sino el de haber destruído el azote de Tebas sin ser bastante puro para completar la expiación en nombre de su pueblo. Así, bien pronto la peste se encarga de vengar la muerte de la esfinge, y el rey de Tebas, forzado a abdicar, se sacrifica a las terribles manos del monstruo, que está más vivo y más devorador que nunca, ahora que ha pasado del dominio de la forma al de la idea. Edipo, ha visto lo que es el hombre y se saca los ojos para no ver lo que es Dios. Ha divulgado la mitad del grande arcano mágico, y para salvar a su pueblo, es preciso que se lleve con él al exilio y a la tumba la otra mitad del terrible secreto.

Después de la fábula colosal de Edipo, encontramos el gracioso poema de Psiquis, del que Aquiles no es ciertamente el inventor. El gran arcano mágico reaparece aquí bajo la figura de la unión misteriosa entre un dios y una débil mortal abandonada, sola y desnuda sobre una roca. Psiquis debe ignorar el secreto de su ideal realeza, y si contempla a su esposo le pierde. Aquiles interpreta y comenta aquí las alegorías de Moisés; pero, ¿los Eloim de Israel y los dioses de Aquiles, no ha salido igualmente de los santuarios de Menfis, y de Tebas? Psiquis es la hermana de Eva, más bien es Eva espiritualizada. Ambas quieren saber y pierden la inocencia para ganar el honor de la prueba. Ambas merecen descender a los infiernos: una para llevar la antigua caja de Pandora, y la otra para buscar en ellos y aplastar la cabeza de la serpiente, que es el símbolo del tiempo y del mal. Ambas cometen el crimen que deben expiar, el Prometeo de los antiguos tiempos y el Lucifer de la leyenda cristiana, el uno entregado, y el otro sometido por Hércules y por el Salvador.

El gran secreto mágico, es pues, la lámpara y el puñal de Psiquis, es la manzana de Eva, es el cetro ardiente de Lucifer, pero es también la cruz santa del Redentor. El saber bastante para abusar o divulgarlo, es merecer todos los suplicios; el saber como debe saberse para servirse de él y ocultarle, es ser dueño de lo absoluto.

Todo está encerrado en una palabra, y en una palabra de cuatro letras. Es el tetragrama de los hebreos, es el azoe de los alquimistas, es el thot de los bohemios, es el tarot de los cabalistas. Esa palabra, de tan diversa manera manifestada, quiere decir Dios para los profanos, significa el hombre para los filósofos, y ofrece a los adeptos la última palabra de las ciencias humanas y la llave del poder divino; pero sólo al que sabe servirse de él y comprende la necesidad de no revelarlo nunca. Si Edipo en lugar de hacer morir a la esfinge la hubiera domado y enganchado a su carro para entrar en Tebas, hubiera sido rey sin incesto, sin calamidades y sin exilio.

Si Psíquis a fuerza de sumisiones y de caricias hubiera alcanzado que el amor se revelara por sí mismo; no lo hubiera perdido. El Amor es una de las imágenes mitológicas del gran secreto y del gran agente, porque manifiesta a la vez una acción y una pasión, y un vacío y un lleno, una flecha y una herida. Los iniciados deben comprenderme, y a causa de los profanos no puede decirse demasiado.

Después del maravilloso asno de oro de Aquiles, no encontramos más epopeyas mágicas. La ciencia vencida en Alejandría por el fanatismo de los asesinos de Hipatyas, se hace cristiana, o más bien, se oculta bajo los velos cristianos de Ammonius, Synesius y el pseudónimo autor de los libros de Dionisio el Areopagita. En ese tiempo era preciso hacerse perdonar los milagros por las apariencias de la superstición y la ciencia por un lenguaje ininteligible. Se resucitó la escritura geroglífica y se inventaron los pantáculos y los caracteres que resumían toda una doctrina en un signo, toda una serie de tendencias y de revelaciones, en una palabra. ¿Cuál era el fin de los aspirantes a la ciencia? Buscaban el secreto de la gran obra o de la piedra filosofal, o el movimiento continuo, o la cuadratura del círculo, o la medicina universal, fórmulas que los salvaba con frecuencia de la persecución y del odio haciéndolos tildar de locura, fórmulas que manifestaban cada una de por sí, una de las fases del gran secreto mágico como lo demostraremos más tarde.

Esta ausencia de epopeyas dura hasta nuestra novela de la *Rosa;* pero, el símbolo de la rosa, que manifiesta también el sentido misterioso y mágico del poema del Dante, está tomada de la alta Cábala y ya es tiempo de que abordemos este inmenso manantial oculto de la filosofía universal.

La Biblia, con todas las alegorías que encierra, no manifiesta sino de una manera incompleta, y velada la ciencia religiosa de los Hebreos. El libro de que hemos hablado y cuyos caracteres hieráticos explicaremos, el libro que Guillermo Postel denomina El Génesis de Henoch, existía seguramente antes de Moisés y de los profetas, cuyo dogma, idéntico en el fondo al de los antiguos egipcios, tenía también su exoterismo y sus velos. Cuando Moisés hablaba al pueblo, dice alegóricamente el libro sagrado, colocaba un velo sobre su rostro y se quitaba ese velo para hablar con Dios; tal es la causa de esos pretendidos absurdos de la Biblia, que tanto han ejercitado el verbo satírico de Voltaire. Los libros no estaban escritos más que para recordar la tradición, y se escribían en símbolos ininteligibles para los profanos. El Petateuco y las poesías de los profetas no eran, además, más que libros elementales, sea de dogma, sea de moral, sea de liturgia, la verdadera filosofía secreta y tradicional no fué escrita sino más tarde, bajo velos menos transparentes aún. Así es como nació una segunda Biblia desconocida, o más bien incomprendida por los cristianos; un relato—dicen—de absurdos (y aquí los creyentes confundidos en una misma ignorancia, hablan como los incrédulos); un monumento, digamos nosotros, que reune todo lo que el genio filosófico y el religioso han podido hacer o imaginar de sublime; tesoro rodeado de espinas y diariamente oculto en una piedra bruta y obscura. Nuestros lectores ya habrán adivinado que quiero hablar del Talmud.

¡Extraño destino el de los judíos! ¡Los machos cabríos emisarios, los mártires y salvadores del mundo! ¡Familia movediza, corajuda y dura; que las persecuciones han siempre conservado intacta, porque aún no ha cumplido su misión! Nuestras tradiciones apostólicas, ¿no dicen que después de la declinación de la fe en los gentiles, la salvación debe venir todavía de la casa de Jacob, y entonces el judío crucificado que han adorado los cristianos pondrá el imperio del mundo en manos de Dios, su padre?

Se siente uno extasiado de admiración al penetrar en el santuario de la cábala, a la vista de un dogma tan lógico, tan sencillo y, al mismo tiempo tan absoluto. La unión necesaria de las ideas y de los signos, la consagración de las realidades más fundamentales por los caracteres primitivos, la trinidad de palabras, las letras y los dos números; una filosofía sencilla como el alfabeto, profunda e infinita como el verbo; teoremas más completos y luminosos que los de Pitágoras; una teología que se resume contando por los dedos; un infinito que puede caber en el hueco de la mano de un niño; diez cifras y veintidós letras, un cuadrado y un círculo; he aquí todos los elementos de la cábala. ¡Son los principios elementales del verbo escrito, reflejo de ese verbo hablado que ha creado el mundo!

Todas las religiones verdaderamente dogmáticas han salido de la cábala, y a ella retornan; todo lo que hay de científico y de grandioso en los sueños religiosos de todos los iluminados, Jacob Boehme, Swedenborg, San Martín, etc., está tomado de la cábala; todas las asociaciones masónicas le deben sus secretos y sus símbolos. La cábala consagra por sí sola la alianza de la razón universal y del Verbo divino; establece por los contrapesos de dos fuerzas opuestas en apariencia, la balanza eterna del ser, concilia la razón con la fe, el poder con la libertad, la ciencia con el misterio; tiene las llaves del pasado, del presente y del porvenir.

Para iniciarse en la cábala, no basta leer y meditar los escritos de Reuchlin, de Galatinus, de Kircher o de Pico de la Mirandola, es preciso también estudiar y comprender a los escritores hebreos de la Colección de Pistorius, el Sepher Jezirah, sobre todo, después la filosofía de amor de León el Hebreo. Es preciso, asimismo, abordar el gran libro de Sohar, leer atentamente en la colección de 1684 titulada *Cábala denudata,* el tratado de la pneumática cabalística y el de la revolución de las almas; después penetrar audazmente en las luminosas tinieblas de todo el cuerpo dogmático y alegórico del Talmud. Entonces se podrá comprender a Guillermo Postel, y confesarse en voz baja que, aparte de sus sueños, asaz prematuros y demasiados generosos de la emancipación de la mujer, ese célebre y sabio iluminado, podía no estar tan loco como pretenden aquellos que ni siquiera le han leído.

Acabamos de bosquejar rápidamente la historia de la filosofía oculta, hemos indicado los manantiales y analizado en pocas palabras los principales libros. Este trabajo no se refiere más que a la ciencia; pero la Magia, o mejor, el poder mágico, se compone de dos cosas: una ciencia y una fuerza.

Sin la fuerza, la ciencia no es nada, o más bien, es un peligro. No otorgar la ciencia sino a la fuerza, tal es la ley suprema de las iniciaciones. Así, el gran revelador, ha dicho: El reino de Dios sufre violencia, y son los violentos los que le hacen perder su fuerza. La puerta de la verdad está cerrada como el santuario de una virgen; es preciso ser un hombre para penetrar en él. Todos los milagros están prometidos a la fe; pero ¿qué es la fe sino la audacia de una voluntad que no vacila en las tinieblas y que marcha hacia la luz a través de todas las pruebas y venciendo todos los obstáculos?

No vamos a repetir aquí la historia de las antiguas iniciaciones; cuanto más peligrosas y terribles eran, resultaban más eficaces; así el mundo tenía entonces hombres capaces de gobernarle y de instruirle. El arte sacerdotal y el arte real consistían especialmente en pruebas de valor, de discreción y de voluntad. Era un noviciado semejante al de esos sacerdotes, tan impopulares de nuestros días, conocidos con el nombre de jesuítas, y que gobernarían todavía el mundo si tuvieran una cabeza verdaderamente sabia e inteligente.

Después de haber pasado nuestra vida en la investigación de lo absoluto, en religión, en ciencia y en justicia; después de haber dado vueltas en el círculo de Fausto, hemos llegado al primer dogma y al primer libro de la humanidad. Allí nos detuvimos; allí hemos encontrado el secreto de la omnipotencia humana y del progreso indefinido, la llave de todos los simbolismos, el primero y el último de todos los dogmas. Y hemos entendido también lo que quiere decir esa palabra tan frecuentemente repetida en el Evangelio: el reino de Dios.

Dar un punto fijo por apoyo a la actividad humana, es resolver el problema de Arquímedes, realizando el empleo de su famosa palanca. Eso es lo que hicieron esos grandes iniciadores que produjeron sacudidas en el mundo, no pudiendo hacerlo sino mediante el grande e incomunicable secreto. Para garantía, por otra parte, de su nueva juventud, el fénix simbólico no reaparece nunca a los ojos del mundo sin haber consumido solemnemente los despojos y las pruebas de su vida anterior. Así es como Moisés hizo morir en el desierto a todos aquellos que habían podido conocer el Egipto y sus misterios; así es también como San

Pablo en Efeso quemó todos los libros que trataban de ciencias ocultas; es así, finalmente, también como la Revolución francesa, hija del Gran Oriente Johannita y de la ceniza de los Templarios, espolía las iglesias y blasfema de las alegorías del culto divino. Pero todos los dogmas y todos los renacimientos proscriben la magia y relegan los misterios al fuego o al olvido. Es que todo culto o toda filosofía que viene al mundo es un Benjamín de la humanidad, que no puede vivir más que dando la muerte a su madre; es que la serpiente simbólica gira siempre devorando su cola; es que hay necesidad, por razón de ser, que en toda plenitud haya un vacío, en toda magnitud un espacio, en toda afirmación una negación; es la realización eterna de la alegoría del fénix.

Dos ilustrados sabios me han precedido en la vía por donde marcho, pero se han pasado, por decirlo así, la noche en blanco, y por ende, a obscuras. Hablo de Volney y de Dupuis, de éste especialmente, cuya inmensa erudición no ha podido producir más que una obra negativa. No ha visto en el origen de todos los cultos más que astronomía, tomando así el cielo simbólico por el dogma, y el calendario por la leyenda. Un solo conocimiento le ha faltado, el de la verdadera magia, que encierra los secretos de la cábala. Después ha pasado por los antiguos santuarios, como el profeta Ezequiel por la llanura cubierta de osamentas, y no ha entendido más que la muerte, por no saber la palabra que reune la virtud de los cuatro vientos del cielo, y qué puede hacer un pueblo viviente de todo ese inmenso osario, gritando con los antiguos símbolos: ¡Levantáos! ¡Revestíos de una nueva forma y marchad!

Lo que nadie, pues, ha podido o no ha osado hacer antes de nosotros, ha dado lugar a que haya llegado un tiempo en que tratemos de hacerlo. Queremos, como Juliano, reedificar el templo, y no creemos producir con esto un mentís a una sabiduría que adoramos, y que el mismo Juliano se hubiese dignado adorar, si los doctores, rencorosos y fanáticos de su tiempo, le hubieran permitido comprenderla. El templo, para nosotros, tiene dos columnas, sobre una de las cuales el cristianismo ha escrito su nombre. No tratamos de atacar al cristianismo, por el contrario, lejos de eso, queremos explicarle. La inteligencia y la voluntad han, alternativamente, ejercido el poder en el mundo; la religión y la filosofía luchan todavía en nuestros días, y deben concluir por ponerse de acuerdo. El cristianismo ha tenido por fin previsorio establecer, por la obediencia a la fe, una igualdad sobrenatural o religiosa entre los hombres e inmovilizar la inteligencia por la fe, en fin, dar un punto de apoyo a la virtud que destruyera la aristocracia de la ciencia, o más bien, reemplazar esa aristocracia ya destruída. La filosofía, por el contrario, ha trabajado por hacer volver a los hombres por la libertad y la razón, a la desigualdad natural, y para sustituir, fundando el reino de la industria, el *savoirfaire,* a la virtud. Ninguna de estas dos acciones ha sido completa y suficiente; ninguna ha conducido a los hombres a la perfección y a la dicha. Lo que ahora se sueña sin osar casi esperarlo, es una alianza entre esas dos fuerzas, largo tiempo consideradas como contrarias, y esa alianza se tiene razón en desearla, porque las dos grandes potencias del alma no son opuestas entre sí, como el sexo del hombre no es opuesto al de la mujer; no hay duda de que son diferentes, pero sus disposiciones, contrarias en apariencia, no proceden más que de su aptitud para encontrarse y unirse.

—¿Se trata, pues, nada menos que de una solución universal para todos los problemas?

Sin duda, puesto que se trata de explicar la piedra filosofal, el movimiento continuo, la cuadratura del círculo, el secreto de la gran obra y de la medicina universal. Se nos motejará de locura como al divino Paracelso, o de charlatanismo, como al grande e infortunado Cornelio Agrippa. Si la hoguera de Urbano Grandier está apagada, quedan las sordas prescripciones del silencio o de la calumnia. Nosotros no las desafiamos, pero nos resignamos. Nosotros no hemos buscado la publicación de esta obra, y creemos que ha llegado el tiempo de hablar; se habría producido por sí misma, por nosotros o por otro cualquiera. Permaneceremos tranquilos y en espera de lo que venga.

Nuestra obra tiene dos partes. En una establecemos el dogma cabalístico y mágico en todas sus manifestaciones; la otra está consagrada al culto, es decir, a la magia ceremonial. La una es lo que los antiguos sabios llaman la clavícula; la otra, la que todavía los campesinos llaman el grimorio. El número y el objeto de los capítulos que se corresponden en ambas partes no tienen nada de arbitrario y se encuentran perfectamente indicados en la gran clavícula universal, de la que damos, por vez primera, una explicación completa y satisfactoria. Ahora, que esta obra vaya a donde quiera y deba ir, y que resulte lo que quiera la Providencia. Está hecha y la creemos duradera, porque es fuerte como todo lo que es razonable y concienzudo.

ELIPHAS LÉVI

TABLA DE CAPÍTULOS
Y
PLAN DEL LIBRO

PRIMERA PARTE

El Dogma.

13 נ N. *La nigromancia.*—Revelaciones de ultratumba.—Secretos de la muerte y de la vida.—Evocaciones.

14 ו O. *Las transmutaciones.*—Lycantropia.—Posesiones mutuas o *embrujamiento* de las almas.—Varilla de Circe.—El elixir de Cagliostro.

15 ס P. *La magia negra.*—Demonomancía.—Obsesiones.—Misterios de las enfermedades nerviosas.—Ursulinas de Loudun y religiosas de Louviers.—Gaufredi y el Padre Girad.—El libro de M. Eudes de M.

16 ע Q. *Los hechizos.*—Fuerzas peligrosas.—Poder de vida y de muerte.—Hechos y principios.—Remedios.—Práctica de Paracelso.

17 פ R. *La astrología.*—Conocimiento de los hombres según los signos de su nacimientos.—Frenología.—Quiromancia.—Metoposcopia.—Los planetas y las estrellas.—Años climatéricos.— Predicciones por las revoluciones astrales.

18 צ S. *Los filtros y los maleficios.*—Magia envenenadora.—Polvos y pactos de los hechiceros.—La jetatura en Nápoles.—El mal de ojo.—Las supersticiones.—Los talismanes.

19 ק T. *La piedra de los filósofos. Elagabala.*—Lo que es esta piedra.—Por qué una piedra.—Singulares analogías.

20 ר U. *La medicina universal.*—Prolongación de la vida por el oro potable.—Resurreccionismo.— Abolición del dolor.

21 ש X. *La adivinación.* — Sueños. — Sonambulismos.—Presentimientos.—Segunda vista.—Instrumentos adivinatorios.—Alliette y sus descubrimientos acerca del tarot.

22 ת Z. *Resumen y clave general de las cuatro ciencias ocultas.*—Cábala.—Magia.—Alquimia.—Magnetismo o meditación oculta.

SEGUNDA PARTE

Ritual.

1.—Disposiciones y principios de la operación mágica, preparaciones personales del operador.
2.—Empleo alterno de las fuerzas.—Oposiciones necesarias en la práctica.—Ataque y resistencia simultáneas.—La paleta y la espada de los Templarios.
3.—Empleo del ternario en los conjuros y los sacrificios mágicos.—El triángulo de las evocaciones y de los pentáculos.—Las combinaciones triangulares.—El tridente mágico de Paracelso.
4.—Los elementos ocultos y su uso.—Conjuro de cuatro.—Modo de dominar y de servirse de los espíritus elementales y de los genios malhechores.
5.—Uso y consagración del pentágrama.
6.—Aplicación de la voluntad al Gran agente.—El *medium* natural y el mediador extra-natural.
7.—Ceremonias, vestidos y perfumes propios para los siete días de la semana.—Confección de los siete talismanes y consagración de los instrumentos mágicos.
8.—Precauciones que deben adoptarse al realizar las grandes obras de la ciencia.
9.—Ceremonias de las iniciaciones.—Su finalidad y su espíritu.
10.—Uso de los pantáculos.—Los misterios antiguos y modernos.—Clave de las obscuridades bíblicas.—Ezequiel y San Juan.
11.—Tres modos de formar la cadena mágica.
12.—Procedimientos y secretos de la Gran obra.—Raimundo Lulio y Nicolás Flamel.
13.—Ceremonial para la resurrección de los muertos y la nicromancia.
14.—Medios para cambiar la naturaleza de las cosas.—El cordero de Cyges. Palabras que operan las transmutaciones.
15.—Ritos del *sabbat* y de las evocaciones particulares.—El macho cabrío de Mendés y su culto.—Aberraciones de Catalina de Médicis y de Gilles de Laval, Sr. de Raiz.
16.—Ceremonia de los hechizos y de los maleficios.—Modo de defenderse.
17.—Adivinación por las estrellas.—Planisferio de Gaffarel.—Cómo puede leerse en el cielo el destino de los hombres y de los Imperios.
18.—Composición de filtros.—Modo de influenciar los destinos.—Remedios y preservativos.

19.—Uso de la piedra filosofal.—Cómo debe conservarse, disolverla en partes y recomponerla inmediatamente.

20.—Taumaturgia.—Terapéutica.—Insuflaciones frías y calientes.—Pases con y sin contacto.—Imposición de las manos.—Diversas virtudes de la saliva.—El aceite y el vino.—La incubación y el masaje.

21.—Ceremonial de las operaciones adivinatorias.—La clavícula de Trithemo.—El porvenir probable de Europa y del mundo.

22.—Cómo toda esta ciencia está contenida en el libro de Hermés.—Antigüedad de este libro.—Trabajos de Court de Gebelín y de Eteilla. Los theraphines de los hebreos, según Gaffarel.—La clave de Guillermo Postel.—Un libro de San Martín.—La verdadera figura del Arca de la Alianza.—Tarots italianos y alemanes.—Tarots chinos.—Una medalla del siglo XVI.—Clave universal del tarot.—Su aplicación a las figuras de la Apocalipsis.—Los siete sellos de la cábala cristiana.—Conclusión de toda la obra.

Dogma y Ritual de la Alta Magia.

1 א A

EL RECIPIENDARIO

Disciplina

Ensoh

Keter

Cuando un filósofo ha tomado como base de una nueva revelación de la sabiduría humana este razonamiento: *Yo pienso, luego existo,* ha cambiado en cierto modo, y a despecho suyo, según la revelación cristiana, la noción antigua del Ser Supremo. Moisés hace decir al Ser de los seres: Yo soy el que soy. Descartes hace decir al hombre: Yo soy el que piensa, y como pensar es hablar interiormente, el hombre de Descartes puede decir como el Dios de San Juan el Evangelista: Yo soy aquel en quien está y por quien se manifiesta el Verbo, *In principio erat verbum.*

¿Qué es lo que es un principio? Es una base de la palabra, es una razón de ser del verbo. La esencia del verbo está en el principio; el principio es lo que es; la inteligencia es un principio que habla.

¿Qué cosa es la luz intelectual? Es la palabra. ¿Qué cosa es la revelación? Es la palabra; el ser es el principio, la palabra el medio, y la plenitud o el desenvolvimiento y la perfección del ser, es el fin; hablar es crear.

Pero decir: Yo pienso, luego existo, es deducir de la consecuencia el principio, y recientes contradicciones producidas por un gran escritor, por Lamennais, han demostrado suficientemente la imperfección filosófica de este método. Yo soy, luego existe alguna cosa, nos parece ser base más primitiva y más sencilla de la filosofía experimental.

YO SOY, LUEGO EL SER EXISTE

Ego sum qui sum: he aquí la revelación primera de Dios en el hombre y del hombre en el mundo, y es también el primer axioma de la filosofía oculta.

אהיה אשר אהיה

EL SER ES EL SER

Esta filosofía tiene, pues, por principio lo que es, y no tiene nada de hipotético ni de aventurado.

Mercurio Trismegisto comienza su admirable símbolo, conocido bajo el nombre de *tabla de esmeralda,* por esta triple afirmación: Es verdad, es cierto sin error, es del todo verdad. Así, lo verdadero confirmado por la experiencia en física, la certidumbre desprendida de toda aliación de error en filosofía, la verdad absoluta indicada por la analogía en el dominio de la religión o de lo infinito, tales son las primeras necesidades de la verdadera ciencia, y es lo que la magia sola puede acordar a sus adeptos.

Pero, ante todas las cosas, ¿quién eres tú que tienes este libro entre tus manos y que te propones leerlo?....

Sobre el frontis de un templo que la antigüedad había dedicado al Dios de la luz, se leía esta inscripción de dos palabras: *conóce-te.*

Este mismo consejo es el que yo debo ofrecer a todo hombre que quiera aproximarse a la ciencia.

La magia, a la que los antiguos llamaban *Sanctum regnum,* el santo reino, o el reino de Dios, *Regnum Dei,* no se ha hecho más que para los reyes y para los sacerdotes. ¿Sóis sacerdote? ¿Sóis rey? El sacerdocio de la magia no es un sacerdocio vulgar, y su reinado no tiene nada que debatir en los principios de este mundo. Los reyes de la ciencia son los sacerdotes de la verdad, y su reino está oculto para la muchedumbre, como sus sacrificios y sus plegarias. Los reyes de la ciencia son los hombres que conocen la verdad y a quienes la verdad ha libertado según la formal promesa del más poderoso de los iniciadores.

El hombre que es esclavo de sus pasiones o de prejuicios de este mundo, no puede ser iniciado y no podrá serlo tampoco mientras no se reforme; no podrá ser, pues, un *adepto,* porque la palabra *adepto* significa aquel que ha llegado por su voluntad y por sus obras.

El hombre que ama sus ideas y que tiene miedo de desprenderse de ellas; aquel que teme las nuevas verdades y está dispuesto a dudar de todo antes que admitir alguna cosa al azar, ese debe cerrar este libro, puesto que resultaría peligroso o inútil para él; le comprenderá mal y se encontraría perturbado, pero lo estaría mucho más si por ventura llegara a comprenderlo bien.

Si amáis más al mundo que a la razón, a la verdad y a la justicia; si vuestra voluntad es incierta y vacilante, sea en el bien sea en el mal; si la lógica os espanta; si la verdad desnuda os hace enrojecer; si se os hiere al tocar los errores en que habéis sido criados, condenad inmediatamente el libro y haced, al no leerlo, como si no existiera para vosotros; pero no le motejéis de peligroso: los secretos que revela serán comprendidos sólo por un pequeño número de hombres, y aquellos que los comprendan no los revelarán ciertamente. Mostrar la luz a las aves nocturnas es ocultársela, puesto que las ciega y se convierte para ellas en algo más obscuro que las tinieblas. Hablaré, pues, claramente; lo diré todo y tengo la firme confianza de que sólo los iniciados, o los que sean dignos de serlo, lo leerán y comprenderán algo.

Hay una verdadera y una falsa ciencia, una magia divina y una magia infernal, es decir, embustera y tenebrosa; vamos a revelar la una y a desvelar la otra; vamos a distinguir al mago del hechicero, y al adepto del charlatán.

El mago dispone de una fuerza que conoce; el hechicero se esfuerza por abusar de lo que ignora.

El diablo, si está permitido emplear en un libro de ciencia esta palabra despreciable y vulgar, se entrega al mago y el hechicero se entrega al diablo.

El mago es el soberano pontífice de la naturaleza, el hechicero no es otra cosa que el profanador de la misma.

El hechicero es al mago lo que el supersticioso y el fanático al hombre verdaderamente religioso.

Antes de ir más lejos, definamos claramente lo que es la Magia.

La Magia es la ciencia tradicional de los secretos de la naturaleza, que nos viene de los magos.

Por medio de esta ciencia, el adepto se encuentra investido de una omnipotencia relativa, y puede operar superhumanamente, es decir, de una manera que no está al alcance de los demás hombres.

Así es como muchos adeptos célebres, tales como Mercurio, Trismegisto, Osiris, Orfeo, Apolonio de Tyana y otros, que podrían ser inconveniente o peligroso nombrar, han podido ser adorados o invocados después de su muerte como dioses. También es así como algunos otros han llegado a ser prosélitos del infierno o aventureros sospechosos como el emperador Juliano, Apuleo, el encantador Merlín y el arqui-hechicero, como se le llamaba en su época, al ilustre y desgraciado Cornelio Agrippa.

Volviendo al *sanctum regnum,* es decir, a la ciencia y al poder de los magos, diremos que les son indispensables cuatro cosas: una inteligencia esclarecida por el estudio, una audacia sin límites, una voluntad inquebrantable y una discreción que no pueda corromperse o enervarse por nada.

Saber, Osar, Querer y Callar.—He ahí los cuatro verbos del mago, que están escritos en las cuatro formas simbólicas de la esfinge. Estos cuatro verbos pueden combinarse juntos de cuatro maneras, y se explican cuatro veces los unos por los otros (1).

En la primera página del libro de Hermés, el adepto está representado cubierto con un basto sombrero que, al bajarse, puede cubrirle toda la cabeza. Tiene una mano elevada hacia el cielo, al cual parece mandar con su varilla, y la otra mano sobre el pecho; presenta ante sí los principales sím-

(1) Véase el juego de cartas llamado TAROT.

bolos o instrumentos de la ciencia, y oculta otros en un cubilete de escamoteador. Su cuerpo y sus brazos forman la letra *Aleph,* la primera del alfabeto que los hebreos tomaron de los egipcios; pero ya volveremos luego a ocuparnos de este símbolo.

El mago es verdaderamente lo que los cabalistas hebreos llaman el *microprosopo,* es decir, el creador del mundo pequeño. Estribando la primera ciencia mágica en el conocimiento de sí mismo; ésta es también la primera de todas las obras de la ciencia, la que encierra todas las demás y la que es el principio de la gran obra, esto es, la *creación* de sí mismos; esta palabra tiene necesidad de mayores explicaciones.

Siendo la razón suprema el único principio invariable, y, por consiguiente, imperecedero, puesto que el cambio es lo que nosotros llamamos la muerte, la inteligencia que se adhiere fuertemente y se identifica de algún modo a este principio, se hace, por lo mismo, invariable, y, por consiguiente, inmortal. Se comprende que, para adherirse invariablemente a la razón, es preciso haberse independizado de todas las fuerzas que producen, por el movimiento fatal y necesario las alternativas de la vida y de la muerte. Saber sufrir, abstenerse y morir, tales son, pues, los primeros secretos que nos colocan por encima del dolor, de las angustias sensuales y del miedo a la nada. El hombre que busca y encuentra una muerte gloriosa, tiene fe en la inmortalidad y toda la humanidad cree en él, con él y por él, porque ésta le eleva altares o estatuas, como signo de vida inmortal.

El hombre no se hace rey de los animales más que domándolos o domesticándolos, pues de otro modo sería su víctima o su esclavo. Los animales son, pues, la figura de nuestras pasiones; éstas son las fuerzas instintivas de la naturaleza.

El mundo es un campo de batalla en donde la libertad disputa con la fuerza de la inercia oponiéndola la fuerza activa. Las leyes físicas son las muelas de las que tú serás el grano, si no sabes ser el molinero.

Estás llamado a ser el rey del aire, del agua, de la tierra y del fuego, pero, para reinar sobre esos cuatro animales del simbolismo, es preciso vencerlos y encadenarlos.

Aquel que aspira a ser un sabio y a conocer el gran enigma de la naturaleza, debe de ser el heredero y el espoliador de la esfinge; debe de tener la cabeza humana para poseer la palabra, las alas del águila para conquistar las alturas, las nalgas del toro para labrar las profundidades, y las garras del león para abrirse camino a derecha y a izquierda, adelante y atrás.

Tú que quieres ser iniciado, ¿eres un sabio como Fausto? ¿Eres impasible como Job? No. ¿No lo eres? Pues puedes serlo si quieres. ¿Has vencido a los vagos torbellinos de ideas vagas e inclaras? ¿Eres hombre sin indecisión y sin caprichos? ¿No aceptas el placer más que cuando quieres y no quieres sino cuando debes? ¿No eres siempre así? Pues todo, todo eso puedes ser si tú lo quieres.

La esfinge, no solamente tiene una cabeza humana, tiene también senos de mujer. ¿Sabes tú resistir a los atractivos de la mujer? ¿No? Y a que ríes al responder y te jactas de tu debilidad moral para glorificar, para ensalzar en tí, al propio tiempo, la fuerza vital y material. Sea; yo te permito rendir pleito homenaje al asno de Sterne o de Apuleo. Que el asno tiene su mérito, convengo en ello, por algo estaba consagrado a Priapo, como el macho cabrío al dios de Mendes. Pero dejémosle tal cual es y sepamos únicamente si es tu maestro o tú puedes ser el suyo. El solo puede verdaderamente poseer la voluptuosidad del amor que ha vencido al amor de la voluptuosidad.

Poder usar y abstenerse, es poder dos veces. La mujer te encadena por tus deseos; sé dueño de tus deseos y tú encadenarás a la mujer.

La mayor injuria que se puede hacer a un hombre es llamarle cobarde. Ahora bien, ¿qué es ser un cobarde?

Un cobarde es el que no tiene cuidado de su dignidad moral a causa de obedecer ciegamente a los instintos de la naturaleza.

En efecto; en presencia del peligro es natural tener miedo y tratar de huir; ¿por qué es esto una vergüenza? Porque el honor nos dicta una ley según la cual preferimos nuestro deber a nuestras atracciones o a nuestros temores. ¿Qué es, desde este punto de vista, el honor? Es el presentimiento universal de la inmortalidad y la estimación de los medios que a ella pueden conducirnos. La última victoria que el hombre puede alcanzar sobre la muerte es la de triunfar del gusto de la vida, no por desesperación, sino por una más elevada esperanza, que está encerrada en la fe, por todo lo que es bello y honesto, debido al consentimiento de todo el mundo.

Aprender a vencerse, es aprender a vivir; las austeridades del estoicismo no eran sino una vana ostentación de libertad.

Ceder a las fuerzas de la naturaleza, es seguir la corriente de la vida colectiva, es ser esclavo de causas secundarias.

Resistir a la naturaleza y dominarla, es hacerse una vida personal, imperecedera; es franquear las vicisitudes de la vida y de la muerte.

Todo hombre que se halla dispuesto a morir antes de abjurar de la verdad y de la justicia, está verdaderamente vivo, porque es inmortal en su alma.

Todas las iniciaciones antiguas tenían por objeto encontrar o formar hombres de temple semejante.

Pitágoras ejercitaba a sus discípulos en el silencio y en las abstinencias de todo género; en Egipto se probaba a los recipiendarios por los cuatro elementos; en la India, es sabido a qué prodigiosas austeridades se condenaban los faquires y los bramas para llegar al reinado de la libre voluntad y de la independencia divina.

Todas las maceraciones del ascetismo están tomadas de las iniciaciones en los antiguos misterios, y no han cesado, porque los iniciables, no encontrando ya iniciadores y habiéndose convertido los directores de las conciencias en seres ignorantes como el vulgo, los ciegos se han dejado guiar por los ciegos, y nadie ha querido sufrir ni sujetarse a pruebas que no conducían más que a la duda y a la desesperación; el camino de la verdadera luz se había perdido.

Para hacer alguna cosa es preciso saber lo que se quiere hacer, o por lo menos, tener fe en alguien que lo sepa. Pero, ¿cómo arriesgaré mi vida a la aventura y seguiré al azar,a aquel que ni él mismo sabe adónde va?

En la vía de las altas ciencias no hay que comprometerse temerariamente, sino, una vez en marcha, es preciso llegar o perecer. Dudar es volverse loco; detenerse es caer; retroceder, es precipitarse en un abismo.

Tú, pues, que has comenzado la lectura de este libro, si lo comprendes y quieres leerlo hasta el fin, hará de tí un monarca o un insensato. Cuanto a tí, hagas del volumen lo que quieras, no podrás ni despreciarle, ni olvidarle. Si eres puro, este libro será para tí una luz; si eres fuerte, será tu arma; si eres santo, será tu religión; si eres sabio, regulará tu sabduría.

Pero si eres pecador, si eres malvado, este libro será para tí como una antorcha infernal; destrozará tu pecho como si fuera un puñal, quedará en tu memoria como un remordimiento, te llenará la imaginación de quimeras y te conducirá, por las vías del vesanismo, a la desesperación. Querrás reir y no alcanzarás más que a rechinar los dientes porque este libro será para tí como la lima de la fábula, lima que una serpiente trataba de roer, siendo aquélla la que rayó todos los dientes a la serpiente.

Comencemos ahora la serie de las iniciaciones.

Ya he dicho que la revelación es el verbo. El verbo, en efecto, o la palabra, es el velo del ser y el signo característico de la vida. Toda forma es el velo de mi verbo, porque la idea madre del verbo es la única razón de ser de las formas. Toda figura es un carácter; todo carácter pertenece y retorna a un verbo. Por esta razón, los antiguos sabios, de los que Trismegisto es el órgano, formularon su único dogma en estos términos:

Lo que está encima es como lo que está debajo, y lo que está debajo es como lo que está encima.

En otros términos: la forma guarda proporción con la idea; la sombra es la medida del cuerpo calculada en su relación con el rayo luminoso. La vaina es tan profunda como el largo de la espada; la negación es proporcional a la afirmación contraria; la producción es igual a la destrucción en el movimiento que conserva la vida, y no hay un solo punto en el espacio infinito que no sea el centro del círculo, cuya circunferencia se agranda y retrocede indefinidamente en el espacio.

Toda individualidad es, por tanto, indefinidamente imperceptible, puesto que el orden moral guarda analogía con el orden físico, y porque no se podría concebir un punto que no pueda dilatarse, agrandarse y lanzar rayos en un círculo filosóficamente infinito.

Lo que puede decirse del alma entera, se puede decir también de cada una de las facultades del alma.

La inteligencia y la voluntad del hombre son instrumentos de un alcance y de una fuerza incalculables.

Pero la inteligencia y la voluntad tienen como auxiliares y como instrumento una facultad muy poco conocida y cuyo poderío pertenece exclusivamente al dominio de la magia; me refiero a la imaginación, a la cual los cabalistas llaman lo *diáfano* o lo *traslucido*.

La imaginación, en efecto, es algo así como los ojos del alma, siendo en ella en donde se dibujan y se conservan las formas; es por ella también por donde vemos los reflejos del mundo invisible, y asimismo, en fin, es el espejo de las visiones y el aparato de la vida mágica. Por medio de ella curamos las enfermedades, influenciamos las estaciones, apartamos los muertos de los vivos, y hasta resucitamos los muertos, porque es ella la que exalta la voluntad y la que la adquiere del agente universal.

La imaginación determina la forma del hijo en el seno de la madre y fija el destino de los hombres, da alas al contagio y dirige a los combatientes en el campo de batalla. ¿Estáis en peligro en un combate? Pues consideráos invulnerables como Aquiles y lo seréis, dice Paracelso. El miedo atrae la balas en la guerra, en tanto que el valor las hace desviar o retroceder. Ya se sabe que los amputados se quejan, con frecuencia, de los miembros que ya no poseen. Paracelso operaba sobre sangre viviente, medicamentando el resultado de una sangría. Curaba los dolores de cabeza a distancia, operando sobre cabellos cortados. Se había anticipado en mucho para la ciencia, acerca de la unidad imaginaria y la solidaridad del todo o de las partes, teorías todas, o más bien conjunto de todas las experiencias de nuestros más célebres magnetizadores. Por esto sus curaciones eran maravillosas, milagrosas, y mereció que se agregara a su nombre de Felipe Teofrasto Bombart, el de Aureola Paracelso, agregándole, todavía, el epíteto de divino.

La imaginación es el instrumento de la *adaptación del verbo.*

La imaginación, aplicada a la razón, es el genio.

La razón es una, como el genio es uno en la multiplicidad de sus creaciones.

Hay un principio, hay una verdad, hay una razón y hay una filosofía absoluta o universal.

Lo que está en la unidad, considerada como principio, retorna a la unidad considerada como fin.

Uno está en uno, es decir, todo está en todo.

La unidad es el principio de los números y es también el principio del movimiento, y por consiguiente, de la vida.

Todo el cuerpo humano se resume en la unidad de un solo órgano, que es el cerebro.

Todas las religiones se resumen en la unidad de un solo dogma, que es la afirmación del ser y de su igualdad a sí mismo, que constituye su valor matemático.

No hay más que un dogma en magia, y helo aquí: lo visible es la manifestación de lo invisible, o en otros términos: el verbo perfecto está en las cosas apreciables y visibles, en proporción exacta con las cosas inapreciables para nuestros sentidos e invisibles para nuestros ojos.

El mago eleva una mano hacia el cielo y baja la otra hacia la tierra, y dice: ¡La alta inmensidad y la baja inmensidad todavía! ¡La inmensidad igual a la inmensidad! Esto es verdad en las cosas visibles, tanto como también lo es en las invisibles.

La primera letra del alfabeto de la lengua sagrada. Alep, א, representa un hombre que eleva una mano hacia el cielo y baja la otra hacia la tierra.

Esta es la expresión del principio activo de toda cosa; es la creación en el cielo, correspondiente a la omnipotencia del verbo aquí abajo. Esta letra es, por sí sola, un pantáculo, es decir, un carácter que manifiesta la ciencia universal.

La letra א puede suplir a los signos sagrados del macróscomo y del microcosmo; explica el doble triángulo masónico y la brillante estrella de cinco puntas, porque el verbo es uno y la revelación una sola. Dios, dando al hombre la razón, le ha dado la palabra, y la revelación, múltiples en formas, pero una en su principio, está completa en el verbo universal, intérprete de la razón absoluta.

Esto es lo que quiere decir la palabra tan mal comprendida *catolicismo,* que en lenguaje hierático moderno significa *infalibilidad.*

Lo universal en razón es lo absoluto, y lo absoluto es infalible.

Si la razón absoluta conduce a toda la sociedad a creer irresistiblemente en la palabra de un niño, este niño será infalible, ante Dios y ante toda la humanidad.

La fe no es otra cosa que la confianza razonable en esa unidad de la razón y en esa universalidad del verbo.

Creer es aquiescer a lo que aún no se sabe, pero de lo que la razón nos da anticipadamente seguridades que sabremos, o que por lo menos, conoceremos algún día.

Absurdos son, pues, los pretendidos filósofos que dicen. Yo no creeré en lo que yo no sepa.

¡Pobres infelices! Si lo supiérais, ¿qué necesidad tendríais de creer?

Pero, ¿puedo yo creer al azar y sin razón? No, ciertamente. La creencia es aventurada, es la superstición y la locura. Es preciso creer en las causas cuya existencia nos obliga a admitir la razón mediante el testimonio de efectos conocidos y apreciados por la ciencia.

¡La ciencia! ¡Gran palabra y gran problema!

¿Qué es la ciencia?

Responderemos a esta pregunta en el segundo capítulo de este libro.

2 ב B

LAS COLUMNAS DEL TEMPLO

Chocmah

Domus

Gnosis

La ciencia es la posesión absoluta y completa de la verdad.

Así, pues, los sabios de todos los tiempos han temblado ante esta palabra absoluta y terrible; todos han temido abrogarse el primer privilegio de la divinidad, al atribuirse la ciencia, por lo cual se han contentado, en lugar del verbo *saber*, con el que expresa conocimientos, y en lugar de la palabra *ciencia*, adoptaron la de *gnosis*, que solamente quiere indicar la idea de conocimiento por intuición.

¿Qué sabe el hombre, en efecto? Nada, y sin embargo, no le es permitido ignorar nada.

No sabe nada y está llamado a conocerlo todo.

Ahora bien, el conocimiento supone el binario.

El binario es el generador de la sociedad y de la ley; es también el número de la gnosis. El binario es la unidad, multiplicándose a sí misma para crear, y es por esto por lo que los símbolos sagrados hacen salir a Eva del mismo pecho de Adam.

Adam es el tetrágrama humano que se resume en el *jod* misterioso imagen del falso cabalístico. Agregad a ese *jod* el nombre ternario de Eva y formaréis el nombre de Jehová, el tetrágrama divino, que es la palabra cabalística y mágica por excelencia:

יהוה

que el gran sacerdote en el templo pronunciaba *Jodchéva*.

Así es como la unidad completa en la fecundidad del ternario forma, con él, el cuaternario, que es la clave de todos los números, de todos los movimientos y de todas las formas.

El cuadrado girando sobre sí mismo, produce el círculo, y es a la cuadratura del círculo lo que el movimiento circular de cuatro ángulos iguales girando alrededor de un mismo punto.

Lo que está arriba—dice Hermés—iguala a lo que está abajo; he aquí el binario sirviendo de medida a la unidad, y la relación de igualdad entre lo de arriba y lo de abajo es lo que forma el ternario.

El principio creador es el falo ideal, y el principio creado el *cteis* formal.

La inserción del falo vertical en el *cteis* horizontal forma el *stauros* de los gnósticos, o la cruz filosófica de los masones. Así, el cruzamiento de dos, produce cuatro, que, moviéndose, determina el círculo con todos sus grados.

א es el hombre; ב es la mujer; 1, es el principio; 2, es el verbo; A, es el activo; B, es el pasivo; la unidad es *Bohas* y el binario *Jakin*.

En los trigramas de Fohi, la unidad es el *yang;* el binario es el *yin*.

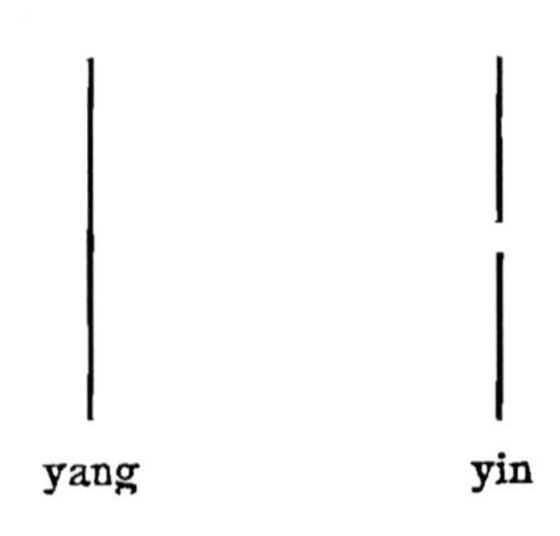

Bohas y Jakin son los nombres de dos columnas simbólicas que estaban delante de la puerta principal del templo cabalístico de Salomón.

Estas dos columnas explican en cábala todos los misterios del antagonismo, sea natural, sea político, sea religioso, como asimismo la lucha entre el hombre y la mujer, porque, según la ley de la naturaleza, la mujer debe resistir al hombre y éste debe encantarla o someterla.

El principio activo busca al principio pasivo; la plenitud está enamorada del vacío. Las fauces de la serpiente atraen su cola y, al girar sobre sí misma, se huye y se persigue.

La mujer es la creación del hombre y la creación universal es la mujer del primer principio.

Cuando el ser principio se ha hecho creador, ha erigido un jod o un falo, y para abrirle camino en la plenitud de la luz increada, ha debido cavar un cteis o una fosa de sombra igual a la dimensión determinada por su deseo creador y atribuída por él al jod ideal de la luz radiante.

Tal es el lenguaje misterioso de los cabalistas en el Talmud, y a causa de las ignorancias y maldades del vulgo, nos es imposible explicarle o simplificarle algo más.

¿Qué es, por consiguiente, la creación? Es la casa del Verbo creador. ¿Qué es el cteis? Es la casa del falso. ¿Cuál es la naturaleza del principio activo? La de expandirse. ¿Cuál la del principo pasivo? La de reunirse y fecundar.

¿Qué es el hombre? El iniciador, el que rompe, trabaja y siembra.

¿Qué es la mujer? La formadora, la que reune, riega y cosecha.

El hombre hace la guerra y la mujer procura la paz; el hombre destruye para crear; la mujer edifica para conservar; el hombre es la revolución; la mujer es la conciliación; el hombre es el padre de Caín; la mujer es la madre de Abel.

¿Qué es la sabiduría? Es la conciliación y la unión de dos principios; es la dulzura de Abel dirigiendo la energía de Caín; es el hombre siguiendo las dulces inspiraciones de la mujer; es el vicio vencido por el legítimo matrimonio; es la energía revolucionaria dulcificada y domada por las suavidades del orden y de la paz; es el orgullo sometido al amor; es la ciencia reconociendo las inspiraciones de la fe.

Cuando la ciencia humana se hace prudente por su modestia, y se somete a la infalibilidad de la razón universal, enseñada por el amor o por la caridad universal, puede tomar entonces el nombre de *Gnosis,* porque conoce, por lo menos, lo que aún no puede vanagloriarse de saber perfectamente.

La unidad no puede manifestarse más que por el binario; la unidad por sí sola y la idea de la unidad son ya dos.

La unidad del macrocosmo se revela por los dos vértices opuestos de los dos triángulos.

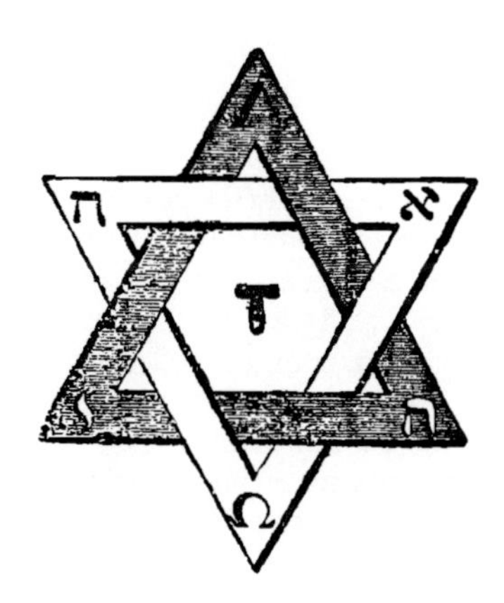

La unidad humana es completa por la derecha y por la izquierda. El hombre primitivo es andrógino. Todos los órganos del cuerpo humano están dispuestos por pares, excepto la nariz, la lengua, el ombligo y el jod cabalístico.

La divinidad, una en su esencia, tiene dos condiciones esenciales, como bases fundamentales de su ser; la necesidad y la libertad.

Las leyes de la razón suprema necesitan de Dios y regulan la libertad, que es necesariamente razonable y sabia.

Para hacer visible la luz, es por lo que únicamente Dios ha impuesto la sombra.

Para manifestar la verdad, ha hecho posible la duda.

La sombra es la tenaza de la luz, y la posibilidad del error es necesaria para la manifestación temporal de la verdad.

Si el broquel de Satanás no detuviera la lanza de Miguel, el poder del ángel se perdería en el vacío, o debería manifestarse por una destrucción infinita, dirigida de arriba a abajo.

Y si el pie de Miguel no detuviera en su ascensión a Satanás, Satanás iría a destronar a Dios, o más bien se perdería él mismo en los abismos de la altura.

Satanás es, por tanto, necesario a Miguel, como el pedestal a la estatua, y Miguel es preciso a Satanás como el freno a la locomotora.

En dinámica analógica y universal no se apoya uno más que en lo que resiste.

Así el universo está contrabalanceado por dos fuerzas que le mantienen en equilibrio; la fuerza que atrae y la fuerza que repele. Estas dos fuerzas existen en física, en filosofía y en religión. Ambas producen: en física, el equilibrio; en filosofía, la crítica; en religión, la revelación progresiva. Los antiguos han representado este misterio por la lucha de Eros y de Anteros; por el combate de Jacob con el ángel; por el equilibrio de la montaña de oro, que está sujeta, con la serpiente simbólica de la India; los dioses de un lado y del otro lado los demonios.

Se encuentra también figurado por el caduceo de Hermanubis, por los dos querubines del Arca, por las dos esfinges del carro de Osiris, por las dos Serapis, el blanco y el negro.

Su realidad científica está demostrada por los fenómenos de la polaridad y por la ley universal de las simpatías y de las antipatías.

Los discípulos de Zoroastro, que eran inteligentes, dividieron el binario sin referirse a la unidad, separando así las columnas del templo y queriendo encuartar a Dios. El binario en Dios no existe más que por el ternario. Si concebís lo absoluto como dos, es preciso concebirle inmediatamente como tres para encontrar el principio unitario.

Por esta razón, los elementos materiales análogos a los elementos divinos, se conciben como cuatro, se explican como dos y no existen, finalmente, más que como tres.

La revelación es el binario; todo verbo es doble y supone, por consiguiente, dos.

La moral que resulta de la revelación, está fundada en el antagonismo, que es la consecuencia del binario. El espíritu y la forma se atraen y se repelen como la idea y el signo, como la verdad y la ficción. La razón suprema necesita el dogma al comunicarse con las inteligencias finitas, y el dogma, al pasar del dominio de las ideas al de las formas, se hace partícipe de ambos mundos y tiene, necesariamente, dos sentidos que hablan sucesivamente, o a la vez, sea al espíritu, sea a la carne.

Así, pues, en el dominio moral hay dos fuerzas: una que espera y otra que reprime o expía. Estas dos fuerzas están figuradas en los mitos del Géisis por los personajes típicos de Caín y Abel.

Abel oprime a Caín por su superioridad moral; Caín, para librarse de esa opresión inmortaliza a su hermano dándole muerte, y se convierte en víctima de su propia acción. Caín ha podido dejar que Abel viviera, y la sangre de Abel no deja dormir a Caín.

En el Evangelio, el tipo Caín está reemplazado por el del hijo pródigo, a quien su padre perdona, porque vuelve al hogar después de haber sufrido mucho.

En Dios hay misericordia y justicia; hace justicia a los justos y emplea la misericordia con los pecadores.

En el alma del mundo, que es el agente universal, hay corriente de amor y corriente de cólera.

Ese flúido ambiente que penetra en todas las cosas, ese rayo desprendido del nimbo del sol y fijado por el peso de la atmósfera y por la fuerza de atracción central, ese cuerpo de Espíritu Santo, que nosotros llamamos el agente universal, y que los antiguos representaron bajo la forma de una serpiente que se muerde la cola, ese éter eléctrico-magnético, ese calórico vital y luminoso está figurado en los antiguos monumentos por el cinturón de Isis, que se tuerce y se retuerce en nudo de amor, alrededor de dos polos, y por la serpiente que se muerde la cola, emblema de la prudencia y de Saturno.

El movimiento y la vida consisten en la tensión extrema de dos fuerzas.

¡Plugue a Dios—dice el maestro—que fuéseis todo frío o todo caliente!

En efecto, un gran culpable está más vivo que un hombre cobarde o tímido, y su retorno a la virtud estará en razón con la energía de sus compromisos.

La mujer que debe aplastar la cabeza de la serpiente es la inteligencia, que flota siempre sobre la corriente de las fuerzas ciegas. Es, dicen los cabalistas, la virgen del mar, a la que el dragón infernal viene a lamer los pies húmedos con sus lenguas de fuego, y la cual se duerme de voluptuosidad.

Tales son los misterios hieráticos del binario. Pero hay uno que no puede ser revelado, y éste es el último de todos; la razón de la prohibición está, según Hermés Trismegisto, en que la inteligencia del vulgo daría a las necesidades de la ciencia todo el alcance inmoral de una fatalidad ciega. Es preciso contener al vulgo—dice una vez más—por el espanto de lo desconocido. El Cristo decía también, no echéis perlas a los cerdos, por miedo de que no escarben con los pies, y volviéndose contra vosotros, os devoren. El árbol de la ciencia del bien y del mal, cuyos frutos causaban la muerte, es la imagen de ese secreto hierático del binario. Ese secreto, en efecto, si se divulgase, no podría sino ser mal comprendido, y hasta podría llegarse a la negación impía del libre albedrío, que es el principio moral de la vida. Es, pues, en la esencia de las cosas como la revelación de ese secreto que causa la muerte, y no es, sin embargo, éste el gran arcano de la magia; pero el secreto del binario conduce al del cuaternario, o más bien procede de él, y se resuelve por el ternario, que contiene la palabra del enigma de la esfinge, tal cual ha debido encontrarse para salvar la vida, espiar el crimen involuntario y asegurar el reino de Edipo.

El libro jeroglífico de Hermés (1), que se llama también el libro de Thot, el binario está representado, sea por una gran sacerdotisa que tiene los cuernos de Isis, la cabeza cubierta con un velo y un libro abierto, que oculta a medias con su manto, o, por la mujer soberana, la diosa Juno de los griegos, teniendo una mano elevada hacia el cielo y la otra descendiendo hacia la tierra, como si formulara por ese gesto el dogma único y dualista, que es la base de la magia, y que comienza los maravillosos símbolos de la tabla de esmeralda de Hermés.

En el Apocalipsis de San Juan es cuestión de dos testigos o mártires, a los cuales la tradición profética da los nombres de Elías y de Henoch, Elías, el hombre de la fe, del celo y de los milagros, y Henoch, el mismo a quien los egipcios han llamado Hermés, y a quien los fenicios honraban con el nombre de Cadmús, el autor del alfabeto sagrado y de la llave universal de las iniciaciones al Verbo, el padre de la cábala, aquél que, según las alegorías santas, no ha muerto como los demás hombres, sino que ha sido llevado al cielo para volver al final de los tiempos. Se decía, poco más o menos, idéntica cosa del mismo San Juan, quien encontró y explicó en su Apocalipsis los símbolos del Verbo de Henoch. Esta resurrección de San Juan y de Henoch, esperada al final de siglos y siglos de ignorancia, será la renovación de su doctrina por la inteligencia de las claves cabalísticas que abren el templo de la unidad y de la filosofía universal, demasiado tiempo oculta y reservada solamente a los elegidos que el mundo hace morir.

Pero ya hemos dicho que la reproducción de la unidad por el binario conduce forzosamente a la noción y al dogma de lo ternario, y llegamos, por fin, a ese gran número que es la plenitud y el verbo perfecto de la unidad.

(1) Véase el juego de los TAROTS.

3 ג· C

EL TRIANGULO DE SALOMON

Plenitudo vocis

Binah

Physis.

El verbo perfecto es el ternario, porque supone un principio inteligente, un principio parlante y un principio hablado.

Lo absoluto que se revela por la palabra da a esta palabra un sentido igual a sí mismo y crea un tercer sí mismo en la inteligencia de esta palabra.

Así es como el sol se manifiesta por su luz y prueba esa manifestación o la hace eficaz por su calórico.

El ternario está trazado en el espacio por el punto culminante del cielo, el infinito en altura, que se une por dos líneas rectas y divergentes al oriente y al occidente.

Pero, a ese triángulo visible, la razón compara otro triángulo invisible, que afirma ser igual al primero; es éste el que tiene por cima la profundidad, y cuya base invertida es paralela a la línea horizontal que va de Oriente a Occidente.

Estos dos triángulos, reunidos en una sola figura, que es la de una estrella de seis rayos, forman el signo sagrado del sello de Salomón (1).

La idea de lo infinito y de lo absoluto está manifestada por este signo, que es el gran pantáculo, es decir, el más sencillo y el más completo compendio de la ciencia de todas las cosas.

La misma Gramática atribuye tres personas al verbo.

La primera es la que habla, la segunda a quien se hable y la tercera la de que se habla.

---

(1) Véase el grabado de la página 35.

El principio infinito, creando, habla de sí mismo a sí mismo.

He aquí la explicación del ternario y el origen del dogma de la Trinidad.

El dogma mágico, también, es uno en tres y tres en uno.

Lo que está encima parece o es igual a lo que está debajo.

Así, dos cosas que se parecen y el verbo que manifiesta su semejanza, hacen tres.

El ternario es el dogma universal.

En magia, principio, realización, adaptación; en alquimia, azoe, incorporación, transmutación; en teología, Dios, encarnación, redención; en el alma humana, pensamiento, amor y acción; en la familia, padre, madre, hijo. El ternario es el fin y la expresión suprema del amor; no se busca a dos sino para convertirse en tres.

Hay tres mundos inteligibles que corresponden los unos con los otros por la analogía jerárquica: el mundo natural o físico, el mundo espiritual o metafísico y el mundo divino o religioso.

De este principio resulta la jerarquía de los espíritus divididos en tres órdenes, siempre por el ternario.

Todas estas revelaciones son deducciones lógicas de las primeras nociones matemáticas del ser y del número.

La unidad, para hacerse activa, debe multiplicarse. Un principio indivisible, inmóvil e infecundo, sería la unidad muerta e incomprensible.

Si Dios no fuera más que uno, no sería creador ni padre. Si sólo fuera dos, habría en ello antagonismo o división en el infinito, y esto sería la repartición o la muerte de toda cosa posible. Hay, pues, necesidad de tres para crear de sí mismo, y a su imagen la multitud infinita de los seres y de los números. Así es, realmente, único en sí mismo y triple en nuestra concepción, lo que nos le hace ver tan triple en sí mismo, como único en nuestra inteligencia y en nuestro amor.

Esto es un misterio para el creyente y una necesidad lógica para el iniciado en las ciencias absolutas y reales.

El Verbo, manifestado por la vida, es la realización o la encarnación.

La vida del Verbo, cumpliendo su movimiento cíclico, es la adaptación o la redención. Este triple dogma ha sido conocido en todos los santuarios esclarecidos por la tradición de los sabios. ¿Queréis saber cuál es la verdadera religión? Buscad aquella que realiza lo más en el orden divino, la que humaniza a Dios y diviniza al hombre; la que conserva intacto el dogma ternario que encarna el Verbo, haciendo ver y tocar a Dios a los más ignorantes; aquella, en fin, cuya doctrina conviene a todos y puede adaptarse a todo; la religión, que es hierática y cíclica, que tiene para los niños alegorías e imágenes, para los hombres maduros una elevada filosofía, y sublimes esperanzas y dulces consuelos para los ancianos.

Los primeros sabios que han buscado la causa de las causas, han visto el bien y el mal en el mundo; han observado la luz y la sombra; han comparado el invierno con la primavera, la vejez con la juventud, la vida con la muerte, y han dicho: La causa primera es bienhechora y rigurosa; vivifica y destruye.

—¿Hay, pues, dos principios contrarios, uno bueno y otro malo?—se han preguntado los discípulos de Manés.

—No, los dos principios del equilibrio universal no son contrarios, aunque sean opuestos en apariencia; porque es una sabiduría única la que los opone el uno al otro.

El bien está a la derecha, el mal a la izquierda; pero la bondad suprema está por encima de ambos y ella hará servir el mal para el triunfo del bien, y el bien a la reparación del mal.

El principio de armonía está en la unidad, y eso es lo que da en magia tanto poder al número par.

Pero el más perfecto de los números impares es el tres, porque es la trilogía de la unidad.

En los trigramas de Fohi, el ternario superior se compone de tres *yang* o figuras masculinas, porque en la idea de Dios, considerada como principio de la fecundidad en los tres mundos, no podría admitirse nada de pasivo.

Es también por esto por lo que la trinidad cristiana no admite en forma alguna la personificación de la madre, que está implícitamente enunciada en la del hijo. También es por esto por lo que es contraria a las leyes de la simbólica hierática y ortodoxa de personificar al Espíritu Santo bajo la figura de una mujer.

La mujer sale del hombre como la naturaleza sale de Dios; también el Cristo se eleva él mismo al cielo y asume la Virgen madre; se dice la ascensión del Salvador y la asunción de la madre de Dios.

Dios, considerado como padre, tiene a la naturaleza por hija.

Como hijo, tiene a la Virgen por madre y a la Iglesia por esposa.

Como Espíritu Santo, regenera y fecunda a la humanidad.

Por esto en los trigramas de Fohi a los tres *yang* superiores corresponden los tres *yig* inferiores, porque los trigramas de Folú son un pantáculo semejante a los dos triángulos de Salomón, pero con una interpretación ternaria de seis puntos de la estrella brillante.

☰ ☰

El dogma no es divino en tanto que no es verdaderamente humano, es decir, que reuna la más elevada razón de la humanidad; así el maestro, a quien llamamos el hombre-Dios, se llamaba a sí mismo el hijo del hombre.

La revelación es la expresión de la creencia admitida y formulada por la razón universal en el verbo humano.

Por esto se dice que en el hombre-Dios la divinidad es humana y la humanidad divina.

Nosotros decimos todo esto filosóficamente y no teológicamente, y esto no toca en nada a la enseñanza de la Iglesia, que condena y debe condenar siempre a la magia.

Paracelso y Agrippa no han elevado altar contra altar y se han sometido a la religión dominante en su época. A los elegidos de la ciencia las cosas de la ciencia; a los fieles las cosas de la fe.

El emperador Juliano, en su himno al Rey Sol, da una teoría del ternario, que es casi idéntica a la del iluminado Swedenborg.

El sol del mundo divino es la luz infinita, espiritual e increada; esta luz se verbaliza, puede hablarse así en el mundo filosófico, y se hace el foco de las almas y de la verdad, pues se incorpora y se convierte en luz visible en el sol, tercer mundo, sol central de nuestros soles y cuyas estrellas fijas son chispas siempre vivas.

Los cabalistas comparan el espíritu a una substancia que queda flúida en el medio divino y bajo la influencia de la luz esencial, pero cuyo exterior se endurece como una cera expuesta al aire en las más frías regiones del razonamiento o de las formas visibles. Estas cortezas o envolturas petrificadas (nosotros diríamos mejor carnificadas, si fuera admisible la palabra), son la causa de los errores o del mal, que tiende a la pesantez y a la dureza de las envolturas anímicas. En el libro de Sohar y en el de las revoluciones de las almas, los espíritus perversos o malos demonios no son llamados de otro modo que las cortezas, *cortices*.

Las cortezas del mundo de los espíritus son transparentes, las del mundo material son opacas; los cuerpos no son más que cortezas temporales, y de las que las almas deben ser libertadas; pero aquellas que obedecen al cuerpo en esta vida, se forman un cuerpo interior, o una corteza fluídica, que se hace su prisión y suplicio después de la muerte, hasta el momento en que consigue fundirla en el calor de la luz divina, o su pesantez les impide subir, no llegan sino por medio de infinitos esfuerzos y con el socorro de los justos, que les tienden la mano, y durante todo ese tiempo son devorados por la actividad interna del espíritu cautivo como en un horno en completa combustión. Aquellos que llegan a la hoguera de la expiación, se queman por sí mismos en ella, como Hércules sobre el monte Œta y se libran así de sus tormentos; pero el mayor número carece de valor ante esta última prueba, que les parece una segunda muerte mucho más espantosa que la primera, y permanecen así en el infierno, que es eterno de hecho y de derecho, pero en el cual las almas no son nunca precipitadas ni retenidas a pesar suyo.

Los tres mundos se corresponden conjuntamente por las treinta y dos vías de luz, que son los peldaños de la escalera santa; todo pensamiento verdadero corresponde a una gracia divina en el cielo y a una obra, útil en la tierra. Toda gracia de Dios suscita una verdad y produce uno o muchos actos, y recíprocamente, todo acto remueve en los cielos una verdad o una mentira, una gracia o un castigo. Cuando un hombre pronuncia el tetragrama, escriben los cabalistas, los nueve cielos reciben una sacudida, y todos los espíritus gritan unos a otros: ¿Quién turba así el reino del cielo? Entonces la tierra revela al primer cielo los pecados del temerario, que pretende el nombre del eterno en vano, y el verbo acusador es transmitido de círculo en círculo, estrella en estrella, y de jerarquía en jerarquía.

Toda palabra tiene tres sentidos; todo acto un triple alcance; toda forma una triple idea, porque lo aboluto corresponde de mundo en mundo con sus formas. Toda determinación de la voluntad humana modifica la naturaleza, interesa la filosofía y escribe en el cielo. Hay, pues, dos fatalidades, la una resultante de la voluntad de lo increado, de acuerdo con su sabiduría, la otra resultante de las voluntades creadas y de acuerdo con la necesidad de las causas secundarias en sus relaciones con la causa primitiva.

Nada es, pues, indiferente en la vida, y nuestras más sencillas determinaciones deciden con frecuencia una serie incalculable de bienes o de males, sobre todo en las relaciones de nuestro diáfano con el gran agente mágico, como ya lo explicaremos.

Siendo lo ternario el principio fundamental de toda la cábala o tradición sagrada de nuestros padres, ha debido ser el dogma fundamental del cristianismo, del que explica el dualismo aparente por la intervención de una armoniosa y todo poderosa unidad. El Cristo no ha escrito su dogma y no lo ha revelado en secreto más que a su discípulo favorito, el único cabalista, y gran cabalista entre los apóstoles. Así el Apocalipsis es el libro de la gnosis, o doctrina secreta de los primeros cristianos, doctrina cuya clave está indicada en un versículo secreto del *Pater,* que la Vulgata no traduce y que en el rito griego (conservador de las tradiciones de San Juan) no permite más que a los sacerdotes pronunciar. Este versículo, completamente cabalista, se encuentra en el texto griego del evangelio, según San Mateo, y en muchos ejemplares hebráicos. Helo aquí en las dos lenguas sagradas:

עד אמן : כי לך הממלכה ותנבורת וחתור לעולמי

Oπ ση εοτιυ η Bαπλεια και η δυναμις, και η δοξα, εις τονς αιωνας. Aμην.

La palabra sagrada de *Malkout,* empleada por *Keter,* que es su correspondiente cabalístico, y la balanza de Géburah y de Chesed, repitiéndose en los círculos o ciclos que los gnósticos llamaban *Eones,* dan en este versículo oculto la clave de la bóveda de todo el templo cristiano. Los protestantes lo han traducido y conservado en su Nuevo Testamento, sin encontrar la elevada y maravillosa inteligencia que les hubiera desvelado todos los misterios del Apocalipsis; pero es una tradición en la Iglesia que la revelación de esos misterios está reservada para la consumación de los tiempos.

Malkoud, apoyado sobre Géburah y sobre *Chesed,* es el templo de Salomón, que tiene por columnas Jakin y Bohas. Este es el dogma Adámico, apoyado, por una parte, en la resignación de Abel, y por la otra, en el trabajo y en los remordimientos de Caín; éste es el equilibrio universal del ser basado en la necesidad y en la libertad, en la fijeza y en el movimiento; es la demostración de la palanca universal, buscada vanamente por Arquímedes. Un sabio, que ha empleado todo su talento en hacerse obscuro y que ha muerto sin haber querido hacerse comprender, había resuelto esta suprema ecuación, encontrada por él en la cábala, y temía, por encima de todo, que pudiera saberse, si se explicaba más claramente, el origen de sus descubrimientos. Nosotros hemos oído a uno de sus discípulos y a alguno de sus admiradores indignarse, quizá de buena fe, oyéndole llamar cabalista, y, no obstante debemos decir, para gloria de ese sabio, que sus investigaciones han abreviado notablemente nuestro trabajo sobre las ciencias ocultas, y que la clave de la alta cábala, sobre todo, indicada en el versículo oculto que acabamos de citar, ha sido doctamente aplicado a una reforma absoluta de todas las ciencias en los libros de Hoené Wronski.

La virtud secreta de los evangelios está, pues, contenida en tres palabras, y esas tres palabras han fundado tres dogmas y tres jerarquías. Toda ciencia reposa sobre tres principios, como el silogismo sobre tres términos. Hay también tres clases distintas, o tres rangos originales y naturales entre los hombres, los cuales están llamados a elevarse de lo más bajo a lo más alto. Los hebreos llaman a esas tres series o grados de progreso de los espíritus, Asiah, Jézirah y Briah. Los gnósticos, que eran los cabalistas cristianos, los llamaban Hylé, Psiquis y Gnosis; el círculo supremo se denominaba, entre los hebreos, Aziluth, y entre los gnósticos, Pléroma.

En el tetrágrama, el ternario, tomado al comienzo de la palabra, manifiesta la copulación divina; tomada al final, manifiesta lo femenino y la maternidad. Eva lleva un nombre de tres letras, pero el Adam primitivo está manifestado por la sola letra *Jod*, de modo que Jehová, debería pronunciarse *Ievá*. Esto nos conduce al grande y supremo misterio de la mágia, manifestado por el cuaternario.

4 ד D

EL TETRAGRAMATON

Géburah Chesed.

Porta librorum.

Elementa.

Existen en la Naturaleza dos fuerzas que producen un equilibrio, no obedeciendo los tres más que a una sola ley. He aquí el ternario resumiéndose en la unidad, y agregando la idea de la unidad a la del ternario, se llega al cuaternario, primer número cuadrado y perfecto, manantial de todas las combinaciones numéricas y principio de las formas.

Afirmación, negación, discusión, solución; tales son las cuatro operaciones filosóficas del espíritu humano. La discusión concilia la negación con la afirmación, haciéndolas necesarias la una a la otra. Por esta causa el ternario filosófico, al producirse del binario antagónico, se completa por el cuaternario, base cuadrada de toda verdad. En Dios, según el dogma consagrado, hay tres personas, y esas tres personas no son más que un solo Dios. Tres y uno dan la idea de cuatro, porque la unidad es precisa para explicar los tres. Así, en casi todos los idiomas, el nombre de Dios consta de cuatro letras, y en hebreo esas cuatro letras no hacen más que tres, porque hay en él una que se repite dos veces: la que manifiesta el Verbo y la creación del Verbo.

Dos afirmaciones hacen posibles o necesarias dos negaciones correspondientes. El ser está significado, la nada no lo está. La afirmación, como Verbo, produce la afirmación como realización o encarnación del Verbo, y cada una de esas afirmaciones corresponde a la negación de su contraria.

También resulta que, según el decir de los cabalistas, el nombre del demonio se compone de letras vueltas del Dios o del bien.

Este mal es el reflejo perdido o el miraje imperfecto de la luz en la sombra.

Pero, todo lo que existe, sea en bien, sea en mal, sea en la luz, sea en la sombra, existe y se revela por el cuaternario.

La afirmación de la unidad supone el número cuatro, si esta afirmación no ha de girar en la unidad misma como en un círculo vicioso. Así, pues, el ternario, como ya lo hemos observado, se explica por el binario y se resuelve por el cuaternario, que es la unidad cuadrada de los números pares y la base cuadrangular del cubo, unidad de construcción, de solidez y de medida.

El tetrágramaton cabalístico Jodheva, manifiesta a Dios en la humanidad y la humanidad en Dios.

Los cuatro puntos cardinales astronómicos son, relativamente a nosotros, el sí y el no de la luz, el Oriente y el Occidente, y el sí y el no del calor; el Mediodía y el Norte.

Lo que está en la Naturaleza visible revela, como ya hemos dicho, según el dogma único de la cábala, lo que está en el dominio de la Naturaleza invisible, o de causas secundarias, todas proporcionales y análogas a las manifestaciones de la causa primera.

Así, pues, esta causa primera está siempre revelada por la cruz; la cruz, sí, era unidad compuesta de dos, que se dividen en otras dos para formar cuatro; la cruz era clave de los misterios de la India y de Egipto, el Tau de los patriarcas, el signo divino de Osiris, el Stauros de los gnósticos, la llave de la bóveda del templo, el símbolo de la masonería oculta; la cruz, ese punto central de la conjunción de los ángulos rectos de dos triángulos infinitos; la cruz, que en el idioma francés parece ser la raíz primitiva y el substantivo fundamental del verbo creer y del verbo crecer, reuniendo de este modo las ideas de ciencia, de religión y de progreso.

El gran agente mágico se revela por cuatro especies de fenómenos y ha sido sometido a los tanteos de las ciencias profanas bajo cuatro nombres: calórico, luz, electricidad, magnetismo.

Se le ha dado también los nombres de tetrágramaton, de inri, de azoe, de ether, de od, de flúido magnético, de alma de la tierra, de serpiente, de lucifer, etc.

El gran agente mágico es la cuarta emanación de la vida-principio, de que el sol es la tercera forma (ver los iniciados de la escuela de Alejandría y el dogma de Hermés Trimegisto).

De manera que el ojo del mundo (como le llamaban los antiguos) es el miraje del reflejo de Dios, así como el alma de la tierra es una mirada permanente del sol, que la tierra concibe y conserva por impregnación.

La luna concurre a esa impregnación de la tierra rechazando hacia ella una imagen solar durante la noche, de modo que Hermés ha tenido razón en decir, hablando del Gran Agente: El sol es su padre, la luna es su madre. Luego agrega: El viento le ha llevado en su vientre, porque la atmósfera es el recipiente, y como el crisol de los rayos solares, por medio de los cuales se forma esa imagen viviente del sol, que penetra hasta las entrañas de la tierra, la vivifica, la fecunda y determina todo cuanto depende en su superficie, por sus efluvios y sus corrientes continuas, análogas a las del mismo sol.

Este agente solar está vivificado por dos fuerzas contrarias: una de atracción y otra de proyección, lo que hace decir a Hermés que siempre sube y desciende.

La fuerza de atracción se fija siempre en el centro de los cuerpos, y la de proyección en los contornos, o en su superficie.

Es, por esta doble fuerza, por lo que todo está creado y todo subsiste.

Su movimiento es un enrollamiento y un desenrollamiento sucesivos e indefinidos, o más bien, simultáneos y perpetuos, por espirales de movimientos contrarios que no se encuentran nunca.

Este es el mismo movimiento que el del sol, que atrae y rechaza al mismo tiempo a todos los demás astros de su sistema.

Conocer el movimiento de ese sol terrestre, a fin y en forma de poder aprovechar sus corrientes y dirigirlas, es haber cumplido la gran obra y es ser el dueño del mundo.

Armado con semejante fuerza os podéis hacer adorar; la ignorante muchedumbre os creerá un Dios.

El secreto absoluto de esta dirección ha sido poseído por algunos hombres y puede, todavía, encontrarse. Es el gran arcano mágico, depende de un axioma incomunicable y de un instrumento, que es el gran *atanor* de los herméticos del más elevado grado.

El axioma incomunicable está encerrado cabalísticamente en las cuatro letras del tetrágramaton, dispuestas de este modo:

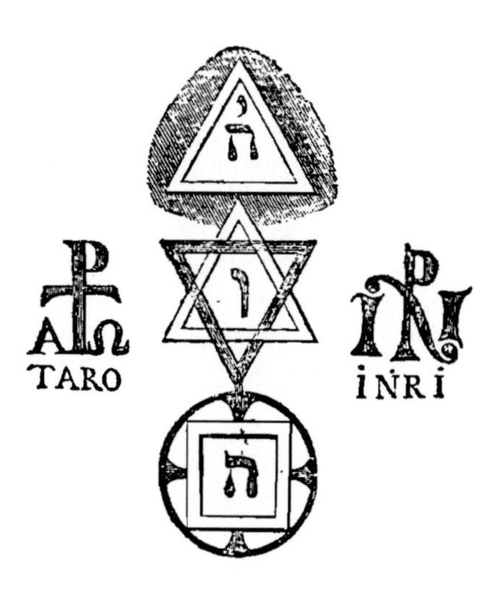

En las letras de las palabras AZOTH e INRI, escritas cabalísticamente, y en el monograma de Cristo, tal y como estaba bordado sobre el lábaro, y que el cabalista Postel interpreta por la palabra ROTA, de la que los adeptos han formado el TARO o TAROT, repitiendo después la primera letra para indicar el círculo y dar a comprender que la palabra está invertida.

Toda la ciencia mágica estriba en el conocimiento de este secreto. El saber y osar, sin servidumbre, consiste la omnipotencia humana; pero el revelarla a un profano es perderla; revelarla, igualmente, a un discípulo es abdicar en favor de ese discípulo, quien, a partir de ese instante, tiene derecho de vida y de muerte sobre su mismo iniciador (hablo desde el punto de vista mágico) y le dará muerte seguramente ante el temor de morir a su vez a sus manos. (Esto no tiene nada de común con los actos calificados de asesinato en la legislación criminal; la filosofía práctica que sirve de base y punto de partida a nuestras leyes, no admite los hechos de hechizos y de influencias ocultas.)

Penetramos aquí en las más extrañas revelaciones, y esperamos ser objeto de todas las incredulidades y de no pocos encogimientos de hombros por parte del fanatismo incrédulo, porque la religión volteriana tiene también sus fanáticos y no agrada a las grandes sombras que deben vagar ahora de un modo implacable en las cuevas del Pantheón, en tanto que el catolicismo, fuerte en sus prácticas y engreído con su prestigio, canta el oficio de difuntos sobre sus cabezas.

La palabra perfecta, la que es adecuada al pensamiento que manifiesta contiene siempre, virtualmente o supuesto, un cuaternario, la idea y sus tres formas necesarias y correlativas, y también la imagen de la cosa manifestada con los tres términos de juicio que la califican. Cuando yo digo: El ser existe, afirmo implícitamente que no existe la nada.

Una altura, una extensión que divide la altura geométricamente en dos y una profundidad separada de la altura por la intersección de la extensión, he aquí el cuaternario natural compuesto de dos líneas que se cruzan. Existen también en la naturaleza cuatro movimientos producidos por dos fuerzas que se sostienen una a otra por su tendencia en sentido contrario. Ahora bien, la ley que rige a los cuerpos es análoga y proporcionadá a la que gobierna a los espíritus, y ésta es la manifestación también del secreto de Dios, es decir, del misterio de la creación.

Suponed un reloj con dos resortes paralelos, con un engranaje que los haga mover y maniobrar en sentido contrario, de manera que al detenerse el uno apriete el otro; el reloj así construído se dará cuerda por sí mismo, y habréis hallado el movimiento continuo. Este engranaje debe abarcar dos fines y ser de una gran precisión. ¿Es incontrastable? No lo creemos. Pero cuando algún hombre lo haya descubierto, ese hombre podrá comprender por analogía todos los secretos de la naturaleza: *el progreso en razón directa con la resistencia.*

El movimiento absoluto de la vida es también el resultado continuo de dos tendencias contrarias, que no se encuentran jamás en oposición. Cuando una de ambas parece ceder a la otra, es un resorte que toma fuerza, y podéis seguramente esperar y confiar en una reacción, de la que es muy posible prever el momento y hasta determinar el carácter; así es cómo en la época de mayor fervor del cristianismo, el reinado del ANTICRISTO, fué conocido y predicho.

Pero, el anticristo, preparará y determinará el nuevo acontecimiento y el triunfo definitivo del Hombre-Dios. Esta es, una vez más, una conclusión rigurosa y cabalística contenida en las *premisas* evangélicas.

Así la profecía cristiana contiene una cuádruple revelación: 1.°, caída del antiguo mundo y triunfo del Evangelio bajó el primer acontecimiento; 2.°, grande apostasía y venida del anticristo; 3.°, caída del anticristo y retorno a las ideas cristianas; 4.°, triunfo definitivo del Evangelio o segundo acontecimiento, designado con el nombre de juicio final. Esta cuádruple profecía contiene, como puede verse, dos afirmaciones y dos negaciones; la idea de dos ruinas o muertes universales y de dos renacimientos; porque a toda idea que aparece en el horizonte social, se le puede asignar, sin temores a incurrir en error, un Oriente y un Occidente, un zenith y un nadir. Así es cómo la cruz filosófica es la llave de la profecía y cómo se puede abrir todas las puertas de la ciencia con el pantáculo de Ezequiel, cuyo centro es una estrella formada por el cruzamiento de dos cruces.

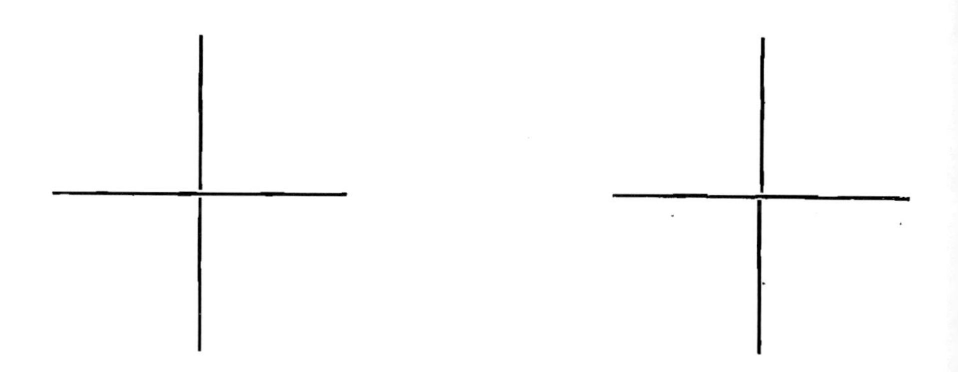

¿No se forma la vida humana también de estas tres fases o transformaciones sucesivas: nacimiento, vida, muerte e inmortalidad? Y advertir aquí que la inmortalidad del alma, necesitada como complemento del cuaternario y cabalísticamente probada por la analogía, que es el dogma único de la religión verdaderamente universal, es la llave de la ciencia y la ley inviolable de la Naturaleza.

La muerte, en efecto, no puede ser un fin absoluto, así como el nacimiento no es sino un comienzo real. El nacimiento prueba la preexistencia del ser humano, puesto que nada puede producirse de nada, y la muerte prueba la inmortalidad, desde el momento en que el ser no puede cesar de ser, como la nada no puede cesar de no ser. Ser y nada son dos ideas absolutamente inconciliables, con esta diferencia: que la idea de la nada (idea completamete negativa) emana de la idea misma del ser, en la que la nada, ni siquiera puede ser comprendida como una negación absoluta, en tanto que la idea del ser no puede nunca aproximarse a la de la nada, desde muy lejos que se tome.

Decir que el mundo ha salido de la nada, es proferir un monstruoso absurdo. Todo lo que es procede de lo que era; por consecuencia, nada de lo que es no podría nunca dejar de serlo. La sucesión de formas se produce por las alternativas del movimiento; estos son fenómenos de la vida que se reemplazan unos a otros sin destruirse. Todo cambia, pero nada perece. El sol no muere cuándo desaparece en el horizonte; las formas, aun las más movibles, son inmortales y subsisten siempre en la permanencia de su razón de ser, que es la combinación de la luz con las potencias agregativas de las moléculas de la substancia primera. Así se conservan en el flúido astral y pueden ser evocadas y reproducidas a voluntad del sabio, como ya lo veremos cuando tratemos de la segunda vista y de la evocación de los recuerdos en la nigromancia y en otras operaciones mágicas.

Volveremos también sobre el gran agente mágicc en el IV capítulo del "*Ritual*", en donde acabaremos de indicar los caracteres del gran arcano y los medios de apoderarse de este formidable poder.

Digamos aquí algunas palabras acerca de los cuatro elementos mágicos y de los espíritus elementales.

Los elementos mágicos son: en alquimia, la sal, el mercurio, el azufre y el ázoe; en cábala, el *macroprosopo*, el *microprosopo* y las dos madres; en jeroglíficos, el hombre, el águila, el león y el toro; en física antigua, según los términos y las ideas vulgares, el aire, el agua, la tierra y el fuego.

En ciencia mágica sabido es que el agua no es el agua común; que el fuego no es sencillamente el fuego que arde, etc. Estas expresiones ocultan un sentido más elevado. La ciencia moderna ha descompuesto estos cuatros elementos de los antiguos y ha encontrado muchos cuerpos que tienen la pretensión de que sean simples. Lo que es simple es la substancia primitiva y propiamente dicha; no hay, pues, más que un elemento material y este elemento se manifiesta siempre por el cuaternario en sus formas. Conservaremos, por tanto, la sabia distinción de las apariencias elementales admitidas por los antiguos y reconoceremos la tierra, el agua, el fuego y el aire, como los cuatro elementos positivos y visibles de la magia.

Lo sutil y lo espeso; el disolvente rápido y el disolvente lento, o los instrumentos en caliente y en frío, forman en física oculta los dos principios positivos y los dos principios negativos del cuaternario, y deben figurarse así:

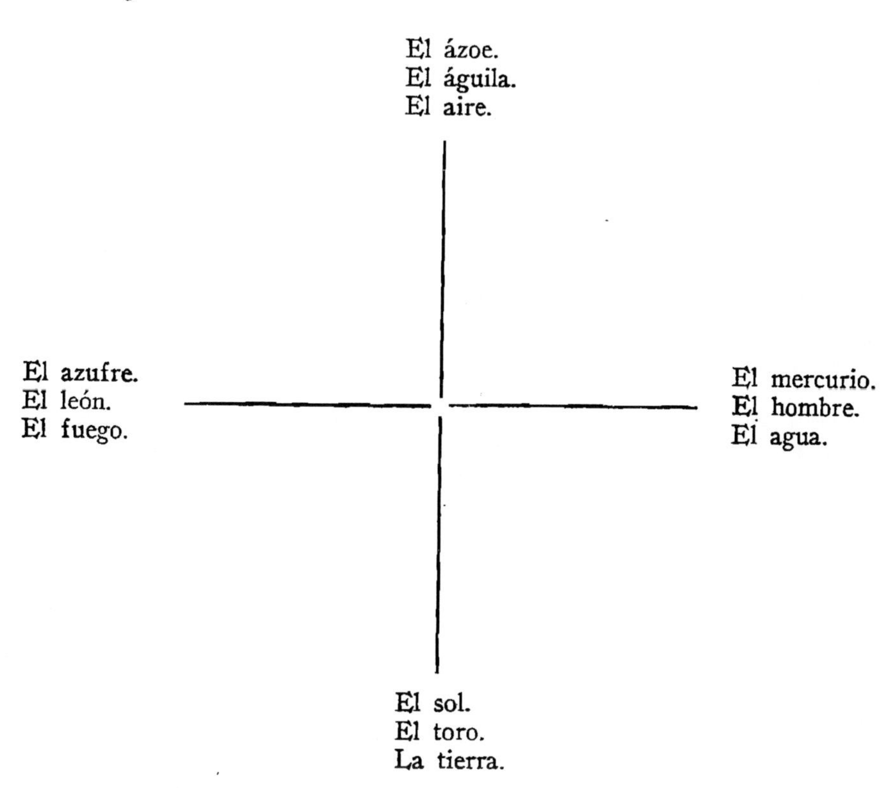

Así la tierra y el aire representan el principio macho; el fuego y el agua se refieren al principio hembra, puesto que la cruz filosófica de los pantáculos es, como ya lo hemos dicho, un jeroglífico primitivo y elemental del *lingam* de los *gymnosofitas*.

A estas cuatro formas de elementales corresponden las cuatro ideas filosóficas siguientes:

El espíritu.
La materia.
El movimiento.
El reposo.

Toda la ciencia está, en efecto, en la inteligencia de estas cuatro cosas, que la alquimia reduce a tres:

Lo absoluto.
Lo fijo.
Lo volátil.

Y que la cábala atribuye a la idea misma de Dios, que es razón absoluta, necesidad y libertad, triple noción manifestada en los libros de los hebreos.

Bajo los nombres de Kether, de Chocmah y de Binah, para el mundo divino, de Tiphereth, de Chesed y de Géburah en el mundo moral, y, en fin, de Jesod, Hod y Netsath en el mundo físico que, con el mundo moral, está contenido en la idea de reinado o *malcout*, explicaremos en el décimo capítulo de este libro esta teogonía, tan racional como sublime.

Ahora bien; estando llamados los espíritus creados a la emancipación por medio de la prueba, están colocados, desde su nacimiento, entre estas cuatro fuerzas, dos positivas y dos negativas, con la facultad de admitir o de negar el bien y escoger la vida o la muerte. Encontrar el punto fijo, es decir, el centro moral de la cruz, es el primer problema que se somete a su resolución; su primera conquista debe ser la de su propia libertad.

Comienzan, pues, por ser arrastrados los unos hacia el Norte, los otros al Sur, éstos al Mediodía, algunos a la derecha y aquéllos a la izquierda, y mientras no son libres, no pueden hacer uso de la razón, ni encarnar de otro modo que en formas animales. Estos espíritus no emancipados, esclavos de los cuatro elementos, son los que los cabalistas llaman demonios elementales y pueblan los elementos que corresponden a su estado de servidumbre. Existen, pues, realmente, silfos, ondinas, gnomos y salamandras, los unos errantes y tratando de encarnar, y los otros ya encarnados y viviendo en la tierra. Estos son los hombres viciosos e imperfectos.

Volveremos sobre este tema en el capítulo XV, que trata de los encantamientos y de los demonios.

Es también una tradición de física oculta, que hizo advertir a los antiguos la existencia de las cuatro edades del mundo; solamente que no se dice al vulgo que esas cuatro edades debían ser sucesivas, como las cuatro estaciones del año, y renovarse como éstas se renuevan. Pero todo esto se refiere al espíritu de profecía, y de ello hablaremos en el capítulo IX, que trata del iniciado y del vidente.

Agreguemos ahora la unidad al cuaternario y tendremos conjunta y separadamente las ideas de la síntesis y del análisis divinos, el Dios de los iniciados y el Dios de los profanos. Aquí el dogma se populariza y se hace menos abstracto; el gran hierofante interviene.

5 ה E

El Pentágrama.

Geburah.

Ecce.

Hasta aquí hemos expuesto el dogma mágico en su parte más árida y más abstracta, aquí comienzan los hechizos; aquí ya podemos anunciar los prodigios y revelar las cosas más ocultas.

El pentágrama expresa la dominación del espíritu sobre los elementos, y es por medio de este signo como se encadena a los demonios del aire, a los espíritus del fuego, a los espectros del agua y a los fantasmas de la tierra.

Armado de ese signo y convenientemente dispuesto, podéis ver el infinito a través de esa facultad, que es como el ojo de vuestra alma, y haceros servir por legiones de ángeles y columnas de demonios.

Primeramente propongamos principios:

No hay mundo invisible; existen solamente muchos grados de perfección en los órganos.

El cuerpo es la representación grosera y como la corteza pasajera del alma.

El alma puede percibir por sí misma y sin el intermedio de los órganos corporales, por medio de su sensibilidad y de su *diáphana,* las cosas sean espirituales, sean corporales, que existen en el universo.

Espiritual y corporal son palabras que manifiestan únicamente los grados de tenuidad o de densidad de la substancia.

Eso que se llama en nosotros imaginación, no es más que la propiedad inherente a nuestra alma, de asimilarse las imágenes y los reflejos contenidos en la luz viviente, que es el gran agente magnético.

Esas imágenes y esos reflejos son revelaciones cuando la ciencia interviene para revelarnos el cuerpo o la luz. El hombre de genio difiere del soñador y del loco en esto únicamente; en que sus creaciones son análogas a la verdad, mientras que los de los soñadores y de los locos, son reflejos perdidos e imágenes descarriadas.

Así, para el sabio imaginar, es ver, como para el mago hablar es crear.

Se pueden ver realmente y de verdad los demonios, las almas, etc., por medio de la imaginación, pero la imaginación del adepto es diáfana, en tanto que la del vulgo es opaca; la luz de la verdad atraviesa a la una como a un mirador espléndido y se refracta en el otro como una masa viscosa llena de escorias y de cuerpos extraños.

Lo que más contribuye a los errores del vulgo y a las extravagancias de la insanidad, son los reflejos de las imaginaciones depravadas las unas en las otras.

Pero el vidente sabe a ciencia cierta que las cosas imaginadas por él son verdaderas y la experiencia confirma siempre sus visiones.

Ya decimos en el Ritual por qué medios se adquiere esta lucidez.

Por medio de esta luz los visionarios estáticos se ponen en comunicación con todos los mundos, como sucedía con frecuencia a Edmundo Swedenborg, quien, sin embargo, no era más que imperfectamente lucido, puesto que no discernía los reflejos de los rayos y mezclaba, a menudo, ensueños a sus más admirables sueños.

Decimos sueños, porque el sueño es el resultado de un éxtasis natural y periódico que se llama sueño. Entrar en éxtasis, es dormir; el sonambulismo magnético es una reproducción y una dirección del éxtasis.

Los errores en el sonambulismo son ocasionados por los reflejos del *diáphana* de las personas despiertas, y especialmente, del magnetizador.

El ensueño es la visión producida por la refracción de un rayo de verdad; el sueño es la alucinación ocasionada por un reflejo.

La tentación de San Antonio, con sus pesadillas y visiones horripilantes y sus monstruos, representa la confusión de reflejos con los rayos directos. Cuanto más lucha el alma es tanto más razonable; cuando sucumbe a esta especie de embriaguez invasora, es más loca.

Romper la mezcla del rayo directo y separarle del reflejo, tal es la obra del iniciado.

Ahora digamos muy alto que este trabajo lo realizaron siempre algunos hombres selectos en el mundo, que la revelación por intuición es también permanente y que no hay barrera infranqueable que separe las almas, pues no existen en la Naturaleza, ni bruscas interrupciones, ni murallas abruptas que puedan separar a los espíritus. Todo es transición y matices, y si se supone la perfectibilidad, si no infinita, por lo menos indefinida, de las facultades humanas, se verá que todo hombre puede llegar a verlo todo, y, por consiguiente, a saberlo todo también, por lo menos en un círculo que puede indefinidamente ensanchar.

No hay nada vacío en la Naturaleza; todo está poblado.

No hay muerte real en la Naturaleza; todo está vivo.

"¿Véis esa estrella?—preguntaba Napoleón al Cardenal Fesch. —No, señor. —Pues bien, yo la veo." Y ciertamente la veía.

Por este motivo se acusa a los grandes hombres de haber sido supersticiosos; es que ellos veían lo que el vulgo no puede ver.

Los hombres de genio difieren de los simples videntes por la facultad que poseen de hacer *sentir* a los demás hombres lo que ellos ven y de hacerse *creer* por entusiasmo y por simpatía.

Estos son los *medium* del Verbo divino.

Digamos ahora cómo se opera la visión.

Todas las formas corresponden a ideas, pues no hay idea que no tenga su forma propia y particular.

La luz primordial, vehículo de todas las ideas, es la madre de todas las formas y las transmite de emanación en emanación, disminuídas únicamente o alteradas en razón de la densidad de los medios.

Las formas secundarias son reflejos que retornan al foco de la luz emanada.

Las formas de objetos, son una modificación de la luz y quedan en ella, de donde el reflejo las envía.

Así la luz astral o el flúido terrestre que llamamos el gran agente mágico, está saturada de imágenes o de reflejos de toda especie que nuestra alma puede evocar y someter a su *diáphana,* como dicen los cabalistas. Estas imágenes las tenemos siempre presentes y son borradas únicamente por las impresiones más fuertes de la realidad durante la vigilia, o por las preocupaciones de nuestro pensamiento que obliga a nuestra imaginación a estar inatenta al móvil panorama de la luz astral.

Cuando dormimos, este espectáculo se presenta por sí mismo a nosotros y así es como se producen los sueños; sueños incoherentes y vagos, si alguna voluntad dominante no permanece activa durante el sueño y no ofrece, a cuenta de nuestra inteligencia, una dirección al sueño que entonces se transforma en ensueño.

El magnetismo animal, no es otra cosa que un sueño artificial producido por la unión, sea voluntaria, sea forzada, de dos almas, una de las cuales vela, en tanto que la otra duerme, es decir, una de las cuales dirige a la otra en la elección de reflejos para cambiar los sueños en ensueños y saber la verdad por medio de imágenes.

Así, pues, los sonámbulos no ven realmente en el sitio a donde el magnetizador los envía, sino que evocan las imágenes en la luz astral y no pueden ver nada de lo que no exista en esta luz.

La luz astral tiene una acción directa sobre los nervios, que son los conductores en la economía animal, acción que llevan al cerebro; así, en el estado de sonambulismo, pueden ver por los nervios y sin tener necesidad ni aun de la luz radiante, pues que el flúido astral es una luz latente, como ya la física ha reconocido que hay calórico latente.

El magnetismo entre dos es, sin duda, un maravilloso descubrimiento; pero el magnetismo en uno sólo, es decir, el auto-magnetismo, volviéndose lúcido a voluntad, y dirigiéndose a sí mismo, es la perfección del arte mágico, y el secreto de esta gran obra no está por descubrir; ha sido conocido y practicado por gran número de iniciados, y, especialmente, por el célebre Apolonio de Tyana, quien nos ha legado una teoría que veremos en nuestro Ritual.

El secreto de la lucidez magnética y de la dirección de los fenómenos del magnetismo, tiende a dos cosas: a la armonía de las inteligencias y a la unión perfecta de las voluntades en una dirección posible y determinada por la ciencia; esto por lo que se refiere al magnetismo entre muchos. El auto-magnetismo requiere preparaciones, de que hemos hablado en nuestro primer capítulo, al enumerar y hacer ver en toda su dificultad las cualidades requeridas para ser un verdadero adepto.

Ya esclareceremos este punto importante y fundamental en capítulos sucesivos.

Este imperio de la voluntad sobre la luz astral, que es el alma física de los cuatro elementos, está figurada en Magia por el pentágrama, cuya figura hemos colocado al frente de este capítulo.

También los espíritus elementales están sometidos a este signo cuando se le emplea con inteligencia, y se puede, colocándole en un círculo o encima de la mesa de las evocaciones, hacerlos dóciles, a lo que se llama en Magia aprisionar.

Expliquemos en pocas palabras esta maravilla. Todos los espíritus creados comunican entre sí por signos y se adhieren todos a un cierto número de verdades expresadas por ciertas formas determinadas.

La perfección de las formas aumentan en razón del desprendimiento de los espíritus, y aquellos que no sientan el peso de la materia o no estén encadenados a ella, reconocen a la primera intuición si un signo es la expresión de un poder real o de una voluntad temeraria.

La inteligencia del sabio proporciona, pues, valor a su pantáculo, como su ciencia da paso a su voluntad, y los espíritus comprenden inmediatamente ese poder.

Así, pues, con el pentágrama se puede obligar a los espíritus a aparecerse en ensueños, sea durante la vigilia, sea durante el sueño propiamente dicho, *trayendo consigo, ante nuestra disciplina, su reflejo, que existe en la luz astral, si han vivido, un reflejo análogo a su verbo espiritual, si no han vivido en la tierra.* Esto explica todas las visiones, y demuestra, sobre todo, por qué los muertos aparecen siempre a los videntes, sea tales como eran en la tierra, sea tales como están todavía en la tumba, nunca como están en una existencia que escapa a las perfecciones de nuestro organismo actual.

Las mujeres embarazadas están más que otras bajo la influencia de la luz astral, que concurre a la formación de su hijo y que les presenta sin cesar las reminiscencias de formas de que ellas están llenas.

También es por esta causa por lo que las mujeres virtuosas engañan, por semejanzas equívocas, la malignidad de los observadores. Imprimen con frecuencia, a la obra de su matrimonio, una imagen que las ha llamado la atención en sueños, y de aquí también que las mismas fisonomías se perpetúen de siglo en siglo.

El uso cabalístico del pentágrama puede, pues, determinar el rostro de los hijos a nacer, y una mujer iniciada podría dar a su hijo los rasgos de Nerea o de Aquiles, como los de Luis XIV o los de Napoleón. Indicamos el medio en nuestro Ritual.

El pentágrama es lo que se llama en cábala el signo del microscomo, ese signo de que Goethe ensalza el poder en el hermoso monólogo de Fausto.

"¡Ah, cómo a esta vista todos mis sentidos se extremecen! Siento la "joven y santa voluptuosidad de la vida rebullir en mis nervios y hervir "en mis venas. ¿Era un Dios el que trazó este signo que aplaca el vértigo "de mi alma, llena de alegría mi pobre corazón, y, en un vuelo misterioso, "desvela alrededor de mí las fuerzas de la Naturaleza? ¿Soy yo un dios? "Todo se aclara ante mi vista; veo en esos sencillos trazos la Naturaleza "activa revelarse a mi espíritu. Ahora, por vez primera, reconozco la verdad "de esta palabra del sabio. ¡El mundo de los espíritus no está cerrado! ¡Tu "sentido es obtuso, tu corazón está muerto! ¡En pie! Baña, ¡oh adepto de "la ciencia!, tu pecho, todavía envuelto en un velo terrestre, en los esplen-"dores del naciente día!....."

(Fausto, *1.ª parte, escena 1.ª*).

Fué el 24 de julio de 1854, cuando el autor de este libro, Eliphas Lévi, hizo en Londres la experiencia de la evocación por el pentágrama, después de haberse preparado con todas las ceremonias que están marcadas en el Ritual. El éxito de esta experiencia, detallada en el capítulo XIII de este libro y en el capítulo que lleva el mismo número en el Ritual, establece un nuevo hecho patológico que los hombres de verdadera ciencia admitirán sin esfuerzo. La experiencia, reiterada por tres veces, ofreció resultados verdaderamente extraordinarios, pero positivos y sin ninguna mezcla de alucinación. Nosotros invitamos a los incrédulos a hacer un ensayo concienzudo y razonado, antes de encogerse de hombros y sonreir.

La figura del pentágrama, perfeccionada según la ciencia, y que ha servido al autor para esta prueba, es la que se encuentra al comienzo de este capítulo, y que no se halla tan completa, ni en las clavículas de Salomón, ni en los calendarios mágicos de Tycho Brahé y de Duchenteau.

Observemos únicamente que el uso del pentágrama es muy peligroso para los operadores que no poseen la completa y perfecta inteligencia de él. La dirección de las puntas de la estrella no es arbitraria, y puede cambiar el carácter de toda operación, como ya lo explicaremos en el Ritual.

Paracelso, este innovador de la Magia, que ha excedido a todos los demás iniciados por los éxitos obtenidos por sí solo, afirma que todas las figuras mágicas y todos los signos cabalísticos de los pantáculos, a los cuales obedecen los espíritus, se reducen a dos, que son la síntesis de los demás: el signo del macroscomo o del sello de Salomón, que ya lo hemos dado y que volvemos a reproducir aquí, y el del microcos-

mo, más poderoso todavía que el primero, es decir, el pentágrama, del que hace en la filosofía oculta una minuciosa descripción.

Si se nos pregunta cómo un signo puede tener tanto poder sobre los espíritus, nosotros preguntaremos a nuestra vez por qué el mundo cristiano se ha posternado ante el signo de la cruz. El signo no es nada por sí mismo, y no tiene fuerza sino por el dogma de que es resumen y verbo. Ahora bien, un signo que resume, expresándolas, todas las fuerzas ocultas de la naturaleza, un signo que siempre ha manifestado a los espíritus elementales y a otros un poder superior a su naturaleza, les infunde temor y respeto y les obliga a obedecer, por el imperio de la ciencia y de la voluntad sobre la ignorancia y la debilidad.

También, por este mismo pentágrama, se miden las proporciones exactas del grande y único atanor necesario para la confección de la piedra filosofal y para el cumplimiento de la gran obra. El alambique más perfecto que puede elaborar la quinta esencia, está conforme con esta figura, y la misma quinta esencia está figurada por el signo del pentágrama.

6 ו F

El equilibrio mágico.

Tipheret.

Uncus.

La inteligencia suprema es necesariamente razonable. Dios en filosofía, puede no ser más que una hipótesis, pero es una hipótesis impuesta por el buen sentido a la razón humana. Personificar la razón absoluta, es determinar el ideal divino.

Necesidad, libertad y razón, he aquí el grande y supremo triángulo de los cabalistas, que llaman a la razón *Keter,* a la necesidad *Chocmach* y a la libertad *Binah,* en su primer ternario divino.

Fatalidad, voluntad, poder, tal es el ternario mágico que, en las cosas humanas, corresponde el triángulo divino.

La fatalidad es el encadenamiento inevitable de efectos y de causas en un orden dado.

La voluntad es la facultad directriz de las fuerzas inteligentes para conciliar la libertad de las personas con la necesidad de las cosas.

El poder es el prudente empleo de la voluntad, que aún hace servir a la fatalidad al cumplimiento de los deseos del sabio.

Cuando Moisés golpea en la roca, él no crea el manantial de agua y la revela, sin embargo, al pueblo, porque una ciencia oculta se le ha revelado a él por medio de la varita adivinatoria.

Así sucede en todos los milagros de la Magia: existe una ley que el vulgo desconoce, pero de la que el iniciado se sirve.

Las leyes ocultas son con frecuencia opuestas a las ideas comunes. Así, por ejemplo, el vulgo cree en la simpatía de los afines y la guerra de los contrarios; es la ley opuesta la que es verdadera.

En otros tiempos se decía: la Naturaleza tiene horror al vacío; es preciso decir: la naturaleza está enamorada del vacío; si así no fuera la física, sería la más absurda de las ficciones.

El vulgo toma habitualmente en todas las cosas, la sombra por la realidad. Vuelve la espalda a la luz y se contempla en la obscuridad que él mismo proyecta.

Las fuerzas de la naturaleza están a la disposición de aquel que sabe resistirlas. ¿Sóis bastante dueño de vuestra voluntad para no estar nunca ebrio? ¿Disponéis del terrible y fatal poder de la embriaguez? Pues bien: si queréis embriagar a los demás, inspiradles deseos de beber, pero no bebáis.

Aquel que dispone del amor de los demás, es porque se ha hecho dueño del suyo. Queréis poseer, no os entreguéis.

El mundo está imantado por la luz del sol y nosotros estamos imantados por la luz astral del mundo.

Lo que se opera en el cuerpo del planeta se repite en nosotros. Hay en nosotros tres mundos análogos y jerárquicos como en la Naturaleza.

El hombre es el microcosmo o pequeño mundo, y según el dogma de las analogías, todo lo que está en el gran mundo se repite en el pequeño. Hay, pues, en nosotros tres centros de atracción y de proyección fluídica; el cerebro, el corazón o el epigastrio y el órgano genital.

Cada uno de estos órganos es único y doble, es decir, que en ellos se halla la idea del ternario. Cada uno de esos órganos atrae por un lado y repele por el otro.

Por medio de estos aparatos, nos ponemos en comunicación con el flúido universal transmitido a nosotros por el sistema nervioso. También esos tres centros son el asiento de la triple operación magnética, como explicaremos en otra parte.

Cuando el mago ha llegado a la lucidez, sea por intermedio de una sonámbula, sea por sus propios esfuerzos, comunica y dirige a voluntad vibraciones magnéticas en toda la masa de la luz astral, cuyas corrientes adivina con la varita mágica. Esa es una varita mágica adivinatoria perfeccionada. Por medio de esas vibraciones, influencia el sistema nervioso de las personas sometidas a su acción, precipita o suspende las corrientes de la vida, calma o atormenta, cura o hace enfermar, da muerte, en fin, o resucita..... Pero aquí nos detendremos ante la sonrisa de la incredulidad. Dejémosle el triunfo fácil de negar lo que no sabe.

Más adelante demostraremos que la muerte llega siempre precedida de un sueño letárgico y que no se opera sino por grados; que la resurrección en ciertos casos es posible, que la letargia es una muerte real y que muchos muertos acaban de morir después de su inhumación.

Pero no es de esto de lo que se trata en este capítulo. Decíamos, pues, que una voluntad lúcida puede obrar sobre la masa de la luz astral, y con el concurso de otras voluntades que ella absorbe y que ella arrastra, determinar grandes e irresistibles corrientes. Decíamos también, que la luz astral se condensa o se ratifica, según que las corrientes la acumulen más o menos en ciertos centros. Cuando carece de energía para alimentar la vida, se producen enfermedades de descomposición súbita que causan la desesperación de la medicina. El cólera morbo, por ejemplo, no obedece a otra causa, y las legiones de animáculos observadas o supuestas, por ciertos sabios, pueden ser más bien el efecto que la causa. Sería, pues, necesario tratar el cólera por la insuflación, si en semejante tratamiento el operador no se expusiera a hacer con el paciente un cambio demasiado temible para el primero.

Todo esfuerzo inteligente de voluntad es una proyección de flúido o de luz humana, y aquí importa distinguir la luz humana de la luz astral, y el magnetismo animal del magnetismo universal.

Al servirnos de la palabra flúido, empleamos una expresión recibida y tratamos de hacernos entender por ese medio; pero estamos muy lejos de decir que la luz latente sea un flúido. Todo nos induciría, por el contrario, a preferir en la explicación de este hecho fenomenal, el sistema de las vibraciones. Sea lo que fuere, siendo esta luz el instrumento de la vida, se fijará naturalmente en todos los centros vivientes; se adhiere al núcleo de los planetas como al corazón del hombre (y por su corazón, entendemos en Magia, el gran simpático) identificándose a la propia vida del ser a que anima, y es por esta propiedad de asimilación simpática como se comparte sin confusión. Es terrestre en sus relaciones con el globo terráqueo, y exclusivamente humana en sus relaciones con los hombres.

Es por esta causa por lo que la electricidad, el calórico, la luz y la imantación producidos por los medios físicos ordinarios, no sólo no producen, sino que tienden, por el contrario, a neutralizar los efectos del magnetismo animal. La luz astral, subordinada a un mecanismo ciego y procediendo de centros dotados de *autotelia*, es una luz muerta y opera matemáticamente siguiendo las impulsiones dadas o siguiendo leyes fatales; la luz humana, por el contrario, no es fatal más que en el ignorante que hace tentativas al azar; en el vidente está subordinada a la inteligencia, sometida a la imaginación y dependiente de la voluntad.

Esta es la luz que, proyectada sin cesar por nuestra voluntad, forma lo que Swedenborg llama las atmósferas personales. El cuerpo absorbe lo que le rodea, e irradia sin cesar proyectando sus miasmas y sus moléculas invisibles; lo propio sucede con el espíritu, de modo que este fenómeno, llamado por algunos místicos el *respiro*, tiene realmente la influencia que se le atribuye, sea en lo físico, sea en lo moral. Es realmente contagioso respirar el mismo aire que los enfermos y que encontrarse en el círculo de atracción y de expansión de gentes maleantes.

Cuando la atmósfera magnética de dos personas está de tal modo equilibrada que el atractivo de una aspira la expansión de la otra, se produce un afecto llamado simpatía; entonces la imaginación, evocando así todos los rayos o todos los reflejos análogos a los que ella experimenta, se forma un poema de deseos que arrastran la voluntad, y si las personas son de sexo diferente, se produce entre ellas, o lo más frecuentemente en la más débil de ellas, una completa embriaguez de luz astral, que se llama la pasión propiamente dicha o el amor.

El amor es uno de los más grandes instrumentos del poder mágico;

pero está formalmente prohibido al magista, al menos como embriaguez o como pasión. ¡Desdichado el Sansón de la cábala que se deja dormir por Dalila! ¡El Hércules de la ciencia que cambia su cetro real por el huso de Onfalia (1), sentirá bien pronto las venganzas de Deyanira (2), y no le quedará más que la hoguera del monte Œta para escapar a los devoradores tormentos de la túnica de Neso! El amor sexual es siempre una ilusión, puesto que es el resultado de un miraje imaginario. La luz astral es el seductor universal figurado por la serpiente del Génesis. Este agente sutil, siempre activo, siempre ávido de savia, siempre acompañado de seductores ensueños y de dulces imágenes; esa fuerza, ciega por sí misma, y subordinada a todas las voluntades, sea para el bien, sea para el mal; ese *circulus* siempre renaciente de una vida indomada que proporciona el vértigo a los imprudentes; ese espíritu corporal, ese cuerpo igneo, ese ether impalpable y presente en todas partes; esa inmensa seducción de la naturaleza, ¿cómo hacer su completa definición y cómo calificar su acción? Indiferente hasta cierto punto por sí mismo, lo mismo se presta al bien que al mal; lleva en sí la luz, y propaga a veces las tinieblas; lo mismo puede nombrarse Lucifer que Lucifugo; es una serpiente, pero es también una aureola: es un fuego, pero lo mismo puede pertenecer a las hogueras del infierno que a las ofrendas de incieso prometidas y dedicadas al cielo. Para apoderarse de él es preciso, como la mujer predestinada, aplastar su cabeza con el pie.

El que corresponde a la mujer cabalística en el mundo elemental es el agua, y el que corresponde a la serpiente, es el fuego. Para domar a la serpiente, es decir, para dominar el círculo de la luz astral, es preciso conseguir ponerse fuera del alcance de las corrientes, es decir, aislarse. Por este motivo es por lo que Apolonio de Tyana se envolvía completamente en un manto de lana, sobre el cual posaba sus pies y se envolvía la cabeza; después rodeaba en semicírculo su columna vertebral y cerraba los ojos una vez cumplidos ciertos ritos, que debían ser pases magnéticos y palabras sacramentales, que tenían por objeto fijar la imaginación y determinar la acción de la voluntad. El manto de lana es de uso muy corriente en Magia, siendo también el vehículo ordinario de las brujas que van al aquelarre, lo que prueba que las brujas no iban realmente al *sabbat*, sino que éste venía a encontrar a las brujas aisladas en su manto, aportando a su *translucido* imágenes análogas a sus preocupaciones mágicas, mezcladas con los reflejos de todos los actos del mismo género que se habían verificado anteriormente a ellas en el mundo.

Este torrente de la vida universal, está también figurado en los dogmas religiosos por el fuego expiatorio del infierno. Es el instrumento de la

---

(1) Reina de Lidia, señora y amante de Hércules, a quien redujo a hilar a sus pies. **(N. del T.)**

(2) Hija de Eneo, esposa de Hércules, el centauro Neso intentó violarla, siendo muerto por Hércules, cuya túnica ensangrentada terminó la carrera del héroe. **(N. G. del T.)**

iniciación; es el monstruo a domar, es el enemigo a vencer; él es el que envía a nuestras evocaciones y a los conjuros de la Goecia tantas larvas y tantos fantasmas; es en él en donde se conservan todas las formas cuyo fantástico y abigarrado conjunto, puebla nuestras pesadillas, y en el que, aparecen tan abominables monstruos. Dejarse arrastrar suavemente por ese río circulante, es caer en los abismos de la locura, más espantosos que los de la muerte; arrojar las sombras de ese caos y hacer que ofrezcan formas perfectas con nuestros pensamientos, es ser hombres de genio, es crear, es haber triunfado del infierno.....

La luz astral dirige los instintos de los animales y libra este combate con la inteligencia del hombre, a quien tiende a pervertir por el lujo de sus reflejos y la mentira de sus imágenes, acción fatal y necesaria que dirigen y hacen más funesta todavía los espíritus elementales y las almas en pena, cuyas inquietas voluntades buscan simpatías en nuestras debilidades y nos tientan, menos para perdernos que por proporcionarse amigos.

El libro de las conciencias, que, según el dogma cristiano, debe manifestarse el último día, el del juicio final, no es otro que la luz astral en la cual se conservan las impresiones de todos los verbos, es decir, de todas las acciones y de todas las formas. Nuestros actos modifican nuestro *respiro magnético* de tal modo, que un vidente puede decir, aproximándose a una persona por vez primera, si esa persona es inocente o culpable, y cuáles son sus virtudes o sus crímenes Esta facultad, que pertenece a la adivinación, era llamada por los místicos cristianos de la primitiva iglesia, el discernimiento de los espíritus.

Las personas que renuncian al imperio de la razón y que gustan de comprometer su voluntad en la persecución de reflejos de la luz astral, están sujetas a alternativas de furor y de tristeza, que hacen imaginar todas las maravillas de la posesión del demonio. Es verdad que, por medio de esos reflejos, los espíritus impuros pueden obrar sobre semejantes almas; hacer de ellas instrumentos dóciles y hasta acostumbrarse a atormentar su organismo, en el cual vienen a residir por *obsesión* o por *embrionato*. Estas palabras cabalísticas están explicadas en el libro hebreo de la *Revolución de las almas*, del cual nuestro capítulo XIII contendrá un análisis sucinto.

Es, por tanto, extremadamente peligroso entretenerse con los misterios de la Magia y arquisoberanamente temerario practicar los ritos por curiosidad, como ensayo y para intentar reducir potencias superiores. Los curiosos que, sin ser adeptos, se entretienen o se mezclan en invocaciones, o se dedican, sin condiciones, a las prácticas del magnetismo oculto, se parecen a una reunión de niños que jugaran con fuego en los alrededores de un barril repleto de pólvora; tarde o temprano serían víctimas de una terrible explosión.

Para aislarse de la luz astral, no es suficiente envolverse en un género de lana; es absolutamente necesario haber impuesto una quietud absoluta a su espíritu y a su corazón; haberse independizado del dominio de las pasiones y haberse asegurado de la perseverancia por medio de los actos espontáneos de una voluntad inflexible. También es preciso reiterar con frecuencia los actos de esa voluntad, porque, como ya lo veremos en el Ritual, la voluntad no se asegura por sí misma, sino por actos, como las religiones no han adquirido su imperio y su duración, sino mediante ceremonias y ritos.

Existen substancias enervadoras que, al exaltar la sensibilidad nerviosa, aumentan al poder de las representaciones, y, por consiguiente, las producciones astrales; por los mismos medios, pero siguiendo una dirección contraria, se pueden espantar y aun turbar los espíritus. Esas substancias, magnéticas por sí mismas y magnetizadas, una vez más, por los prácticos, son lo que se llama filtros o bebidas encantadas. Pero no debemos abordar esta peligrosa aplicación de la magia, que el mismo Cornelio Agrippa, califica de magia envenenadora. Ya no existen hogueras para brujos y brujas, pero sí códigos que castigan los delitos de gentes poco escrupulosas. Limitémonos, pues, a comprobar ahora la realidad de este poder.

Para disponer de la luz astral, es preciso comprender la doble vibración y conocer la balanza de las fuerzas llamadas el equilibrio mágico y que se manifiesta en cábala por el *senario.*

Este equilibrio, considerado en su causa primera, es la voluntad de Dios; en el hombre es la libertad; en la materia es el equilibrio matemático.

El equilibrio produce la estabilidad y la duración.

La libertad engendra la inmortalidad del hombre y la voluntad de Dios pone en obra las leyes de la razón eterna. El equilibrio en las ideas es la sabiduría, y en las fuerzas el verdadero poder. El equilibrio es riguroso. Obsérvese la ley; viólense su espíritu y su letra y ya no hay ley.

Por esta razón es por lo que no hay nada inútil ni perdido. Toda palabra y todo movimiento marchan en pro o en contra del equilibrio, o en pro o en contra de la verdad; porque el equilibrio representa la verdad que se compone del pro y del contra conciliados, o por lo menos del equilibrio del pro.

Decimos en la introducción del Ritual de qué modo el equilibrio mágico debe producirse y por qué éste es necesario al éxito de todas las operaciones.

La omnipotencia es la libertad más absoluta. Luego la libertad absoluta no podría existir sin un equilibrio perfecto. El equilibrio mágico, es, por tanto, una de las condiciones primordiales del éxito en las operaciones de la ciencia y debe buscarse aun en la química oculta, aprendiendo a combinar los contrarios sin neutralizar al uno con el otro.

Por el equilibrio mágico es como se explica el grande y antiguo misterio de la existencia y de la necesidad relativa del mal.

Esta necesidad relativa da, en magia negra, la medida del poder de los demonios o espíritus impuros, a los cuales las virtudes que se practican en la tierra dan más furor, y en apariencia aun más fuerza.

En épocas en que los santos y los ángeles hacían abiertamente milagros, las brujas, hechiceras y los diablos, realizaban, a su vez, maravillas y prodigios.

Es la rivalidad la que ofrece, a menudo, el éxito; todo el mundo se apoya siempre sobre lo que más resiste.

7 ז G

La espada flameante.

Netsah.

Gladius.

El septenario es el número sagrado en todas las teogonías y en todos los símbolos porque se compone del ternario y del cuaternario.

El número 7 representa el poder mágico en toda su fuerza; es el espíritu ayudado de todas las potencias elementales, es el alma servida por la Naturaleza, es el *sanctum regnum,* de que se ha hablado en las clavículas de Salomón, y que representado en el *tarot* por un guerrero coronado que lleva un triángulo sobre su coraza y de pie sobre un cubo, y al cual van uncidas dos esfinges, la una blanca y la otra negra, que tiran en sentido contrario y vuelven la cabeza mirándose.

Este guerrero está armado de una espada flameante y tiene en la otra mano un cetro cuya punta concluye en un triángulo y en una bola.

El cubo es la piedra filosofal; las esfinges son las dos fuerzas del gran agente, correspondientes a Jakin y Bohas, que son las dos columnas del templo; la coraza es la ciencia de las cosas divinas que hace invulnerable la sabiduría a los ataques humanos; la espada flameante es el signo de la victoria sobre los vicios que son, con respecto al número siete, como las virtudes; las ideas de estas virtudes y de estos vicios, estaban figuradas por los antiguos, bajo los símbolos de los siete planetas entonces conocidos.

Así, la fe, esa aspiración a lo infinito, esa noble confianza en sí mismo, sostenida por la creencia en todas las virtudes; la fe, que en las naturalezas débiles puede degenerar en orgullo, era representada por el Sol; la esperanza, enemiga de la avaricia, por la Luna; la caridad, opuesta a la lujuria, por Venus, la brillante estrella de los crepúsculos; la fuerza, superior a la cólera, por Marte; la prudencia, opuesta a la pereza, por Mercurio; la templanza, opuesta a la glotonería, por Saturno, a quien se le da a comer una piedra en lugar de sus hijos, y la justicia, por último, opuesta a la envidia, por Júpiter, vencedor de los titanes. Tales son los símbolos que la astrología toma del culto helénico. En la cábala de los hebreos, el Sol representa al ángel de luz; la Luna al ángel de las aspiraciones y de los sueños; Marte, al ángel exterminador; Venus, al ángel de los amores; Mercurio, al ángel civilizador; Júpiter, al ángel del poder; Saturno, al ángel de la solicitud.

Se les llama así: Miguel, Gabriel, Samahel, Anael, Raphael, Zachariel y Orifiel.

Estas potencias dominadoras de las almas, se repartían la vida humana por períodos, que los astrólogos medían por las revoluciones de los planetas correspondientes.

Pero, no hay que confundir la astrología cabalística con la astrología judiciaria. Ya explicaremos esta distinción. La infancia está dedicada al Sol, la adolescencia a la Luna, la juventud a Marte y a Venus, la virilidad a Mercurio, la edad madura a Júpiter y la vejez a Saturno. Ahora bien, toda la humanidad, vive bajo leyes de análogo desenvolvimiento a las de la vida individual. Es sobre esta base como Trithemo establece su clavícula profética de los siete espíritus, de los que ya hablaremos, y por medio de la cual se puede, siguiendo las proporciones analógicas de los desenvolvimientos sucesivos, predecir con certidumbre los grandes acontecimientos futuros y fijar anticipadamente de período en período, los destinos de los pueblos y del mundo.

San Juan, depositario de la doctrina secreta de Cristo, ha consignado esta doctrina en el libro cabalístico del Apocalipsis, que él representa cerrado con los siete sellos. En ella se encuentran los siete genios de las mitologías antiguas, con las copas y las espadas del Tarot. El dogma, oculto bajo estos emblemas, es pura cábala, ya perdida para los fariseos en la época de la venida del Salvador, los cuadros que se suceden en esta maravillosa epopeya profética, son otros tantos pantáculos, cuyo ternario, cuaternario, septenario y duodenario son las llaves. Las figuras geroglíficas son análogas a las del libro de Hermés, o de la Génesis de Henoch, para servirnos del título aventurado, que sólo manifiesta la opinión personal del sabio Guillermo Postel.

El querube o toro simbólico que Moisés coloca a la puerta del mundo edénico, y que tiene en la mano una espada flameante, es una esfinge, que tiene cuerpo de toro y cabeza humana; es la antigua esfinge asiria, en la que el combate y la victoria de Mithara era el análisis geroglífico. Esta esfinge armada, representa la ley del misterio, que vela a la puerta de la iniciación para apartar a los profanos. Voltaire, que no sabía nada de todo esto, ha reído mucho al ver un buey sosteniendo una espada.

¿Qué habría dicho si hubiera visitado las ruinas de Menphis o de Thebas y cómo hubiera podido responder a sus sarcasmos, tan aplaudidos en Francia, ese eco de los pasados siglos que duerme en las sepulturas de Psammética y de Ramsés?

El querube de Moisés representa, asimismo, el gran misterio mágico, cuyo septenario manifiesta todos los elementos, sin ofrecer, no obstante, la última palabra. Ese *verbum innenarrable* de los sabios de la escuela de Alejandría; esa palabra que los cabalistas hebreos escribían יהוה y traducían por אראריתא manifestaba, también, la triplicidad del principio secundario, el dualismo de los medios y la unidad tanto del principio como del fin; lo mismo que la alianza del ternario con el cuaternario en una palabra compuesta de cuatro letras, que forman siete por medio de una triple y de una doble repetición; esta palabra se pronuncia ARARITA.

La virtud del septenario es absoluta en magia, porque el número es decisivo en todas las cosas. Así todas las religiones le han consagrado en sus ritos. El séptimo año para los judíos era jubilario; el séptimo día está consagrado al reposo y a la oración; tienen siete sacramentos, etc.

Los siete colores del prisma, las siete notas de la música, corresponden a los siete planetas de los antiguos, es decir, a las siete cuerdas de la lira humana. El cielo espiritual no ha cambiado nunca y la astrología ha quedado más invencible que la astronomía.

Los siete planetas no son otra cosa, en efecto, que símbolos jeroglíficos del clavero de nuestras afecciones. Confeccionar talismanes al Sol y a la Luna, o a Saturno, es agregar magnéticamente la voluntad a signos que corresponden a los principales poderes del alma; consagrar alguna cosa a Venus o a Mercurio, es magnetizar esa cosa con una intención directa, sea de placer, sea de ciencia, sea de provecho. Los metales, los animales, las plantas y los perfumes análogos son en esto nuestros auxiliares.

Los siete animales mágicos son: entre las aves correspondientes al mundo divino: el cisne, la alondra, el vampiro, la paloma, la cigüeña, el águila y el moñudo; entre los peces, corresponden al mundo espiritual o científico: la foca, el *œlurus, lucius, thimallus, mugil,* delfín y la sepia, y entre los cuadrúpedos correspondiendo al mundo natural, son: el león, el gato, el lobo, el macho cabrío, el mono, el ciervo y el topo. La sangre, la grasa, el hígado y la hiel de estos animales sirven para los hechizos; su cerebelo se combina con los perfumes de los planetas y está reconocido por la práctica de los antiguos, que poseían virtudes magnéticas correspondientes a las siete influencias planetarias.

Los talismanes de los siete espíritus se hacen: sea sobre piedras preciosas, tales como carbunclo, cristal, diamante, esmeralda, ágata, záfiro y onix; sea sobre metales, como oro, plata, hierro, cobre, mercurio fijado, estaño y plomo. Los signos cabalísticos de los siete espíritus son: para el Sol, una serpiente con cabeza de león; para la Luna, un globo cortado por dos medias lunas; para Marte, un dragón mordiendo las guardas de una espada; para Venus, un *lingan;* para Mercurio, el cadúceo hermético y el cinocéfalo; para Júpiter, el pentágrama flameante, en las garras o en el pico de un águila; para Saturno, un viejo cojuelo o una serpiente enlazada con la piedra heliaca. Se encuentran todos estos signos sobre piedras grabadas por los antiguos hombres, y particularmente, en talismanes de las épocas gnósticas, conocidas bajo el nombre de Abraxas. En la colección de talismanes de Paracelso, Júpiter está representado por un sacerdote en traje eclesiástico, y en el *tarot,* tiene la figura de un gran gerofonte, en cuya cabeza ostenta la tiara de tres diademas y sustentando en la mano la cruz de tres pisos, que forman el triángulo mágico y representan, a la vez, el cetro y la llave de tres mundos.

Reuniendo todo cuanto hemos dicho acerca de la unidad, del ternario y del cuaternario, se tendrá todo lo que nos restaría por decir del septenario, esta grande y completa unidad mágica, compuesta de cuatro y de tres (1).

(1) Véase para los planetas y los colores del septenario empleadas en los usos magnéticos, la docta obra de M. Ragón, sobre la Masonería oculta, y el *Diccionario de Ciencias ocultas* publicado por la Editorial *La Irradiación*.

8 ה H

La realización.

Hod.

Vivens.

Las causas se revelan por los efectos, y éstos son proporcionados a las causas. El verbo divino, la palabra única, el tetragrama, se ha afirmado por la creación cuaternaria. La fecundidad humana prueba la fecundidad divina; el *jod* del nombre divino es la virilidad eterna del primer principio. El hombre ha comprendido que estaba hecho a imagen de Dios, cuando comprendió a Dios, agrandando hasta lo infinito, la idea que se había formado de sí mismo.

Comprendiendo a Dios como hombre infinito, el hombre se dijo a sí mismo: "Yo soy el Dios finito.

La Magia difiere del misticismo en que no juzga *a priori,* sino después de haber establecido *a posteriori* la base misma de sus juicios, es decir, después de haber comprendido la causa por los efectos y encontrado el secreto de los efectos desconocidos en la misma energía de la causa, por medio de la ley universal de la analogía; así en las ciencias ocultas todo es real y las teorías no se establecen más que sobre las bases de la experiencia. Son éstas las realidades que constituyen las proporciones del ideal, y el mago no admite como cierto en el dominio de las ideas más que lo que está demostrado por su realización.

En otros términos; lo que es verdadero en la causa se realiza en el efecto. Lo que no se realiza como causa no puede llegar nunca a la categoría de efecto. La realización de la palabra es el verbo, propiamente dicho. Un pensamiento se realiza al convertirse en palabra; ésta se realiza por el gesto, por los signos y por las figuras de los signos; éste es el primer grado de la realización. Después se imprime en la luz astral por medio de los signos de la escritura o de la palabra; influencia a otros espíritus al reflejarse en ellos; se refracta atravesando la *diáphana* de los demás hombres y adquiere formas y proporciones nuevas, traduciéndose después en hechos que pueden modificar la sociedad y el mundo; éste es el último grado de la realización.

Los hombres que nacen en un mundo modificado por una idea llevan en sí la traza, la impresión de esta idea, y es así como el verbo se hace carne. La huella de la desobediencia de Adam, conservada en la luz astral, no ha podido ser borrada más que por otra huella, por otra impresión más fuerte; por la obediencia del Salvador, siendo así como puede explicarse el pecado original y la redención en un sentido natural y mágico.

La luz astral o el alma del mundo era el instrumento del todopoderoso Adám, convirtiéndose luego en instrumento de su suplicio, después de haberse corrompido y turbado por el pecado, que mezcló un reflejo impuro a las imágenes primitivas que componían, para su imaginación todavía virgen, el libro de la ciencia universal.

La luz astral, figurada en los antiguos símbolos por la serpiente que se muerde la cola, representa escalonadamente la malicia y la prudencia, el tiempo y la eternidad, el tentador y el redentor.

Es porque esa luz, siendo el vehículo de la vida, puede servir de auxiliar lo mismo al bien que al mal, y lo mismo puede tomarse como la forma ignea de Satanás que como el cuerpo de fuego del Espíritu Santo. Es el alma universal de la batalla de los ángeles, y lo mismo alimenta las llamas del infierno que el rayo de San Miguel. Podría compararse con un caballo de una naturaleza análoga a la que se atribuye al camaleón, y que reflejara siempre la armadura de su jinete.

La luz astral es la realización o la forma de la luz intelectual, como ésta es la realización o la forma de la luz divina.

Comprendiendo el gran iniciador del cristianismo que la luz astral estaba recargada de reflejos impuros de la maldad romana, quiso separar a sus discípulos de la esfera ambiente de los reflejos y llamar toda su atención hacia la luz interna, a fin de que por medio de una fe común, pudieran comunicarla por nuevos cordones magnéticos, que él denominó *gracia*, y vencer de ese modo las desbordadas corrientes del magnetismo universal, al que dió los nombres de diablo y de Satanás, para manifestar la putrefacción.

Oponer una corriente a otra corriente, es renovar el poder de la vida fluídica. Así, los reveladores no han hecho más que adivinar por la exactitud de sus cálculos la hora propicia para las reacciones morales.

La ley de la realización produce lo que nosotros llamamos el *respiro* magnético, de que se impregnan los objetos y los lugares, lo cual les comunica una influencia conforme a nuestras voluntades dominantes, especialmente con las que están confirmadas y realizadas por hechos. En efecto, el agente universal, o la luz astral latente, busca siempre el equilibrio, llena el vacío y aspira la plenitud; hace al vicio contagioso, como muchas enfermedades físicas, y sirve poderosamente al proselitismo de la virtud. Por esto es por lo que la convivencia con seres que nos son antipáticos se hace intolerable, y por lo que las reliquias, sean de santos, sea de grandes malvados, pueden ofrecer maravillosos efectos de conversión o de perversión súbita; también es por esto por lo que el amor sexual se produce generalmente por un soplo o por un contacto, y no solamente por el contacto con la misma persona, sino por medio de objetos que ella haya tocado o magnetizado sin saberlo.

El alma aspira y respira exactamente igual que el cuerpo. Aspira lo que cree conviene a su dicha, y respira ideas que resultan sensaciones íntimas. Las almas enfermas tienen mal aliento y vician su atmósfera moral, es decir, mezclan a la luz astral que las penetra reflejos impuros y establecen corrientes deletéreas. Hay quien se asombra de verse asaltado en sociedad por pensamientos malvados que no se hubieran creído nunca posibles, ignorando, quizá, que se deben a alguna proximidad mórbida. Este secreto es de la mayor importancia porque conduce a la manifestación de las conciencias, uno de los poderes más incontestables y más terribles de la magia.

El *respiro* magnético produce alrededor del alma una radiación de que es centro, y se rodea del reflejo de sus obras, que le hacen un cielo o un infierno. Ni hay en ello actos solitarios ni podría tampoco ver en ellos actos ocultos; todo cuanto realmente queremos, es decir, todo cuanto confirmamos por medio de actos permanece escrito en la luz astral, en donde se conservan los reflejos de esos actos. Estos reflejos influencian constantemente nuestro pensamiento por mediación de la disciplina, y así es como nos convertimos en hijos de nuestras propias obras.

La luz astral, transformada en luz humana en el momento de la concepción, es la primera envoltura del alma y, al combinarse con los flúidos más sutiles, forman el cuerpo etéreo o el fantasma sideral de que habla Paracelso en su filosofía de intuición *(Philosophia sagax)*. Este cuerpo sideral, al desprenderse del resto del ser, a la muerte, atrae hacia sí y conserva durante largo tiempo, por la simpatía de los homogéneos, los reflejos de la vida pasada, si una voluntad poderosamente simpática le atrae, en una corriente particular, se manifiesta naturalmente, porque no hay nada más natural que los prodigios. De este modo es como se producen las apariciones. Pero ya desenvolveremos este tema de un modo completo en el capítulo especial de la Nigromancia.

Ese cuerpo fluídico, sometido, como la masa de la luz astral, a dos movimientos contrarios, atractivo a la izquierda y repulsivo a la derecha, o recíprocamente en los dos sexos, produce en nosotros luchas de diferentes índoles, contribuye a las ansiedades de la conciencia; con frecuencia se ve influenciado por reflejos de otros espíritus, siendo así como se produce, sean las tentaciones, sean las gracias sutiles e inesperadas. Esta es, también, la explicación del dogma tradicional de los dos ángeles que nos asisten y nos experimentan. Las dos fuerzas de la luz astral pueden figurarse por una balanza, en la que se pesan nuestras buenas intenciones para el triunfo de la justicia y de la emancipación de nuestra libertad.

El cuerpo astral no es siempre del mismo sexo que el terrestre, es decir, que las proporciones de ambas fuerzas, variando de derecha a izquierda, parecen contradecir, desde luego, la organización visible. Esta es la causa que produce los errores aparentes de las pasiones humanas, y puede justificar, sin justificarlas en modo alguno ante la moral, las singularidades amorosas de Anacreonte o de Safo (1).

Un magnetizador hábil debe apreciar todos estos matices, y por nuestra parte ofrecemos en nuestro Ritual los medios para reconocerlos.

Existen dos clases de realización: la verdadera y la fantástica. La primera es el secreto exclusivo de los magos; la otra pertenece a los hechiceros y a los brujos.

Las mitologías son realizaciones fantásticas del dogma religioso; las supersticiones son el sortilegio de la falsa piedad; pero las mismas mitologías y las supersticiones son más eficaces sobre la voluntad humana que una filosofía especulativa y exclusiva de toda práctica. Por esta razón San Pablo opone las conquistas de la locura de la cruz a la inercia de la sabiduría humana. La religión *realiza* la filosofía *adaptándola* a las debilidades del vulgo; tal es para los cabalistas la razón secreta y la explicación oculta de los dogmas de la encarnación y de la redención.

Los pensamientos que no se traducen en palabras, son pensamientos perdidos para la humanidad; las palabras que no se confirman por medio de actos son palabras ociosas, y de la palabra ociosa a la mentira no hay más que un paso.

El pensamiento formulado por palabras y confirmado por hechos es lo que constituye la buena o la mala obra. Así, pues, sea en vicio, sea en virtud, no hay palabra de que uno no sea responsable; no hay, sobre todo, actos indiferentes. Las maldiciones y las bendiciones surten siempre su efecto, y todo acto, sea el que fuere, cuando está inspirado por el amor o por el odio, produce efectos análogos a su motivo, a su alcance y a su dirección. El emperador aquel cuyas imágenes habían mutilado, y que, al llevarse la mano al rostro, decía: "Yo no me siento herido", hacía una falsa apreciación y disminuía de ese modo el mérito de su clemencia. ¿Qué hombre de honor vería con sangre fría que se insultara a su retrato? Y si realmente semejantes insultos, dirigidos a nuestra persona, cayeran sobre nosotros por una influencia fatal, si el arte de la hechicería fuera positivo, como no le es permitido a un adepto dudarlo, ¿cuán imprudentes y aun temerarias no se considerarían las palabras de ese buen emperador?

Hay personas a quienes no se las ofende impugnemente y si la injuria que se le ha hecho es mortal, desde luego comienzan a morir. No se habla en vano y hasta la mirada cambia la dirección de nuestra vida. El basilisco que mata al mirar, no es una fábula, es una alegoría mágica.

En general, es malo para la salud tener enemigos, y no debe desdeñarse impunemente la reprobación de nadie. Antes de oponerse o a una fuerza o a una corriente, es necesario asegurarse bien si se posee la fuerza o si se ve uno arrastrado por la corriente contraria, de otro modo se verá

(1) Poetisa célebre, llamada la décima musa, natural de Lebos, amante de Faón, por cuyos desprecios pereció en el asalto de Leucade. **(N. del T.)**

uno aplastado o fulminado, y muchas muertes repentinas no obedecen a otras causas.

Las muertes terribles de Nadab y Abiu, de Osa, de Ananías y de Safira, fueron causadas por corrientes eléctricas de las creencias a que ellos ultrajaban; los tormentos de las Ursulinas de Loudun, de las religiosas de Louviers y de los convulsionarios del Jausenismo, obedecían al mismo principio y se explican por las mismas leyes naturales ocultas.

Si Urbano Grandier no hubiera sido ejecutado, habrían ocurrido de todas estas cosas una: o que las religiosas poseídas hubieran muerto presas de horribles convulsiones, o que los fenómenos de frenesí diabólico hubieran ganado, al multiplicarse, tantas voluntades y tanta fuerza que Grandier, a pesar de su ciencia y de su razón, se habría alucinado a sí mismo, hasta el punto de calumniarse como había hecho el desdichado Gaufridy, o que hubiera muerto repentinamente con todas las espantosas circunstancias de un envenenamiento o de una venganza divina.

El desgraciado poeta Gilbert fué, en el siglo XVIII, víctima de su audacia al desafiar la corriente de opinión, y aun de fanatismo filosófico, de su época. Culpable de lesa filosofía, murió loco furioso, víctima de los terrores más espantosos, como si el mismo Dios le hubiera castigado por haber sostenido su causa fuera de sazón. Mas, en efecto, murió sentenciado por una ley que no podía conocer: se había opuesto a una corriente eléctrica y caía fulminado por sus rayos.

Si Marat no hubiera sido asesinado por Carlota Corday, habría muerto indefectiblemente víctima de una reacción de la opinión pública. Lo que le hacía leproso era la execración de las gentes honradas y a las que debía sucumbir.

La reprobación suscitada por San Bartolomé fué la única causa de la enfermedad, de la horrible enfermedad y muerte de Carlos IX y Enrique IV; si no hubiera estado sostenido por una inmensa popularidad que debía al poder de proyección o a la fuerza simpática de su existencia astral. Enrique IV—repetimos—no hubiera sobrevivido a su conversión y habría perecido bajo el desprecio de los protestantes, combinado con la desconfianza y el odio de los católicos.

La impopularidad puede ser una prueba de integridad y de valor, pero no es jamás una demostración de prudencia o de política; las heridas hechas a la opinión son mortales en los hombres de estado. Aún puede recordarse el fin prematuro y violento de muchos hombres ilustres que no conviene nombrar aquí.

Las heridas que se infieren a la opinión pública pueden ser grandes injusticias; pero no por eso dejan de ser motivadas por el fracaso y son con frecuencia decretos de muerte.

Como revancha, las injusticias infligidas a un solo hombre pueden y y deben, si no se reparan, causar la pérdida de todo un pueblo o de toda una sociedad; es lo que se llama el grito de sangre, porque en el fondo de toda injusticia existe el germen de un homicidio.

Es a causa de esas terribles leyes de solidaridad por lo que el cristiamismo recomienda tanto el perdón de las injurias y la reconciliación. Aquel que muere sin perdonar se arroja a la eternidad armado de un puñal y se entrega a los horrores de un asesinato eterno.

Es una tradición y una creencia invencible entre el pueblo, la de la eficacia de las bendiciones o de las maldiciones paternales o maternales. En efecto, cuanto mayores son los lazos que unen a dos personas, más terrible es el odio que se tengan entre sí en sus efectos. El tizón de Altheo quemando la sangre de Meleagro, es en mitología, el símbolo de este poder terrible. Que los padres se percaten de estos odios para que no enciendan el infierno con su propia sangre. No es nunca un crimen el perdonar y es siempre un peligro y una mala acción la de maldecir.

9 ט I

La iniciación.

Jesoel.

Bonum.

El iniciado es aquel que posee la lámpara de Trismegisto, el manto de Apolonio y el bastón de los patriarcas.

La lámpara de Trismegisto es la razón ilusionada por la ciencia, el manto de Apolonio es la posesión completa de sí mismo, que aisla al sabio de las corrientes instintivas y el bastón de los patriarcas, es el socorro de las fuerzas ocultas y perpetuas de la naturaleza.

La lámpara de Trismegisto ilumina el presente, el pasado y el porvenir, muestra al desnudo la conciencia de los hombres, e ilumina los repliegues del corazón de las mujeres. La lámpara brilla con triple llama, el manto se pliega tres veces y el bastón se divide en tres partes.

El número nueve es, por tanto, el de los reflejos divinos; manifiesta la idea divina en toda su potencia abstracta; pero manifiesta también el lujo en la creencia y por consecuencia la superstición y la idolatría.

Por esta causa Hermés le ha hecho el número de la iniciación porque el iniciado reina sobre la superstición, y por la superstición puede marchar sólo en las tinieblas, apoyado en su bastón, envuelto en su manto e iluminado por su lámpara.

La razón ha sido otorgada a todos los hombres, pero no todos saben hacer uso de ella; es una ciencia que es necesario aprender. La libertad ha sido ofrecida a todos, pero no todos pueden ser libres; es un derecho que es preciso conquistar. La fuerza es para todos, pero no todos saben apoyarse en la fuerza; es un poder del que es necesario apoderarse.

No llegamos a nada que nos cueste más de un esfuerzo. El destino del hombre es el de enriquecerse con lo que gane y que de seguida tenga como Dios, la gloria y el placer de la dádiva.

La ciencia mágica se llamaba en otro tiempo el arte sacerdotal y el arte real, porque la iniciación daba al sabio el imperio sobre las almas y la aptitud para gobernar las voluntades.

La adivinación es también uno de los privilegios del iniciado, pues la adivinación no es otra cosa que el conocimiento de los efectos contenidos en las causas y la ciencia aplicada a los hechos del dogma universal de la analogía.

Las acciones humanas no se escriben solamente en la luz astral; dejan también sus huellas sobre el rostro, modifican el porte y el continente y cambian el acento de la voz.

Cada hombre lleva consigo la historia de su vida, legible para el iniciado. Porque el porvenir es siempre la consecuencia del pasado y las circunstancias inesperadas no cambian casi nada de los resultados racionalmente esperados.

Puede, pues, predecirse a cada hombre su destino. Se puede juzgar de toda una existencia por un solo movimiento; un solo defecto presagia toda una serie de desgracias. César fué asesinado porque enrogecía de ser calvo; Napoleón murió en Santa Elena porque gustaba de las poesías de Ossían; Luis Felipe debía abandonar el trono, como lo abandonó, porque tenía un paraguas. Estas no son más que paradojas para el vulgo, que no sabe las relaciones ocultas de las cosas; pero son motivos para el iniciado, que todo lo comprende y de nada se asombra.

La iniciación preserva de las falsas luces del misticismo; da a la razón humana su valor relativo y su infalibilidad proporcional, uniéndola a la razón suprema por medio de la cadena de las analogías.

El iniciado no tiene, pues, ni esperanzas dudosas, ni temores absurdos, porque no posee creencias irrazonables; sabe lo que puede y nada le cuesta osar. Así, para él, osar es poder.

He aquí, pues, una nueva interpretación de los atributos del iniciado; su lámpara representa el saber; el manto en que se envuelve represnta su discreción y su bastón es el emblema de su fuerza y de su audacia. Sabe, osa y se calla.

Sabe los secretos del porvenir, osa en el presente y se calla acerca del pasado.

Sabe las debilidades del corazón humano, y osa servirse de ellas para realizar su obra y se calla sobre sus proyectos.

Sabe la razón de todos los simbolismos y de todos los cultos, osa practicarlos o abstenerse sin hipocresía y sin impiedad y se calla sobre el dogma único de la alta iniciación.

Sabe la existencia y conoce la naturaleza del gran agente mágico, osa realizar los actos y pronunciar las palabras que le someterán la voluntad humana y se calla sobre los misterios del gran arcano.

Así podéis verle con frecuencia triste, pero nunca abatido ni desesperado; con frecuencia pobre, pero nunca envilecido ni miserable; con frecuencia perseguido, pero nunca rechazado ni vencido. Se acuerda de la viudez y del asesinato de Orfeo (1), del exilio y de la muerte solitaria de

(1) Hijo de Eagro, esposo de Eurídice, gran músico y poeta. (N. del T.)

Moisés, del martirio de los profetas, de las torturas de Apolonio, de la cruz del Salvador; sabe en qué abandono murió Agrippa, cuya memoria todavía es calumniada; sabe a qué fatigas sucumbió el gran Paracelso y todo cuanto debió sufrir Raimundo Lulio para llegar, finalmente, a su sangrienta muerte. Se acuerda de Swedenborg haciéndose el loco, o aun perdiendo verdaderamente la razón, a fin de hacerse perdonar su ciencia; de San Martín, que se ocultó toda su vida; de Cagliostro, que murió abandonado en los calabozos de la inquisición; de Cazotte, que subió al cadalso. Sucesor de tantas víctimas, no por eso osa menos, pero comprende, cada vez más, la necesidad de callar.

Imitemos su ejemplo, aprendamos con perseverancia; cuando sepamos, osemos y callémonos.

10 י K

LA KÁBALA

Malchut.

Principium.

Phallus.

Todas las religiones han conservado el recuerdo de un libro primitivo escrito en figuras por los sabios de los primeros siglos del mundo, y cuyos símbolos, simplificados y vulgarizados más tarde, han suministrado a la Escritura sus letras, al Verbo sus caracteres, a la Filosofía oculta sus signos misteriosos y sus pantáculos.

Este libro, atribuído a Henoch, el séptimo maestro del mundo, después de Adán, por los hebreos; a Hermés Trismegisto, por los egipcios; a Cadmus (1), el misterioso fundador de la Villa Santa, por los griegos; era el resumen simbólico de la tradición primitiva, llamada después Kábbala o Cábala, de una palabra hebrea, que es la equivalente a tradición.

Esta tradición reposa por completo en el dogma único de la magia: lo visible es para nosotros la medida proporcional de lo invisible. Así, pues, los antiguos, habiendo observado que el equilibrio es, en física, la ley universal y que resulta de la oposición aparente de dos fuerzas, dedujeron del equilibrio físico, el equilibrio metafísico, y declararon que en Dios, es decir, en la primera causa viviente y activa se debían reconocer dos propiedades necesarias e inherentes la una a la otra: la estabilidad y el movimiento, la necesidad y la libertad, el orden racional y la autonomía volitiva, la justicia y el amor, y, por consecuencia también, la severidad

(1) Cadmo, hijo de Agenoz, fundador y rey de Tebas, esposo de Harmonía; dió muerte al dragón de Tebas y fué inmortal. *(N. del T.)*.

y la misericordia, y son estos dos atributos los que los cabalistas hebreos personifican de algún modo bajo los nombres de Geburah y de Chesed.

Por encima de Geburah y de Chesed reside la corona suprema, el poder equilibrador, principio del mundo o del reino equilibrado, que encontramos designado bajo el nombre de Malchut, en el versículo oculto y cabalístico del *Pater*, de que ya hemos hablado.

Pero Geberah y Chesed, mantenidos en equilibrio, en lo alto por la corona y en lo bajo por el reinado, son dos principios que pueden considerarse, sea en su abstracción, sea en su realización.

Abstractos o idealizados, toman los nombres superiores de *Chomach*, la sabiduría, y de *Binah* la inteligencia.

Realizados, se llaman la estabilidad y el progreso, es decir, la eternidad y la victoria, *Hod* y *Netsah*.

Tal es, según la cábala, el fundamento de todas las religiones y de todas las ciencias, la idea primitiva e inmudable de las cosas; un triple triángulo y un círculo, la idea del ternario, explicada por la balanza y multiplicada por sí misma en el dominio de lo ideal, después la realización de esta idea en las formas. Ahora bien, los antiguos ligaron las primeras nociones de esta sencilla y grandiosa teología, a la idea misma de los números, y calificaron así todas las cifras de la primera década:

1. *Keter*.—La corona, el poder equilibrador.
2. *Chocmah*.—La sabiduría, equilibrada en su orden inmutable por la iniciativa de la inteligencia.
3. *Binah*.—La inteligencia activa, equilibrada por la sabiduría.
4. *Chesed*.—La misericordia, segunda concepción de la sabiduría, siempre bienhechora, porque es fuerte.
5. *Geburah*.—El rigor necesitado por la misma sabiduría y por la bondad. Sufrir el mal es impedir el bien.
6. *Thiphereth*.—La belleza, concepción luminosa del equilibrio en las formas, el intermediario entre la corona y el reino, el principio mediador entre el creador y la creación. (¡Qué sublime idea encontramos aquí de la poesía y de su soberano sacerdocio!)
7. *Netsah*.—La victoria, es decir, el triunfo eterno de la inteligencia y de la justicia.
8. *Hod*.—La eternidad de las victorias del espíritu sobre la materia, de lo activo sobre lo pasivo, de la vida sobre la muerte.
9. *Iesod*.—El fundamento, es decir, la base de toda creencia y de toda verdad, que es lo que nosotros llamamos en filosofía lo *absoluto*.
10. *Malchub* o *Malkout*.—El reino es el universo, es toda la creación, la obra y el espejo de Dios, la prueba de la razón suprema, la consecuencia formal que nos fuerza a ascender a las premisas virtuales, al enigma cuya palabra es Dios, es decir, razón suprema y absoluta.

Estas diez primeras nociones, unidas a los diez primeros caracteres del alfabeto primitivo, significando a la vez principios y nombres, son lo que los maestros de la cábala llaman los diez sefirotas.

El tetragrámaton sagrado, trazado de esta manera indica el número, el manantial y la relación de los nombres divinos. Es el nombre de *Iotchavah,* escrito con esos veinticuatro signos coronados de un triple

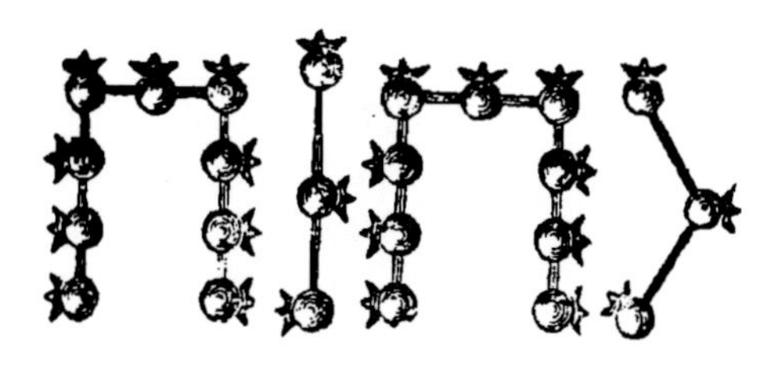

florón de luz, a los que hay que referir los veinticuatro tronos del cielo y los veinticuatro ancianos coronados del Apocalipsis. En cábala, el principio oculto se llama el anciano, y este principio multiplicado y como reflejado en las causas segundas, crea sus imágenes, es decir, tantos ancianos como hay de concepciones diversas de su única esencia. Estas imágenes, menos perfectas al alejarse de su manantial, lanzan a las tinieblas un último reflejo, o un postrer resplandor que representa a un anciano horrible y desfigurado; es lo que se llama vulgarmente el diablo. Así, un iniciado ha osado decir: "El diablo es Dios comprendido por los malvados." Y otro, en términos más extraños, pero no menos enérgicos, ha agregado: "El diablo está formado de girones de Dios." Nosotros podríamos resumir y explicar estas aserciones tan nuevas, haciendo advertir que en el propio simbolismo, el demonio es un ángel caído del cielo por haber querido usurpar la divinidad. Esto pertenece al lenguaje alegórico de los profetas y de los autores de leyendas. Filosóficamente hablando, el diablo es una idea humana de la divinidad sobrepasada y desposeída del cielo por el progreso de la ciencia y de la razón. Moloch, Adramelek, Baal, han sido entre los orientales primitivos, las personificaciones del Dios único, deshonradas por los bárbaros atributos. El dios de los jansenistas, creando para el infierno a la mayoría de los humanos, y complaciéndose en las torturas eternas de aquellos a quienes no ha querido salvar, es una concepción todavía más brutal que la de Moloch: así, el dios de los jansenistas, es ya para los cristianos prudentes e instruídos, un verdadero Satanás caído del cielo.

Los cabalistas, multiplicando los nombres divinos, los han ligado todos, o a la unidad del tetragrámaton, o la figura del ternario, o a la escala sefírica de la década, trazando así la escala de los nombres y de los números divinos:

י
יה
שרי
יסורת
אלחית
אלותים
אראריתא
אלוהורעת
אלהיםניכר
אליםצכאות

Triángulo que puede traducirse así en letras romanas.

J
J A
S D I
J E H V
E L O I M
S A B A O T
A R A R I T A
E L V E D A A T
E L I M G I B O R
E L I M S A B A O T

El conjunto de todos estos nombres divinos formados del único tetragrámaton, pero fuera del propio tetragrámaton, es una de las bases del Ritual hebreo y compone la fuerza oculta que los rabinos cabalistas invocan con el nombre de *Semhamphoras*.

Vamos a hablar aquí de los *Tarots,* desde el punto de vista cabalístico. Ya hemos indicado el origen oculto de su nombre. Este libro jeroglífico se compone de un alfabeto cabalístico y de una rueda o círculo de cuatro décadas, especificadas por cuatro figuras simbólicas y típicas, que tienen cada una por radio una escala de cuatro figuras progresivas representando a la humanidad: hombre, mujer, joven y anciano; amo, ama, combatiente y pechero. Las veintidós figuras del alfabeto representan primeramente los treces dogmas, y después, las nueve creencias autorizadas de la religión hebráica, religión fuerte y fundada sobre la más elevada razón.

He aquí la clave religosa y cabalística del Tarot, manifestada en versos técnicos a la manera de los antiguos legisladores:

1 א Todo anuncia una causa activa, inteligente.

2 ב El número sirve de prueba a la unidad viviente.

3 ג Nada puede limitar a lo que contiene el todo.

4 ד Unico, antes de todo principio, está presente en todas partes.
5 ה Como es el único dueño, es el único adorable.
6 ו Revela a los corazones puros su dogma verdadero.
7 ז Pero es preciso un jefe único a las obras de la fe.
8 ח Por esta razón no tenemos más que un altar y una ley.
9 ט Y nunca el eterno cambiará la base.
10 י De los cielos y de nuestros días rige cada fase.
11 כ Rico en misericordia y poderoso para castigar.
12 ל Promete a su pueblo un rey en el porvenir.
13 מ La tumba es el paso a una nueva tierra, la muerte termina, la vida es inmortal.

Tales son los dogmas puros, inmutables, sagrados; completemos, ahora, los números reverenciados.

14 נ El buen ángel es aquel que calma y atempera.
15 ס El malo es el espíritu del orgullo y de la cólera.
16 ע Dios manda en el rayo y gobierna el fuego.
17 פ Vesper (1) y sus resplandores obedecen a Dios.
18 צ Coloca sobre nuestras torres de centinela a la luna.
19 ק Su sol es el manantial en donde todo se renueva.
20 ר Su aliento hace germinar el polvo de las tumbas.
20 o 21 ש A donde los mortales sin freno descienden en rebaños.
21 o 22 ת Su corona ha cubierto la propiciatoria y sobre los querubines hace resplandecer su gloria.

Con la ayuda de esta explicación, puramente dogmática, se pueden comprender las figuras del alfabeto cabalístico del Tarot. Así, la figura número 1, llamada el Batelero, representa el principio activo en la unidad de la autotelia divina y humana; la núm. 2, llamado vulgarmente la *Papisa*, representa la unidad dogmática fundada en los números; es la Cábala o la Gnosis personificada; la núm. 3, representa la Espiritualidad divina bajo el emblema de una mujer alada, que sostiene en una mano el águila apocalíptica y en la otra el mundo suspendido por el extremo de su cetro. Las demás figuras están tan claras y son tan explicables como las primeras.

Pasemos ahora a los cuatro signos, es decir, a los Bastos, Copas, Espadas y a los Círculos o Pantáculos, llamados vulgarmente Oros. Estas figuras son los jeroglíficos del tetragrámaton; así el Basto, es el *Phalus* de los egipcios o el *Jod* de los hebreos; la Copa es el *Cteis* o el *Hé,* pri-

(1) Lucero vespertino.

mitivo; la Espada es la conjunción de dos o el *Lingan,* figurado en el hebreo anterior a la cautividad por el *Vau;* y el Círculo o Pantáculo, imagen del mundo, es el *Hé* final del nombre divino.

Ahora, tomemos un Tarot y reunamos cuatro a cuatro todas las páginas que forma la Rueda o ROTA de Guillermo Postel; coloquemos juntos los cuatro ases, los cuatro doses, etc., y tendremos diez paquetes de cartas que dan la explicación jeroglífica del triángulo de los nombres divinos en la escala del denario que hemos publicado más atrás. Se podrá, pues, leerlas así refiriendo cada número al Sefirota correspondiente:

יהוה

Cuatro signos del nombre que contiene todos los nombres.

1.—KETER

Los cuatro ases
La corona de Dios lleva cuatro florones.

2.—CHOCMAH

Los cuatro doses
La sabiduría se esparce y forma cuatro ríos.

3.—BINAH

Los cuatro treses
De su inteligencia da cuatro pruebas.

4.—CHESED

Los cuatro cuatros
De la misericordia resultan cuatro beneficios.

5.—GEBURAH

Los cuatro cincos
Su rigor castiga cuatro veces otros tantos crímenes enormes.

6.—TIPHERET

Los cuatro seises
Por cuatro rayos puros se revela su belleza.

7.—NETSATH

Los cuatro sietes
Celebremos cuatro veces su eterna victoria.

8.—HOD

Los cuatro ochos
Cuatro veces triunfa en su eternidad.

9.—IESOD

Los cuatro nueves
Sobre cuatro fundamentos está basado su trono.

10.—MALCHUT

Los cuatro dieces
Su único reinado es cuatro veces el mismo.
Y conforme a los florones de la divina diadema.

Se ve por este arreglo tan sencillo el sentido cabalístico de cada lámina. Así, por ejemplo, el cinco de bastos significa rigurosamente Geburah de Jod, es decir, justicia del creador o cólera del hombre; el siete de copas significa victoria de la misericordia o triunfo de la mujer; el ocho de espadas significa conflicto o equilibrio eterno; y así sucesivamente.

También puede comprenderse cómo se valían los antiguos para hacer hablar a este oráculo.

Tiradas las láminas al azar, ofrecen siempre un sentido cabalístico nuevo, pero rigurosamente verídico en su combinación, que sólo era fortuita; y como la fe de los antiguos no confiaba nada al azar, leían las respuestas de la Providencia en los oráculos del Tarot, que se llamaba entre los hebreos *Theraph* o *Theraphims*, como lo presentó el primer sabio cabalista Gaffaret, uno de los magos titulares del cardenal Richelieu.

Cuanto a las figuras, he aquí un último dístico para explicarlas:

REY, REINA, CABALLERO, SOTA

Esposo, hombre joven, niño, toda la humanidad
Por estos cuatro escalones se remonta a la unidad

Ya publicaremos al final del Ritual otros detalles y documentos completos sobre el maravilloso libro del Tarot, y demostraremos que es el primitivo, la clave de todas las potencias y de todos los dogmas, y, en una palabra, el libro inspirador de libros inspirados, cosa que no presintieron ni Court de Gebelin en su ciencia, ni Alhiette o Eteilla en sus singulares intuiciones.

Los diez sefirotas y los veintidós tarots, forman lo que los cabalistas llaman las treinta y dos vías de la ciencia absoluta. Cuanto a las ciencias particulares, las dividen en cincuenta capítulos a los que llaman las cincuenta puertas (sabido es, que puerta significa gobierno o autoridad entre los orientales).

Los Rabinos dividen también la Cábala en Bereschit, o Génesis universal y en Mercavah, o carro de Ezequiel. De las dos maneras de interpretar los alfabetos cabalísticos forman dos ciencias denominadas: la *Gematria* y la *Temurah*, y componen el arte notorio, que no es otra cosa en el fondo que la ciencia completa de los signos del Tarot y su aplicación compleja y variada en la adivinación de todos los secretos, sea de la filosofía, sea de la Naturaleza o sea también del porvenir.

Volveremos a hablar de esto en el capítulo XX de esta obra.

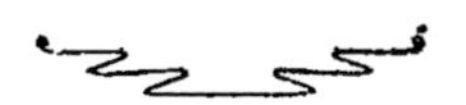

11 כ L

LA CADENA MÁGICA

Manus.

La fuerza.

El gran agente mágico que hemos llamado luz astral, que otros llaman alma de la tierra, que los antiguos alquimistas denominaban Azoe y Magnesio, esa fuerza oculta, única e incontestable, es la llave de todos los imperios, el secreto de todos los poderes, es el dragón volador de Medea, la serpiente del misterio Edénico; es el espejo universal de las visiones, el nudo de las simpatías, el manantial de amores, de la profecía y de la gloria. Saber apoderarse de ese agente, es ser depositario del mismo poder de Dios; toda la magia real, efectiva, todo el verdadero poder oculto, está en esto, y todos los libros de la verdadera ciencia no tienen otro fin que el de demostrarlo.

Para apoderarse del gran agente mágico son necesarias dos operaciones: concentrar y proyectar, o en otros términos, fijar y mover.

El autor de todas las cosas ha dado como base y como garantía al movimiento la fijeza: el mago debe operar en la misma forma.

El entusiasmo es contagioso—se dice. ¿Por qué? Porque el entusiasmo no se produce sin creencias arraigadas. La fe, produce la fe; creer es tener una razón de querer; querer con razón, es querer con fuerza, yo no diré que infinita, pero sí indefinida.

Lo que se opera en el mundo moral e intelectual se verifica con mayor motivo en el físico; cuando Arquímides solicitaba un punto de apoyo para levantar el mundo, buscaba simplemente el gran arcano mágico.

Sobre uno de los brazos del andrógino de Henri Kunrath se lee esta palabra COÁGULA y sobre el otro: SOLVE.

Reunir y repartir son los dos verbos de la Naturaleza; pero ¿cómo reunir, acumular, y cómo repartir la luz astral o el alma del mundo?

Se reune o acumula por el aislamiento y se reparte por medio de la cadena mágica.

El aislamiento consiste: para el pensamiento, en una independencia absoluta; para el corazón, en una libertad completa; para los sentidos, en una continencia perfecta.

Todo individuo que tiene prejuicios y temores; todo hombre apasionado y esclavo de sus pasiones, es incapaz de acumular o de coagular, según la expresión de Khunrath, la luz astral o el alma de la tierra.

Todos los verdaderos adeptos han sido independientes hasta el suplicio; sobrios y castos hasta la muerte, y la razón de esta anomalía es que, para disponer de una fuerza, no hay que ser presa de esa misma fuerza en forma que sea ella la que disponga de vosotros.

Pero entonces, exclamarán los hombres que busquen en la magia un medio de contentar maravillosamente los anhelos de la naturaleza, ¿de qué sirve un poder del que no puede uno usar para su satisfacción? ¡Pobres de las gentes que lo solicitan! Si yo os lo dijera, ¿cómo lo comprenderíais? ¿No son nada las perlas porque no tengan valor alguno para las huestes de Epícaro? ¿No encontraba Curtius más hermoso mandar a los que tenían mucho oro que poseerlo él? ¿No es preciso ser algo más que un hombre ordinario cuando se tiene la pretensión de ser casi un Dios? Por lo demás, yo lamento el afligiros o desanimaros, pero yo no invento aquí las elevadas ciencias; las enseño y hago constar las rigurosas necesidades al sentar sus primeras y más inexorables condiciones.

Pitágoras era un hombre libre, sobrio y casto; Apolonio de Tyana, Julio César, fueron hombres de una asombrosa austeridad; Paracelso hacía dudar de sexo, tan extraño era a las debilidades amorosas; Raimundo Lulio llevaba los rigores de la vida hasta el más exaltado ascetismo; Jerónimo Carda exagera la práctica del ayuno hasta el punto de morir de hambre si ha de creerse a la tradición; Agrippa, pobre y recorriendo el mundo de pueblo en pueblo, murió casi de miseria, antes de sufrir los caprichos de una princesa que insultaba a la libertad de la ciencia. ¿Cuál ha sido, pues, la dicha de estos hombres? La inteligencia de los grandes secretos y la conciencia del poder. Era lo suficiente para esas grandes almas. ¿Es preciso ser como ellos para saber lo que han sabido? No, ciertamente, y este libro que escribo es quizá la prueba; mas, para hacer lo que ellos hicieran, es absolutamente necesario tomar los medios que ellos tomaron.

Pero, realmente, ¿qué es lo que han hecho? Han asombrado y subyugado al mundo, han reinado más efectivamente que los reyes. La magia es un instrumento de bondad divina o de diabólico orgullo, pero es la muerte de las alegrías de la tierra y de los placeres de la vida mortal.

—Entonces, ¿para qué estudiar?—dirán los vividores.

—Pues, sencillamente, para conocerla, y después también para aprender a deshacerse de la incredulidad estúpida o de la credulidad pueril.

Hombres de placer (y como mitad de esos hombres, cuento también a las mujeres), ¿no es un placer muy grande el de la curiosidad satisfecha? Leed, pues, sin temor, que no llegaréis a ser magos, a pesar vuestro.

Además, estas disposiciones de renunciación absoluta no son necesarias más que para establecer las corrientes universales y cambiar la paz del mundo; hay operaciones mágicas relativas y limitadas a un determinado círculo de acción, para las que no son necesarias tan heroicas virtudes. Puede obrarse sobre las pasiones por medio de las pasiones, determinar las simpatías o las antipatías, hacer enfermar o curar, sin poseer el todopoderío del mago; es preciso únicamente prevenirse del riesgo que puede correrse en una reacción proporcionada a la acción y de la que fácilmente podría convertirse en víctima. Todo esto se explicará en el Ritual.

Formar la cadena mágica es establecer una corriente magnética, que será más y más fuerte en razón a la extensión de la misma. Veremos en el Ritual cómo estas corrientes pueden producirse y cuáles son las diversas maneras de formar la cadena. La cubeta de Mesmer era una cadena mágica bastante imperfecta; muchos grandes círculos de iluminados, en diferentes países del Norte, han sido cadenas más poderosas. La misma sociedad de ciertos sacerdotes católicos, célebres por su poder oculto y su impopularidad, estaba establecida sobre el plan, y siguiendo las condiciones de las cadenas mágicas más poderosas, siendo éste el secreto de su fuerza, que ellos atribuyen exclusivamente a la gracia o a la voluntad de Dios, solución vulgar y fácil de todos los problemas de fuerza en influencia o en arrastramiento. Ya podrá apreciarse en nuestro Ritual la serie de ceremonias y de evocaciones, verdaderamente mágicas, que componen la gran obra de la vocación, bajo el nombre de ejercicios de San Ignacio.

Todo entusiasmo propagado en una sociedad por consecuencia de comunicaciones y de prácticas convenidas, produce una corriente magnética y se conserva o se aumenta por la corriente. La acción de la corriente es arrastrar y exaltar a las personas impresionables y débiles, a las organizaciones nerviosas, a los temperamentos dispuestos al histerismo, o a las alucinaciones. Estas personas se hacen pronto poderosos vehículos de la fuerza mágica y proyectan con fuerza la luz astral en la misma dirección de la corriente; oponerse entonces a las manifestaciones de la fuerza, sería, de algún modo, combatir la fatalidad. Cuando el joven fariseo Saül o Schol vino a arrojarse, con todo el fanatismo y la testarudez de un sectario contra el cristianismo invasor, se colocaba a sí mismo, y a despecho suyo, a merced del poder que creía combatir; así fué fulminado por un relámpago magnético, realizado más instantáneamente por el efecto combinado de una congestión cerebral y de una insolación.

La conversación del joven israelita Alfonso de Ratisbonna, es un hecho contemporáneo de idéntica naturaleza. Nosotros conocemos una secta de entusiastas a quienes se les oye reir a distancia y de cuya risa se contagia uno sin poder remediarlo ni aun combatirla. Diré más; diré que los círculos mágicos y las corrientes magnéticas, se establecen por sí mismas, e influencian siguiendo leyes fatales a aquellos que se someten a su acción.

Cada uno de nosotros está atraído hacia un círculo de relaciones, que es su mundo y del que sufre la influencia. Juan Jacobo Rousseau, ese legislador de la revolución francesa, ese hombre en quien la nación más espiritual del mundo acepta como la encarnación de la razón humana, fué arrastrado a la más triste acción de su vida, al abandono de sus hijos, por la influencia magnética de un círculo de libertinos y por una corriente mágica de mesa de hotel.

Lo refiere sencilla e ingenuamente en sus "Confesiones", y es un hecho en que nadie ha reparado. Son los grandes círculos los que forman los grandes hombres y recíprocamente. No hay en ellos genios incomprendidos; hay sí, hombres *excéntricos* y la palabra parece haber sido inventada por un adepto. El hombre excéntrico en genio, es aquel que trata de formarse un círculo luchando contra la fuerza de atracción central de las cadenas y de las corrientes establecidas.

Su destino es ser vencido en lucha o triunfar. ¿Cuál es la doble condición del éxito en semejante caso? Un punto central de fijeza y una acción circular perseverante de iniciativa. El hombre de genio es aquel que ha descubierto una ley real y que, por consecuencia, posee una fuerza invencible de acción y de dirección. Puede morir en la obra; pero lo que ha querido se cumple a pesar de su muerte; porque la muerte es una verdadera asunción para el genio. Cuando yo me eleve de la tierra—decía el más grande de los iniciadores—yo lo arrastraré todo tras de mí.

La ley de las corrientes magnéticas es la del movimiento mismo de la luz astral. Este movimiento es siempre doble y se multiplica en sentido contrario. Una grande acción prepara siempre una reacción igual y el secreto de los grandes éxitos está todo él en la presciencia de las reacciones. Así es como Chateaubriand, inspirado por el disgusto de las saturnales revolucionarias, presintió y preparó el inmenso éxito de su *Genio del Cristianismo.*

Oponerse a una corriente que comienza su círculo, es querer ser quebrantado, como lo fué el grande e infortunado Emperador Juliano; oponerse a la corriente que ha recorrido todo el círculo de su acción, es tomar la cabeza de la corriente contraria. El gran hombre es aquel que llega a tiempo y que sabe innovar oportunamente.

Voltaire, en tiempo de los apóstoles, no hubiera encontrado eco a sus palabras, y no habría sido, quizá, más que un parásito ingenioso de los festines de Trimalcyon.

En la época en que vivimos todo está preparado para una nueva explosión de entusiasmo evangélico y de desinterés cristiano, precisamente a causa del desencadenamiento universal, del positivismo egoísta y del público cinismo con que se ostentan los más groseros intereses. El éxito de ciertos libros y las tendencias místicas de los espíritus, son síntomas nada equívocos de esta predisposición general. Se restauran los viejos templos y se edifican otros nuevos; cuanto más se siente el vacío de creencias, con más ahinco se espera; el mundo entero espera, una vez más al Mesías, que no puede tardar en venir.

Que se encuentre, por ejemplo, un hombre colocado en una elevada posición por su rango o por su fortuna, un Papa, un Rey o un judío millonario, y que ese hombre sacrifique pública y solemnemente todos sus intereses materiales a la salvación de la humanidad, que se haga el redentor de los pobres, el propagador y aun la víctima de doctrinas de abnegación y de caridad; y se formará a su alrededor un concurso inmenso, y se producirá una completa conmoción en el mundo.

Pero la elevada posición del personaje es, ante todo, necesaria, porque en nuestros tiempos de miseria y de charlatanismo, todo verbo que proceda de las bajas capas sociales, viene ya con el sello de sospecha, de una ambición desmedida y de un interés engañoso. Vosotros que no sóis nadie y que no tenéis nada, no esperéis ser ni apóstoles ni Mesías. Tenéis fe y queréis proceder en razón de vuestra fe, llegad, primero, a los medios de acción, que son: la influencia del rango y del prestigio de la fortuna. En otras épocas se hacía el oro con la ciencia; hoy día es preciso rehacer la ciencia con el oro. Se fijó lo volátil, es preciso volatilizar lo fijo; en otros términos: se ha materializado el espíritu, ahora es necesario llegar a espiritualizar la materia. La palabra más sublime no tiene eco en nuestros días, si no se produce bajo la garantía de un nombre, es decir, de un éxito que representa un valor material. ¿Cuánto vale un manuscrito? Lo que vale en librería la firma del autor. La razón Social Alex. Dumas y Compañía, p. e. representa una de las garantías literarias de nuestra época; pero la casa Dumas no vale más que por sus productos habituales, las novelas. Que Dumas encuentre una magnífica utopía o una solución admirable al problema religioso, y no se considerarán esos descubrimientos más que como caprichos divertidos del novelista y nadie los tomará en serio, a pesar de la celebridad Europea del Panurgo de la literatura moderna. Estamos en el siglo de las posiciones adquiridas; cada cual vale en razón a lo que representa social y comercialmente hablando. La ilimitada libertad de la palabra ha producido tal conflicto de discursos, que ya hoy día nadie dice: "¿Qué dicen?" sino: ¿Qué ha dicho ese?" si es Rothschild, o S. S. Pío IX o aun Monseñor Dupanloud, es *alguna cosa*. Si es Tartempión, que fué, por lo demás (lo que es posible después de todo) un prodigio, todavía ignorado, de genio, de ciencia y de buen sentido, *no es nada*.

A aquellos que me dijeran: ¿Si posees el secreto de los grandes éxitos y de la fuerza que puede cambiar el mundo, por qué no te sirves de ella? Yo les respondería: Esta ciencia la he adquirido demasiado tarde para mí mismo, y he perdido en adquirirla el tiempo y los recursos que quizá me hubiera puesto en situación de hacer el uso debido; pero la ofrezco a aquellos que están en posición apta para hacerlo. Hombres ilustres, ricos, grandes del mundo, que no estáis satisfechos con lo que tenéis y con lo que sois, y que sentís dentro de vuestro corazón una ambición más notable y más amplia, ¿queréis ser los padres de un mundo nuevo y los reyes de una civilización rejuvenecida?. Un sabio, pobre y obscuro, ha encontrado la palanca de Arquímides y os la ofrece para el solo bien de la humanidad y sin pediros nada en cambio.

Los fenómenos que últimamente han agitado a América y a Europa, a propósito de las mesas parlantes y de las manifestaciones fluídicas, no son otra cosa que corrientes magnéticas, que comienzan a formarse, y las solicitaciones de la naturaleza, que nos invita, para la salvación de la humanidad, a reconstituir grandes cadenas simpáticas y religiosas. Efectivamente, la estancación de la luz astral sería la muerte del género humano, y las torpezas de ese agente secreto se han manifestado ya por espantosos síntomas de descomposición y de muerte. El cólera morbo, por ejemplo, las epidemias de las patatas y de la uva no obedecen a otra causa, como lo han, obscura y simbólicamente, visto en sueños los dos pastorcillos de la Salette.

La inesperada fe que ha encontrado su relato y el concurso inmenso de peregrinos determinado por un relato tan singular como vago, cual es el de dos niños sin instrucción y casi sin moralidad, son pruebas de la realidad magnética del hecho, y de la tendencia fluídica de la misma tierra a operar la curación de sus habitantes.

Las supersticiones son instintivas, y todo lo que es instinto tiene una razón de ser en la naturaleza misma de las cosas; es en esto en lo que los escépticos no han reflexionado todavía poco ni mucho.

Nosotros atribuímos, pues, todos los hechos extraños del movimiento de las mesas al agente magnético universal, que busca una cadena de entusiasmo para formar nuevas corrientes. Es una fuerza ciega, por sí misma, pero que puede ser dirigida por la voluntad de los hombres y que está influenciada por las opiniones circulantes (1).

Este flúido universal, si se quiere que sea flúido, siendo el medio común de todos los organismos nerviosos y el vehículo de todas las vibraciones sensitivas, establece entre las personas impresionables una verdadera solidaridad física, y transmite de las unas a las otras impresiones de la imaginación y del pensamiento. El movimiento de la cosa inerte, determinado por las ondulaciones del agente universal, obedece a la impresión dominante y reproduce en sus revelaciones, tan pronto toda la lucidez de los más maravillosos ensueños, tan pronto toda la extravagancia y toda la falacia de los sueños más incoherentes y más vagos.

Los golpes dados sobre los muebles; la agitación ruidosa de las vajillas; los instrumentos de música sonando por sí mismos son ilusiones producidas por las mismas causas. Los milagros de los convulsionarios de San Medardo, eran del mismo orden y parecían con frecuencia interrumpir las leyes

---

(1) En el *Manual de Espiritismo* de Lucía Grange, editado por LA IRRADIACIÓN, puede verse el modo de operar con el trípode o mesa parlante. **(N. del T.)**

de la naturaleza. Exageración, por una parte, producida por la fascinación, que es la embriaguez, ocasionada por las congestiones de luz astral, y de la otra, oscilaciones o movimientos reales impresos a la materia inerte por el agente universal y sutil del movimiento y de la vida; he aquí todo lo que hay en el fondo de esas cosas tan maravillosas, como podrían fácilmente convencerse reproduciendo a voluntad, por los medios indicados en el *Ritual,* los más asombrosos de esos prodigios, y comprobar sin dificultad la ausencia de superchería, de alucinación o de error.

Me ha ocurrido muchas veces, después de haber realizado experiencias de cadena mágica, hechas con personas sin buena intención y sin simpatías, de verme despertado, preso de un sobresalto, durante la noche, y víctima de impresiones y contactos verdaderamente horribles; una noche, entre otras, sentí la presión de una mano que me estrangulaba; me levanté, encendí la lámpara y me puse tranquilamente a trabajar para utilizar mi insomnio y desviar las fantasías del sueño. Entonces, los libros se desplazaban cerca de mí, ruidosamente; las maderas crujían con estrépito, como si fueran a romperse, y golpes continuados y sordos resonaban en el techo, en el suelo y en las paredes. Yo observaba con curiosidad, pero tranquilamente, todos estos fenómenos, que no serían menos maravillosos si solamente mi imaginación hiciera los gastos, tanto había de realidad en sus apariencias. Como acabo de decir, no me sentía en forma alguna atemorizado, y me ocupaba en aquel momento de otra cosa que no eran ciertamente ciencias ocultas.

Fué por la repetición de estos hechos por lo que intenté experiencias de evocación, con la ayuda del ceremonial mágico de los antiguos, obteniendo resultados verdaderamente extraordinarios, que haré constar en el capítulo décimotercero de este libro.

12 ל M

LA GRAN OBRA

Discite.

Crux.

La gran obra es, ante todo, la creación del hombre por sí mismo, es decir, la conquista, plena y completa, que hace de sus facultades y de su porvenir; es, especialmente, la emancipación perfecta de su voluntad que le asegura el imperio universal del ázoe y el dominio de la magnesia, es decir, un pleno poder sobre el agente mágico universal.

Este agente mágico, que los antiguos filósofos herméticos disfrazaron bajo el nombre de materia primera determina las formas de la substancia modificable, y puede, realmente por su medio, llegar a la transmutación metálica y a la medicina universal. Esto no es una hipótesis; es un hecho científico ya rigurosamente aprobado y perfectamente demostrable.

Nicolás Flamel y Raimundo Lulio, pobres ambos, distribuyeron de un modo evidente, inmensas riquezas.

Agrippa no llegó nunca más que a la primera parte de la gran obra y murió penosamente, luchando para poseerse únicamente y fijar su independencia.

Existen, por consiguiente, dos operaciones herméticas: la una espiritual y la otra material y dependientes la una de la otra.

Toda la ciencia hermética está contenida en el dogma de Hermés, primitivamente grabado, según dicen, sobre una esmeralda. Ya hemos explicado los primeros artículos; he aquí los que se refieren a la operación de la gran obra.

"Tú separarás la tierra del fuego, lo sutil de lo espeso, con gran industria

"Sube de la tierra al cielo, y de rechazo desciende a la tierra, y recibe la fuerza de las cosas superiores e inferiores.

"Tú tendrás, por ese medio, la gloria de todo el mundo y por eso toda obscuridad huirá de tí.

"Es la fuerza fuente de toda fuerza, porque ella vencerá toda cosa sutil y penetrará toda cosa sólida.

"Así ha sido creado el mundo."

Separar lo sutil de lo espeso, en la primera operación, que es puramente interna, es franquear su alma de todo prejuicio y de todo vicio; lo que se hace con el uso de la sal filosófica, es decir, de la sabiduría; del mercurio, es decir, de la habilidad personal y del trabajo, y, por último, del azufre, que representa la energía vital y el calor de la voluntad. Se arriba por este medio a cambiar en oro espiritual, desde las cosas menos preciosas, hasta las inmundicias de la tierra.

En este sentido es como hay que admitir las parábolas de la gran turba de filósofos, de Bernardo el Trevisano, de Basilio Valentín, de María la Egipciaca y de otros profetas de la alquimia; pero, en sus obras como en la gran obra, es preciso separar hábilmente lo sutil de lo espeso, lo místico de lo positivo, la alegoría de la teoría. Si se quiere leerlos con placer e inteligencia, es necesario, ante todo, entenderlos alegóricamente por completo, para después descender de las alegorías a las realidades por la vía de las correspondencias o analogías indicadas en el dogma único.

Lo que está arriba es como lo que está abajo y recíprocamente.

La palabra ART invertida, o leída en la forma que se leían las escrituras sagradas y primitivas, es decir, de derecha a izquierda, manifiesta por esas tres iniciales los diferentes grados de la gran obra: T, significa ternario, teoría y trabajo; R, realización; A, adaptación. En el 12.º capítulo del Ritual, daremos la receta de los grandes maestros para la adaptación, y, especialmente, la contenida en la fortaleza hermética de Henri Khunrath.

Pero mandamos a las investigaciones de nuestros lectores un admirable tratado atribuído a Hermés Trimegisto y que lleva por título Minerva-Mundi.

Este tratado se encuentra únicamente en algunas ediciones de Hermés y contiene, bajo alegorías llenas de poesía y de profundidad, el dogma de la creación de los seres por sí mismos, o de la ley de creación que resulta del acuerdo de dos fuerzas, de aquellas que los alquimistas llamaban lo fijo y lo volátil, y que son, en lo absoluto la necesidad y la libertad. Allí se explica la diversidad de formas repartidas en la Naturaleza por la diversidad de espíritus, y las monstruosidades por la divergencia de los esfuerzos. La lectura y la meditación de esta obra son indispensables a todos los adeptos que quieran profundizar los misterios de la Naturaleza y entregarse seriamente a la busca de la gran obra.

Cuando los maestros de la alquimia dicen que es preciso poco tiempo y poco dinero para realizar las obras de la ciencia; cuando, sobre todo, afirman que sólo un vaso es necesario; cuando hablan del grande y único atanor que todos pueden usar, que está al alcance de todo el mundo y que los hombres poseen sin saberlo, aluden a la alquimia filosófica y moral. En efecto, una voluntad fuerte y decidida puede llegar en poco tiempo a la independencia absoluta y todos nosotros poseemos el instrumento químico, el grande y único atanor que sirve para separar lo sutil de lo espeso y lo fijo de lo volátil. Este instrumento, completo como el mundo y preciso como las mismas matemáticas, está designado por los sabios bajo el emblema del pentágrama o de la estrella de cinco puntas, que es el signo absoluto de la inteligencia humana. Yo imitaré a los sabios no nombrándole; pero es demasiado fácil adivinarlo.

La figura del Tarot, que corresponde a este capítulo, ha sido mal comprendida por Court de Gebelín y por Eteilla, quienes han creído ver únicamente un error cometido por un fabricante de cartas alemán. Esta figura representa a un hombre con las manos atadas detrás de la espalda, llevando dos sacos de dinero debajo de los brazos y colgado de un pie a un aparato compuesto de dos troncos de árbol, teniendo cada uno de ellos una raíz de seis ramas cortadas y de un travesaño, que completa la figura del TAU hebreo ת, las piernas del paciente están cruzadas, y sus codos forman un triángulo con su cabeza. Ahora bien, el triángulo sobremontado por una cruz, significa en alquimia el fin y la perfección de la gran obra, significación idéntica a la de la letra ת, que es la última del alfabeto sagrado.

Este ahorcado es, pues, el adepto, ligado por sus compromisos, espiritualizado, con los pies dirigidos hacia el cielo; es también Prometeo, sufriendo con una tortura inmortal la pena de su glorioso vuelo.

Es, vulgarmente, Judas el traidor, y su suplicio amenaza a los reveladores de la gran obra. Por último, para los cabalistas judíos, ese ahorcado, que corresponde a su duodécimo dogma, el del prometido Mesías, es una protesta contra el Salvador reconocido por los cristianos, a quien parece todavía decir: ¿Cómo salvarías tú a los demás, si no has podido salvarte a tí mismo?

En el Sepher-Toldos-Jeschu, compilación rabínica anticristiana, se encuentra una singular parábola: Jeschu—dice el rabino autor de la leyenda—viajaba con Simón Barjona y Judas Iscariote. Llegaron tarde y fatigados a una casa aislada; tenían mucha hambre y no tenían que comer más que una gansa polla, muy pequeña y muy flaca. Era bastante poco para tres personas; repartirla, habría sido solamente aguijonear el hambre sin satisfacerla. Convinieron, pues, echarla a la suerte; pero como no podían contener el sueño, dijo Jesús: Vamos a dormir, mientras se prepara la cena; cuando nos despertemos, nos contaremos nuestros sueños, y aquel que haya obtenido el más hermoso ensueño, aquel se comerá solo la gansilla. Así se hizo. Durmieron y se despertaron. Yo—dijo San Pedro—he soñado que era el vicario de Dios. Yo—dijo Jesús—que era el mismo Dios. Y yo—repuso hipócritamente Judas—he soñado que era sonámbulo y que me levantaba, descendía lentamente y retiraba la gansa del asador y me la comía. Después de esto descendieron al piso; pero la gansa había, efectivamente, desaparecido. Judas había soñado despierto.

Esta leyenda es una protesta del positivismo judío contra el misticismo cristiano. En efecto, en tanto que los creyentes se entregaban a hermosos sueños, el israelita proscripto, el Judas de la civilización cristiana trabajaba, vendía, hacía agiotajes y se enriquecía, apoderándose de las realidades de la vida presente, y se colocaba en situación de prestar medios de existencia a los mismos cultos que la habían durante tanto tiempo proscripto. Los antiguos adoradores del arca, fieles al culto del arca *del dinero,* tienen en la actualidad la Bolsa por templo, y es desde ella desde donde gobiernan el mundo cristiano. Judas puede, en efecto, reir y felicitarse de no haber dormido como San Pedro.

En las antiguas escrituras, anteriores a la cautividad, el *Tau* hebreo tiene la figura de una cruz, lo que confirma, una vez más, nuestra interpretación de la duodécima lámina del Tarot cabalístico. La cruz, generadora de cuatro triángulos, es también el signo sagrado del duodenario, y los egipcios le llamaban por esto mismo la llave del cielo. Así, Eteilla, embarazado en sus largas investigaciones para conciliar las necesidades analógicas de la figura con su opinión personal (había sufrido en esto la influencia del sabio Court de Gebelin), ha colocado en la mano de su ahorcado vuelta, de la que ha hecho la prudencia, un caduceo hermético formado con dos serpientes y un *tau* griego. Puesto que había comprendido la necesidad del tau o de la cruz en la duodécima página del libro de THOT; habría debido comprender el múltiple y magnífico símbolo del ahorcado hermético, el prometeo de la ciencia, el hombre viviente que no toca la tierra más que con el pensamiento, y cuya base está en el cielo, el adepto, libre y sacrificado; el revelador, amenazado de muerte: la conjuración del judaísmo contra el Cristo, que parece ser una confesión involuntaria de la divinidad oculta del sacrificado, el signo, en fin, de la obra realizada, del ciclo terminado, el Tau intermediario, que resume, una primera vez ante el último denario, los signos del alfabeto sagrado.

13 מ N

LA NIGROMANCIA

Exipsis

Mors

Ya hemos dicho que en la luz astral se encuentran las imágenes de las personas y de las cosas. Es también en esa luz en donde pueden evocarse las formas de aquellos que ya no están en nuestro mundo, y es por su medio como se verifican los misterios tan comprobados, como reales, de la nigromancia.

Los cabalistas que han hablado del mundo de los espíritus, han referido simplemente lo que han visto en sus evocaciones.

Eliphas Levi Zahed (1), que escribe este libro, ha evocado y ha visto.

Digamos primero lo que los maestros han escrito de sus visiones o de sus intuiciones en lo que ellos llaman *la luz de la gloria.*

Se lee en el libro hebreo *de la revolución de las almas,* que hay almas de tres clases: las hijas de Adán, las hijas de los ángeles y las hijas del pecado. Hay también, según el mismo libro, tres clases de espíritus, los espíritus cautivos, los errantes y los libres. Las almas son enviadas por parejas. Hay, por consiguiente, almas de hombres que nacen viudas, y cuyas esposas están retenidas como cautivas por Lilith y por Naemah, las reinas de las *Strigas;* estas son las almas que tienen que espiar la temeridad de un voto de celibato. Así, cuando un hombre renuncia desde su infancia al amor de las mujeres, hace esclava de los demonios de la perversidad a la esposa que le estaba destinada. Las almas crecen y se multiplican en el cielo, así como los cuerpos lo hacen en la tierra. Las almas inmaculadas son las hijas de los besos de los ángeles.

Nada puede entrar en el cielo que del cielo no proceda. Después de la

(1) Estos nombres, hebreos traducidos al francés son Alfonso Luis Constant.

muerte, el espíritu divino que animaba al hombre retorna sólo al cielo, y deja sobre la tierra y en la atmósfera dos cadáveres: el uno terrestre y elemental, y el otro aéreo y sideral; el uno inerte ya; el otro animado todavía por el movimiento universal del alma del mundo, pero destinado a morir lentamente, absorbido por las potencias astrales que le produjeron. El cadáver terrestre es visible; el otro es invisible a los ojos de los cuerpos terrestres y vivientes, y no puede ser apercibido más que por las aplicaciones de la luz astral al translucido, que comunica sus impresiones al sistema nervioso y afecta así al órgano de la vista hasta hacerse ver las formas que se han conservado y las palabras que están escritas en el libro de la luz vital.

Cuando el hombre ha vivido bien, el cadáver astral se evapora como una nube de incienso, pero que subiera hacia las regiones superiores; pero si el hombre ha vivido en el crimen, su cadáver astral que le retiene prisionero, busca todavía los objetos de sus prisiones y quiere reanudar la vida. Atormenta los sueños de los jóvenes o se baña en el vapor de sangre esparcida y se arrastra por los alrededores de los sitios en donde transcurrieron los placeres de su vida; vela, aún, por los tesoros que dejó enterrados; se consume en dolorosos esfuerzos para construirse órganos materiales y vivir. Pero los astros le aspiran y le absorben; siente debilitarse su inteligencia, su memoria se pierde lentamente, todo su ser se disuelve..... Los antiguos vicios se le aparecen y le persiguen bajo figuras monstruosas que le atacan y le devoran..... El desdichado pierde así sucesivamente todos los miembros que han servido para sus iniquidades; después muere por segunda vez y para siempre, porque pierde entonces su personalidad y su memoria. Las almas que deben vivir, pero que no están completamente purificadas, permanecen más o menos tiempo cautivas en el cadáver astral, en donde son quemadas por la luz ódica que trata de asimilárselas y disolverlas. Es para desprenderse de ese cadáver, como las almas que sufren entran algunas veces en los vivos y permanecen en un estado que los cabalistas llaman *embrionante*.

Estos son los cadáveres aéreos que evoca la nigromancia. Son larvas, substancias muertas o moribundas, con las cuales se pone uno en relación; pueden ordinariamente hablar, pero nada más que con el tintineo de nuestros oídos percibido por el sacudimiento nervioso de que he hablado, y no razonan, ordinariamente, sino reflejándose en nuestros pensamientos o en nuestros sueños.

Mas, para ver estas extrañas formas, es necesario colocarse en un estado excepcional que tiene algo del sueño y de la muerte, es decir, que es preciso magnetizarse asimismo y llegar a una especie de sonambulismo lúcido y despierto.

La nigromancia obtiene, pues, resultados reales y las evocaciones de la magia pueden producir verdaderas visiones. Ya hemos dicho que en el gran agente mágico, que es la luz astral, se conservan todas las huellas de las cosas, todas las imágenes formadas, sea por los rayos, sea por los reflejos, es en esa luz donde se aparecen nuestros sueños, esa es la luz que embriaga a los alienados y arrastra su dormido juicio a la persecución de los más extraños fantasmas.

Para ver, sin ilusiones, en esa luz, es preciso apartar los reflejos por medio de una voluntad poderosa y atraer a sí nada más que los rayos. Soñar despierto, es ver en la luz astral; y las orgías del aquelarre, referidas por tantas y tantas brujas en sus juicios criminales, no se explican de otra manera. Con frecuencia, las substancias y las preparaciones empleadas para llegar a ese resultado, eran horribles, como ya lo veremos en el Ritual; pero los resultados no eran nunca dudosos. Se veían, se escuchaban, se palpaban las cosas más abominables, más fantásticas y más imposibles. Ya volveremos sobre este asunto en nuestro capítulo XV; no nos ocupamos aquí más que de la evocación de los muertos.

En la primavera del año 1854, me dirigí a Londres para escapar de penas internas y entregarme, sin distracción alguna, a la ciencia. Poseía cartas de presentación para personajes eminentes que estaban deseosas de revelaciones relativas al mundo sobrenatural.

Visité a varios y encontré en ellos, con mucha cortesía, un gran fondo de indiferencia o de ligereza. Lo que puramente solicitaron de mí fueron prodigios, ni más ni menos que si se tratara de un charlatán. Me encontraba un poco descorazonado, porque, a decir verdad, lejos de estar dispuesto a iniciar a los demás en los misterios de la magia ceremonial, había tenido siempre, por lo que a mí respecta, temor a las ilusiones y a las fatigas. Por otra parte, esta clase de ceremonias exige un material dispendioso y difícil de reunir.

Encerréme, pues, en el estudio de la alta cábala y no pensaba más en los adeptos ingleses, cuando un día al volver a mi hotel, encontréme un pliego dirigido a mí. Este pliego contenía la mitad de una carta cortada transversalmente y en cuyo frente reconocí en seguida el carácter del sello de Salomón, y un papel asaz pequeño en el cual estaba escrito con lápiz: "Mañana a las tres delante de la Abadía de Westminster, en donde se os presentará la otra mitad de esta carta". Dirigíme a esta singular cita. Había un carruaje estacionado en la plaza.

Yo tenía, sin afectación, mi fragmento de carta en la mano; un doméstico se acercó respetuosamente a mí y me hizo un signo abriéndome la portezuela del coche. Dentro de él había una señora vestida de negro y cuyo sombrero estaba, como el rostro, cubierto por un espeso velo. Esa señora me hizo señas de que subiera al carruaje, enseñándome la otra mitad de la carta que yo había recibido. La portezuela se cerró, el coche echó a andar y habiéndose la señora levantado el velo, pude ver que tenía que habérmelas con una persona de edad, que tenía las cejas grises y unos ojos extremadamente negros y vivos y de una extraña fijeza. Sir—me dijo con un acento inglés muy pronunciado—yo sé que la ley del secreto es rigurosa entre los adeptos; una amiga de Sir B*** L***, que os ha visto, sabe que han solicitado de vos experiencias y que habéis rehusado satisfacer esa curiosidad. Quizá no poseáis las cosas necesarias; yo voy a mostraros un gabinete mágico completo; pero solicito de vos, ante todo, el más inviolable secreto.

Si no me hacéis esa promesa, por vuestro honor, daré orden para que os conduzcan a vuestra casa. Hice la promesa que se me exigía y soy fiel a ella no diciendo ni el nombre, ni la jerarquía social, ni el domicilio de esa señora, en quien reconocí inmediatamente a una iniciada, nó precisamente del primer orden, sino de un grado muy superior. Tuvimos muy largas y muy amplias conversaciones, durante las cuales ella insistió siempre en la necesidad de prácticas para completar la iniciación. Me enseñó una colección de trajes y de instrumentos mágicos y aun me prestó algunos libros raros de que yo carecía. Luego, me determino a intentar en su casa la experiencia de una evocación completa, para la cual me preparé durante veintiún días observando escrupulosamente las prácticas indicadas en el décimotercero capítulo del Ritual.

Mi preparación había terminado el 24 de julio. Se trataba de evocar el fantasma del divino Apollonius (Apolonio de Tyana) y de interrogarle acerca de dos secretos: uno que me concernía a mí exclusivamente, y otro que interesaba a la dama en cuestión. Esta había contado al principio con asistir a la evocación acompañada de una persona de confianza; pero, a última hora, esa persona tuvo miedo, y como el ternario o la unidad son rigurosamente requeridos para los ritos mágicos, me dejaron solo. El gabinete preparado para la evocación estaba practicado en una especie de torrecilla; habían dispuesto en él cuatro espejos cóncavos, una especie de altar con piedra de mármol blanco y rodeado de una cadena de hierro imantado.

Sobre el blanco mármol estaba grabado y dorado el signo del pentagrámaton, tal y como está representado en la siguiente figura; y el mismo signo estaba trazado, en diversos colores, sobre una piel blanca de cordero, completamente nueva, que estaba extendida bajo el altar. En el centro de la mesa de mármol había un exahumerio de cobre con carbón de madera de émula y de laurel; otro exahumerio estaba colocado delante de mí sobre un trípode.

Yo estaba vestido con una túnica blanca, muy parecida al alba de los sacerdotes católicos, pero más amplia y más larga y llevaba en la cabeza una corona de hojas de bervena entrelazadas por una cadenilla de oro. En una mano tenía una espada nueva y en la otra el Ritual. Encendí los dos fuegos con las substancias requeridas y preparadas y comencé, en voz baja primero, las invocaciones del Ritual.

El humo se extendió; las llamas hicieron vacilar los objetos que iluminaban y después se apagaron. El humo se elevaba blanco y lento sobre el altar de mármol y me pareció sentir una sacudida, como si fuera un temblor de tierra; las orejas tintinearon y mi corazón latía con fuerza.

Volví a echar algunas ramas y perfumes en los exahumerios, y cuando la llama se elevó, ví claramente, delante del altar, una figura de hombre mayor que del tamaño natural, que se descomponía y se borraba.

Volví a comenzar las evocaciones y vine a colocarme en un círculo que había previamente trazado entre el altar y el trípode; ví entonces aclararse poco a poco el fondo del espejo que estaba enfrente de mí, detrás del altar y una forma blancuzca se dibujó en él, agrandándose y pareciendo acercarse poco a poco.

Llamé tres veces Apollonius cerrando los ojos, y cuando los abrí, un hombre se hallaba frente a mí, envuelto por completo en una especie de sudario que me pareció ser gris más bien que blanco; su rostro era delgado, y estaba triste y sin barba, hecho que no correspondía en forma alguna con la idea que precisamente me había formado en un principio de Apolonio.

Experimenté una sensación de frío extraordinaria, y cuando abrí la boca para interpelar al fantasma, me fué imposible articular un sonido. Puse entonces la mano sobre el signo del pentagrámaton y dirigí hacia él la punta de la espada, ordenándole, mentalmente por ese signo, de no espantarme y de obedecerme.

Entonces la forma se hizo más confusa y desapareció de repente. Ordenéle que volviera; entonces sentí pasar cerca de mí como un soplo, y que algo me había tocado en la mano que sustentaba la espada, sintiendo inmediatamente el brazo como entumecido hasta el hombro. Creí comprender que esa espada ofendía al espíritu y la hinqué por la punta dentro del círculo, cerca de mí.

La figura humana reapareció inmediatamente; pero sentí una debilidad tan grande en todos mis miembros y un desfallecimiento tan repentino que de mí se apoderaba, que dí dos pasos para sentarme. En cuanto me senté, caí en una especie de profundo sopor, acompañado de ensueños, de los que no me quedaron, al despertarme, más que un recuerdo confuso y vago.

Tuve, durante muchos días, el brazo entumecido y dolorido. La figura no me había hablado, pero me parece que las preguntas que tenía que hacerle, se habían resuelto por sí mismas en mi espíritu. A la de la señora, una voz interior respondía en mí: Muerto. (Se trataba de un hombre de quien quería saber noticias.) Cuanto a mí, yo quería saber si el acercamiento y el perdón serían posibles entre dos personas en las que yo pensaba, y el mismo eco interior respondía implacablemente: ¡Muertas!

Refiero aquí los hechos tal y como han pasado; no los impongo a la fe de nadie. El efecto de esta experiencia, tuvo en mí algo extraordinario, algo inexplicable. Yo no era ya el mismo hombre; algo del otro mundo había pasado por mí; no estaba ni alegre, ni triste, pero experimentaba un encanto singular por la muerte, sin sentir, no obstante, ningún intento de recurrir al suicidio. Yo analizo cuidadosamente lo que experimenté, y a pesar de una repugnancia nerviosa muy vivamente sentida, reiteré dos veces, sólo con intervalo de algunos días, la misma prueba. El relato de los fenómenos que se produjeron difieren muy poco del que acabo de referir, y lo suprimo por no hacer demasiado extensa la narración. Pero, el resultado de estas otras dos evocaciones fué para mí la revelación de dos secretos cabalísticos, que si fueran conocidos por todo el mundo cambiarían en poco tiempo las bases y las leyes de todas las sociedades modernas.

¿Concluiré de ello que he, realmente, evocado, visto y palpado al gran Apolonio de Tyana? No estoy ni bastante alucinado para creerlo, ni soy tan poco serio para afirmarlo. El efecto de las preparaciones, de los perfumes, de los espejos, de los pantáculos, es una verdadera embriaguez de la imaginación que debe obrar vivamente sobre una persona de suyo impresionable y nerviosa. Yo no explico por qué leyes fisiológicas he visto y tocado; afirmo, únicamente, que he visto y he tocado; que he visto clara y distintamente, sin sueños, y esto basta para creer en la eficacia real de las ceremonias mágicas. Creo, por otra parte, peligrosa y nociva la práctica; la salud, sea moral, sea física, no resistiría a semejantes operaciones, si éstas no se hicieran habituales. La dama de edad de que he hablado y de la que tuve después por qué quejarme, sería una prueba; porque a pesar de sus negaciones, yo no dudo que ella no tenga la costumbre de la nigromancia y de la goecia. A veces desbarraba por completo, entregándose otras a insensatas cóleras, de las que apenas podía ella determinar la causa. Abandoné a Londres sin haberla vuelto a ver; pero cumpliré fielmente el compromiso que con ella contraje de no revelar a nadie, sea a quien fuere, nada que pueda darla a conocer o poner en la pista, de quién es por sus prácticas, a las cuales se entrega sin duda a espaldas de su familia, que es, por lo que supongo, bastante numerosa y ocupa una posición muy respetable.

Hay evocaciones de inteligencia, evocaciones de amor y evocaciones de odio; pero nada prueba, una vez más todavía, que los espíritus abandonen realmente las esferas superiores para conversar y entretenerse con nosotros, y lo contrario es aún lo más probable. Nosotros evocamos los recuerdos que han dejado en la luz astral, que es el receptáculo común del magnetismo universal. Es en esta luz en donde el emperador Juliano vió en otro tiempo aparecer a los dioses, pero viejos, enfermos, decrépitos; nueva prueba de la influencia de las opiniones corrientes y acreditadas sobre los reflejos de ese mismo agente mágico, que hace hablar a las mesas y responde por golpes dados en las paredes. Después de la evocación de que acabo de hablar, he vuelto a leer con atención la vida de Apolonio, a quien los historiadores nos representan como un tipo ideal de belleza y de elegancia antigua. En ella he advertido también que Apolonio, en los postreros días de su vida, se cortó el pelo y sufrió largos tormentos en la prisión. Esta circunstancia, que yo había retenido, sin duda en otros tiempos, sin pensar en ella, después para acordarme, habrá determinado, quizá la forma, poco atractiva de mi visión, que yo considero únicamente como el sueño voluntario de un hombre despierto. He visto otros dos personajes, que importa poco nombrar, y siempre diferentes, por su aspecto y por su traje, de lo que yo esperaba ver.

Recomiendo por lo demás, la mayor reserva a las personas que quieran entregarse a este género de experiencias; resulta de ellas grandes fatigas y, aun con frecuencia, desórdenes orgánicos, bastante anormales, que pueden ocasionar enfermedades.

No terminaré este capítulo sin señalar en él la opinión, bastante rara, de algunos cabalistas, que distinguen la muerte aparente de la muerte real, y que creen que raramente vienen ambas juntas. Según dicen, la mayor parte de las personas que han enterrado estarían vivas, y otras muchas, a quienes se creía vivas, estaban muertas.

La locura incurable, por ejemplo, sería para ellos una muerte incompleta, pero real, que deja al cuerpo terrestre bajo la dirección puramente instintiva del cuerpo sideral. Cuando el alma humana sufre una violencia que no puede soportar, se separaría así del cuerpo y dejaría en su puesto al alma animal o al cuerpo sideral, lo que hace de esos restos humanos alguna cosa menos viviente, de algún modo, que el animal mismo. Se reconoce—decían los cabalistas—los muertos de esta especie en la extinción completa de los sentidos afectuoso y moral; no son malos, pero tampoco buenos; están muertos. Estos seres, que son los hongos venenosos de la especie humana, absorben tanto cuanto pueden la vida de los vivientes. Es, por esta causa, por lo que ante su proximidad se entorpece el alma y se siente frío en el corazón.

Estos seres cadáveres, si existen, realizarían todo lo que se afirmaba en otros tiempos acerca de los duendes y de los vampiros.

¿No es cerca de estos seres en donde se siente uno menos inteligente, menos bueno y aun, a veces, menos honrado?

¿No es ante su proximidad cuando se extingue toda creencia y todo entusiasmo, ligándoos a ellos por vuestras debilidades, dominados por vuestras malas inclinaciones y haciéndoos morir moralmente en medio de un suplicio parecido al de Macencio?

¡Son muertos, que nosotros tomamos por vivos; son vampiros, que nosotros tomamos por amigos!

14 נ O

LAS TRANSMUTACIONES

Sopera Lunae.

Sempiternum.

Auxilium.

San Agustín duda seriamente que Apuleo haya podido ser cambiado en asno por una hechicera de Tesalia. Los teólogos han disertado ampliamente sobre la transmutación de Nabucodonosor en bestia salvaje. Esto prueba sencillamente que, el elocuente doctor de Hippona, ignoraba los arcanos mágicos, y que los teólogos en cuestión no estaban muy avanzados en exégesis.

Vamos a examinar en este capítulo maravillas increíbles, desde otro punto de vista, e incontestables sin embargo. Hablo de la *lycantropia* ó de la transformación nocturna de los hombres en lobos, tan célebres en las veladas de nuestros campesinos, por las historias de lobos-duendes; historias tan bien compuestas que, para explicarlas la ciencia incrédula, ha recurrido a locuras furiosas y a disfrazamientos de animales. Pero semejantes hipótesis son pueriles y nada explican. Busquemos en otra parte el secreto de los fenómenos observados por este motivo y comprobemos primeramente:

1.° Que nunca ha sido muerto nadie por un lobo-duende, si no ha sido por sofocación, sin efusión de sangre y sin heridas.

2.° Que los lobos-duendes cercados, perseguidos y aun heridos, no han sido jamás muertos sobre el terreno.

3.° Que las personas sospechadas de estas transformaciones han sido siempre halladas en sus casas, después de la cacería al lobo-duende, más o menos heridas, algunas veces moribundas, pero siempre en su forma natural.

Ahora comprobemos fenómenos de otro orden.

Nada en el mundo está más y mejor atestiguado ni más incontestablemente probado, que la presencia real y visible del Padre Alfonso de Ligorio cerca del Papa agonizante, mientras que el mismo personaje era observado en su casa, a una gran distancia de Roma, en oración y en éxtasis.

La presencia simultánea del misionero Francisco Javier en muchos sitios a la vez, no ha sido menos rigurosamente comprobada.

Se dirá que estos son milagros; nosotros responderemos que los milagros, cuando son reales, constituyen pura y simplemente para la ciencia fenómenos.

Las apariciones que nos son queridas, coincidiendo con el momento de su muerte, son fenómenos del mismo orden y atribuíbles a idéntica causa.

Ya hemos hablado del cuerpo sideral, y dicho que es el intermediario entre el alma y el cuerpo físico o material. Ese cuerpo permanece generalmente despierto, en tanto que el otro dormita y se transporta con nuestro pensamiento en todo el espacio que abre ante él, la inmantación universal. De este modo ensancha, sin romperla, la cadena simpática que le retiene ligado a nuestro corazón y a nuestro cerebro, y esto es lo que hace peligroso el despertar sobresaltados a las personas que sueñan. En efecto, una conmoción demasiado fuerte, puede romper de golpe esa cadena y ocasionar súbitamente la muerte.

La forma de nuestro cuerpo sideral está conforme con el estado habitual de nuestros pensamientos, y modifica a la larga los rasgos del cuerpo material. Por esto es por lo que Swedenborg, en sus intuiciones sonambúlicas, veía con frecuencia espíritus en forma de diversos animales.

Osemos decir ahora que un lobo-duende no es otra cosa que el cuerpo sideral de un hombre, de quien el lobo representa los instintos salvajes y sanguinarios, y que, mientras su fantasma se pasea así por las campiñas, duerme penosamente en su lecho y sueña que es un verdadero lobo.

Lo que hace el lobo-duende visible, es la sobreexcitación casi sonambúlica, causada por el espanto de aquellos que le ven, o la disposición, más particular en las personas sencillas del campo, de ponerse en comunicación directa con la luz astral, que es el medio común de las visiones y de los sueños. Los golpes dirigidos al lobo-duende hieren realmente a la persona dormida, por congestión ódica y simpática de la luz astral, por correspondencia del cuerpo inmaterial con el cuerpo material. Muchas personas creerán soñar leyendo semejantes cosas, y nos preguntarán si estamos bien despiertos; pero rogaremos, únicamente a los hombres de ciencia, que reflexionen en los fenómenos del embarazo y en las influencias de la imaginación de las embarazadas (1) sobre la forma de su fruto. Una mujer, que había asistido al suplicio de un hombre al que arras-

(1) Véase *Influencia de la imaginación de la madre sobre el feto,* por el DR. DRZEWIEKI, editado por LA IRRADIACIÓN.

traban vivo, dió a luz un niño cuyos miembros estaban todos fracturados. Que se nos explique cómo la impresión producida en el alma de la madre por tan horrible espectáculo, pudo llegar a fracturar los miembros del niño, y nosotros explicaremos cómo los golpes dirigidos al lobo y recibidos en sueño, pueden romper realmente y herir aún gravemente el cuerpo de aquel que les recibe en la imaginación, sobre todo cuando su cuerpo está nutriendo y sufriendo a influencias nerviosas y magnéticas.

Es a estos fenómenos y a las leyes ocultas que los producen a quien hay que cargar en cuenta los efectos del hechizo, del que habremos de hablar. Las obsesiones diabólicas y la mayoría de las enfermedades nerviosas que afectan al cerebro, son heridas infligidas al aparato nervioso por la luz astral pervertida, es decir, absorbida o proyectada en proporciones anormales. Todas las tensiones extraordinarias y extranaturales de la voluntad disponen a las obsesiones y a las enfermedades nerviosas; el celibato forzoso, el ascetismo, el odio, la ambición, el amor rechazado, son otros tantos principios generadores de formas y de influencias infernales. Paracelso dice que la sangre regular de las mujeres engendra fantasmas en el aire; los conventos, desde ese punto de vista, serían el semillero de pesadillas, y se podrían comparar los diablos a esas cabezas de la hidra de Lerna, que renacían sin fin y se multiplicaban por la sangre misma de sus heridas.

Los fenómenos de la posesión de las Ursulinas de Loudun, tan fatal para Urbano Grandier, han sido desconocidos. Las religiosas estaban realmente poseídas de histeria y de imitación fanática de los pensamientos secretos de sus exorcistas, transmitidos a su sistema nervioso por la luz astral. Recibían la impresión de todos los odios que ese desdichado sacerdote había levantado contra él mismo, y esa comunicación esencialmente interna, les parecía a ellas mismas diabólica y milagrosa. Así, en este desdichado asunto, todo el mundo estaba de buena fe, hasta Laubardemont que, ejecutando ciegamente las sentencias prejuzgadas por el cardenal Richeliu, creía cumplir al mismo tiempo los deberes de un verdadero juez, y sin sospechar que era un criado de Poncio Pilato, cuanto menos posible le era ver en el cura, espíritu fuerte y libertino, de San Pedro del Mercado, un discípulo de Cristo y un mártir.

La posesión de las religiosas de Louviers, no es más que una copia de las de Loudun; los demonios inventan poco y se plagian los unos a los otros. El proceso de Gaufridi y de Magdalena de la Palud, tiene un carácter más extraño. Aquí son las mismas víctimas las que se acusan a sí mismas. Gaufridi se reconoce culpable de haber quitado a muchas mujeres, por un simple soplido en las narices, la libertad de defenderse contra las séducciones. Una joven y hermosa señorita, de familia noble, insuflada por él, refiere, con los mayores detalles, escenas en que la lujuria disfruta con lo monstruoso y lo grotesco. Tales son las alucinaciones ordinarias del falso misticismo y del celibato mal conservado. Gaufridi y su querida estaban obsesionados por sus recíprocas quimeras, y la cabeza del uno reflejaba las pesadillas del otro.

Él mismo marqués de Sade, ¿no ha sido contagioso para ciertas naturalezas debilitadas y enfermas?

El escandaloso proceso del padre Girard es una nueva prueba de los delirios del misticismo y de las singulares neuralgias a que puede dar lugar. Los desvanecimientos de la Cadiére, sus éxtasis, sus estigmas, todo aquello era tan real como la insensata maldad, tal vez involuntaria, de su director. Ella le acusó cuando él trató de abandonarla, y la conversión de esa joven fué una venganza, porque nada es tan cruel como los amores depravados. Una poderosa Corporación que intervino en el proceso Grandier para perder en él al posible sectario, salvó al padre Girard, por el honor de la Compañía. Grandier y el padre Girard habían llegado al mismo resultado por vías diametralmente opuestas, de cuyos hechos nos ocuparemos especialmente en el capítulo décimosexto.

Obramos con nuestra imaginación sobre la imaginación de los otros, por nuestro cuerpo sideral sobre el suyo y por nuestros órganos sobre sus órganos. De modo que, por la simpatía, sea de atracción, sea de obsesión, nos poseemos los unos a los otros, y nos identificamos con aquellos sobre quienes queremos obrar. Son las reacciones contra ese dominio las que hacen suceder, con frecuencia, a las más vivas simpatías las más pronunciadas antipatías. El amor tiene la tendencia de identificar a los seres; ahora bien, al identificarlos, los hace, a menudo, rivales y, por consecuencia, enemigos. Si el fondo de ambas naturalezas fuera de una disposición insociable, como lo sería, por ejemplo, el orgullo, saturar igualmente de orgullo a dos almas unidas, es desunirlas haciéndolas rivales. El antagonismo es el resultado necesario de la pluralidad de los dioses.

Cuando soñamos con una persona viva, es, o su cuerpo sideral el que se presenta al nuestro en la luz astral, o por lo menos el reflejo de ese mismo cuerpo, y la forma en que nos sentimos impresionados por su encuentro nos revela, con frecuencia, las disposiciones secretas de esa persona a nuestro respecto. El amor, por ejemplo, modela el cuerpo sideral del uno a imagen y semejanza del otro, de modo que el medium anímico de la mujer es como el de un hombre, y el del hombre como el de una mujer. Los cabalistas manifiestan este cambio de una manera oculta cuando dicen, al explicar un pasaje obscuro del Génesis: "Dios ha criado el amor metiendo una costilla de Adán en el pecho de la mujer, y la carne de Eva en el pecho de Adán, de modo que el fondo del corazón de la mujer es un hueso de hombre, y el fondo del corazón del hombre de carne de mujer." Alegoría es esta que no carece ni de profundidad ni de belleza.

Ya hemos dicho algo, aunque poco, en el precedente capítulo, de lo que los maestros en Cábala llaman embrionato de las almas. Ese embrionato, completo después de la muerte de la persona que posee otra, es con frecuencia comenzado en vida, sea por la obsesión, sea por el amor. He conocido a una joven a la que sus padres inspiraban un gran terror, y que se entregó de repente a una persona inofensiva cuyos actos temía. También he conocido a otra que, después de haber tomado parte en una evocación, en la que se trataba de una mujer culpable y atormentada en el otro mundo por ciertos hechos excéntricos, imitó sin razón alguna los hechos de la mujer muerta. Es a este poder ocúlto al que hay que atribuir la temible influencia de la maldición paternal, tan temida en todos los pueblos de la tierra, y el peligro verdadero de las operaciones mágicas, cuando no se ha adquirido el verdadero aislamiento de los adeptos.

Esta virtud de transmutación sideral, que existe realmente en el amor, explica los prodigios alegóricos de la varita de Circe. Apuleo habla de una tesaliana que se transformaba en pájaro; se hizo amar por la criada de una señora a fin de sorprender los secretos del ama, y no llegó más que a transformarse en asno. Esta alegoría explica los misterios más ocultos del amor. Los cabalistas aseguran que cuando se ama a una mujer elemental, sea ondina, sea sílfide, sea gnomina, se inmortaliza o se muere con ella. Ya hemos visto que los seres elementales son hombres imperfectos y todavía mortales. La revelación de que hablamos, y que ha sido mirada como una fábula, es, sin embargo, el dogma de la solidaridad moral en amor, que es el fondo del amor mismo, y que explica por sí sólo toda su santidad y todo su poderío.

¿Cuál es esa maga que cambia a sus adoradores en cerdos y cuyos encantos quedan destruídos en cuanto se someten al amor? Esta antigua cortesana es la mujer de mármol de todos los tiempos. La mujer sin amor, absorbe y envilece todo cuanto se le aproxima; la mujer que ama, esparce el entusiasmo y ennoblece la vida.

Se ha hablado mucho en el siglo último de un adepto acusado de charlatanismo, y que se llamó en vida el divino Cagliostro. Se sabe que practicaba las evocaciones y que no ha sido superado en este arte más que por el iluminado Schrœpfter (1). Sábese que se vanagloriaba de anudar las simpatías, y que se decía estar en posesión del secreto de la Gran obra; pero lo que todavía le hacía más célebre era la confección de cierto elixir de vida, que devolvía instantáneamente a los viejos el vigor y la savia de la juventud. Esta composición tenía por base el vino llamado malvasía, y se obtenía por la destilación de la esperma de ciertos animales con el jugo de muchas plantas. Nosotros poseemos la receta. y desde luego se comprenderá por qué nos debemos callarla.

(1) Ver en el Ritual los secretos y las fórmulas de Schrœpfter para las evocaciones.

15 ס P

LA MAGIA NEGRA

Samael.

Auxiliator.

Penetramos en la magia negra. Vamos a afrontar, hasta en su santuario, al dios negro del *Sabbat* o *Sabado,* al formidable macho cabrío de Mendes. Aquí, aquellos que tengan miedo, pueden cerrar el libro, y las personas sujetas a impresiones nerviosas harán bien en distraerse o abstenerse; pero nosotros nos hemos impuesto una tarea y forzoso es llevarla a cabo.

Abordemos, pues, franca y audazmente el asunto:

¿Existe un diablo?

¿Qué cosa es el diablo?

A la primera pregunta la ciencia se calla; la filosofía niega, al azar, y sólo la religión responde afirmativamente.

A la segunda, la religión dice que el demonio es el ángel caído; la filosofía oculta, acepta y explica esta definición.

Ya volveremos sobre lo que hemos dicho al respecto; pero, permítasenos aquí una nueva revelación:

EL DIABLO, EN MAGIA NEGRA, ES EL GRAN AGENTE MÁGICO EMPLEADO PARA EL MAL POR UNA VOLUNTAD PERVERSA.

La antigua serpiente de la leyenda no es otra cosa que el agente universal; es el fuego eterno de la vida terrestre; es el alma de la tierra y el foco viviente del infierno.

Ya hemos dicho que la luz astral es el receptáculo de las formas. Evocadas por la razón, esas formas se producen con armonía; evocadas por la locura, se aparecen desordenadas y monstruosas; tal es el origen de las pesadillas de San Antonio y de los fantasmas del aquelarre.

Las evocaciones de la goecia y de la demonomancia, ¿ofrecen o no resultados? Sí, ciertamente: un resultado incontestable y más terrible que cuanto pueden referir las leyendas.

Cuando se llama al diablo con las ceremonias requeridas, el diablo acude y se le ve.

Para no morir de espanto ante su presencia, para no volverse idiota, es preciso estar loco.

Grandier era un libertino por indevoción, y quizá también por exceptivismo; Girard había sido depravado y depravador por entusiasmo, por consecuencia del ascetismo y por las cegueras de la fe.

En el décimoquinto capítulo de nuestro Ritual, publicaremos todas las evocaciones diabólicas y las prácticas de la magia negra, no para que el lector se sirva de ellas, sino para que las conozca y las juzgue y pueda preservarse de semejantes aberraciones.

M. Eudes de Mirville, cuyo libro sobre los veladores parlantes ha hecho últimamente tanto ruido, puede estar a la vez contento y descontento de la solución que aquí ofrecemos de los problemas de la magia negra. En efecto, nosotros sostenemos como él la realidad y los maravillosos efectos; nosotros le asignamos, como él, por causa la antigua serpiente, el principio oculto de este mundo; pero no estamos de acuerdo sobre la naturaleza de ese agente ciego, que es al mismo tiempo, pero bajo diversas direcciones, el instrumento de todo bien y de todo mal, el servidor de los profetas y el inspirador de las pitonisas. En una palabra, el diablo, para nosotros, es la fuerza puesta por un tiempo al servicio del error, como el pecado mortal es, en nuestro concepto, la persistencia de la voluntad en el absurdo. M. de Mirville tiene a veces razón, por una parte, en tanto que por la otra carece de ella.

Lo que es preciso excluir del reinado de los seres, es lo arbitrario. Nada llega ni por el azar, ni por la autocracia de una voluntad buena o mala.

Hay dos cámaras en el cielo, y el tribunal de Satán está contenido en sus desplantes por el Senado de la divina sabiduría.

16 ע Q

LOS HECHIZOS

Fons.

Oculus.

Fulgur.

El hombre que mira a una mujer con un deseo impuro profana a esa mujer ha dicho el gran maestro. Lo que se quiere con perseverancia se hace. Toda voluntad real se confirma por actos; toda voluntad confirmada por un acto, es un hecho. Todo hecho está sometido a un juicio, y este juicio es eterno. Estos son dogmas y principios.

Según estos principios y estos dogmas, el bien o el mal que deseéis, sea a vosotros mismos, sea a los demás, en la extensión de vuestro querer y en la esfera de vuestra acción, ocurrirá infaliblemente, sea a los demás, sea a vosotros mismos, si confirmáis vuestra voluntad y si fijáis vuestra determinación por hechos.

Los hechos deben ser análogos a la voluntad. La voluntad de causar mal o de hacerse amar, debe ser confirmada para ser eficaz, por actos de odio o de amor.

Todo lo que lleva la huella de un alma humana pertenece a ese alma; todo lo que el hombre se apropia de cualquier modo, se convierte en su cuerpo, en la acepción más amplia de la palabra, y todo cuanto se hace al cuerpo de un hombre lo siente, sea mediata, sea inmediatamente, su alma.

Por esto es por lo que toda especie de acción hostil al prójimo, es considerada por la teología moral como un comienzo de homicidio.

El hechizo es, pues, un homicidio y un homicidio tanto más cobarde cuanto que escapa al derecho de defensa de la víctima y a la venganza de las leyes.

Establecido este principio para tranquilidad de nuestra conciencia y advertencia a los débiles, afirmemos sin temor que el hechizo es posible.

Vayamos más lejos y afirmemos que es, no solamente posible, sino de algún modo necesario y fatal. Se verifica incesantemente en el mundo social, aun a despecho de los agentes y de los pacientes. El hechizo involuntario es uno de los más terribles peligros de la vida humana.

La simpatía pasional somete necesariamente el más ardiente deseo a la más fuerte voluntad. Las enfermedades morales son más contagiosas que las físicas y hay en ellas tantos éxitos, por preocupación y moda, que hasta podrían compararse con la lepra o con el cólera.

Se muere de un mal conocimiento como de un contacto contagioso, y la horrible enfermedad que, desde hace algunos siglos únicamente, en Europa, castiga la profanación de los misterios del amor, es una revelación de las leyes analógicas de la Naturaleza y no presenta aún más que una imagen debilitada de las corrupciones morales que resultan diariamente de una simpatía equívoca.

Se habla de un hombre celoso y cobarde, que, para vengarse de un rival, se infectó a sí mismo voluntariamente un mal, incurable, infiltrándolo a los que con él compartían el lecho. Esta historia es la de todo mago, o mejor, de todo brujo que practica los hechizos. Se envenena para envenenar, se condena para torturar, aspira el infierno para respirarle, se hiere de muerte para hacer morir. Pero si hay en esto un valor triste, no es menos positivo y cierto que envenenará y matará por la proyección sola de su voluntad perversa.

Pueden existir amores que maten lo mismo que el odio, y los hechizos de la benevolencia son la tortura de los malvados. Las oraciones que se dirigen a Dios para la conversión de un hombre, llevan la desgracia a ese hombre si él no quiere convertirse. Hay, como ya lo hemos dicho, fatiga y peligro en luchar contra las corrientes fluídicas excitadas por cadenas de voluntades unidas.

Existen, pues, dos clases de hechizos: el hechizo involuntario y el hechizo voluntario. Pueden también distinguirse el hechizo físico y el hechizo moral.

La fuerza atrae la fuerza; la vida atrae la vida; la salud atrae la salud: esta es una ley de naturaleza.

Si dos niños viven juntos, y sobre todo se acuestan juntos, y de ellos son el uno fuerte y el otro débil, el fuerte absorberá al débil, y éste perecerá. Por esta sola causa, es importante que los niños se acuesten solos.

En los colegios, ciertos alumnos absorben la inteligencia de sus demás condiscípulos, y en todo círculo de hombres, pronto se encuentra un individuo que se apodera de la voluntad de los demás.

El hechizo por corrientes es una cosa muy común, como ya lo hemos hecho advertir; se siente uno impulsado por la muchedumbre en lo moral como en lo físico. Pero lo que vamos a hacer constar más particularmente en este capítulo es el poder casi absoluto de la voluntad humana sobre la determinación de sus actos y la influencia de toda demostración exterior de una voluntad sobre las cosas hasta externas.

Los hechizos voluntarios son todavía frecuentes en nuestras campiñas porque las fuerzas naturales, entre personas ignorantes y solitarias, obran sin ser debilitadas por ninguna duda o por ninguna diversión. Un odio franco, absoluto y sin ninguna mezcla de pasión rechazada o de concupiscencia personal, es un decreto de muerte para aquel que es objeto de él en ciertas y determinadas condiciones. Digo sin mezcla de pasión amorosa o de concupiscencia, porque un deseo, siendo una pasión, contrabalancea y anula el poder de proyección. Así, por ejemplo, un celoso no hechizará nunca a su rival, y un heredero concupiscente no abreviará, por el solo hecho de su voluntad, los días de un tío avaro y miserable. Los hechizos ensayados en estas condiciones caen sobre aquel que los opera, y son más bien saludables que nocivos para la persona que es objeto de ellos, porque se desprenden de una acción odiosa que se destruye por sí misma al exaltarse.

La palabra *envoutement* o *hechizo,* muy enérgica en su sencillez gala, manifiesta admirablemente la misma cosa que *envoutement,* acción de tomar, por decirlo así, y envolver a alguien en un voto, en una voluntad formulada.

El instrumento de los hechizos no es otro que el gran agente mágico, que, bajo una voluntad perversa, se convierte, real y positivamente, en el demonio.

El maleficio propiamente dicho, es decir, la operación ceremonial para el hechizo, no obra más que sobre el operador, y sirve para fijar y confirmar su voluntad, formulándola con perseverancia y esfuerzo, condiciones ambas que hacen la voluntad eficaz.

Cuanto más difícil u horrible es la operación, más eficaz resulta, porque obra con mayor fuerza sobre la imaginación y confirma el esfuerzo en razón directa con la resistencia.

Esto es lo que explica la bizarría y la atrocidad de las operaciones de la magia negra entre los antiguos y en la Edad Media, las misas del diablo, los sacramentos administrados a reptiles, las efusiones de sangre, los sacrificios humanos y otras monstruosidades que son la esencia misma y la realidad de la goecia y de la nigromancia. Son semejantes prácticas las que han atraído sobre las brujas en todos los tiempos la justa represión de las leyes. La magia negra no es realmente más que una combinación de sacrilegios y de crímenes graduados para pervertir para siempre una voluntad humana y realizar en un hombre vivo el fantasma repugnante del demonio. Es, propiamente hablando, la religión del demonio, el culto de las tinieblas, el odio hacia el bien llevado al paroxismo; es la encarnación de la muerte y la creación permanente del infierno.

El cabalista Bodín, que como se supondrá fué un espíritu débil y supersticioso, no ha tenido otro motivo para escribir su *Demonomanía* que la necesidad de prevenir a los espíritus contra la peligrosísima incredulidad. Iniciado por el estudio de la Cábala en los verdaderos secretos de la magia había temblado al pensar en los peligros a los cuales se expondría la sociedad abandonando ese poder a la maldad de algunos hombres. Intentó, pues lo que ahora acaba de ensayar entre nosotros M. Eudes de Mirville; recogió hechos sin explicarlos, y denunció a las ciencias inatentes o preocupadas, la existencia de influencias ocultas y de operaciones criminales de la mala magia. Bodín no fué escuchado en su tiempo, como tampoco lo será ahora M. Eudes de Mirville, porque no basta indicar fenómenos y prejuzgar la causa para impresionar a los hombres serios; esta causa es preciso estudiarla, explicarla, demostrar su existencia, y esto es lo que tratamos de hacer. ¿Tendremos nosotros mejor éxito?

Puede morirse por amor de ciertos seres, como puede morirse por su odio; existen pasiones absorbentes bajo cuya aspiración se siente uno desfallecer como las prometidas de los vampiros. No son únicamente los malvados los que atormentan a los buenos, sino que es a su vez los buenos quienes atormentan a los malvados. La dulzura de Abel era un amplio y penoso hechizo debido a la ferocidad de Caín. El odio al bien entre los malvados, procede del mismo instinto de conservación. Por otra parte, estos niegan que lo que los atormentan sea el bien, y se esfuerzan por mostrarse tranquilos, desafiando y justificando el mal; Abel, ante Caín, era un hipócrita y un cobarde que deshonraba la fiereza humana por sus escandalosas sumisiones a la divinidad. ¡Cuánto no ha debido sufrir el primero de los asesinos antes de proceder al espantoso asesinato contra su hermano! Si Abel hubiera podido comprenderle, se habría quedado asombrado.

La antipatía no es otra cosa que el presentimiento de un probable hechizo; hechizo que muy bien pudiera ser de amor o de odio, porque se ve con frecuencia suceder al amor la antipatía. La luz astral nos advierte acerca de las influencias venideras por medio de una acción ejercida sobre el sistema nervioso, más o menos sensible y más o menos viva. Las simpatías instantáneas, los amores fulminantes, son explosiones de luz astral motivadas tan exactamente y no menos matemáticamente explicables y demostrables que las descargas eléctricas de fuertes y poderosas baterías. Puede verse por todas partes cuántos y cuán graves son los peligros que amenazan al profano que juega sin cesar con fuego sobre pólvoras que no ve.

Nos hallamos saturados de luz astral y la proyectamos sin cesar para dar lugar a nuevas impregnaciones. Los aparatos nerviosos destinados, sea para la proyección, sea para la atracción, tienen particular asiento en los ojos y en las manos. La polaridad de éstas reside en el pulgar y es por esto por lo que siguiendo la tradición mágica conservada aun en nuestros campos, cuando uno se halla en compañía sospechosa, se coloca el dedo pulgar replegado y oculto en la palma de la mano, a fin de evitar de que nadie nos *fije*, y tratando de ser el primero en mirar a aquellos de quienes algo tenemos que temer y de evitar, asimismo, las proyecciones fluídicas inesperadas y las miradas fascinadoras.

Existen también ciertos animales cuya propiedad no es otra que la de romper las corrientes de luz astral por una absorción que les es peculiar. Estos animales nos son violenta y soberanamente antipáticos y tienen, en su mirada, algo que fascina; tales son el sapo, y el basilisco. Estos animales prisioneros y llevados vivos o guardados en las habitaciones en que vivimos garantizan de las alucinaciones y de las ilusiones de la embriaguez astral. LA EMBRIAGUEZ ASTRAL, palabra que aquí escribimos por primera vez, y que explica todos los fenómenos de las pasiones furiosas, de las exaltaciones mentales y de la locura.

—¡Criad sapos y basiliscos, mi querido señor, me diría un discípulo de Voltaire; llevadle consigo y no escribáis más! A esto puedo responder que pensaré en ello seriamente en cuanto me sienta dispuesto a reir de lo que ignoro y a tratar de locos a los hombres de quienes no comprenda ni la ciencia ni la sabiduría.

Paracelso, el más grande de los magos cristianos, oponía al hechizo las prácticas de un hechizo contrario. Componía remedios simpáticos y los aplicaba, no a los miembros que padecían, sino a representaciones de esos mismos miembros, formadas y consagradas según el ceremonial mágico. El éxito era prodigioso y nunca médico alguno consiguió las maravillosas curas de Paracelso.

Pero Paracelso había descubierto el magnetismo mucho antes que Mesmer, y había llevado hasta las postreras consecuencias tan luminoso descubrimiento, o más bien esa iniciación en la magia de los antiguos que más que nosotros comprendían el gran agente mágico y no hacían de la luz astral, del ázoe, de la magnesia universal de los sabios, un flúido animal y particular emanado únicamente de algunos seres especiales.

En la filosofía oculta, Paracelso combate la magia ceremonial, de la que ignoraba tal vez el terrible poder, pero de la que quiso sin duda describir las prácticas, a fin de desacreditar la magia negra. Coloca todo el poder del mago en el *magnes* interior y oculto. Los más hábiles magnetizadores del día, no dirían otro tanto en la actualidad. Sin embargo, quiere que se empleen los signos mágicos y especialmente los talismanes, para la curación de las enfermedades. Ya tendremos ocasión de volver sobre este asunto, es decir, sobre los talismanes de Paracelso, en el octavo capítulo abordando asimismo, según Gaffarel, la gran cuestión de la iconografía y la numismática ocultas.

Se cura también el hechizo por la substitución, cuando ella es posible y por la ruptura o cambio de la corriente astral. Las tradiciones del campo sobre este punto son admirables y proceden de épocas remotas; son restos de la enseñanza de los druidas, quienes habían sido iniciados en los misterios de la India y del Egipto por hierofantes viajeros. Sábese, pues, en magia vulgar, que un hechizo, es decir, una voluntad determinada y confirmada para causar mal, obtiene siempre su efecto, y que no puede retractarse sin peligro de muerte. El brujo que causa a una persona un maleficio, debe tener otro objeto que su malevolencia, porque sabe ciertamente que él será también alcanzado por él y perecerá víctima de su propio maleficio. Siendo circular el movimiento astral, toda emisión azótica o magnética, que no encuentra a su *medium*, retorna con fuerza a su punto de partida. Así es como se explica una de las más extrañas historias de un libro sagrado, la de los demonios enviados a los puercos que se precipitaron al mar. Esta obra de alta iniciación no fué otra cosa que la ruptura de una corriente magnética infestada por malvadas voluntades.

Yo me llamo legión, decía la voz instintiva del paciente, porque nosotros somos muchos.

Las posesiones del demonio no son otra cosa que hechizos y existe en nuestros días una numerosa cantidad de poseídos. Un santo religioso que está dedicado al servicio de alienados, el hermano Hilarión Tissot, ha conseguido, por una larga experiencia y la práctica constante de las virtudes cristianas, curar a muchos enfermos y practica, sin saberlo, el magnetismo de Paracelso. Atribuye la mayoría de las enfermedades a desórdenes de la voluntad o a la influencia perversa de voluntades extrañas; considera todos los crímenes como actos de insania y querría que se tratara a todos los criminales como enfermos, en vez de exasperarlos y hacerlos incurables, so pretexto de castigarlos. ¡Cuánto tiempo transcurrirá todavía antes de que el hermano Hilarión sea reconocido como un hombre de genio! Y ¡cuántos hombres graves al leer este capítulo dirán que Hilarión Tissot y yo nos debíamos tratar el uno a otro según las ideas que nos son comunes, librándonos bien de publicar nuestras teorías, si no queremos que se nos tome por médicos dignos de ser enviados a los incurables!

Y, sin embargo, *¡se mueve!* gritaba Galileo dando con el pie en tierra. Conoced la verdad y la verdad os hará libres—ha dicho el salvador de los hombres. Podría agregarse: Amar la justicia y la justicia os hará sanos. Un vicio es un veneno, aun para el cuerpo; la verdadera virtud es un gaje de longevidad.

El método de los *hechizos ceremoniales,* varía según los tiempos y las personas, y todos los hombres artificiosos y dominadores, encuentran en sí mismos, los secretos y la práctica, sin calcular precisamente, ni razonar los resultados. Siguen en esto, las inspiraciones intuitivas del gran agente, que se asimila maravillosamente, como ya lo hemos dicho, a nuestros vicios y a nuestras virtudes; pero, puede decirse generalmente que, estamos sometidos a las voluntades de los demás por las analogías de nuestras inclinaciones y sobre todo de nuestros defectos. Acariciar las debilidades de una individualidad, es apoderarse de ella y convertirse en su instrumento en el orden de los mismos errores o de las mismas depravaciones. Ahora bien, cuando dos naturalezas analógicas en defectos se subordinan la una a la otra, se opera una especie de substitución del más fuerte al más débil, y una verdadera obsesión de un espíritu por el otro. Con frecuencia el débil se debate y querría rebelarse; pero, después cae más bajo que nunca en la servidumbre. Así es como Luis XIII conspiraba contra Richelieu y luego obtenía, hasta cierto punto su gracia, por el abandono de sus cómplices.

Todos tenemos un defecto dominante que es para nuestra alma, como el ombligo de su nacimiento pecador, y es por allí por donde el enemigo puede siempre apoderarse de nosotros; la vanidad en los unos, la pereza en los otros y el egoísmo en casi todos. Que un espíritu astuto y malvado se apodere de ese resorte y estáis perdidos. Entonces os convertís, no en un loco, no en un idiota, sino en un alienado en toda la fuerza de esta expresión, es decir, en un ser sometido a una impulsión extraña. En este estado, sentís un horror intuitivo por todo aquello que pudiera devolveros la razón, y ni aun siquiera queréis escuchar las representaciones contrarias a vuestra demencia. Es una de las enfermedades más peligrosas que pueden afectar a la moral humana.

El único remedio aplicable a esta suerte de hechizo es el de apoderarse de la misma locura para curarla y hacer encontrar al enfermo satisfacciones imaginarias en un orden contrario a aquel en que se ha perdido. Así, p. e., curar a un ambicioso haciéndole desear las glorias del cielo, remedio rústico; curar a un malvado por medio de un amor verdadero, remedio natural; procurar a un vanidoso éxitos honrados, mostrar desinterés a los avaros y procurarles un justo beneficio por una participación honrada en empresas generosas, etc., etc.

Obrando de este modo sobre la moral, se conseguirá curar un gran número de enfermedades físicas, porque lo moral influye sobre lo físico en virtud del axioma mágico: "Lo que está encima es como lo que está debajo". Por esto es por lo que el maestro decía hablando de una mujer paralítica: "Satán la ha ligado" una enfermedad proviene siempre de un defecto o de un exceso y siempre hallaréis en el origen de un mal físico un desorden moral; esta es una ley invariable de la naturaleza.

17 פ R

LA ASTROLOGÍA

Stella.

Os.

Influxus.

De todas las artes derivadas del magismo de los antiguos, la astrología es ahora la menos desconocida. Ya no se cree más en las armonías universales de la naturaleza y en el encadenamiento necesario de todos los efectos con todas las causas. Por otra parte, la verdadera astrología, la que está ligada al dogma universal y único de la Cábala, ha sido profanada por los griegos y por los romanos de la decadencia; la doctrina de los siete cielos y de los tres móviles, emanada primitivamente de la década sefirica, el carácter de los planetas, gobernados por ángeles cuyos nombres han sido cambiados por lo de divinidades del paganismo, la influencia de las esferas unas sobre las otras, la fatalidad que va unida a los números, la escala de proporción entre las jerarquías humanas, todo, todo esto, ha sido materializado y hecho supersticioso por los *genethliacos* y los lectores de horóscopos de la decadencia y de la edad media. Devolver la astrología a su primitiva pureza, sería, hasta cierto punto, crear una nueva ciencia. Tratemos, pues, únicamente de indicar los primeros principios, con sus consecuencias más inmediatas y más próximas.

Ya hemos dicho que la luz astral recibe y conserva todas las huellas de las cosas visibles; de aquí resulta que la disposición cotidiana del cielo se refleja en esa luz, que, siendo el agente principal de la vida, opera por una serie de aparatos destinados a ese fin por la naturaleza, la concepción, el embrionato y el nacimiento de los niños. Ahora bien, si esa luz es bastante pródiga en imágenes para dar al fruto de una preñez las huellas visibles de una fantasía, o de una delectación de la madre, con mayor razón debe trasmitir al temperamento, móvil todavía e incierto del recién nacido, las impresiones atmosféricas y las influencias diversas que resulten en un momento dado en todo el sistema planetario de tal o cual disposición particular de los astros.

Nada es indiferente en la naturaleza; un guijarro de más o de menos en una carretera puede romper o modificar profundamente los destinos de los más grandes hombres, o aun de los más grandes imperios; con mayor razón el lugar de tal o cual estrella en el cielo no podría ser indiferente en los destinos del niño que nace y que entra por su nacimiento en la armonía universal del mundo sideral. Los astros están encadenados unos a otros por las atracciones que los mantienen en equilibrio y los hacen moverse regularmente en el espacio; esas redes de luz van de todas a todas las esferas y no existe un solo punto en cada planeta al cual no esté unido uno de esos hilos indestructibles. El lugar preciso y la hora del nacimiento deben ser perfectamente calculados por el verdadero adepto en astrología; luego, cuando haya hecho el cálculo exacto de las influencias astrales, les resta contar las probabilidades de estado, es decir, las facilidades o los obstáculos que el niño debe hallar un día en su estado, en sus padres, en su carácter, en el temperamento que de ellos ha recibido y por consecuencia en sus disposiciones naturales para el cumplimiento de sus destinos; y todavía, habrá de tener en cuenta la libertad humana y su iniciativa, si el niño llega un día a ser verdaderamente un hombre capaz de sustraerse por una poderosa voluntad a las influencias fatales y a la cadena de los destinos. Se ve que no concedemos demasiado a la astrología; pero, en cambio, lo que le atribuímos es incontestable, es el cálculo científico y de las probabilidades.

La astrología es tan antigua, o más antigua aún que la astronomía y todos los sabios de la antigüedad viviente, le han acordado la más completa confianza. No hay, pues, que condenar o desdeñar ligeramente lo que nos llega rodeado y sostenido por tan imponentes autoridades.

Largas y pacientes observaciones, comparaciones concluyentes, experiencias a menudo reiteradas, debieron conducir a los antiguos sabios a sus conclusiones, y sería necesario si se pretendiera refutarlas, comenzar en sentido inverso el mismo trabajo. Paracelso ha sido quizás el último gran astrólogo de las prácticas; curaba las enfermedades por medio de talismanes formados bajo influencias astrales y reconocía en todos los cuerpos la marca de su estrella dominante, y esa era, según él, la verdadera medicina universal, la ciencia absoluta de la naturaleza perdida por causa de los hombres y únicamente hallada por un pequeño número de iniciados. Reconocer el signo de cada estrella en los hombres, en los animales y en las plantas, es la verdadera ciencia de Salomón, esa ciencia que se ha considerado como perdida y cuyos principios se han, no obstante, conservado como todos los demás secretos, en el simbolismo de la Cábala. Se comprende que para leer la escritura de las estrellas es preciso conocer las mismas estrellas, conocimiento que se obtiene por la *domificación* cabalística del cielo y por el conocimiento del planisferio cabalístico, encontrado y explicado por Gaffarel. En este planisferio, las constelaciones forman las letras hebraicas, y las figuras mitológicas pueden ser reemplazadas por los símbolos del Tarot. Es a ese mismo planisferio al que Gaffarel refiere el origen de la escritura de los patriarcas, que encontrarían en las cadenas de atracción de los astros los primeros lineamientos de los caracteres primitivos; el libro del cielo habrá, pues, servido de modelo al de Henoch, y el alfabeto cabalístico sería el resumen de todo el cielo. Esto no carece ni de poesía, ni, especialmente, de probabilidad, y el estudio del Tarot; que es evidentemente el libro primitivo y geroglífico de Henoch, como lo ha entendido el sabio Guillermo Postel, bastaría para convencernos de ello.

Los signos impresos en la luz astral por el reflejo y la atracción de los astros, se reproducen, pues, como lo descubrieron los sabios, sobre todos los cuerpos què se forman mediante el concurso de esa luz. Los hombres llevan las signaturas de su estrella en la frente, y sobre todo, en las manos; los animales en su configuración y en sus signos particulares; las plantas las dejan ver en sus hojas y en su grano; los minerales en sus vetas y en el aspecto de sus cortes.

El estudio de estos caracteres ha constituído el trabajo de toda la vida de Paracelso, y las figuras de sus talismanes son el resultado de sus investigaciones; pero no nos ha transmitido la clave y el alfabeto cabalístico astral con sus correspondencias; permanece todavía por hacer; la ciencia de la escritura mágica no convencional se ha detenido, para la publicidad, en el planisferio de Gaffarel.

El arte serio de la adivinación reposa por completo en el conocimiento de estos signos. La quiromancia es el arte de leer en las líneas de la mano la escritura de las estrellas, y la metoposcopia busca los mismos caracteres, u otros análogos, sobre la frente de los consultantes. Efectivamente, los pliegues formados en la faz humana por las contracciones nerviosas, están fatalmente determinadas, y la irradiación del tejido nervioso es absolutamente análogo a esas redes formadas entre los mundos por las cadenas de atracción de las estrellas.

Las fatalidades de la vida se escriben, pues, necesariamente en nuestras arrugas, y se reconocen, con frecuencia a primera vista, sobre la frente de un desconocido una o muchas letras misteriosas del planisferio cabalístico. Esa letra es todo un pensamiento, y ese pensamiento debe dominar la existencia de ese hombre. Si la letra no está muy clara y está penosamente grabada, hay lucha en él entre la fatalidad y la voluntad, y ya en sus emociones y en sus tendencias más fuertes, todo su pasado se revela al mago; el porvenir entonces es fácil de conjeturar, y si los acontecimientos engañan a veces la sagacidad del adivino, el consultante no queda menos asombrado y convencido de la ciencia sobrehumana del adepto.

La cabeza del hombre está hecha sobre el modelo de las esferas celestes; atrae e irradia, y es ella la que, en la concepción del feto, se manifiesta y se forma la primera.

Sufre, pues, de una manera absoluta la influencia astral y atestigua, por sus diversas protuberancias, sus diversas atracciones. La frenología debe, por tanto, encontrar su última palabra en la astrología científica y depurada, de la que sometemos los problemas a la paciencia y buena fe de los sabios.

Según Ptolomeo, el sol deseca y la luna humedece; según los cabalistas, el sol representa la justicia rigurosa, y la luna es simpática a la misericordia. Es el sol el que forma las tempestades; es la luna la que, por una especie de dulce presión atmosférica, hace crecer y decrecer y como respirar al mar. Se lee en el *Sohar,* uno de los grandes libros sagrados de la Cábala, que, "la serpiente mágica, hija del sol, iba a devorar al mundo cuando la mar, hija de la luna, le puso el pie sobre la cabeza y la dominó." Por esto es por lo que, entre los antiguos, Venus era la hija del mar, como Diana era idéntica a la luna; también por esto el nombre de María significa estrella del mar o sal del mar.

Para consagrar este dogma cabalístico en las creencias del vulgo, se dijo en lenguaje profético: "Es la mujer la que debe aplastar la cabeza de la serpiente."

Jerónimo Cardan, uno de los más audaces investigadores, y, sin contradicción, el astrólogo más hábil de su tiempo, y que fué, si hemos de dar crédito a la leyenda de su muerte, el mártir de su fe en astrología, ha dejado un cálculo, por medio del cual todo el mundo puede prever la buena o mala fortuna de todos los años de su vida. Para saber, pues, cuál será la buena o mala fortuna de un año, resume los acontecimientos de aquellos que han precedido en 4, 8, 12, 19 y 30; el número 4 es el de la realización; el 8, el de Venus o el de las cosas naturales; el 12, que es el del cielo de Júpiter, corresponde a los éxitos, a los buenos acontecimientos; al 19 corresponde a los ciclos de la luna y de Marte, y el número 30 es el de Saturno, o sea el de la fatalidad. Así, por ejemplo, yo quiero saber lo que me acontecerá en este año de 1855; repasaré en mi memoria todo cuanto me ha ocurrido de decisivo y real en el orden del progreso y de la vida, ahora hace cuatro años, lo que me ha ocurrido en dicha o desdicha de un modo natural, hace ocho años; lo que puedo contar de éxitos o de infortunios hace doce años, las vicisitudes, las desgracias o enfermedades que me han acontecido hace diecinueve años, y lo que he experimentado de triste y de fatal hace treinta años. Después, teniendo en cuenta hechos irrevocablemente acaecidos, y los progresos de la edad, cuento sobre análogas probabilidades a las que ya debo a la influencia de los mismos planetas, y digo: en 1851 he tenido ocupaciones mediocres, pero suficientemente lucrativas, con algunos apuros; en 1847 me he visto violentamente separado de mi familia, resultando de esta separación grandes sufrimientos para los míos y para mí; en 1843 he viajado como apóstol, hablando al pueblo, y he sido perseguido por personas mal intencionadas; fuí, en dos palabras, honrado y perseguido; por último, en 1825, la vida de familia cesó para mí y he penetrado definitivamente en una vida fatal, que me condujo a la ciencia y a la desgracia. Puedo, por consiguiente, creer que tendré este año trabajo, pobreza, incomodidades, cambios de lugar, publicidad y contradicciones, acontecimiento decisivo para el resto de mi existencia, y encuentro ya en el presente toda clase de razones para creer en este porvenir. Concluyo que, para mí y por lo que al año presente se refieren, la experiencia confirma perfectamente la exactitud del cálculo astrológico de Cardan.

Este año se refiere, por lo demás, al de los años climatéricos, o mejor *climactéricos*, de los antiguos astrólogos. *Climactéricos* quiere decir dispuestos en escala o calculados sobre los grados de una escala. Juan Trithemo, en su libro *De las causas secundarias*, ha calculado muy curiosamente la vuelta de los años dichosos o funestos para todos los imperios del mundo; daremos un análisis exacto y más claro que el mismo libro en el capítulo XXI de nuestro Ritual, con la continuación del trabajo de Trithemo hasta nuestros días y la aplicación de su escala mágica a los acontecimientos contemporáneos para deducir las probabilidades más asombrosas relativamente al porvenir próximo de Francia, de Europa y del mundo.

Según todos los grandes maestros en Astrología, los cometas son las estrellas de los héroes excepcionales, y no se acercan a la tierra más que para anunciarla grandes cambios; los planetas presiden las colecciones de seres y modifican los destinos de las agregaciones de hombres; las estrellas más lejanas y más débiles en atracción atraen a las personas y deciden de sus atractivos; algunas veces un grupo de estrellas influye todo él en los destinos de un solo hombre, y con frecuencia un gran número de almas se ven atraídas por los rayos lejanos de un mismo sol. Cuando morimos, nuestra luz interior se va, siguiendo la atracción de su estrella, siendo de ese modo como revivimos en otros universos, en donde el alma se hace una nueva vestidura, análoga a los progresos o decrecimientos de su belleza, porque nuestras almas, separadas de nuestros cuerpos, se parecen a las estrellas errantes, son glóbulos de luz animada que buscan siempre su centro para encontrar su equilibrio y su movimiento, pero antes deben desprenderse de los anillos de la serpiente, es decir, de la luz astral no depurada que las rodea y las cautiva, en tanto que la fuerza de la voluntad no las eleva hacia arriba. La inmersión de la estrella viviente en la luz muerta es un suplicio espantoso, sólo comparable al de Mezencio. El alma se hiela y se abrasa en ella al mismo tiempo, y no tiene otro medio de desprenderse que volviendo a entrar en la corriente de las formas exteriores y adquirir una envoltura de carne, y luchar después con energía contra los instintos para afirmar la libertad moral que le permitirá, en el momento de la muerte, romper las cadenas de la tierra y volar triunfante hacia el astro consolador, cuya luz le ha sonreído.

Por este dato, se comprende lo que es el fuego del infierno, idéntico al demonio, o a la antigua serpiente, en que consiste la salvación o la reprobación de los hombres, todos llamados y todos sucesivamente elegidos, pero en pequeño número, después de haber estado expuestos por su falta a caer en el fuego eterno.

Tal es la grande y sublime revelación de los magos, revelación madre de todos los símbolos, de todos los dogmas, de todos los cultos.

Puede verse también cómo Dupuis se engañaba cuando creía todas las religiones descendientes únicamente de la astronomía. Es, por el contrario, la astronomía la que ha nacido de la astrología, y la astrología primitiva es una de las ramas de la Santa Cábala, la ciencia de las ciencias y la religión de las religiones.

Así se ve, en la página 17 del Tarot, una admirable alegoría: Una mujer desnuda, que representa a la vez la Verdad, la Naturaleza y la Sabiduría, sin velo, inclinando dos urnas hacia la tierra, donde vierte fuego y agua; por encima de su cabeza brilla el septenario estrellado, alrededor de una estrella de ocho rayos, la de Venus, símbolo de paz y de amor; alrededor de la mujer, verdean las plantas de la tierra, y sobre una de esas plantas viene a posarse la mariposa de Psiquis, emblema del alma, reemplazada en algunas copias del libro sagrado por un pájaro, símbolo más egipcio y probablemente más antiguo. Esta figura, que en el Tarot moderno lleva el título de estrella brillante, es análoga a muchos símbolos herméticos, y no deja de guardar analogía con la estrella flamante de los iniciados en francmasonería, manifestando la mayor parte de los misterios de la doctrina secreta de los Rosa-cruz.

18 ꞩ S

LOS FILTROS Y LOS SORTILEGIOS

Justitia.

Mysterium.

Canes.

Abordamos ahora el abuso más criminal que pueda hacerse de las ciencias mágicas: la magia, o más bien la brujería envenenadora. Debe comprenderse que esto lo escribimos, no para enseñar sino para prevenir.

Si la justicia humana, al perseguir a los adeptos, no lo hubiera hecho nada más que contra los nigromantes y brujos o hechiceros envenenadores, es cierto, como ya lo hemos advertido, que sus rigores habrían sido justos, y que las más severas intimidaciones nunca hubieran sido excesivas contra semejantes malvados.

Sin embargo, no hay que creer que el poder de vida y de muerte que pertenece secretamente al mago, haya sido siempre ejercido para satisfacer alguna cobarde venganza, o una concupiscencia más cobarde todavía. En la Edad Media como en el mundo antiguo, las asociaciones mágicas han, con frecuencia, fulminado o hecho perecer lentamente a los reveladores o profanadores de los misterios, y cuando la glaba mágica debía abstenerse de funcionar, cuando la efusión de sangre era de temer entonces el *agua Toffana,* los ramilletes perfumados y las camisas de Nessus y otros instrumentos de muerte, más desconocidos y más extraños, servían para ejecutar más pronto o más tarde la terrible sentencia de los jueces francos.

Ya hemos dicho que existe en Magia un grande e indecible arcano, que no se comunica jamás entre adeptos, y que, sobre todo, es preciso impedir a todo trance que los profanos lo adivinen; cualquiera que en otro tiempo revelara, o lo hiciera descubrir a los demás por imprudentes revelaciones, la clave de ese arcano supremo, era condenado inmediatamente a muerte y obligado, con frecuencia, a ser él mismo el ejecutor de la sentencia.

La famosa comida profética de Cazotte, escrita por Laharpe, no ha sido aún comprendida; y Laharpe al narrarla, ha cedido al deseo, bastante natural por cierto, de maravillar a sus lectores ampliando los detalles. Todos los hombres presentes en esa comida, con excepción de Laharpe, eran iniciados y reveladores, o por lo menos, profanadores de misterios.

Cazotte, más elevado que todos ellos en la escala de la iniciación, les pronunció su decreto de muerte en nombre del iluminismo, y ese decreto fué diversamente, pero rigurosamente ejecutado, como otros decretos semejantes lo habían sido muchos años y muchos siglos antes contra el abate de Villars, Urbano Grandier, y tantos otros, y los filósofos revolucionarios perecieron, como también debía perecer Cagliostro, abandonado en las prisiones de la inquisición, la banda mística de Catalina de Theos, el imprudente Scroepfer, forzado a matarse en medio de sus triunfos mágicos y de la admiración universal, el desertor Kotzebüe, apuñalado por Carl Sand y tantos otros, cuyos cadáveres han sido hallados sin que se supiera la causa de su muerte súbita y sangrienta.

Fresca está todavía la memoria de la extraña alocución que dirigió al mismo Cazotte, al condenarle a muerte, el presidente del Tribunal revolucionario su colega y comiciado.

El nudo terrible del drama del 93, está todavía oculto en el santuario más obscuro de las sociedades secretas; a los adeptos de buena fe que querían emancipar a los pueblos, otros adeptos de una secta opuesta y que estaban ligados a más antiguas tradiciones, les hicieron una oposición terrible por medios análogos a los de sus adversarios, e hicieron imposible la práctica del gran arcano, al desenmascarar la teoría.

La muchedumbre no comprendió nada, pero desconfió de todos y cayó, por descorazonamiento, más bajo de lo que habían querido llevarla.

El gran arcano permaneció más desconocido que nunca. Unicamente los adeptos, neutralizados los unos por los otros, no pudieron ejercer el poder, ni para dominar a los demás, ni para librarse ellos mismos: se condenaron, pues, mutuamente como traidores y se entregaron los unos a los otros al exilio, al suicidio, al puñal y al cadalso.

Se me preguntará tal vez, si peligros tan terribles amenazan todavía en nuestros días, sea a los intrusos del santuario oculto, sea a los reveladores del arcano. ¿Por qué he de responder yo a la incredulidad de los curiosos? Si me expongo a una muerte violenta por instruirlos, no me salvarán ciertamente; si tienen miedo por sí mismos, que se abstengan de toda investigación imprudente; he aquí todo lo que puedo decirles

Volvamos a la magia envenenadora. Alejandro Dumas, en su novela *Montecristo*, ha revelado algunas de las prácticas de esta ciencia funesta. No repetiremos de él las tristes teorías del crimen, cómo se envenenan las plantas, no diremos cómo, por medio de unciones venenosas, se envenenan las paredes de las casas y el aire respirable por medio de fumigaciones que requieren que el observador emplee la careta de vidrio de Santa Cruz; dejaremos a la antigua Canidia sus misterios y no busquemos tampoco, hasta qué punto los ritos infernales de Sagane han perfeccionado el arte de Locusta (1). Se escribían recetas para envenenar y las disfrazaban bajo términos técnicos de alquimia, y en más de un libro antiguo, sedicente hermético, el secreto de la pólvora de proyección no es otro que el de la pólvora de sucesión. En el gran grimorio se encuentra aún una de esas recetas menos disfrazadas que las demás, pero titulada únicamente, *medio de hacer el oro;* Juan Bautista Porta, en su *Magia Natural,* da una receta del veneno de los Borgia; pero, como puede suponerse, se burla de su público y no divulga la verdad, demasiado peligrosa en semejante materia (2).

Eran los polvos de la receta de Porta los que las brujas de la Edad Media pretendían recibir en el aquelarre y que expedían a gran precio a la ignorancia o al odio. Es por la tradición de semejantes misterios como ellas sembraban el espanto en los campos y hacían sus sortilegios.

El hechicero o la hechicera eran casi siempre una especie de sapos humanos, hinchados de inveterados rencores; eran pobres, estaban rechazados de todos y, por consecuencia, odiaban.

El temor que inspiraban era su consuelo y su venganza; envenenados ellos mismos por una sociedad de la que no habían conocido más que los desperdicios y los vicios, envenenaban a su vez a aquellos que eran bastante débiles para tenerlos y vengaban en la juventud y en la belleza su vejez maldita y su imperdonable fealdad.

Sólo la operación de esas malvadas obras y el cumplimiento de esos repugnantes misterios, constituían y confirmaban lo que entonces se llamaba pacto con mal espíritu.

Es cierto que el operador debía pertenecer en alma y cuerpo al mal, y que merecía con justo título la reprobación universal e irrevocable manifestada por la alegoría del infierno.

Que las almas humanas hayan descendido a ese grado de perversidad y de demencia, no debe asombrarnos, pero sí afligirnos: ¿el abismo de los infiernos no demuestra ser por antítesis, la elevación y la grandeza del cielo?

En el Norte, donde los instintos están más comprimidos y son más vivaces; en Italia, en donde las pasiones son más expansivas y más ardientes, se temen todavía los sortilegios y el mal de ojo; en Nápoles no se afronta impunemente la *jettatura,* y aun se reconoce en ciertos

---

(1) Célebre envenenadora romana, que suministró el veneno que causó la muerte a Claudio y a Británico. Fué protegida por Nerón, y después de la caída de éste, condenada a morir por Galba.—**(N. del T.)**

(2) No publicamos la receta de Porta por temer a que caiga en manos criminales. **(N. del T.)**

signos exteriores a los seres que desdichadamente están dotados de ese poder.

Para garantirse contra ella, es preciso llevar encima cuernos—dicen los expertos—y el pueblo, que todo lo toma al pie de la letra, se apresura a adornarse con ellos, sin pensar más en el sentido de esta alegoría.

Los cuernos, atributos de Júpiter Amnon, de Baco y de Moisés, son el símbolo del poder moral o del entusiasmo, y los magos quieren decir que para evitar la jettatura, es necesario dominar con una gran audacia, por un gran entusiasmo o por un gran pensamiento la corriente fatal de los instintos. Así es como casi todas las supersticiones populares son interpretaciones profanas de algún axioma o de algún maravilloso arcano de la sabiduría oculta.

Pitágoras, al escribir sus admirables símbolos, ¿no ha legado a los sabios una filosofía perfecta y al vulgo una nueva serie de vanas observancias y de prácticas ridículas? Así, cuando decía: "No recojáis lo que cae de la mesa, no cortéis los árboles del gran camino, no matéis a la serpiente que ha caído en vuestro cercado. ¿No ofrecía bajo transparentes alegorías los preceptos de la caridad, sea social, sea particular? Y cuando decía: No te mires al espejo a la luz de la antorcha. ¿No era un modo ingenioso de enseñar el verdadero conocimiento del sí mismo, que no podría existir con las luces ficticias y los prejuicios de los sistemas?

Lo propio sucede con los demás preceptos de Pitágoras que, como se sabe, fueron seguidos al pie de la letra por una muchedumbre de discípulos imbéciles, hasta el punto de que en las observancias supersticiosas de nuestras provincias hay un gran número de ellas que se remontan a la inteligencia primitiva de los símbolos de Pitágoras.

Superstición, procede de una palabra latina que significa sobrevivir. Es el signo que sobrevive al pensamiento; es el cadáver de una práctica religiosa. La superstición es a la iniciación lo que la idea del diablo es a la de Dios. Es en este sentido como el culto de las imágenes está prohibido y como el dogma más santo en su concepción primera puede convertirse en supersticioso e impío cuando se ha perdido la inspiración y el espíritu.

Entonces es cuando la religión, siempre una como la razón suprema, cambia de vestiduras y abandona los antiguos ritos a la codicia y a la farsa de los sacerdotes convertidos, metamorfoseados, por su maldad y su ignorancia, en charlatanes y juglares.

Pueden compararse con las supersticiones los emblemas y los caracteres mágicos, cuyo sentido no es comprendido ya, y que se graban al azar sobre amuletos y talismanes. Las imágenes mágicas de los antiguos eran pantáculos, es decir, síntesis cabalísticas. La rueda de Pitágoras es un pantáculo análogo al de las ruedas de Ezequiel, y ambas figuras son los mismos secretos e idéntica filosofía, es la llave de todos los pantáculos y ya hemos hablado de ello. Los cuatro animales, mejor, las esfinges de cuatro cabezas del mismo profeta son idénticas a un admirable símbolo indio, del cual publicamos el grabado, y que se refiere a la ciencia del gran arcano. San Juan, en su Apocalipsis, ha copiado y ampliado a Ezequiel, y todas las figuras monstruosas de este libro maravilloso son otros tantos pantáculos mágicos, de los cuales, los cabalistas encuentran fácilmente la clave. Pero los cristianos, habiendo desdeñado la ciencia con el deseo de ampliar la fe, quisieron

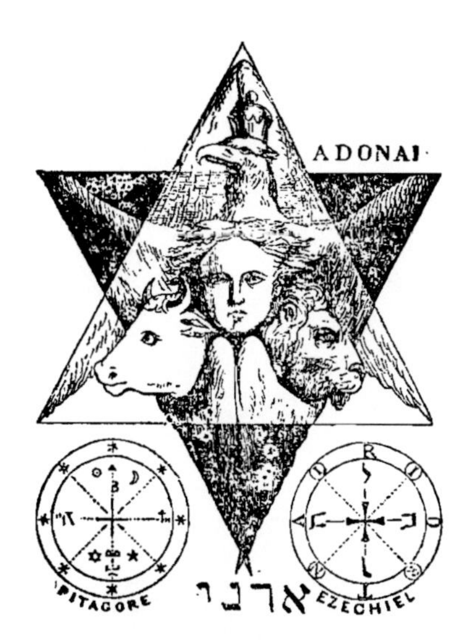

Los pantáculos de Ezequiel y Pitágoras.

ocultar más tarde los orígenes de su dogma y condenaron al fuego todos los libros de cábala y de magia. Anular los originales es dar una especie de originalidad a las copias y, sin duda, lo sabía San Pablo perfectamente cuando, con las intenciones más loables sin duda, cumplía su auto de fe cietítico, en Efeo. Así es cómo seis siglos más tarde el creyente Omar debía sacrificar a la originalidad del Corán, la biblioteca de Alejandría y, ¿quién sabe si en el porvenir, un futuro apóstol no quiera incendiar nuestros Museos literarios y confiscar la imprenta en beneficio de algún apasionamiento religioso y de alguna leyenda nuevamente acreditada?

El estudio de los talismanes y de los pantáculos es una de las más curiosas ramas de la magia y está ligada a la numismática histórica.

Existen talismanes indios, egipcios y griegos, medallas cabalísticas procedentes de hebreos, antiguos y modernos, abraxas gnósticos, amuletos bizantinos, monedas ocultas en usos entre los miembros de Sociedades secretas y llamadas, a veces, retoños del rabbat, medallas de los templarios y alhajas de los francmasones. Goglénius en su *Tratado de las maravillas de la Naturaleza*, describe los talismanes de Salomón y los del rabino Chael. El dibujo de alguno de ellos, de una mayoría también y de los más antiguos, fué grabado en los calendarios mágicos de Tyco-Brahé y de Ducheuteau, y deben de estar reproducidos en totalidad o en parte en los fastos iniciativos de M. Ragon, vasto y sabio trabajo que recomendamos a nuestros lectores.

19 ם T

LA PIEDRA DE LOS FILÓSOFOS ELAGABALA

Vocatio.
Sol.
Aurum.

Los antiguos adoraban al sol bajo la forma de una piedra negra, a la que llamaban Elagabala o Heliogábala. ¿Qué significaba esta piedra y cómo podía ser ella imagen del más brillante de los astros?

Los discípulos de Hermes (1), antes de prometer a sus adeptos el elixir de larga vida o el polvo de proyección, les recomendaban que buscasen la *piedra* filosofal. ¿Qué es esta piedra y por qué una piedra?

El gran iniciador de los cristianos invita a sus fieles a edificar sobre *piedra,* si no quieren ver sus construcciones derrumbadas. El mismo se nombra la *piedra* angular, y dice al más creyente de sus apóstoles: "Llámote, *Petrus,* porque tú eres la primera *piedra* sobre la cual edificaré mi iglesia."

Esta *piedra,* dicen los maestros en alquimia, es la verdadera sal de los filósofos, que entra en un tercio en la composición del ázoe. Ahora bien, AZOE es, como se sabe, el nombre del gran agente hermético y del verdadero agente filosofal; también representan ellos su sal bajo la forma de una piedra cúbica, como puede verse en las doce claves de Basilio Valentín o en las alegorías de Trevisan.

¿Qué es, no obstante, esta piedra? Es el fundamento de la filosofía absoluta; es la suprema e inquebrantable razón. Antes de pensar en la obra metálica, es necesario haberse fijado para siempre sobre los principios absolutos de la sabiduría, es necesario poseer esa razón, que es

(1) Hermes *Trimegisto,* filósofo, legislador y bienhechor del Egipto en el siglo XX antes de Jesucristo.—**(N. del T.)**

la piedra de toque de la verdad. Jamás un hombre con prejuicios podrá llegar a ser rey de la Naturaleza y maestro en transmutaciones. La piedra filosofal es, ante todo, necesaria, pero, ¿cómo hallarla? Hermes nos lo dice en su tabla de esmeralda: Es necesario separar lo sutil de lo fijo, con un gran cuidado y atención extremada. Así, pues, debemos desprender nuestras certidumbres de nuestras creencias, y distinguir bien los dominios de la ciencia de los de la fe; comprender bien que no sabemos todas las cosas en que creemos, y que no creemos ya en ninguna de las cosas en que llegamos a saber, y que, así la creencia de las cosas de la fe, es lo desconocido y lo indefinido, en tanto que sucede todo lo contrario en las cosas de la ciencia. Hay, pues, que concluir de que la ciencia reposa sobre la razón y la experiencia, mientras que la fe tiene por base el sentimiento y la razón. En otros términos, la piedra filosofal es la verdadera certeza que la prudencia humana asegura a las investigaciones concienzudas y a la modesta duda, mientras que el entusiasmo religioso lo da exclusivamente la fe. Luego, no pertenece ni a la razón sin aspiraciones, ni a las aspiraciones irrazonables; la verdadera certeza es la aquiescencia recíproca de la razón, que sabe en el sentimiento que cree y del sentimiento que cree en la razón que sabe. La alianza definitiva de la razón y de la fe resultará de su distinción y de su separación absolutas, pero de su mutua marca y de su fraternal concurso. Tal es el sentido de las dos columnas del pórtico de Salomón, de las cuales una se llama Jakin, y la otra Bohas; una de las cuales es blanca y otra negra. Son distintas, están separadas y, al parecer, son contrarias; pero si la fuerza ciega quiere reunirlas, acercándolas, la bóveda del templo se derrumbará, porque, separadas, constituyen una misma fuerza y, reunidas, son dos fuerzas que se destruyen mutuamente. Por esta misma razón es por la que el poder espiritual se debilita, desde el punto en que quiere usurpar el temporal, y por lo que el poder temporal perece víctima de sus abrogaciones sobre el poder espiritual. Gregorio VII perdió el papado, y los reyes cismáticos han perdido y perderán la monarquía. El equilibrio humano tiene necesidad de dos pies, los mundos gravitan mediante dos fuerzas, la generación exige dos sexos. Tal es el sentido del arcano de Salomón, figurado por las dos columnas del templo Jakin y Bohas.

El sol y la luna de los alquimistas corresponden al mismo símbolo y concurren al perfeccionamiento y a la estabilidad de la piedra filosofal. El sol es el signo jeroglífico de la verdad, porque es el manantial visible de la luz, y la piedra bruta es el símbolo de la estabilidad. Por esta razón, los antiguos magos tomaban la piedra Elagabala por la figura del sol, y por esto también es por lo que los alquimistas de la Edad Media indicaban la piedra filosofal como el primer medio de hacer el oro filosófico, es decir, la transformación de todos los poderes vitales, figurados por los seis metales, en sol, o lo que es igual, en verdad y en luz, primera e indispensable operación de la gran obra, que conduce a las adaptaciones secundarias, y que hace, por las analogías de la naturaleza, encontrar el oro natural y grosero a los creadores del oro espiritual y viviente, a los poseedores de la verdadera sal, del verdadero mercurio y del verdadero azufre filosóficos.

Encontrar la piedra filosofal es, pues, haber encontrado lo absoluto, como lo dicen todos los maestros. Ahora bien, lo absoluto es lo que no admite errores, es lo fijo de lo volátil, es la regla de la imaginación, es la necesidad misma del ser, es la ley inmutable de la razón y de la verdad; lo absoluto es lo que es. Luego lo que es en cierto modo, es antes de lo que es. El mismo Dios no es sin razón de ser, y no puede existir más que en virtud de una suprema e inevitable razón. Es, pues, esta razón la que es lo absoluto; es a ella a la que debemos creer si queremos que nuestra fe tenga una base razonable y sólida. Se ha podido decir en nuestros días que Dios no es más que una hipótesis; pero la razón absoluta no es más que una, y ella es esencial al ser.

Santo Tomás ha dicho: "Una cosa no es justa porque Dios la quiera, sino que Dios la quiere porque es justa." Si Santo Tomás hubiera deducido lógicamente todas las consecuencias de tan hermoso pensamiento, habría encontrado la piedra filosofal, y, en vez de limitarse a ser el ángel de la escuela, habría sido el reformador.

Creer en la razón de Dios y en el Dios de la razón es hacer el ateísmo imposible. Son los idólatras los que han hecho los ateos. Cuando Voltaire decía: "Si Dios no existiera, habría que inventarle", sentía más bien que comprendía la razón de Dios. ¿Existe realmente Dios? Nosotros no sabemos nada, pero deseamos que así sea, y por eso creemos en su existencia. Formulada así la fe, es una fe razonable, porque admite la duda de la ciencia y, en efecto, no creemos más que en las cosas que nos parecen probables, aun cuando no las conozcamos. Luego no es a semejantes personas a quienes la piedra filosofal ha sido prometida.

Los ignorantes que han desviado el cristianismo de su camino, sustituyendo a la ciencia por la fe, a la experiencia por el sueño, a la realidad por lo fantástico; los inquisidores que, durante siglos y siglos declararon a la magia una guerra de exterminio, sólo lograron cubrir de tinieblas los descubrimientos del espíritu humano, de tal modo, que hoy marchamos tanteando para volver a encontrar la clave de los fenómenos de la naturaleza. Ahora bien, todos los fenómenos naturales dependen de una sola e inmutable ley, representada por la piedra filosofal y, especialmente, por su forma simbólica, que es el cubo. Esta ley, manifestada en la Cábala por el cuaternario, había suministrado a los hebreos todos los misterios de su tetragrama divino. Puede, por tanto, decirse, que la piedra filosofal es cuadrada en todos sentidos, como la Jerusalén celeste de San Juan, y que en un lado llevan escrito el nombre de שלמה, y en otro el de Dios; sobre una de sus faces, el de Adán, y sobre la otra el de Eva, y después los de Azoe e Inri, sobre los otros dos lados. A la cabeza de una traducción francesa de un libro del Sr. de Nuisement, acerca de la sal filosófica, se ve el espíritu de la tierra de pie sobre un cubo, que recorren lenguas de fuego; tiene por falo un caduceo, y el sol y la luna sobre el pecho, a la derecha y a la izquierda; es barbudo, está coronado y tiene un cetro en la mano. Es el ázoe de los sabios sobre pedestal de sal y de azufre. Se coloca a veces a esta imagen la cabeza simbólica del macho cabrío de Mendes; es el Baphomet de los Templarios, el macho cabrío del sabbat y el verbo creado de los gnósticos; imágenes extrañas que sirvieron de espantajos al vulgo, después de haber servido de meditaciones a los sabios; jeroglíficos inocentes del pensamiento y de la fe, que también sirvieron de pretexto a los furores de las persecuciones. ¡Cuán desdichados son los hombres en su ignorancia, pero cuánto se desprecian a sí mismos si llegan a conocerla!

20 ר U

LA MEDICINA UNIVERSAL

Caput

Resurrectio

Circulus

La mayor parte de nuestras enfermedades físicas proceden de nuestras enfermedades morales, según el dogma mágico único y universal, y en razón de la ley de las analogías.

Una gran pasión a la cual se abandone uno, corresponde siempre a una gran enfermedad que se prepara. Los pecados mortales son llamados así porque física y positivamente causan la muerte.

Alejandro Magno murió de orgullo. Era temperante por naturaleza, pero se entregó por orgullo a los excesos que le produjeron la muerte.

Francisco I murió a causa de un adulterio.

Luis XV murió en su parque de los ciervos.

Cuando Marat fué asesinado, se moría de soberbia y de envidia. Era un monómano de orgullo, que se creía el único ser justo y que habría querido matar a todo el que no fuera Marat.

Muchos de nuestros contemporáneos han muerto de ambición, después de la Revolución de Febrero.

En cuanto nuestra voluntad se confirma irrevocablemente en una tendencia absurda, estamos muertos, y el ataud que habrá de recibir nuestros restos, no muy lejano.

Es, por consiguiente, una verdad el decir que la sabiduría conserva la vida.

El gran maestro ha dicho: "Mi carne es un alimento y mi sangre una bebida. Comed mi carne y bebed mi sangre y viviréis". Y como el vulgo murmurase, agregó: "La carne no entra aquí en nada; las palabras que os dirijo, son espíritu y son vida". Así quería decir: Abrevad en mi espíritu y vivid mi vida.

Y cuando iba a morir ligó el recuerdo de su vida al signo del pan, y el de su espíritu al del vino, instituyendo de este modo la comunión de la fe, de la esperanza y de la caridad.

En el mismo sentido es como han dicho los maestros herméticos: Haced el oro potable y tendréis la medicina universal; es decir, apropiad la verdad a vuestros usos, y sea ella el manantial en que abrevéis todos los días y adquiriréis para siempre la inmortalidad de los sabios. La templanza, la tranquilidad de alma, la sencillez de carácter, la calma y la razón de la voluntad hacen al hombre, no solamente dichoso, sino sano y robusto.

Es, haciéndose razonable y bueno, como el hombre llega a la inmortalidad. Somos los autores de nuestros propios destinos, y Dios no nos salva sin nuestro concurso.

La muerte no existe para el sabio; la muerte es un fantasma tildado de horrible por la ignorancia y la debilidad del vulgo.

El cambio atestigua el movimiento, y el movimiento no revela otra cosa que la vida. El mismo cadáver no se descompondría si estuviera muerto; todas las moléculas que le componen permanecen vivas y no se mueven con otro objeto que con el de desprenderse unas de otras. ¿Podéis figuraros que es el espíritu el que primero se desprendió del cuerpo para morir? ¿Podéis creer que el pensamiento y el amor pueden morir cuando la misma materia grosera no muere?

Si al cambio debe llamársele muerte, moriremos y renacemos diariamente, porque todos los días cambian nuestras formas.

Tememos, al salir a la calle, destrozar nuestras vestiduras, y nada nos importa abandonarlas cuando llega la hora del reposo.

El embalsamamiento y la conservación de los cadáveres es una superstición contra la naturaleza. Es un ensayo de creación de la muerte: es la inmovilización forzosa de una substancia de que la vida tiene necesidad. Pero no hay que apresurarse en destruir o en hacer desaparecer los cadáveres, porque nada se verifica bruscamente en la naturaleza, y no debe correrse el riesgo de romper violentamente los lazos de un alma que se desprende.

La muerte no es nunca instantánea; se opera gradualmente como el sueño. En tanto que la sangre no se ha enfriado por completo, mientras que los nervios pueden estremecerse, el hombre no está completamente muerto, y si alguno de los órganos esenciales de la vida no está destruído, el alma puede ser llamada, sea por accidente, sea mediante una voluntad poderosa.

Un filósofo ha dicho que mejor dudaría del testimonio universal antes que creer en la resurrección de un muerto, y en esto procedió temerariamente, porque es bajo la fe del testimonio universal como él creía en la imposibilidad de una resurrección.

Probada una resurrección ¿qué resultaría? ¿Habría que negar la evidencia o renunciar a la razón? Esto sería absurdo sólo al suponerlo. Habría que deducir sencillamente que había sido temerario creer en la imposibilidad de la resurrección. *Ab actu ad posse valet consecutio.*

Osemos afirmar ahora que la resurrección es posible y que se produce con mayor frecuencia de lo que se cree. ¡Cuántas personas cuya muerte ha sido jurídica y científicamente probada, han sido halladas muertas, es cierto, en su ataud, pero que habían vivido y que se habían destrozado los dedos y las uñas al tratar de abrirse las arterias para escapar por una nueva muerte a tan horribles sufrimientos!

Un médico nos dirá que esas personas no estaban muertas, sino en estado de letargia. ¿Pero qué es la letargia? Es el estado que dáis a la muerte comenzada y no concluída, a la muerte que viene a desmentir un retorno a la vida. No se sale fácilmente del atolladero con estas palabras, cuando es imposible explicar las cosas.

El alma está ligada al cuerpo por la sensibilidad y en cuanto ésta cesa, es un signo cierto de que el alma se aleja. El sueño magnético es una letargia o una muerte ficticia y curable a voluntad. La eterización o la torpeza producida por el cloroformo son verdaderas letargias que a veces concluyen por una muerte definitiva, cuando el alma, feliz por su pasajero desprendimiento, hace esfuerzos de voluntad para alejarse definitivamente, lo que es posible en aquellos que han vencido al infierno, es decir, cuya fuerza moral es superior a la de la atracción astral.

Así, pues, la resurrección no es posible más que para las almas elementales, y son éstas, especialmente, las que están más predispuestas a revivir en la tumba. Los grandes hombres y los verdaderos sabios no son enterrados vivos.

En nuestro Ritual explicaremos la teoría y la práctica del resurreccionismo y a aquellos que me preguntaran si yo he resucitado muertos, les responderé que si yo se lo dijera no me creerían.

Quédanos por examinar aquí si la abolición del dolor es posible y si es saludable emplear el cloroformo o el magnetismo en las operaciones quirúrgicas. Opinamos, y la ciencia lo reconocerá más tarde, que disminuyendo la sensibilidad se disminuye la vida y que todo cuanto evita el dolor en semejantes circunstancias se vuelve en provecho de la muerte.

El dolor atestigua la lucha de la vida; adviértase, pues, que en las personas operadas en estado de letargia, las curas son excesivamente dolorosas. Si se reiterara en cada una de estas curas, el aturdimiento por el cloroformo, sucedería de estas dos cosas una: o que el enfermo moriría, o que en las curaciones el dolor volvería y sería continuo. No se violenta impunemente a la Naturaleza.

21 ש X

LA ADIVINACIÓN

Dentes.

Furca.

Amens.

El autor de este libro ha osado mucho en su vida, y jamás un temor ha tenido su pensamiento cautivo. No es, sin embargo, sin un legítimo terror como llega al final del dogma mágico.

Se trata ahora de revelar, o más bien, de volver sobre el gran Arcano, ese terrible secreto, ese secreto de vida y de muerte, manifestado en la Biblia por aquellas formidables y simbólicas palabras de la serpiente, también simbólica: I NEQUAQUAN HORIEMINI, II SED ERITIS, III SICUT DII, IV SCIENTES BONUM ET MALUM.

Uno de los privilegios del iniciado en el gran Arcano y aquel que resume todos los demás es el de la *Adivinación.*

Según el sentido vulgar de la palabra, adivinar significa conjeturar lo que se ignora; pero el verdadero sentido de la palabra es inefable a fuerza de ser sublime. Adivinar *(divinari)* es ejercer la divinidad. La palabra *divinus,* en latín significa algo más que la otra palabra *divus* cuyo sentido es equivalente a hombre dios. *Devin,* en francés, contiene las cuatro letras de la palabra DIEU (Dios), mas la letra N que corresponde por su forma al *aleph* hebreo א y que manifiesta cabalística y jeroglíficamente el gran Arcano, cuyo símbolo en el Tarot, es la figura del batelero.

Aquel que comprenda perfectamente el valor numeral absoluto de א multiplicada por N, con la fuerza gramatical de la N final en las palabras *ciencia, arte, potencia,* adicionando después las cinco letras de la palabra DEVIN, a fin de hacer entrar cinco en cuatro, cuatro en tres, tres en dos y dos en uno, aquel al traducir el número que encuentre en letras habraicas primitivas, escribirá el nombre oculto del gran Arcano y poseerá una palabra de la que el mismo santo tetragrama no más que el equivalente y como la imagen.

Ser adivino, según la fuerza de la palabra, es, pues, ser divino, y algo más misterioso todavía.

Los dos signos de la divinidad humana, o de la humanidad divina, son las profecías y los milagros.

Ser profeta es ver por anticipado los efectos que existen en las causas; es leer en la luz astral; hacer milagros, es obrar valiéndose del agente universal y someterle a nuestra voluntad.

Se preguntará al autor de este libro si es profeta y taumaturgo.

Que los curiosos averigüen y lean todo cuanto ha escrito antes de ciertos acontecimientos que se han verificado en el mundo. Cuanto a lo que ha podido decir y hacer, si lo refiriera, y si en ello hubiera realmente algo maravilloso ¿se le creería bajo su palabra?

Además, una de las condiciones esenciales de la adivinación, es la de no verse obligados a ella, no someterse nunca a la tentación, es decir, a la prueba. Nunca los maestros de la ciencia han cedido a la curiosidad de nadie. Las sibilas queman sus libros cuando Tarquino rehusa apreciarlos en su justo valor; el gran Maestro se calla cuando se solicitan de él signos de su misión divina; Agrippa muere de miseria antes de obedecer a aquellos que solicitan de él un horóscopo. Dar pruebas de la ciencia a aquellos que dudan de la ciencia misma, es iniciar a indignos, es profanar el oro del santuario, es merecer la excomunión de los sabios y la muerte de los reveladores.

La esencia de la adivinación, es decir, el gran Arcano mágico, está figurado por todos los símbolos de la ciencia, y se liga estrechamente con el dogma único y primitivo de Hermes. En filosofía da la certeza absoluta; en religión el secreto universal de la fe; en física, la composición, la descomposición, la recomposición, la realización y la adaptación del mercurio filosofal, llamado ázoe por los alquimistas; en dinámica, multiplica nuestras fuerzas por las del movimiento continuo; es a la vez místico, metafísico y material con correspondencias de efectos en los tres mundos; procura caridad en Dios, verdad en ciencia y oro en riqueza, porque la transmutación metálica es, a la vez, una alegoría y una realidad, como lo saben bien todos los adeptos de la verdadera ciencia.

Sí, se puede real y materialmente hacer oro con la piedra de los sabios, que es un amalgama de sal, de azufre y de mercurio combinados tres veces en ázoe por una triple sublimación y una triple fijación. Sí, la operación es con frecuencia fácil y puede hacerse en un día, en un instante; otras veces requiere meses y aun años. Pero, para tener éxito en la gran obra, es preciso ser *divinus,* o adivino en el sentido cabalístico de la palabra y es indispensable haber renunciado, por interés personal, a las ventajas de las riquezas, de las cuales se convierte uno, de esa forma, en dispensador de ellas. Raimundo Lulio enriquecía a los soberanos; sembraba a Europa con sus fundaciones y permanecía pobre; Nicolás Flamel, que está bien muerto, diga cuanto quiera la leyenda, no encontró la gran obra hasta después de haber conseguido, por el ascetismo, un desligamiento completo de las riquezas. Fué iniciado por el saber que le proporcionó repentinamente la lectura del libro de As de Mezareph, escrito en hebreo por el cabalista Abraham, el mismo quizá, que redactó el *Lepher Jezirah.* Ahora bien, ese saber, fué en Flamel, una intención merecida, o más bien posible por las preparaciones personales del adepto. Creo haber dicho bastante.

La adivinación, es, por tanto, una intención y la llave de ella está en el dogma universal y mágico de las analogías. Es por las analogías como el mago interpreta los sueños, como vemos en la Biblia que lo hizo el patriarca Joseph, en Egipto, porque las analogías en el reflejo de la luz astral son tan rigurosas como los matices de colores lo son en la luz solar y pueden ser calculadas y explicadas con la mayor exactitud. Unicamente que es indispensable conocer el grado de vida intelectual del soñador quien se revelará a sí mismo por completo, por sus propios sueños, hasta causar en él mismo, el mayor asombro.

El sonambulismo, los presentimientos y la segunda vista no son más que una predisposición, sea accidental, sea habitual, a soñar en un sueño voluntario, ó en estado de vigilia, es decir, a percibir despierto los reflejos analógicos de la luz astral. Ya explicaremos todo esto en nuestro Ritual, cuando proporcionemos el medio, tan buscado, de producir y dirigir regularmente los fenómenos magnéticos.

Cuanto a los instrumentos adivinatorios, son sencillamente un medio de comunicación entre el adivino y el consultante, y no sirven, con frecuencia, más que para fijar las dos atenciones y las dos voluntades, sobre un mismo signo; las figuras vagas, complicadas, móviles, ayudan a ensamblar los efectos de la luz astral, y así es como se ve en la borra del café, en las nubes, en la clara del huevo, etc., etc., formas fatídicas, existentes únicamente en lo translucido, es decir, en la imaginación de los operadores.

La visión en el agua se opera por desvanecimiento y fatiga del nervio óptico, que cede sus funciones al *translucido*, y produce una ilusión en el cerebro que toma por imágenes reales los reflejos de la luz astral; así, las personas nerviosas, que tengan la vista debilitada y la imaginación viva, son más propias para este género de adivinación que excede a lo increíble, sobre todo, cuando se realiza por medio de niños.

No se desprecie, por tanto, la función que aquí atribuímos a la imaginación en las artes adivinatorias. Se ve, por la imaginación, sin duda, y esta es la parte natural del milagro; pero se ven cosas verdaderas y en esto es en lo que consiste lo maravilloso de la obra natural.

Emplazamos a la experiencia a todos los adeptos. El autor de este libro ha empleado todos los métodos de experimentación y ha obtenido siempre resultados proporcionales con la exactitud de sus operaciones científicas y con la buena fe de los consultantes.

El Tarot, ese libro milagroso, inspirador de todos los libros sagrados de los antiguos pueblos, es, a causa de la precisión analógica de sus figuras y de sus números, el instrumento de adivinación más perfecto.

Efectivamente, los oráculos de este libro son siempre rigurosamente verdaderos, por lo menos en un sentido, y cuando no predice nada, revela siempre cosas ocultas y ofrece a los consultantes los más sabios consejos.

Alliette, de peluquero que era, se convirtió en el siglo XVIII en cabalista, después de haber pasado treinta años meditando sobre el Tarot; Alliette, que se llamaba cabalísticamente Etteilla, al leer su nombre como se lee la escritura hebrea sagrada, estuvo a punto de encontrar todo cuanto había de oculto en ese extraño libro; pero, sucedió que, al separar las claves del Tarot, por no haberlas comprendido bien, invirtió el orden y el carácter de las figuras, sin destruir completamente las analogías (1). Los escritos de Etteilla, ya muy raros, son fatigosos y obscuros. No todos ellos fueron impresos y los manuscritos de ese padre de los cartómagos modernos permanecen aún en manos de un librero de París, que tuvo la bondad de enseñármelos. Lo más notable que en ello pudo verse, es la pertinacia, la incontestable buena fe del autor, que presintió durante toda su vida la grandeza de las ciencias ocultas y que hubo de morir a la puerta del santuario sin poder penetrar en él y sin lograr descorrer el velo. Apreciaba poco a Agrippa y hacía mucho caso de Juan Belot, y no conocía nada la filosofía oculta de Paracelso; pero, en cambio, poseía una intuición muy ejercitada, una voluntad muy perseverante y más ensueño que juicio. Todo esto le impedía ser mago, pero hacía de él un adivino vulgar muy hábil y, por consiguiente, muy acreditado.

Al decir, en nuestro Ritual, la última palabra sobre el Tarot, indicaremos el modo completo de leerle y de consultarle, tratando, no sólo de las probabilidades marcadas por el destino, sino también de los problemas de religión y de filosofía, acerca de los cuales da siempre solución exacta y precisa, si se explica uno en el orden jerárquico, la analogía de los tres mundos con los tres colores y los cuatro matices que componen el septenario sagrado.

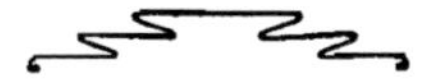

(1) Podemos ofrecer a los lectores, un juego de tarots compuesto de las 78 cartas, con los jeroglíficos sagrados y el libro para manejarlos con exactitud y precisión, debiendo hacerse los pedidos a la Editorial La Irradiación.—(N. del T.)

22 ת Z

RESUMEN Y CLAVE GENERAL
DE LAS CUATRO CIENCIAS OCULTAS

Signa.

Thot.

Pan.

Resumamos ahora toda la ciencia por los principios.

La analogía es la última palabra de la ciencia y la primera de la fe.

La armonía está en el equilibrio, y éste subsiste por la analogía de los contrarios.

La unidad absoluta es la razón suprema y última de las cosas. Pero esta razón no puede ser ni una persona, ni tres personas; es una razón, y es la razón por excelencia.

Para crear el equilibrio es preciso separar y unir, separar por los polos y unir por el centro.

Razonar sobre la fe es destruir la fe; hacer el misticismo en filosofía es atentar contra la razón.

La razón y la fe se excluyen mutuamente por su naturaleza y se excluyen por la analogía.

La analogía es el único mediador posible entre lo visible y lo invisible, entre lo finito y lo infinito. El dogma es la hipótesis, ascendente, de una ecuación presumible.

Para el ignorante la hipótesis es la que resulta de la afirmación absoluta, y ésta, sin embargo, es la que verdaderamente es la hipótesis.

Hay en la ciencia hipótesis necesarias, y el que trata de realizarlas ensancha los dominios de la ciencia, sin restringir la fe; porque del otro lado de la fe, existe el infinito.

Se cree lo que se ignora, pero nada más que lo que admite la razón. Definir el objeto de la fe y circunscribirle, es, por tanto, formular lo desconocido. Las profesiones de fe son fórmulas de la ignorancia y de las aspiraciones del hombre. Los teoremas de la ciencia son los monumentos de sus conquistas.

El hombre que niega a Dios es tan fantástico como el que lo define con una pretendida infalibilidad. Se define, ordinariamente, a Dios, diciendo todo lo contrario de lo que es.

El hombre hace a Dios por una analogía del menos al más; de menor a mayor resultando que la concepción de Dios en el hombre, es siempre la de un hombre infinito que hace del hombre un Dios finito.

El hombre puede realizar lo que cree en la medida de lo que él sabe, y en razón a lo que ignora y hace todo lo que quiere en la medida de lo que cree y en razón de lo que sabe.

La analogía de los contrarios es la analogía de la luz con la sombra, de lo cóncavo con lo convexo, de lo lleno con lo vacío. La alegoría, madre de todos los dogmas, es la substitución de las huellas por los sellos, de las sombras por las realidades. Es la mentira de la verdad y la verdad de la mentira.

No se inventa un dogma, pero se vela una verdad y se produce una sombra en favor de los ojos débiles. El inciador no es un impostor, es un revelador, es decir, según la expresión de la palabra latina *revelare,* un hombre que vela de nuevo. Es el creador de una nueva sombra.

La analogía es la clave de todos los secretos de la Naturaleza y la única razón de ser de todas las revelaciones.

He aquí por qué todas las religiones parecen estar escritas en el cielo y en toda la Naturaleza. Esto debe ser así, porque la obra de Dios es el libro de Dios, y en lo que él escribe, debe de verse la expresión de su pensamiento y por consecuencia de su ser, pues que le concebimos como pensamiento supremo.

Desde Volney, no se ha visto más que un plagio en esa espléndida analogía que habría debido conducir a reconocer la catolicidad, es decir, la universalidad del dogma primitivo, único, mágico, cabalístico e inmutable de la revelación por la analogía.

La analogía da al mago todas las fuerzas de la naturaleza; la analogía es la quinta esencia de la piedra filosofal; es el secreto del movimiento continuo; es la cuadratura del círculo; es el templo que reposa sobre las dos columnas JAKIN y BOHAS; es la clave del gran Arcano; es la ciencia del bien y del mal.

Encontrar la escala exacta de las analogías en las cosas apreciables para la ciencia, es fijar las bases de la fe y apoderarse también de la varita de los milagros.

En ello existe un principio y una fórmula rigurosa, que es el gran Arcano. Si el sabio no lo busca es porque ya lo ha hallado; pero que el vulgo lo busque, que lo buscará siempre sin hallarlo.

La transmutación metálica se opera espiritual y materialmente por la clave positiva de las analogías.

La medicina oculta no es más que el ejercicio de la voluntad aplicada al manantial mismo de la vida, a esa luz astral cuya existencia es un hecho y cuyo movimiento está conforme a los cálculos, de los que la escala ascendente y descendente es el gran arcano mágico.

Este arcano universal, último y eterno secreto de la alta iniciación, está representado en el Tarot por una jovén desnuda que no toca la tierra más que con un pie; tiene una varita imantada en cada mano y parece correr dentro de una corona que soportan un ángel, un águila, un buey y un león.

Addhanari, gran pantáculo indio.

Esta figura es análoga en cuanto al fondo de las cosas al querube de Jekeskiel, del que ofrecemos el grabado, y al símbolo indio de Addhanari, análogo al Ado-nai de Jekeskiel, a quien llamamos vulgarmente Ezequiel.

La comprensión de esta figura es la clave de todas las ciencias ocultas. Los lectores de mi libro deben comprenderla ya filosóficamente, si se han familiarizado un tanto con el simbolismo de la cábala.

Quédanos ahora por realizar la más importante operación de la gran obra. Encontrar la piedra filosofal ya es algo sin duda. Pero, ¿cómo hemos de triturar a ésta para hacer el polvo de proyección? ¿Cuál es el uso de la varita mágica? ¿Cuál es el poder real de los nombres de la cábala? Los iniciados lo saben y los iniciables lo sabrán también si por las indicaciones tan múltiples como precisas que acabamos de darles, descubren el gran arcano.

¿Por qué estas verdades, tan sencillas y tan puras, están necesariamente ocultas a los hombres? Es que los elegidos de la inteligencia son un pequeño número en la tierra y se parecen, en medio de los imbéciles y de los malvados, a Daniel en la cueva de los leones.

Además, la analogía nos enseña las leyes de la jerarquía, y siendo la ciencia absoluta un poder, debe ser exclusivamente compartido entre los más dignos. La confusión de la jerarquía es el verdadero desfallecimiento de las sociedades, porque entonces los ciegos conducen a los ciegos según la palabra del maestro.

Devuélvase la iniciación a los reyes y a los sacerdotes y el orden surgirá de nuevo. Así, haciendo llamada a los más dignos y aun cuando me exponga a maldiciones que rodean a los reveladores, yo creo realizar una cosa tan útil como grande: ¡Yo dirijo sobre el caos social el aliento del Dios vivo sobre la humanidad y evoco a los sacerdotes y a los reyes para el mundo del porvenir!

Una cosa no es más justa porque Dios la quiera, dijo el ángel de la escuela; sino que Dios la quiere porque es justa. Esto es como si hubiera dicho: Lo absoluto es la razón. La razón existe por sí misma; es porque es, y ¿cómo queréis que exista alguna cosa sin razón? La misma locura no se produce sin razón. La razón es la necesidad, es la ley, es la regla de toda la libertad y la dirección de toda iniciativa. Si Dios existe es por la razón. La concepción de un Dios absoluto fuera o independientemente de la razón, es el ídolo de la magia negra; es el fantasma del diablo.

El demonio es la muerte que se disfraza con las vestiduras usadas de la vida; es el espectro de Hinrren kesept, tronando sobre los escombros de las civilizaciones arruinadas y ocultando su horrible desnudez con los abandonados y olvidados despojos de las encarnaciones de Wischnú (1).

FIN DEL DOGMA DE LA ALTA MAGIA

(1) Uno de los individuos de la trinidad indostánica.—**(N. del T.)**

CLASIFICACIÓN Y EXPLICACIÓN

DE LAS

FIGURAS DEL PRIMER VOLUMEN (DOGMA)

Páginas.

copa; del lado del profano, representado por el tigre, la espada y el círculo que puede transformarse en anillo de cadena o en collar de hierro. Del lado del iniciado, la diosa está vestida con despojos de tigre; del lado del tigre, lleva una larga túnica estrellada, y sus cabellos están cubiertos con un velo. Un manantial de leche brota de su frente, corre por el lado del iniciado y forma alrededor de Addhanari y de sus dos animales un círculo mágico que los encierra en una isla, representación del mundo. La diosa lleva en el cuello una cadena mágica formada con anillos de hierro del lado de los profanos, y de cabezas pensadoras del lado de los iniciados; lleva también sobre la frente la figura del *ligam* y a cada lado tres líneas superpuestas que representan el equilibrio del ternario y remedan los trigrammas de Fo-Hi.

TABLA DE CAPÍTULOS

PRIMERA PARTE

El Dogma.

DOGMA Y RITUAL
DE LA
ALTA MAGIA

POR

ÉLIPHAS LÉVI

TOMO II
Ritual

EDITORIAL HUMANITAS S.L.

Macho cabrío del SÁBADO.—Baphomet y Mendés.

RITUAL

I

Toda intención que no se manifiesta por actos, es una intención vana, y la palabra que los represente una palabra ociosa. Es la acción la que demuestra la vida y es también la acción la que manifiesta y comprueba la existencia de la voluntad. Por esto se ha dicho en los libros simbólicos y sagrados que los hombres serán juzgados, no por sus pensamientos y por sus ideas, sino por sus obras. Para ser es necesario hacer.

Vamos a penetrar ahora en el grande y terrible asunto de las obras mágicas. No se trata aquí de teorías ni de abstracciones; llegamos al terreno de los hechos y vamos a colocar en la mano del adepto la varita de los milagros, diciéndole: No procedas solamente según nuestras palabras; obra por tí mismo.

Trátase aquí de obras de una omnipotencia relativa y del medio de apoderarse de los más grandes secretos de la Naturaleza en beneficio de una voluntad esclarecida e inflexible.

La mayor parte de los rituales mágicos conocidos son: o mixtificaciones o enigmas. Nosotros vamos a descorrer por vez primera, después de tantos siglos, el velo del oculto santuario. Revelar la santidad de los misterios es remediar su profanación. Tal es la idea que mantiene nuestro valor y nos hace afrontar todos los peligros de esta obra, la más audaz, tal vez, que haya sido dable concebir y realizar al espíritu humano.

Las operaciones mágicas son el ejercicio de un poder, natural pero superior a las fuerzas ordinarias de la Naturaleza. Son el resultado de una ciencia y de una costumbre que exaltan la voluntad humana por encima de los límites habituales.

Lo sobrenatural no es otra cosa que lo natural extraordinario, o lo natural exaltado; un milagro es un fenómeno que asombra a las muchedumbres por lo inesperado; lo maravilloso es lo que maravilla, o sea, los efectos que sorprenden a los que ignoran las causas, o que les asignan causas desproporcionadas a los resultados. No hay milagros más que para los ignorantes; pero como no hay ciencia absoluta entre los hombres, el milagro puede, no obstante, existir y existe para todo el mundo.

Comencemos por decir que creemos en todos los milagros porque estamos convencidos, por experiencia propia, de su completa posibilidad.

No hace falta que nos expliquemos más, sino que los consideremos como explicables. Más o menos o menos o más, las consecuencias son idénticamente relativas y las proporciones rigurosamente progresivas.

Sin embargo, para hacer milagros es necesario colocarse fuera de las condiciones comunes de la humanidad. Es preciso abstraerse por la sabiduría o exaltarse por la locura, por encima de todas las pasiones y apartándose o desligándose de éstas por frenesí o por éxtasis. Tal es la primera y más indispensable de las preparaciones del operador.

Así, por una ley providencial o fatal, el mago no puede ejercer su omnipotencia más que en razón inversa de su interés material: el alquimista hace tanto más oro cuanto más se resigna a las privaciones, cuanto más estima la pobreza protectora de los secretos de la gran obra.

El adepto, de corazón sin pasiones, dispondrá por sí sólo del amor y del odio de aquellos sobre quienes quiera servirse de instrumento para la realización de su ciencia; el mito del Génesis es eternamente verdadero y Dios no deja aproximarse al árbol de la ciencia más que a hombres suficientemente abstemios y fuertes para no codiciar sus frutos.

¡Vosotros, los que buscáis en la magia el medio de satisfacer vuestras pasiones, deteneos en esa vía funesta. No encontraríais en ella más que la locura o la muerte. Esto era lo que antaño se manifestaba con el proverbio de que el diablo tarde o temprano acaba por retorcer el cuello a los brujos.

El magista debe, pues, ser impasible, sobrio, casto, desinteresado, impenetrable e inaccesible a toda especie de prejuicio o de terror. No debe tener defectos corporales y someterse a la prueba de todas las contradicciones y aflicciones. La primera y más importante de todas las obras mágicas, es la de llegar a esta rara superioridad.

Ya hemos dicho que el éxtasis apasionado puede producir los mismos resultados que la superioridad absoluta y esto es exacto en cuanto al éxito, pero no en lo referente a la dirección de las operaciones mágicas.

La pasión proyecta con fuerza la luz vital e imprime movimientos imprevistos al agente universal; pero no puede retenerse tan fácilmente como ha sido proyectada y su destino es entonces muy semejante al de Hypólito, arrastrado por sus propios caballos, o al de Phalaris experimentando por sí mismo el suplicio que había inventado para los demás.

La voluntad humana realizada por el hecho, es semejante a la bala de cañón que no retrocede nunca ante el obstáculo. Lo atraviesa y en él entra y se pierde cuando fué lanzada con violencia; pero si marcha con paciencia y perseverancia, no se pierde nunca, asemejándose entonces a la ola que retorna siempre y concluye hasta por carcomer el hierro.

El hombre puede ser modificado por la costumbre, que se convierte, según el proverbio, en una segunda naturaleza en él. Por medio de una gimnástica perseverante y graduada, las fuerzas y la agilidad del cuerpo se desarrollan, o se crean, en proporción asombrosa. Lo propio sucede con los poderes del alma. ¿Queréis reinar sobre vosotros mismos y sobre los demás? Pues aprended a querer.

¿Cómo puede aprenderse a querer? Este es el primer arcano de la iniciación mágica y es para dar a comprender el mismo fondo del arcano como los antiguos depositarios del arte sacerdotal rodeaban los accesos al santuario de tantos terrores y tan estupendos prodigios. No creía en una voluntad, sino cuando había producido las pruebas de su existencia y tenían razón sobrada en ello. La fuerza no puede afianzarse sino sobre victorias.

La pereza y el olvido son los enemigos de la voluntad, y por esto es por lo que todas las religiones han multiplicado las prácticas y hecho su culto minucioso y difícil. Cuanto más se preocupa uno por una idea, tanto mayor fuerza se adquiere en el sentido de esa idea. ¿No prefieren las madres a aquellos de sus hijos que en el parto y fuera de él les han costado mayores trabajos y sacrificios? Así la fuerza de las religiones está encerrada por completo en la inflexibilidad de los que la practican. Mientras que haya un fiel creyente en el santo sacrificio de la misa, habrá un sacerdote para celebrarla, y en tanto que exista un sacerdote que lea todos los días su breviario, habrá un papa en el orbe.

Las prácticas más insignificantes en apariencia y más extrañas por sí mismas al fin que uno se propone, son, sin embargo, las que conducen más directamente hacia ese fin por la educación y el ejercicio de la voluntad. Un campesino que se levantara todas las madrugadas a las dos o las tres y que fuera lejos, muy lejos de su vivienda a recoger todos los días una brizna de la misma hierba, antes de que el sol saliera, podría, llevando consigo esa hierba operar un gran número de prodigios. Esa hierba sería el signo de su voluntad y se convertiría por obra de esa misma voluntad, todo lo que él quisiera que fuese en interés de sus deseos.

Para poder es preciso creer que se puede, y esa fe debe inmediatamente traducirse en hechos. Cuando un niño dice "no puedo", su madre le replica: "trata de poder". La fe no prueba; comienza por la certeza de conducir a lo propuesto y trabaja con calma como si tuviera la omnipotencia a sus órdenes y la eternidad ante sí.

Vosotros los que os presentáis ante la ciencia de los magos ¿qué es lo que les pedís? Osad formular vuestro deseo, sea cual fuere, y después comenzad la obra y no ceséis de obrar en el mismo sentido y sobre el mismo fin. Lo que hayáis querido se realizará.

Sixto V, cuando era pastor, había dicho: "Quiero ser papa".

Vos sois trapero y queréis hacer oro, pues poneos a la obra y no ceséis hasta conseguirlo. Yo os prometo en nombre de la ciencia todos los tesoros de Flamel y de Raimundo Lulio.

¿Qué es lo primero que hay que hacer? Creer con toda fe que podéis, y luego obrar. ¿Cómo obrar? Levantáos todos los días muy temprano y a la misma hora; laváos en todo tiempo en una fuente antes de la salida del sol, no llevar nunca ropa sucia, y para esto laváoslas vos mismo, si es menester; ejercitaros en las privaciones voluntarias, para mejor sufrir las involuntarias; imponer silencio a todo deseo, que no sea el de la realización de la gran obra. ¡Cómo! ¿Lavándome todos los días en una misma fuente, haré oro?—Trabajaréis en ello.—¿Es esto una burla?—No, es un arcano.—¿Cómo puedo yo servirme de un arcano que no podría comprender?—Creed y obrad; luego comprenderéis.

Una persona me decía cierto día: Yo quisiera ser un ferviente católico, pero hasta ahora soy un volteriano. ¡Cuánto no daría yo por tener fe!—Pues bien, le respondí, no digáis yo quisiera, decid yo quiero, y haced las obras de la fe, y yo os aseguro que creeréis. Sois volteriano decís, y entre las diferentes maneras que hay de comprender la fe, la de los jesuítas os es la más antipática y os parece, sin embargo, la más deseable y la más fuerte..... Haced y recomenzad sin descorazonamientos, los ejercicios de San Ignacio, y os convertiréis en un creyente como jesuíta. El resultado es infalible, si tenéis entonces la ingenuidad de creer en el milagro porque ahora os engañáis ya creyéndoos volteriano.

Un perezoso no será nunca mago. La magia es un ejercicio de todas las horas, de todos los instantes. Preciso es que el operador de las grandes obras sea dueño absoluto de sí mismo; que sepa vencer el atractivo del placer y el apetito y el sueño; que sea insensible, tanto al éxito, como a la derrota. En vida debe ser una voluntad dirigida por un pensamiento y servida por toda la naturaleza sometida al espíritu en sus propios órganos y por simpatía en todas las fuerzas universales que les son correspondientes.

Todas las facultades y todos los sentidos deben tomar parte en la obra y nada en el sacerdocio de Hermes tiene derecho a estar ocioso; es preciso formular la inteligencia por signos y resumirla por caracteres o pantáculos; es preciso determinar la voluntad por palabras y cumplir las palabras por hechos; es necesario traducir la idea mágica en luz para los ojos, en armonía para los oídos, en perfumes para el olfato y en formas para el tacto. Es preciso, en una palabra, que el operador realice en toda su vida, lo que quiera realizar fuera de sí en el mundo; es necesario que se convierta en un *imán* para atraer la cosa deseada; y que cuando esté suficientemente imantado que sepa que la cosa vendrá, sin que él ni ella lo piensen.

Es importante que el mago sepa los secretos de la ciencia; pero puede conocerlos por intuición sin haberlos aprendido. Los solitarios, los ascetas que viven en la contemplación habitual de la naturaleza, adivinan frecuentemente sus armonías y están más instruídos en medio de su sencillez y buen sentido que los doctores, cuyo sentido natural está falseado por los sofismas de las escuelas. Los verdaderos magos prácticos, se encuentran casi siempre en el campo, y son con frecuencia gentes sin instrucción y sencillos pastores.

Existen también ciertas organizaciones físicas, mejor dispuestas que otras a las revelaciones del mundo oculto; también hay naturalezas sensitivas y simpáticas, a las cuales la intuición en la luz astral les es, por decirlo así, innata; ciertas penas y ciertas enfermedades pueden modificar el sistema nervioso y hacer, sin el concurso de la voluntad, un aparato de adivinación más o menos perfecto; pero estos fenómenos son excepcionales y generalmente el poder mágico debe y puede adquirirse por la perseverancia y el trabajo.

Existen también substancias que producen el éxtasis y predisponen al sueño magnético; también las hay que colocan al servicio de la imaginación todos los reflejos más vivos y más coloreados de la luz elemental; pero el empleo de estas substancias es peligroso, por cuanto en general producen la estupefacción y la embriaguez. Se emplean, no obstante, pero en proporciones rigurosamente calculadas, y en circunstancias perfectamente excepcionales.

Aquel que quiere entregarse seriamente a la obra mágica después de haber afirmado su espíritu contra todo peligro de alucinación o de espanto, debe purificarse interior y exteriormente durante cuarenta días. El número cuarenta es sagrado y hasta su misma figura es mágica. En cifras árabes, se compone del círculo, imagen de lo infinito y del 4 que resume el ternario por la unidad. En cifras romanas, dispuestas de la siguiente manera, represènta el signo fundamental de Hermes y el carácter del sello de Salomón:

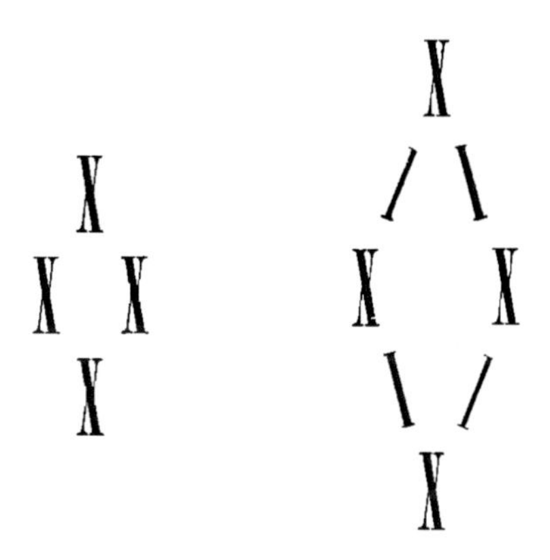

La purificación del mago debe consistir en la abstinencia de las voluptuosidades brutales, en un régimen vegetariano y dulce, en la privación de licores fuertes y en la reglamentación de las horas de sueño. Esta preparación ha sido indicada y representada en todos los cultos por un tiempo de penitencia y de pruebas que preeede a las fiestas simbólicas de la renovación de la vida.

Es necesario, como ya lo hemos dicho, observar exteriormente la limpieza más escrupulosa; el más pobre puede encontrar agua en las fuentes. Es necesario lavar, o hacer lavar, con cuidado, los vestidos, los muebles y los vasos de que se hace uso. Toda suciedad atestigua negligencia, y en magia la negligencia es mortal.

Es necesario purificar el aire al levantarse y al acostarse con un perfume compuesto de savia de laureles, de sal, de alcanfor, de resina blanca y de azufre y pronunciar las cuatro palabras sagradas dirigiéndose hacia las cuatro partes del mundo.

No hay que hablar con nadie de las obras que se realizan; y como ya lo hemos dicho en el Dogma, el misterio es la condición rigurosa e indispensable de todas las operaciones de la ciencia. Es necesario despistar a los curiosos, suponiendo otras ocupaciones y otras investigaciones, como por ejemplo, experiencias químicas para operaciones industriales, la investigación de secretos naturales, etc., etc.; pero la palabra que pueda desacreditar a la magia, jamás debe ser pronunciada.

El magista debe aislarse al comenzar, y mostrarse muy difícil en relaciones, para reconcentrar en sí la fuerza y escoger los puntos de contacto; pero, tanto cuanto más salvaje e inabordable se haya mostrado en los primeros tiempos, tanto más popular y rodeado de gentes debe vérsele luego, cuando haya imantado su cadena y escogido su sitio en una corriente de ideas y de luz.

Una vida laboriosa y pobre es de tal modo favorable a la iniciación por la práctica, que los más grandes maestros la han buscado, aun cuando podían disponer de las riquezas del mundo. Es entonces cuando Satán, es decir, el espíritu de la ignorancia, que sonríe, que duda, que odia a la ciencia porque la teme, viene a tentar al futuro dueño del mundo diciéndole: Si tú eres el hijo de Dios, haz que esas piedras se conviertan en pan. Los hombres de dinero tratan entonces de humillar al príncipe de la ciencia, poniéndole toda suerte de trabas, o explotando miserablemente su trabajo; se le rompe en diez pedazos, a fin de que tienda la mano otras tantas veces, hacia el pedazo de pan de que parece tener necesidad. El mago no se digna ni aun de sonreir a tal ineficacia, y prosigue su obra con calma.

Es necesario evitar, tanto cuanto se pueda, la vista de cosas repugnantes y de personas feas, no comer con las personas a quienes no se estima, evitar todo género de excesos y vivir de un modo uniforme y arreglado.

Tener el mayor respeto de sí mismo y considerarse como un soberano desconocido que consiente en serlo para reconquistar su corona. Ser dulce y digno con todo el mundo; pero en las relaciones sociales no dejarse jamás absorber, y retirarse de los círculos en donde no tuviere una iniciativa cualquiera.

Se pueden, y aún se deben cumplir las obligaciones, y practicar los ritos del culto a que se pertenezca. Ahora bien, de todos los cultos el más mágico es el que realiza mayores milagros, que se apoya sobre las más sabias razones y los más inconcebibles misterios, cuyas luces son iguales a sus sombras, que populariza los milagros y encarna a Dios en los hombres por la fe. Esta religión ha existido siempre, y ha sido siempre en el mundo bajo diversos nombres, la religión única y dominante. Tiene, ahora, en los pueblos de la tierra, tres formas hostiles en apariencia entre sí, que pronto se reunirán en una sola para constituir una iglesia universal. Hablo de la ortodoxia rusa, del catolicismo romano y de una transfiguración última de la religión de Budha.

Creemos que hemos dado a entender perfectamente, por lo que precede, que nuestra magia es opuesta a la de los Goecios y de los Nigromantes. Nuestra magia es a la vez una ciencia y una religión absoluta que debe, no destruir y absorber todas las opiniones y todos los cultos, sino regenerarlos y dirigirlos, reconstituyendo el círculo de los iniciados, y dando así a las masas ciegas conductores sabios y clarividentes.

Vivimos en un siglo en que no hay nada que destruir, sino en que hay que rehacerlo todo, porque todo está destruído. ¿Rehacer qué? ¿El pasado?—¿Reconstruir el qué? ¿Un templo y un trono? ¿A qué hacerlo puesto que los antiguos han caído?—Es como decir: Mi casa acaba de derrumbarse de puro vieja, ¿para qué construir otra? Pero, la casa que vais a edificar ¿será parecida a la que se ha derrumbado?—No, aquella que se ha caído era vieja, y ésta será nueva. Pero, en fin, ¡será siempre una casa! ¿Qué queríais, pues, que fuera?

II

El equilibrio es el resultado de dos fuerzas

Si las dos fuerzas son absolutamente y para siempre iguales, el equilibrio será la inmovilidad, y por consiguiente, la negación de la vida. El movimiento es el resultado de una preponderancia alternada.

La impulsión dada a uno de los platillos de una balanza determina necesariamente el movimiento del otro platillo. Los contrarios obran así sobre los contrarios, en toda la naturaleza, por correspondencia y por conexión analógica.

La vida entera se compone de una aspiración y de un soplo; la creación es la suposición de una sombra para servir de límite a la luz; de un vacío, para servir de espacio a la plenitud del ser; de un principio pasivo fecundado para apoyar y realizar el poder del principio activo generador.

Toda la naturaleza es bisexual y el movimiento que produce las apariencias de la muerte y de la vida es una continua generación.

Dios ama el vacío que ha hecho para llenarlo; la ciencia ama la ignorancia a quien ilumina; la fuerza ama la debilidad a quien sostiene; el bien ama el mal aparente que le glorifica; el día está enamorado de la noche, y la persigue sin cesar girando alrededor del mundo; el amor es a la vez una sed y una plenitud que tiene necesidad de expansión. Aquel que da recibe, y el que recibe da el movimiento; todo es un cambio perpetuo.

Conocer la ley de ese cambio; saber la proporción alternativa o simultánea de esas fuerzas, es poseer los primeros principios del gran arcano mágico, que constituye la verdadera divinidad humana.

Científicamente se pueden apreciar las diversas manifestaciones del movimiento universal por los fenómenos eléctricos o magnéticos. Los aparatos eléctricos especialmente, revelan material y positivamente las afinidades y las antipatías de ciertas substancias. El consorcio del cobre con el zinc, la acción de todos los metales en la pila galvánica, son revelaciones perpetuas e irrecusables. Que los físicos busquen y descubran; los cabalistas explicarán los descubrimientos de la ciencia.

El cuerpo humano está sometido como la tierra, a una doble ley: atrae e irradia; está imantado de magnetismo andrógino y reopera sobre las dos potencias del alma; la intelectual y la sensitiva en razón inversa, pero proporcional, de las preponderancias de dos sexos en su organismo físico.

El arte del magnetizador estriba completamente en el conocimiento y uso de esta ley. Polarizar la acción y dar al agente una fuerza bisexual y alterna, es el medio todavía desconocido y vanamente buscado de dirigir a voluntad los fenómenos del magnetismo; pero, es necesario un tacto muy ejercitado y una gran precisión completa en los movimientos interiores, para no confundir los signos de la aspiración magnética con los de la respiración; es preciso también conocer perfectamente la anatomía oculta y el temperamento especial de las personas sobre las cuales se opera.

Lo que más obstaculiza la dirección del magnetismo es la mala fe o la mala voluntad de los sujetos. Las mujeres, sobre todo, que son esencialmente y siempre comediantas, y que gustan de impresionarse impresionando a los demás, y que son las primeras en engañarse cuando desempeñan sus melodramas nerviosos; las mujeres—repetimos—son la verdadera magia negra del magnetismo. Así será imposible a los magnetizadores no iniciados en los supremos arcanos y no asistidos de las luces de la Cábala, dominar siempre ese elemento fugitivo y refractario. Para ser maestro de mujer, es preciso distraerla y engañarla hábilmente, dejándola suponer que es ella misma la que os engaña. Este consejo que ofrecemos aquí, especialmente a los médicos magnetizadores, podría también, quizás, tener su aplicación práctica en la política conyugal.

El hombre puede producir a su antojo dos soplos: el uno caliente y el otro frío; puede igualmente proyectar a su antojo la luz activa o la luz pasiva; pero es necesario que adquiera la conciencia de esa fuerza por la costumbre de pensar en ella. Una misma posición de la mano puede alternativamente respirar y aspirar, eso que hemos convenido en llamar flúido; y el magnetizador mismo advertirá el resultado de su intención por una sensación alternativa de calor y de frío en la mano, o en ambas manos si opera con ellas a la vez, sensación que el sujeto deberá experimentar al mismo tiempo, pero en sentido inverso, es decir, con una alternativa evidentemente opuesta.

El pentagrama, o el signo del microcosmo, representa entre otros misterios mágicos, la doble simpatía de las extremidades humanas, entre ellas y la circulación de la luz astral en el cuerpo humano. Así, al figurar un hombre en la estrella del pentagrama, como puede verse en la filosofía oculta de Agrippa, debe advertirse que la cabeza corresponde en simpatía masculina con el pie derecho, y en simpatía femenina con el izquierdo; que la mano derecha corresponde lo mismo con la mano y el pie izquierdo y la mano izquierda recíprocamente; siendo preciso observar todo esto en los pases magnéticos, si quiere llegarse a dominar todo el organismo y a ligar todos los miembros por sus propias cadenas de analogía y de simpatía natural.

Este conocimiento es necesario para el uso del pentagrama en los conjuros a los espíritus y en las evocaciones de formas errantes en la luz astral, llamadas vulgarmente nigromancia, como lo explicaremos en el capítulo quinto de este Ritual; pero, es conveniente observar aquí, que toda acción provoca una reacción y que magnetizando o influenciando mágicamente a los demás, establecemos de ellos a nosotros una corriente de influencia contraria, pero análoga, que puede someternos a aquellos en vez de someterlos a nosotros, como sucede con frecuencia en las operaciones que tienen por objeto la simpatía de amor. Por esto es por lo que es esencial defenderse al mismo tiempo que se ataca, a fin de no aspirar por la izquierda al mismo tiempo que se sopla por la derecha. El andrógino mágico (véase el grabado que va al frente de este libro), lleva escrito sobre el brazo derecho SOLVE, y sobre el izquierdo COAGULA, lo que corresponde a la figura simbólica de los trabajos del segundo templo, que tenían en una mano la espada y en la otra la herramienta. Al mismo tiempo que se edificaba, era preciso defender su obra dispersando a los enemigos; la naturaleza no hace otra cosa cuando destruye al mismo tiempo que regenera. Ahora bien, según la alegoría del calendario mágico de Duchenteau, el hombre, es decir, el iniciado, es el mono de la naturaleza, que le tiene encadenado, pero que le hace obrar sin cesar imitando los procedimientos y las obras de su divina maestra y de su imperecedero modelo.

El empleo alternado de fuerzas contrarias, lo caliente después de lo frío, la dulzura después de la severidad, el amor después de la cólera, etcétera, es el secreto del movimiento continuo y de la prolongación del poder; es lo que sienten instintivamente las coquetas, que hacen pasar a sus adoradores de la esperanza al temor, y de la alegría a la tristeza. Obrar siempre en el mismo sentido y de la misma manera, es recargar sólo un platillo de una balanza, por lo que resulta inmediatamente la ruptura del equilibrio. La perpetuidad de las caricias engendra pronto la saciedad, el disgusto y la antipatía, lo mismo que una frialdad o una severidad constante aleja a la larga y destruye la afección. En alquimia, siempre un mismo fuego y siempre ardiendo, calcina la materia prima y hace, a veces, estallar el vaso hermético; es preciso sustituir en iguales intervalos, al calor del fuego, la del agua caliente o la del carbón vegetal. Así es como se hace en magia templar las obras de cólera o de rigor, por operaciones de benevolencia y de amor, pues si el operador tiene su voluntad siempre en tensión igual y en el mismo sentido, resultará para él una gran fatiga, y luego una especie de impotencia moral.

El magista, pues, no debe vivir exclusivamente en su laboratorio, entre su atanor, sus elixires y sus pantáculos. Por devoradora que sea la mirada de esa Circe que se llama potencia oculta, hay que saber presentarla a propósito la glava de Ulisis y alejar a tiempo de nuestros labios la copa que nos presenta. Siempre una operación mágica debe ser seguida de un reposo igual a su duración y de una distracción análoga, pero contraria a su objeto. Luchar continuamente contra la naturaleza para dominarla, es exponerse a perder la razón y la vida. Paracelso, ha osado hacerlo, y, sin embargo, en esa misma lucha empleaba fuerzas equilibradas y oponía la embriaguez del vino a la de la inteligencia; después dominaba la embriaguez por la fatiga corporal, y ésta por un nuevo trabajo de la inteligencia.

Así, Paracelso era un hombre de inspiración y de milagros; pero usó de su vida en esa actividad devoradora, o más bien, destrozó y fatigó rápidamente su vestidura, porque los hombres como Paracelso pueden usar y abusar sin temor; saben perfectamente que no sabrían morir y que no envejecerían aquí abajo.

Nada predispone mejor a la alegría que el dolor ni nada está más próximo al dolor que la alegría. Así el operador ignorante se asombra de llegar siempre a resultados contrarios a los que se propuso, por cuanto no sabe cruzar ni alterar su acción; quiere hechizar a su enemigo y es él mismo quien se causa la desgracia y se pone enfermo; quiere hacerse amar y se apasiona locamente, miserablemente por mujeres que se burlan de él; quiere hacer oro y agota sus últimos recursos; su suplicio es eternamente el de Tántalo; el agua se retira cuando él quiere beber. Los antiguos en sus símbolos y en sus operaciones mágicas, multiplicaban los signos del binario, para no olvidar la ley, que es la del equilibrio. En sus evocaciones construían siempre dos altares diferentes e inmolaban dos víctimas, una blanca y otra negra; el operador o la operadora, tenía en una mano la espada y en la otra la varita mágica, debía tener un pie calzado y el otro desnudo. Sin embargo, como el binario sería la inmovilidad, no podían operar más que tres o uno en las obras de magia y cuando un hombre y una mujer tomaban parte en la ceremonia, el operador debía ser una virgen, un andrógino o un niño. Se me preguntará si la extravagancia de estos ritos es arbitraria y si tiene únicamente por fin ejercer la voluntad multiplicando a placer las dificultades de la obra mágica. Yo responderé que en magia no hay nada arbitrario porque todo está regulado y determinado por anticipado por el dogma único y universal de Hermes, el de la analogía en los tres mundos. Todo signo corresponde a una idea; todo acto manifiesta una voluntad correspondiente a su pensamiento y formula las analogías de ese pensamiento y de esa voluntad. Los ritos son, pues, determinados por anticipado por la misma ciencia. El ignorante que no conoce el triple poder, sufre la fascinación misteriosa; el sabio lo conoce y le hace el instrumento de su voluntad; pero cuando los cumple con exactitud y con fe, jamás quedan sin efecto.

Todos los instrumentos mágicos deben ser dobles; es preciso tener dos espadas, dos varitas, dos copas, dos braserillos, dos pantáculos y dos lámparas; debe el mago llevar puestos dos trajes superpuestos y de dos colores contrarios, como lo practican todavía los sacerdotes católicos; es preciso no llevar consigo ningún metal, o llevar por lo menos dos. Las coronas de laurel, de ruda, de verbena o de artemisa, deben igualmente ser dobles; se conserva una de las coronas y se quema la otra, observando, como un augur, el ruido que hace al arder y contemplar las ondulaciones del humo que produce.

Esta observancia no es vana, porque en la obra mágica todos los instrumentos del arte están magnetizados por el operador; el aire está cargado de sus perfumes, el fuego por él consagrado está sometido a su voluntad; las fuerzas de la Naturaleza parecen escucharle y responderle y lee en todas las formas las modificaciones y los complementos de su pensamiento. Es entonces cuando ve el agua estremecerse y como hervir, por sí misma, el fuego arrojar un gran resplandor y cuando siente en el aire extrañas y desconocidas voces. Fué en semejantes evocaciones cuando Juliano vió aparecer los fantasmas demasiado amados de sus dioses caídos, y se espantó, a su pesar, de su decrepitud y de su palidez.

Sé yo bien que el cristianismo ha suprimido para siempre la magia ceremonial y proscripto severamente las evocaciones y los sacrificios del antiguo mundo; tampoco nuestra intención es otra que darles una nueva razón de ser, revelando los antiguos misterios. Nuestras experiencias, aun en este orden de hechos, han sido sabias investigaciones y nada más. Hemos comprobado hechos para apreciar causas y nunca hemos tenido la pretensión de renovar ritos para siempre abolidos.

La ortodoxia israelita, esa religión tan racional como divina y tan poco conocida, no reprueba menos que el cristianismo los misterios de la magia ceremonial. Para la tribu de Leví, el mismo ejercicio de la alta magia debía considerarse como una usurpación al sacerdocio y es la misma razón la que hará abolir por todos los cultos oficiales la magia operadora, adivinadora y milagrosa. Mostrar lo natural de lo maravilloso y producirlo a voluntad, es anonadar para el vulgo, la prueba concluyente de los milagros que cada religión reivindica para sí, como de propiedad exclusiva y como argumento definitivo.

Respeto a las religiones establecidas, pero plaza también a la ciencia. No estamos ya, a Dios gracias, en los tiempos de los inquisidores y de las hogueras; ya no se asesina a los sabios, por denuncia de algunos fanáticos alienados o por la de algunas mujeres histéricas. Por lo demás, que se entienda bien que nosotros hacemos estudios curiosos y no una propaganda insensata, imposible. Aquellos que osen llamarnos mago, nada tienen que temer de tal ejemplo y es más que probable que no lleguen a ser ni siquiera brujos.

III

El abate Trithemo, que fué en magia el maestro de Cornelio Agrippa, explica en su Esteganografía el secreto de los conjuros y de las evocaciones de una manera muy filosófica y muy natural, pero quizá por esto mismo, demasiado sencilla y demasiado fácil.

Evocar un espíritu—dice—es penetrar en el pensamiento dominante de ese espíritu, y si nos elevamos moralmente más arriba en la misma línea, arrastraremos a ese espíritu con nosotros y nos servirá; de otro modo entraremos en su círculo y seremos nosotros los que le sirvamos.

Conjurar es oponer a un espíritu aislado la resistencia de una corriente y de una cadena. *Cum jurare*, jurar juntos, es decir, hacer acto de una fe común. Cuando mayor es el entusiasmo de esa fe, más eficaz es el conjuro. Es por esto por lo que el cristianismo naciente hacía callar a los oráculos: él sólo poseía entonces la inspiración y la fuerza. Más tarde, cuando San Pedro hubo envejecido, es decir, cuando el mundo creyó tener que hacer reproches legítimos al pasado, el espíritu de profecía vino a reemplazar a los oráculos y los Savonarola, los Joaquín de Flore, los Juan Hus y tantos otros, agitaron a su vez los espíritus y tradujeron en lamentaciones y amenazas las inquietudes y las revoluciones secretas de todos los corazones.

Se puede ser sólo para evocar un espíritu, pero para conjurarle es preciso hablar en nombre de un círculo o de una asociación; y esto es lo que representa el círculo jeroglífico trazado alrededor del mago, durante la operación, y del cual no debe salir, si no quiere perder en el mismo instante todo su poder.

Abordemos claramente aquí la cuestión principal, la cuestión importante: ¿La evocación real y el conjuro a un espíritu son posibles y esa posibilidad puede ser científicamente demostrada?

A la primera parte de la pregunta puedo, desde luego, responder que toda cosa cuya imposibilidad no resulte evidente, puede y debe ser provisoriamente admitida. A la segunda parte, diremos que en virtud del gran dogma mágico de la jerarquía y de la analogía universal, se puede demostrar cabalísticamente la posibilidad de las evocaciones reales; cuanto a la realidad fenomenal del resultado de las operaciones mágicas lo concienzudamente realizadas, es una cuestión de experiencia; y como ya hemos dicho, hemos comprobado por nosotros mismos esa realidad y nosotros colocaremos por medio de este ritual a nuestros lectores en estado de renovar y confirmar nuestras experiencias.

Nada perece en la Naturaleza, y todo cuanto ha vivido, continúa viviendo siempre bajo nuevas formas; pero las mismas formas anteriores no quedan destruídas, puesto que las encontramos en nuestro recuerdo. ¿No vemos en nuestra imaginación al niño que hemos conocido y que ahora es un anciano? Las mismas huellas que nosotros creemos borradas en nuestro recuerdo, no lo están realmente, puesto que una circunstancia fortuita las evoca y nos las recuerda. Pero ¿cómo las vemos? Ya hemos dicho que es en la luz astral que las transmite a nuestro cerebro por el mecanismo del aparato nervioso.

Por otra parte, todas las formas estan proporcionadas y son analógicas a la idea que las ha determinado; son el carácter natural, la *signatura* de esa idea, como dicen los magistas, y desde que se evoca activamente la idea, la forma se realiza y se produce.

Schrœpffer, el famoso iluminado de Leipzik, había sembrado por sus evocaciones el terror en toda Alemania y su audacia en las operaciones mágicas había sido tan grande que su reputación se le hizo un fardo insoportable; luego se dejó arrastrar por la inmensa corriente de las alucinaciones que había dejado formarse; las visiones del otro mundo le disgustaron del presente y se mató. Esta historia debe hacer circunspectos a los curiosos en magia ceremonial. No se violenta impunemente a la Naturaleza y no se juega sin peligro con fuerzas desconocidas e incalculables.

Es por esta consideración por lo que nos hemos rehusado y nos rehusaremos siempre a la vana curiosidad de aquellos que solicitan ver para creer y siempre les responderemos lo que respondimos a un personaje eminente de Inglaterra que nos amenazaba con su incredulidad.

"Tenéis el perfecto derecho de no creer; pero, por nuestra parte, no nos encontraremos ni más descorazonados ni menos convencidos."

A aquellos que vinieran a decirnos que han cumplido valiente y escrupulosamente todos los ritos y que nada se ha producido, les diremos que harán bien en no pasar más adelante y que eso es quizás una advertencia de la Naturaleza que se rehusa para ellos a esas obras excéntricas, pero que si persisten en su curiosidad, no tienen más que volver a comenzar.

Siendo el ternario la base del dogma mágico, debe observarse éste en las evocaciones; también es el número simbólico de la realización y del efecto.

La letra ש está ordinariamente trazada en los pantáculos cabalísticos que tienen por objeto el cumplimiento de un deseo. Esta letra es también la marca del macho cabrío emisario en la Cábala mística, y San Martín observa que esa letra, intercalada en el tetragrama incomunicable, ha formado el nombre del redentor de los hombres יהשוה. Esto es lo que representan los *mistagogos* de la edad media, cuando en sus asambleas nocturnas, exhibían un macho cabrío simbólico, llevando sobre la cabeza, entre los dos cuernos, una antorcha encendida. Este animal monstruoso, del cual hacemos, en el capítulo XV de este Ritual, la descripción de las formas alegóricas y el raro culto, representa la naturaleza entregada al anatema. pero compensado por el signo de la luz. Las agapes gnósticas y las priapeas paganas que se sucedían en su honor, revelan bastante la consecuencia moral que los adeptos querían sacar de esta exhibición. Todo esto será explicado con los ritos, descritos y considerados ahora como fabulosos, del gran *sábado* de la magia negra.

En el gran círculo de las evocaciones se traza ordinariamente un triángulo, y es preciso observar bien de qué lado se debe volver la cima. Si el espíritu se supone que ha de venir del cielo, el operador debe mantenerse en la cima y colocar el altar de las fumigaciones en la base; si debe subir del abismo, el operador estará en la base y el braserillo colocado en la cima. Es preciso, además, tener sobre la frente, sobre el pecho y en la mano derecha el símbolo sagrado de los dos triángulos reunidos, formando la estrella de seis rayos, de la cual ya hemos reproducido el grabado y que es conocida en magia bajo el nombre de pantáculo o sello de Salomón.

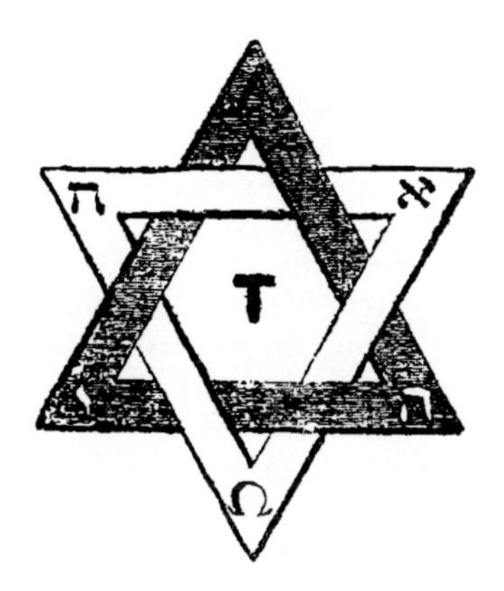

Independientemente de estos signos, los antiguos hacían uso en sus evocaciones de combinaciones místicas de nombres divinos que ya hemos dado en el Dogma, según los cabalistas hebreos. El triángulo mágico de los teósofos paganos es el célbre Abracadabra, al que atribuían virtudes extraordinarias, y que figuraban así:

ABRACADABRA
ABRACADABR
ABRACADAB
ABRACADA
ABRACAD
ABRACA
ABRAC
ABRA
ABR
AB
A

Esta combinación de letras, es una clave del pentagrama. La A principianta es repetida cinco veces, y repetida treinta veces lo que da los elementos y los números de estas dos figuras:

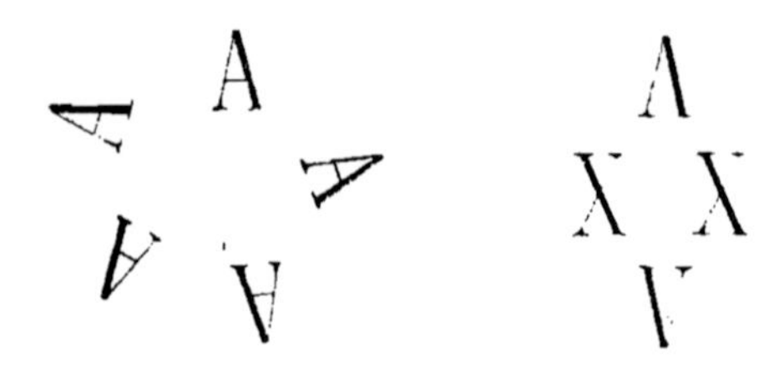

La A aislada, representa la unidad del primer principio o del agente intelectual o activo. La A unida a la B, representa la fecundación del binario por la unidad. La R es el signo del ternario, porque representa, geroglíficamente, la efusión que resulta de la unión de dos principios. El número 11 de las letras de la palabra, agrega la unidad del iniciado a el denario de Pitágoras; y el número 66, total de todas las letras adicionadas, forma cabalísticamente el número 12 que es cuadrado del ternario, y por consecuencia, la cuadratura mística del círculo. Advirtamos, de paso, que el autor del Apocalipsis, esa clavícula de la Cábala cristiana, ha compuesto el número de la bestia, es decir, de la idolatría, agregando un 6 al doble senario del ABRACADABRA: lo que da cabalísticamente 18, número asignado en el Tarot al signo jeroglífico de la noche y de los profanos, la luna con las torres, el perro, el lobo y el cangrejo; número misterioso y obscuro, cuya clave cabalística es nueve, el número de la iniciación.

El cabalista sagrado dice expresamente a este respecto: Que aquel que tenga la inteligencia (es decir la clave de los números cabalísticos), calcule número de la bestia, porque ese es el número del hombre y ese número es 666.

Es, en efecto, la década de Pitágoras multiplicada por sí misma, y agregada a la suma del Pantáculo triangular del Abracadabra; es, por tanto, el resumen de toda la magia del antiguo mundo, el programa entero del genio humano, que el genio divino del evangelio quería absorber o suplantar.

Estas combinaciones jeroglíficas de letras y de números, pertenece a la parte práctica de la Cábala, que desde este punto de vista, se subdivide en gematria y en temorah.

Estos cálculos, que nos parecen ahora arbitrarios y sin interés, pertenecen, desde luego, al simbolismo filosófico del Oriente, y tenían una gran importancia en la enseñanza de las cosas santas emanadas de las ciencias ocultas. El alfabeto cabalístico absoluto, que liga las ideas primitivas a las alegorías, éstas a las letras y las letras a los números, era lo que se llamaba entonces las claves de Salomón. Ya hemos visto (capítulo VII) que esas claves, conservadas hasta nuestros días, pero completamente desconocidas, no son otra cosa que el juego del Tarot, cuyas alegorías antiguas han sido advertidas y apreciadas por primera vez, en nuestros días, por el sabio arqueólogo Court de Gébelin.

El doble triángulo de Salomón está explicado por San Juan, de una manera notable. Hay—dice—tres testigos en el cielo: el Padre, el Logos y el Espíritu Santo; y tres testigos en la tierra: el soplo, el agua y la sangre. San Juan está, de este modo, de acuerdo con los maestros de filosofía hermética, que dan a su azufre el nombre de éter, a su mercurio el nombre de agua filosófica, a su sal el calificativo de sangre del dragón o de monstruo de la tierra; la sangre o la sal corresponde por oposición con el Padre; el agua azótica o mercurial con el Verbo o Logos y el hálito con el Espíritu Santo. Pero las cosas de alto simbolismo no pueden ser bien entendidas más que por los verdaderos hijos de la ciencia.

A las combinaciones triangulares se unían en las ceremonias mágicas, las repeticiones de los nombres por tres veces y con entonaciones diferentes. La varita mágica estaba con frecuencia sobremontada por un pequeño tenedor o tridente imantado, que Paracelso reemplazaba por un tridente del que ofrecemos aquí un grabado.

El tridente de Paracelso es un pantáculo manifestando el resumen del ternario en la unidad, que completa así el cuaternario sagrado. Atribuía a esta figura todas las virtudes que los cabalistas hebreos atribuían al nombre de Jehová, y las propiedades taumatúrgicas del Abracadabra de los hierofantes de Alejandría. Reconozcamos aquí que es un pantáculo, y, por consiguiente, un signo concreto y absoluto de toda una doctrina que ha sido la de un círculo magnético inmenso, tanto para los filósofos antiguos, cuanto para los adeptos de la Edad Media. Al exponer en la época actual su valor primitivo por la inteligencia de sus misterios, ¿no podríamos darle toda su virtud milagrosa y todo su poder contra las enfermedades humanas?

Las antiguas hechiceras, cuando pasaban la noche en una encrucijada cualquiera en que hubiera tres caminos, gruñían tres veces en honor de la triple Hécate.

Todas estas figuras, todos estos hechos análogos a las figuras, todas estas disposiciones de números y de caracteres, no son, como ya lo hemos dicho, más que instrumentos de educación para la voluntad, en la que ellos fijan y determinan las costumbres. Sirven, además, para unir el conjunto en la acción de todos los poderes del alma humana y para aumentar la fuerza creadora de la imaginación. Es la gimnasia del pensamiento que se ejercita en la realización; también el efecto de esas prácticas es infalible como la Naturaleza, cuando se hacen con una confianza absoluta y una perseverancia inquebrantable.

Con la fe, decía el gran maestro, se trasplantarían árboles en el mar y se cambiarían montañas de su sitio. Una práctica, aun supersticiosa, aun insensata, es eficaz por cuanto es una realización de la voluntad. Por esto mismo es por lo que es una oración tanto más poderosa, cuanto con más voluntad sea dirigida en la iglesia y no en el domicilio propio y por lo que obtendrá milagros, si, por hacerla en un santuario acreditado, es decir, magnetizado con gran corriente por la afluencia de los visitantes, se caminan cien o doscientas leguas, para ello, pidiendo limosna y con los pies descalzos.

Se ríen de la buena mujer que se priva de unos cuantos céntimos de leche todas las mañanas y que va a llevar a los triángulos mágicos que hay en las iglesias o capillas, una velita de otros tantos céntimos, y deja que luzca mientras que ella reza. Son los ignorantes los que ríen, y la buena mujer no paga demasiado caro lo que adquiere con resignación y valor dignos de encomio. Los grandes espíritus pasan en cambio por delante de las iglesias encogiéndose de hombros y se sublevan contra las supersticiones con un ruido que hace extremecer al mundo. ¿Qué resulta de esto? Las casas de los grandes espíritus se derrumban y los restos se venden entre los ropavejeros y compradores de esas velitas, que dejan gritar de buen grado por todas partes que su reinado no ha concluído aún, puesto que son ellos los que gobiernan siempre.

Las grandes religiones no han tenido nunca que temer más que a una rival seria, y esa rival es la magia.

La magia ha producido las asociaciones secretas que realizaron la revolución llamada del renacimiento; pero ésta llegó al espíritu humano cuando estaba cegado por locos amores, por sueños de imposible realización, y en todas partes existía en pie la alegórica historia del Hércules hebreo (Sansón) derribando las columnas del templo y sepultándose a sí propio bajo sus escombros.

Las sociedades masónicas actuales, no comprenden hoy día las altas razones de sus símbolos más que los rabinos de antaño comprendían el Sepher Jesirah y el Sohar, en la escala ascendente de los tres grados, con la progresión transversal de derecha a izquierda y de izquierda a derecha del septenario cabalístico.

El compás del G.·. A.·. y la escuadra de Salomón se han convertido en el nivel grosero y material del Jacobinismo inteligente, realizado por un triángulo de acero; esto para el cielo y la tierra.

Los adeptos profanadores a quienes el iluminado Cazotte había predicho una muerte sangrienta se excedieron en nuestros días al pecado de Adán; después de haber recogido temerariamente los frutos del árbol de la ciencia, del cual no pudieron nutrirse, fueron arrojados a los reptiles y animales de la tierra. Así, el reinado de la superstición ha comenzado y debe durar hasta el tiempo en que la verdadera religión se reconstituya sobre las eternas bases de la jerarquía de los tres grados y del triple poder que el ternario ejerce fatalmente o providencialmente en los tres mundos.

IV

Las cuatro formas elementales separan y especifican por una especie de primera expansión a los espíritus creados que el movimiento universal desprende del fuego central. Por todas partes el espíritu trabaja y fecunda la materia para la vida; toda materia está animada; el pensamiento y el alma están esparcidos por todas partes.

Apoderándose del pensamiento que produce las diversas formas, se convierte uno en dueño de esas formas y se hace servir para nuestros usos.

La luz astral está saturada de almas que se desprenden de ella en la generación incesante de los seres. Las almas tienen voluntades imperfectas que pueden ser dominadas y empleadas por voluntades más poderosas; entonces forman grandes cadenas invisibles y pueden ocasionar o determinar grandes conmociones elementales.

Los fenómenos comprobados en los procesos de magia y muy recientemente todavía por M. Eudes de Mirville, no proceden de otras causas.

Los espíritus elementales son como los niños, atormentarán con mayor furor a quienes se ocupan de ellos o a menos que se los domine por una elevada razón y con gran severidad.

Son estos espíritus los que designamos con el nombre de elementos ocultos.

Estos son los que determinan con frecuencia para nosotros, los sueños inquietantes o extraños; los que producen los movimientos de la varita adivinatoria y los golpes que resuenan en las paredes y sobre los veladores giratorios; pero jamás pueden manifestar otro pensamiento que el nuestro y si nosotros no pensamos, ellos nos hablan con toda la incoherencia que se advierte en los sueños; reproducen indiferentemente el bien y el mal, porque carecen de libre albedrío y por consiguiente de responsabilidad; se muestran a los extáticos y a los sonámbulos bajo formas incompletas y fugitivas; ellos fueron los que dieron origen a las tentaciones y pesadillas de San Antonio y muy probablemente a las visiones de Swedenborg; no son incondenados ni culpables, son curiosos e inocentes; se puede usar o abusar de ellos como de los animales o de los niños: así el mago que emplea su concurso asume sobre sí una responsabilidad terrible, por lo que deberá espiar todo el mal que les haya hecho causar y el tamaño de sus tormentos será proporcionado a la extensión del poder que haya ejercido por su intermedio.

Para dominar a los espíritus elementales y convertirse en rey de los elementos ocultos, es preciso haber sufrido primero las cuatro pruebas de las antiguas iniciaciones; y como las iniciaciones no existen ya, haber sufrido por análogos actos, como exponerse sin temor en un incendio, atravesar un torrente sobre el tronco de un árbol o sobre una tabla; escalar una montaña a pie durante una tempestad; tirarse a nado en una catarata o en un torbellino peligroso. El hombre que tenga miedo al agua no reinará jamás sobre las Ondinas; el que tema al fuego, nada podrá mandar a las Salamandras; en tanto que tenga pavor al vértigo, necesitará dejar en paz a los Silfios y no irritar a los Gnomos, porque los espíritus inferiores no obedecen más que a un poder probado, demostrándose su dueño hasta en sus propios elementos.

Cuando se ha adquirido por la audacia y el ejercicio este poder indisputable, es necesario imponer a los elementos el verbo de su voluntad por consagraciones especiales del aire, del fuego, del agua y de la tierra, y este es el comienzo indispensable de todas las operaciones mágicas.

Se exorcisa el aire, soplando del lado de los cuatro puntos cardinales y diciendo:

Spiritus Dei ferebatur super aquas, et inspiravit infaciem hominis spiraculum vitæ. Sit Michael dux meus, et Sabtabiel servus meus, in luce et per lucem.

Fiat verbum halitus meus; et imperabo Spiritibus aeris hujus, et refrenabo equs solis volontate cordis mei, et cogitatione mentis meæ et nutu oculi dextri.

Exorciso igitur te, creatura aeris, per Pentagrammaton et in nomine Tetragrammaton, in quibus sunt voluntas firma et fides recta. Amén. Sela, fiat. Que así sea.

Después se recita la oración de los Silfios después de haber trazado en el aire su signo con una pluma de águila.

Oración de los Silfios.

Espíritu de luz, espíritu de sabiduría, cuyo hálito da y devuelve la forma de todo objeto; tú, ante quien la vida de los seres es una sombra que cambia y un vapor que se disuelve; tú que subes sobre las nubes y que marchas con las alas de los vientos; tú que respiras y los espacios sin fin pueblas; tú que aspiras, y todo lo que procede de tí a tí retorna; movimiento sin fin en la estabilidad eterna, seas eternamente bendito. Nosotros te alabamos y nosotros te bendecimos en el empírico ambiente de la luz creada, de las sombras, de los reflejos y de las imágenes y aspiramos sin cesar tu inmutable e imperecedera claridad. Deja penetrar hasta nosotros el rayo de tu inteligencia y el calor de tu amor; entonces, lo que es móvil se verá fijado, la sombra será un cuerpo, el espíritu del aire será un alma, el sueño será un pensamiento. Nosotros nos veremos llevados por la tempestad, pero tendremos las bridas de los alados caballos matutinos y dirigiremos la corriente de los vientos vespertinos para volar ante tí. ¡Oh, espíritu de los espíritus! ¡Oh, alma eterna de las almas! ¡Oh, hálito imperecedero de la vida, suspiro creador, boca que aspira y respira las existencias de todos los seres, en el flujo y reflujo de vuestra eterna palabra, que es el océano divino del movimiento y de la verdad!.....—Amén.

Se exorcisa el agua por imposición de las manos, por el aliento y por la palabra, poniendo la sal consagrada con un poco de las cenizas que queden en el braserillo de los perfumes. El hisopo se hace con ramas de verbena, de yerba doncella, de salvia, de menta, de valeriana, de fresno y de albahaca, unidos por un hilo sagrado de la rueca de una virgen, con un mango hecho de otra rama de nogal que no haya producido aún frutos y sobre el cual grabaréis con el punzón mágico los caracteres de siete espíritus. Bendeciréis y consagraréis separadamente la sal y la ceniza de los perfumes diciendo:

Sobre la sal.

In isto sale sit sapientia, et ab omni corruptione servet mentes nostros et corpora nostra, per Hochmael et in virtute Ruach-Hochmael, recedant ab isto fantasmata hylæ ut sit sal cœlesti, sal terræ et terræ salis, ut nutritur bos trituraus et addat spei nostræ cornua tauri volantis.—Amén.

Sobre la ceniza.

Revertatur cinis ad fontem aquarum viventium, et fiat terra frutificans, et germinent arborem vitæ pertria nomina, quæ sunt Netsah, Hod et Jesod, in principio et in fine, per Alpha et Omega qui sunt in Spiritu Azoth.—Amén.

Al mezclar el agua, la sal y la ceniza.

In sale sapientiæ æternæ, et in aqua regenerationis, et in cinere germinante terram novam, omnia fiant per Eloim, Gabriel, Raphael et Uriel, in sœcula et œonas.—Amén.

Exorcismo del agua.

Fiat firmamentum in medio aquarum et separet aquas ab aquis, quæ superius sicut quæ inferius, et quæ inferius sicut quæ superius, ad perpetranda miracula rei unius. Sol ejus pater est, luna mater et ventus hanc gestavit in utero suo, ascendit a terra ad cœlum et rursus a cœlo in terram descendit. Esorciso te, creatura aquæ ut sis mihi speculum Dei vivi in operibus ejus, et fons vitæ, et ablutio peccatorum.—Amén.

Oración de las Ondinas.

Rey terrible del mar, vos que tenéis las llaves de las cataratas del cielo y que encerráis las aguas subterráneas en las cavernas de la tierra; rey del diluvio y de las lluvias de primavera; vos que abrís los manantiales de los ríos y de las fuentes; vos que mandáis a la humedad, que es como la sangre de la tierra, convertirse en savia de las plantas, ¡os adoramos y os invocamos! A nosotros, vuestras miserables y móviles criaturas, habladnos en las grandes conmociones del mar y temblaremos ante vos; habladnos también en el murmullo de las aguas límpidas, y desearemos vuestro amor; ¡Oh inmensidad a la cual van a perderse todos los ríos del ser, que renacen siempre en vos! ¡Oh océano de perfecciones infinitas! ¡Altura desde la cual os miráis en la profundidad, profundidad que exhaláis en la altura, conducidnos a la verdadera vida por la inteligencia y por el amor! ¡Conducidnos a la inmortalidad por el sacrificio, a fin de que nos encontremos dignos de ofreceros algún día el agua, la sangre y las lágrimas, por la remisión de los errores.—Amén.

Se exorcisa el fuego, y echando en él sal, incienso, resina blanca, alcanfor y azufre y pronunciando tres veces los tres nombres de los genios del fuego: MICHAEL, rey del sol y del rayo; SAMAEL, rey de los volcanes, y ANAEL, príncipe de la luz astral; recitando después la oración de las Salamandras.

Oración de las Salamandras.

Inmortal, eterno, inefable e increado, padre de todas las cosas, que te haces llevar en el rodante carro de los mundos giratorios. Dominador de las inmensidades etéreas, en donde está elevado el trono de tu omnipotencia, desde cuya altura tus temidos ojos lo descubren todo, y que con tus bellos y santos oídos todo lo escuchan, ¡exalta a tus hijos a los cuales amas desde el nacimiento de los siglos! Porque tu adorada, excelsa y eterna majestad resplandece por encima del mundo y del cielo, de las estrellas; porque estás elevado sobre ellas. ¡Oh fuego rutilante! porque tú te iluminas a tí mismo con tu propio esplendor; porque salen de tu esencia arroyos inagotables de luz, que nutren tu espíritu infinito, ese espíritu infinito que también nutre todas las cosas y forma ese inagotable tesoro de substancia siempre pronta para la generación que la trabaja y que se apropia las formas de que tú la has impregnado desde el principio. En ese espíritu tienen también su origen esos santísimos reyes que están alrededor de tu trono y que componen tu corte. ¡Oh, Padre universal! ¡Oh, único! ¡Oh, Padre de los bienaventurados mortales e inmortales!

Tú has creado en particular potencias que son maravillosamente semejantes a tu eterno pensamiento y a tu esencia adorable; tú las has establecido superiores a los ángeles que anuncian al mundo tus voluntades, y que, por último, nos has creado en tercer rango en nuestro imperio elemental. En él, nuestro continuo ejercicio es el de alabarte y adorar tus deseos, y en él también ardemos por poseerte. ¡Oh, Padre, oh, Madre, la más tierna de las madres! ¡Oh, arquetipo admirable de la maternidad y del puro amor! ¡Oh, hijo, la flor de los hijos! ¡Oh, forma de todas las formas! ¡Oh, alma, espíritu, armonía y número de todas la cosas!—Amén.

Se exorcisa la tierra por la aspersión del agua, por el aliento y por el fuego, con los perfumes propios para cada día y se dice la oración de los Gnomos.

Oración de los Gnomos.

Rey invisible, que habéis tomado la tierra por apoyo y que habéis socavado los abismos para llenarlos con vuestra omnipotencia; vos, cuyo nombre hace temblar las bóvedas del mundo; vos que hacéis correr los siete metales en las venas de la piedra; monarca de siete luces; renumerador de los obreros subterráneos, ¡llevadnos al aire anhelado y al reino de la claridad! Velamos y trabajamos sin descanso, buscamos y esperamos, las doce piedras de la ciudad santa, por los talismanes que están en ellas escondidos, por el clavo de imán que atraviesa el centro del mundo. Señor, Señor, Señor, tened piedad de aquellos que sufren, ensanchad nuestros pechos, despejad y elevad nuestras cabezas, agrandadnos, ¡oh, estabilidad y movimiento! ¡Oh, día envoltura de la noche! ¡Oh, obscuridad velada de luz! ¡Oh, maestro que no detenéis jamás el salario de vuestros trabajadores! ¡Oh, blancura argentina, esplendor dorado! ¡Oh, corona de diamantes vivientes y melodiosos! ¡Vos que lleváis el cielo en vuestro dedo, cual si fuera un anillo de zafiro, vos que ocultáis bajo la tierra en el reino de las pedrerías la maravillosa simiente de las estrellas! ¡Venid, reinad y sed el eterno dispensador de riquezas, de que nos habéis hecho guardianes!—Amén.

Es preciso observar, que el reino especial de los Gnomos está al Norte; el de las Salamandras, al Mediodía; el de los Silfios, al Oriente, y el de las Ondinas al Occidente. Todos ellos influyen en los temperamentos del hombre, es decir, los Gnomos, sobre los melancólicos; las Salamandras, sobre los sanguíneos; las Ondinas, sobre los flemáticos, y los Silfios, sobre los biliosos. Sus signos son: los jeroglíficos del toro para los Gnomos, y se les manda con la espada; los del león para las Salamandras, y se les manda con la varilla dentada o el tridente mágico; del águila para los Silfios, y se les manda con los santos pantáculos y, por último, los de acuario para las Ondinas, y se las evoca con la copa de las libaciones. Sus soberanos respectivos son: *Gob* para los Gnomos, *Djin* para las Salamandras, *Paralda* para los Silfios y *Nicksa* para las Ondinas.

Cuando un espíritu elemental viene a atormentar o a lo menos a inquietar a los habitantes de este mundo, es preciso conjurarle por el aire, por el agua, por el fuego y por la tierra, soplando, aspergiendo, quemando perfumes y trazando sobre la tierra la estrella de Salomón y el pentagrama sagrado. Estas figuras deben de ser perfectamente regulares y hechas, sea con los carbones del fuego consagrado, sea con una caña empapada en diversos colores, a los que se mezclará imán pulverizado. Después, teniendo en la mano el pantáculo de Salomón, y tomando a su vez la espada, la varita mágica y la copa, se pronunciará en estos términos y en voz alta el conjuro de los cuatro:

Caputmortuum, imperet tibi Dominus per vivum et devotum serpentem.

¡Chemb, imperet tibi Dominus per Adam Jot-chavah! Aquila errans, imperet tibi Dominus per alas Tauri. Serpens, imperet tibi Dominus tetragrámmaton per angelum et leonem!

¡Michael, Gabriel, Raphael, Anael!

FLUAT UDOR per spiritum ELOIM.

MANEAT TERRA per Adam IOT-CHAVAH.

FIAT FIRMAMENTUM per **IAHUVEHU-ZEVAOTH.**

FIAT JUDICIUM per ignem in virtute MICHAEL.

Angel de ojos muertos, obedece o disípate con esta santa agua.

Toro alado, trabaja, o vuelve a la tierra si no quieres que te aguijone con esta espada.

Aguila encadenada, obedece a este signo, o retírate ante este soplo.

Serpiente movible, arrástrate a mis pies o serás atormentada por el fuego sagrado, y evapórate con los perfumes que yo quemo.

Que el agua vuelva al agua; que el fuego arda; que el aire circule; que la tierra caiga sobre la tierra por la virtud del pentagrama, que es la estrella matutina, y en el nombre del tetragrama que está escrito en el centro de la cruz de luz.—Amén.

El signo de la cruz adoptado por los cristianos, no les pertenece exclusivamente. Es también cabalístico y representa las oposiciones y el equilibrio cuaternario de los elementos. Vemos, por el versículo oculto del *Pater,* que hemos señalado en nuestro dogma, que tenía primitivamente dos modos de hacerse o, por lo menos, dos fórmulas muy diferentes para caracterizarlo: la una reservada a los sacerdotes y a los iniciados y la otra acordada a los neófitos y a los profanos. Así, por ejemplo, el iniciado, llevando la mano a su frente, decía: A ti; después agregaba: pertenece, y continuaba llevándose la mano al pecho; el reino, y después al hombro izquierdo la justicia, y luego al hombro derecho, y la misericordia. Después unía las manos agregando: en los ciclos generadores. Tibi sunt Malchut el Geburah et Chesed per œonas. Signo de la cruz absoluta magníficamente cabalístico, que las profanaciones del gnosticismo han hecho perder por completo a la iglesia militante y oficial.

Este signo, hecho en la forma indicada, debe preceder y terminar el conjuro de los cuatro.

Para dominar y servirse de los espíritus elementales, no hay que abandonarse a los defectos que le caracterizan. Así nunca un espíritu ligero y caprichoso gobernará a los Silfos. Jamás una naturaleza blanda, fría y voluble, será dueña de las Ondinas; la cólera irrita a las Salamandras y la concupiscencia grosera hace a aquellos de quienes quieran servirse, juguete de los Gnomos.

Es preciso ser prontos y activos como los Silfos; flexibles y atentos a las imágenes como las Ondinas; enérgicos y fuertes como las Salamandras; laboriosos y pacientes como los Gnomos; en una palabra, es necesario vencerlos en su fuerza, sin dejarse nunca dominar por sus debilidades. Cuando haya conseguido tales disposiciones el mundo entero estará al servicio del sabio operador. Pasará, durante la tempestad, sin que la lluvia toque a su cabeza; el viento, no desarreglará un solo pliegue de su traje; cruzará el fuego sin quemarse; caminará sobre el agua y verá los diamantes a través del espesor de la tierra. Estas promesas, que pueden parecer hiperbólicas, no lo son más que en concepto del vulgo; porque si el sabio no hace material y precisamente las cosas que estas palabras manifiestan, hará otras mayores y más admirables. Sin embargo, es indudable que se puede, por la voluntad, dirigir los elementos hasta cierto punto y cambiar o detener realmente los efectos.

¿Por qué—por ejemplo—si se ha comprobado que las personas en estado de éxtasis pierden momentáneamente su pesantez, no se podría marchar o deslizarse sobre el agua? Los convulsionarios de San Medardo no sentían los efectos del fuego ni del hierro, y soportaban los golpes más violentos y las torturas más increíbles. Las extrañas ascensiones y el equilibrio prodigioso de ciertos sonámbulos, ¿no son, acaso, una revelación de esas fuerzas ocultas de la naturaleza? Vivimos en un siglo en que no se tiene el valor de confesar los milagros de que se es testigo, y si alguien quiere decir: "Yo mismo he visto o he hecho las cosas que se refieren", se le responderá: ¿Queréis divertiros a costa nuestra, o es que estáis enfermo? Vale más callarse y obrar.

Los metales que corresponden a las cuatro formas elementales son: el oro y la plata para el aire; el mercurio para el agua; el hierro y el cobre para el fuego, y el plomo para la tierra. Con ellos se componen talismanes relativos a las fuerzas que representan y a los efectos que se propongan obtener.

La adivinación por las cuatro formas elementales que se llama aeronancia, hidromancia, piromancia y geomancia, se hace de diversos modos, dependiendo todas ellas de la voluntad y del traslucido o imaginación del operador.

En efecto, los cuatro elementos no son más que instrumentos para ayudar a la segunda vista.

La segunda vista es la facultad de ver en la luz astral.

Esta segunda vista es natural como la primera vista, o vista sensible y ordinaria; pero no puede obtenerse resultado más que por la abstracción de los sentidos.

Los sonámbulos y los extáticos gozan naturalmente de la segunda vista; pero esa vista es tanto más lucida cuanto más completa es la abstracción.

La abstracción se produce por la embriaguez astral, es decir, por una superabundancia de luz que satura completamente y hace, por consiguiente, inerte el instrumento nervioso.

Los temperamentos sanguíneos son mejor dispuestos a la aeromancia, los biliosos a la piromancia, los pituitosos a la hidromancia y los melancólicos a la geomancia.

La aeromancia se confirma por la oneiromancia o adivinación por los sueños; se suple a la piromancia con el magnetismo, a la hidromancia por la cristalomancia y a la geomancia por la cartomancia. Estas son transposiciones y perfeccionamiento de métodos.

Pero la adivinación, de cualquier modo que pueda operarse, es peligrosa o, por lo menos inútil, porque descorazona, desalienta la voluntad y trava, por consiguiente, la libre acción, la libertad y fatiga el sistema nervioso.

V

Llegamos a la explicación y a la consagración del santo y misterioso pentagrama.

Aquí, que el ignorante y el supersticioso cierren el libro; no verá más que tinieblas, y las tinieblas sólo pueden escandalizar o asustar a esos espíritus.

El pentagrama, llamado en las escuelas gnósticas la estrella flamígera, es el signo de la omnipotencia y de la autocracia intelectuales.

Es la estrella de los magos; es el signo del Verbo hecho carne; y según la dirección de sus rayos, este símbolo absoluto en magia, representa el bien o el mal, el orden o el desorden, el cordero bendito de Ormuz y de San Juan, o el macho cabrío maldito de Mendés.

Es la iniciación o la profanación; es Lucifer o Vesper; la estrella matutina o vespertina.

Es María o Lilith; es la victoria o la muerte; es la luz o la sombra.

El pentagrama, elevando al aire dos de sus puntas, representa a Satán o al macho cabrío del aquelarre, y representa también al Salvador cuando al aire eleva uno solo de sus rayos.

El pentagrama es la figura del cuerpo humano con cuatro miembros y una punta única que debe representar la cabeza.

Una figura humana, con la cabeza abajo, representa naturalmente a un demonio, es decir, la subversión intelectual, el desorden o la locura.

Ahora bien; si la magia es una realidad, si esta ciencia oculta es la verdadera ley de los tres mundos, ese signo absoluto, ese signo antiguo como la historia o más que ella, debe ejercer, y desde luego ejerce, una influencia incalculable sobre los espíritus desprendidos de su envoltura natural.

El signo del pentagrama se llama, igualmente, signo del microcosmo y representa lo que los cabalistas del dibro de Sohar llaman el microprosopio.

La completa inteligencia del pentagrama es la clave de los mundos. Es la filosofía y la ciencia natural absolutas.

El signo del pentagrama debe componerse de los siete metales o, por lo menos, ser trazado con oro puro sobre mármol blanco.

Puede también ser dibujado con vermellón, con una piel de cordero, sin tacha ni defecto, símbolo de la integridad y de la luz.

El mármol debe de ser virgen; es decir, no debe de haber servido nunca para otros usos; la piel de cordero debe prepararse bajo los auspicios del sol.

El cordero debe de haber sido degollado en la época de la pascua, con un cuchillo nuevo, y la piel debe de haber sido salada con la sal consagrada para las operaciones mágicas.

El descuido de cualesquiera de estas ceremonias, tan difíciles como arbitrarias en apariencia, hace abortar todo éxito de las grandes obras de la ciencia.

Se consagra el pentagrama con los cuatro elementos; se sopla cinco veces sobre la figura mágica; se asperge otras tantas con el agua consagrada; se seca al humo de cinco perfumes, que son: incienso, mirra, aloes, azufre y alcanfor, a los cuales puede añadirse un poco de resina blanca, y de ámbar gris. Se sopla cinco veces pronunciando los nombres de los cinco genios, que son: Gabriel, Rafael, Anael, Samael y Orifiel; después se coloca alternativamente el pantáculo en el suelo, al norte, al mediodía, al oriente y al occidente y el centro de la cruz astronómica, pronunciando una detrás de otra, las letras del tetragrama sagrado; luego se dice, en voz baja, los nombres unidos del Aleph y del Thau misteriosos, reunidos en el nombre cabalístico de **AZOTH**.

El pentagrama debe colocarse sobre el altar de los perfumes y sobre el trípode de las evocaciones. El operador debe llevar consigo la figura del mismo, conjuntamente con la del macrocosmo, es decir, la estrella de seis rayos, compuesta de dos triángulos, cruzados y superpuestos.

Cuando se evoca un espíritu de luz, es preciso volver la cabeza de la estrella, es decir, una de sus puntas, hacia el trípode de la evocación y las dos puntas inferiores del lado del altar de los perfumes. Se hará todo lo contrario cuando se trate de un espíritu de las tinieblas; pero entonces es preciso que el operador tenga el cuidado de mantener el extremo superior de varita o la punta de la espada en la cabeza del pentagrama.

Ya hemos dicho que los signos son el verbo activo de la voluntad. Ahora bien, la voluntad debe dar su verbo completo para transformarlo en acción; y una sola negligencia, representada por una palabra ociosa, por una duda, una vacilación, convierte toda la operación en una obra de ficción y de impotencia y vuelve contra el operador todas las fuerzas desarrolladas inútilmente.

Hay, pues, que abstenerse en absoluto de toda ceremonia mágica, o de realizar escrupulosamente y exactamente todas.

El pentagrama trazado en líneas luminosas sobre vidrio por medio de la máquina eléctrica ejerce también una grande influencia sobre los espíritus y aterroriza a los fantasmas.

Los antiguos magos trazaban el signo del pentagrama sobre el umbral de su puerta para impedir la entrada de los malos espíritus y la salida de los buenos. Este acuerdo resultaba de la dirección de los rayos de la estrella: dos puntas hacia afuera rechazaban a los malos espíritus; dos puntas dentro los retenían prisioneros; una sola punta hacia dentro cautivaba a los buenos espíritus.

Todas estas teorías mágicas, basadas en el dogma único de Hermes y en las inducciones analógicas de la ciencia, han sido siempre confirmadas por las visiones de los extáticos y por las convulsiones de los catalépticos, sedicentes poseídos por espíritus.

La G que los masones colocan en medio de la estrella flameante significa: **GNOSIS** y **GENERACIÓN**, las dos palabras sagradas de la antigua Cábala. Quieren decir también **GRAN ARQUITECTO**, porque el pentagrama, de cualquier lado que se le mire, representa una **A**.

Disponiéndole de modo que dos de sus puntas estén arriba y una sola abajo, pueden verse en él los cuernos, las orejas y la barba del macho cabrío hierático de Mendés, convirtiéndose entonces en el signo de las evocaciones infernales.

La estrella alegórica de los magos no es otra cosa que el misterioso pentagrama; y esos tres reyes, hijos de Zoroastro, conducidos por la flamígera estrella hasta la cuna del Dios microcósmico, bastarían para demostrar los orígenes, esencialmente cabalísticos y verdaderamente mágicos del dogma cristiano. Uno de esos reyes es blanco, negro el segundo y moreno el tercero. El blanco ofrece oro, símbolo de vida y de luz; el negro, mirra, imagen de la muerte y de la noche, en tanto que el tercero, el moreno, presenta incienso, emblema de la divinidad del dogma conciliador de los dos principios. Luego, cuando regresan a su país por otro camino, demuestran la necesidad de un nuevo culto, vale decir una nueva ruta que conduzca a la humanidad a la religión única, la del ternario sagrado del radiante pentagrama, el único *catolicismo* eterno.

En el Apocalipsis, San Juan ve esa misma estrella caer del cielo a la tierra. Nómbrase entonces, ajenjo o amargura, y todas las aguas se hacen amargas. Esto es, una imagen resaltante de la materialización del dogma, que produce el fanatismo y las amarguras de la controversia. Es de hecho al cristianismo a quien puede dirigirse estas palabras de Isaías: ¿Cómo has caído tú del cielo, estrella brillante, que eras tan espléndida en tu nacimiento?

Pero el pentagrama, profanado por los hombres, brilla siempre sin sombra en la mano derecha del Verbo de verdad, y la voz inspiradora promete, a aquel que venza ponerle en posesión de esa estrella matutina, rehabilitación sublime prometida al astro de Lucifer.

Como se ve, todos los misterios de la magia, todos los símbolos de la gnosis, todas las figuras del ocultismo, todas las claves cabalísticas de la profecía, se resumen en el signo del pentagrama, que Paracelso proclama como el mayor y más poderoso de todos los signos.

¿Por qué asombrarse, después de esto, de la confianza de los magistas y de la influencia real ejercida por ese signo sobre los espíritus de todas las jerarquías? Los que desconocen el signo de la cruz deben temblar ante la estrella del microcosmo. El mago, por el contrario, cuando siente que su voluntad desfallece, dirige sus miradas hacia el símbolo, le toma en su mano derecha y se siente armado con todo el poder intelectual, siempre que sea verdaderamente un rey digno de ser conducido por la estrella hasta la cuna de la realización divina; siempre que *sepa,* que *ose,* que *quiera* y que se *calle;* siempre que conozca los usos del pantáculo, de la copa, de la varita y de la espada; siempre, en fin, que las miradas intrépidas de su alma correspondan a esos dos ojos, cuya punta de nuestro pentagrama le presenta siempre abiertos.

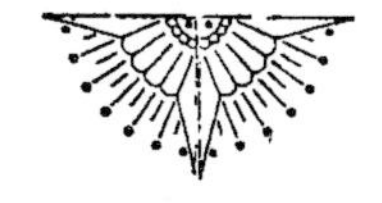

VI

Ya hemos dicho que para adquirir el poder mágico hacen falta dos cosas: desprender de la voluntad todo servilismo y ejercer un dominio absoluto sobre ella.

La voluntad soberana está representada en nuestros símbolos por la mujer que aplasta la cabeza de la serpiente y por el ángel que reprime y contiene al dragón bajo su pie y con su lanza.

Declaremos aquí, sin rodeos, que el gran agente mágico, la doble corriente de luz, el fuego vivo y astral de la tierra, ha sido figurado por la serpiente con cabeza de toro, de macho cabrío o de perro en las antiguas teogonías. Es la doble serpiente del caduceo; es la antigua serpiente del Génesis; pero es también la serpiente de cobre de Moisés, entrelazada en el *tau*, es decir, en el *lingam* generador; es también el macho cabrío del *Sabbat* y el *Baphomet* de los templarios; es el *Hylé* de los gnósticos; es la doble cola de serpiente que forma las patas del gallo solar de los Abraxas; es en fin, el diablo de M. Eudes de Mirville, y es, realmente, la fuerza ciega que las almas van a vencer para libertarse de las cadenas de la tierra; porque si su voluntad no las destaca de esa fatal imantación, serán absorbidas en la corriente por la fuerza que les ha producido y volverán al fuego central y eterno.

Toda la obra mágica consiste, pues, en desprenderse de los anillos de la antigua serpiente, y después en ponerla el pie sobre la cabeza y conducirla a donde plazca al mago. Yo te daría—se dice en el mito evangélico—todos los reinos de la tierra si tú caes y me adoras. El iniciado puede responderle: Yo no caeré y tú te arrastrarás a mis pies; tú no me darás nada, pero yo me serviré de tí y haré de tí cuanto se me antoje, porque yo soy tu señor y tu dueño. Respuesta que está comprendida, aunque velada, en la que le dió el Salvador.

Ya hemos dicho que el diablo no es una persona. Es una fuerza desviada, como su nombre lo indica. Una corriente ódica o magnética formada por una cadena de voluntades perversas, constituye ese mal espíritu que el evangelio llama *legión* y que precipita a los cerdos hacia el mar; nueva alegoría del grado de bajeza de los seres instintivos guiados por fuerzas ciegas que pueden poner en movimiento la mala voluntad y el error.

Puede compararse este símbolo con el de los compañeros de Ulises, metamorfoseados en puercos por la maga Circe (1).

Veamos ahora lo que hace Ulises para preservarse él mismo y libertar a sus compañeros; rehusa la copa de la hechicera y la manda con la espada. Circe es la naturaleza con todos sus atractivos y voluptuosidades; para gozar de ella es necesario vencerla. Tal es el sentido de la fábula homérica, porque los poemas de Homero, verdaderos libros sagrados de la antigua Helenia, contienen todos los misterios de las altas iniciaciones de Oriente.

El *medium* natural es, pues, la serpiente siempre activa y seductora de las voluntades perezosas y a la cual es preciso resistir dominándola.

Un mago enamorado, glotón, colérico, perezoso, son monstruosidades imposibles. El mago piensa y quiere; nada ama con deseo; no rechaza nada con pasión; la palabra *pasión* representa un estado pasivo y el mago está siempre activo y siempre victorioso. Lo más difícil en las altas ciencias es llegar a esa realización; así, cuando el mago se ha creado a sí mismo, ha cumplido la gran obra, por lo menos en su instrumento y en su causa.

El gran agente o mediador natural del poderío humano, no puede ser servido y dirigido más que por un mediador *extranatural*, que es una voluntad libre. Arquímedes pedía un punto de apoyo para levantar el mundo. El punto de apoyo del mago es la piedra cúbica intelectual, la piedra filosofal de Azoe, es decir, el dogma de la razón absoluta y de las armonías universales por la simpatía de los contrarios.

Uno de nuestros escritores más fecundos, y el menos fijo en sus ideas, M. Eugenio Sué, ha edificado toda una epopeya romancesca sobre una individualidad, a quien se esfuerza por hacer odiosa y que llega a ser interesante, a pesar suyo, por su paciencia, por su inteligencia y por su audacia—tanto es el poder que se le atribuye—y por su genio. Se trata de una especie de Sixto V, pobre, sobrio, sin cólera, que tiene el mundo sujeto en la red de sus sabias combinaciones.

Este hombre excita a su antojo, merced a su poderosa voluntad, las pasiones de sus adversarios, destruyéndolas unas por las otras, y llegando siempre a donde quiere llegar, y esto sin ruido, sin lustre, sin charlatanismo. Su fin, su objeto, es librar al mundo de una sociedad que el autor del libro cree peligrosa y perversa, y para esto en nada repara; está mal albergado, mal vestido y alimentado como el último de los pobres. El autor, atento a estas circunstancias, le presenta pobre, sucio, asqueroso y horrible. Pero si ese mismo exterior es un medio de disfrazar la acción y de llegar más seguramente a sus propósitos, ¿no representa la prueba más sublime de un valor temerario?

Cuando Rodín sea papa, ¿pensáis que andará mal vestido y gra-

---

(1) Maga famosa, célebre por su hermosura, hija de Apolo y de la ninfa Circea. Después de haber envenenado a su marido, rey de los sármatas, se enamoró de Ulises, de quien tuvo un hijo y una hija. (N. del T.)

siento? M. Eugenio Sué, ha, pues, faltado a su fin; quiere combatir al fanatismo y a la superstición y ataca a la inteligencia y a la fuerza, al genio y a todas las virtudes humanas. Si hubiera muchos Rodines entre los jesuítas ¡con uno sólo que hubiera!, yo no daría nada, ni un ápice, por la sucesión del partido contrario, a pesar de las brillantes quejas y de las elocuentes reclamaciones de sus ilustres abogados.

Querer bien, querer ampliamente, querer siempre, sin desear nunca nada, tal es el secreto de la fuerza; y éste es el arcano mágico que el Tasso pone en acción en la personalización de dos caballeros que libertan a Renaud y destruyen los encantamientos de Armida. Resisten tan perfectamente a los hechizos de las ninfas más encantadoras, como a la fiereza de los animales más terribles; permanecen y perduran sin deseos y sin temores y llegan a su objeto.

De esto resulta que un verdadero mago es más temible que amable. No estoy disconforme con la idea, y aun reconociendo cuán dulces son las seducciones de la vida, y aun haciendo justicia al gracioso genio de Anacreonte y a toda la juvenil eflorescencia de la poesía de los amores, invito a los, para mí muy estimables amigos del placer, a no considerar las elevadas ciencias más que como un objeto de curiosidad y a no aproximarse jamás al trípode mágico; las grandes obras de la ciencia son mortales para la voluptuosidad.

El hombre que se ha libertado de la cadena de los instintos, se apercibirá inmediatamente de su poderío por la sumisión de los animales. La historia de Daniel en la cueva de los leones, no es una fábula, y más de una vez, durante las persecuciones al cristianismo naciente, ese fenómeno se ha renovado ante todo el pueblo romano. Raramente tiene un hombre que temer de un animal que no le inspira miedo.

Las balas de Gerard, el matador de leones, son mágicas e inteligentes. Sólo una vez corrió un verdadero riesgo: había permitido que fuera con él un compañero miedoso, y entonces considerando por anticipado esa imprudencia como un peligro, tuvo también miedo, aunque no por él sino por su camarada.

Muchas personas dirán que es muy difícil, y aun imposible, llegar a una resolución semejante; que la fuerza de voluntad y la energía son dones de la naturaleza, etc. Yo no discuto; pero reconozco que el hábito, la costumbre, puede rectificar la obra de la naturaleza. La voluntad puede perfeccionarse por la educación y, como ya lo he dicho, todo el ceremonial mágico semejante en esto, al religioso, no tiene otro fin que el de experimentar, ejercitar y acostumbrar de ese modo a la voluntad, a la perseverancia y a la fuerza. Cuanto más difíciles sean las prácticas, mayor efecto producen; esto debe ahora comprenderse.

Si hasta el presente ha sido imposible dirigir los fenómenos del magnetismo, es porque todavía no se ha encontrado magnetizador verdaderamente iniciado y libre.

¿Quién puede, verdaderamente enorgullecerse o vanagloriarse de serlo? ¿No tenemos constantemente que hacer esfuerzos sobre nosotros mismos? Cierto es, sin embargo, que la naturaleza obedecerá al signo y a la palabra de aquel que se sienta fuerte, y no dude para doblegarla. Las curaciones de las enfermedades nerviosas por una palabra, un soplo o un contacto; las resurrecciones en determinados casos; la resistencia a las malas voluntades capaz de desarmar y aun de vencer al más terrible asesino; la misma facultad de hacerse invisible turbando la vista de aquellos de quienes se quiere escapar; todo esto, en fin, es un efecto natural de la proyección o de la retirada de la luz astral. Así es como Valens fué atacado de desvanecimiento, de terror, al entrar en el templo de Cesárea; como en otro tiempo Heliodoro, fulminado por una demencia súbita en el templo de Jerusalén, se creyó y consideró fustigado por los ángeles. Así es, también, cómo el almirante Coligny pudo imponer respeto a sus asesinos y no pudo ser muerto más que por un hombre furioso que se arrojó sobre él volviendo la cabeza. Lo que hacía a Juana de Arco siempre victoriosa era el prestigio de su fe y lo maravilloso de su audacia; paralizaba los brazos de aquellos que querían golpearla o herirla, y los ingleses pudieron seriamente creer en la maga o en la hechicera. Era, en efecto, maga sin saberlo, porque ella misma creía proceder sobrenaturalmente, en tanto que lo que realmente ocurría, era que disponía de una fuerza oculta, universal y siempre sometida a las mismas leyes.

El magista magnetizador debe mandar al *medium* natural y, por consiguiente, al cuerpo astral que establece comunicación entre nuestra alma y nuestros órganos. Puede decírsele al cuerpo material: ¡Dormid! y al cuerpo sideral: ¡Soñad! Entonces las cosas visibles cambian de aspecto, como en las visiones del hatschitk. Cagliostro poseía—según se ha dicho—ese poder y ayudaba la acción por medio de perfumes y fumigaciones; pero, el verdadero poder magnético debe pasarse sin esos auxiliares, más o menos venenosos para la razón y nocivos para la salud. M. Ragón, en su sabia obra sobre la masonería oculta, da la receta de una serie de medicamentos propios para exaltar el sonambulismo. Es un conocimiento, nada despreciable, sin duda, pero del que los magistas prudentes deben guardarse de hacer uso.

La luz astral se proyecta por la mirada, por la voz, por los pulgares y por las palmas de las manos. La música es un poderoso auxiliar de la voz, y de ella procede la palabra *encantamiento*. Ningún instrumento de música es más encantador que la voz humana; pero los sonidos lejanos del violín o de la armónica pueden aumentar su poder. Así se prepara al sujeto a quien se quiere someter; después, cuando está ya medio amodorrado y como envuelto en ese encanto, se extiende la mano hacia él y se le ordena dormir o ver, y obedece a pesar suyo. Si resistiera, sería preciso mirarle fijamente, colocar uno de los pulgares sobre su frente en el entrecejo y el otro sobre el pecho, tocándole ligeramente con un solo y rápido contacto; después, aspirando lentamente, respirar suavemente un hálito cálido y repetirle, por segunda vez, las palabras: *dormid* o *ved*.

VII

Siendo las ceremonias, los vestidos, los perfumes, los caracteres y las figuras, como ya lo hemos dicho, necesarias para emplear la imaginación en la educación de la voluntad, el éxito de las obras mágicas depende de la fiel observación de todos los ritos. Estos ritos, como ya lo hemos dicho, no tienen nada de fantástico ni de arbitrario, nos han sido trasmitidos por la antigüedad y subsisten siempre por las leyes esenciales de la realización analógica y de la relación que necesariamente existe entre las ideas y las formas. Después de haber pasado muchos años en consultar y en comparar todos los grimorios y todos los rituales que me merecieron mayor autenticidad, hemos llegado, no sin trabajo, a reconstituir todo el ceremonial mágico universal y primitivo. Los únicos libros serios que hemos encontrado, son manuscritos, trazados en caracteres convencionales que hemos llegado a descifrar con ayuda de la poligrafía de Tritemo; otros estaban escritos por completo en jeroglíficos y los símbolos con que aparecían exornados y disfrazando la verdad de sus imágenes bajo ficciones supersticiosas de un texto mixtificador. Tal es, por ejemplo, el *Enchiridión* del Papa León III, que jamás se imprimió con sus verdaderos caracteres y que hemos reconstituído para nuestro uso particular, conforme a su antiguo manuscrito.

Los rituales conocidos bajo el nombre de *Clavículas de Salomón,* abundan mucho. Bastantes han sido impresos, otros han permanecido manuscritos y algunos fueron copiados con el mayor cuidado. Existe un hermoso ejemplar en la Biblioteca Imperial; está adornado de pantáculos y de caracteres que se encuentran, en su mayoría, en los calendarios mágicos de Tycho-Brahé y de Duchentau. Existen, por último, clavículas y grimorios que son mixtificaciones y vergonzosas especulaciones de la baja librería. El libro tan conocido y tan cacareado de nuestros padres y conocido por el nombre de *Pequeño Alberto,* pertenece por su redacción a esta última categoría; no hay en él de serio más que algunos cálculos tomados de Paracelso y algunos talismanes.

Cuando se trata de realización de ritual, Paracelso es una autoridad poderosa. Nadie ha realizado, como él, las grandes obras, y por esto mismo oculta el poder de las ceremonias y enseña únicamente en la filosofía oculta la existencia del agente magnético y el poderío de la voluntad; resume también toda la ciencia de los caracteres y de los signos, que son las estrellas *macro* y *microcósmicas*. Era decir bastante para los adeptos; lo importante era no iniciar al vulgo. Paracelso, pues, no enseñaba el ritual; pero lo practicaba y su práctica era una sucesión de milagros.

Ya hemos dicho la importancia que tienen en magia el ternario y el cuaternario. De su reunión se compone el número religioso y cabalístico que representa la síntesis universal y que constituye el sagrado septenario.

El mundo, a juzgar por lo que creían los antiguos, está gobernado por siete causas secundarias, como las llama Trithemo, *secundæ* y son las fuerzas universales designadas por Moisés, por el nombre plural de *Eloim,* los *dioses*. Estas fuerzas análogas y contrarias entre sí, producen el equilibrio por sus contrastes y regulan el movimiento de las esferas. Los hebreos las llamaban los siete grandes arcángeles y les dan los nombres de: *Michael, Gabriel, Raphael, Anael, Samael, Zadkiel* y *Oriphiel*. Los gnósticos cristianos nombran a los cuatro últimos, *Uriel, Barachiel, Sealtiel* y *Jehudiel*. Los demás pueblos han atribuído a esos espíritus, el gobierno de los siete planetas principales y les han dado los nombres de sus grandes divinidades. Todos han creído en su influencia relativa y la astronomía les ha repartido el cielo antiguo y les ha atribuído sucesivamente el gobierno de los siete días de la semana.

Tal es la razón de las diversas ceremonias de la semana mágica y del culto septenario de los planetas.

Ya hemos visto aquí, que los planetas son signos y no otra cosa; tienen la influencia que la fe universal les atribuye, porque son realmente más astros del espíritu humano que estrellas del firmamento.

El Sol, que la antigua magia ha mirado siempre como fijo, no podía ser más que un planeta para el vulgo; así representa en la semana el día del reposo que llamamos, sin que se sepa por qué, domingo, y que los antiguos denominaban el día del Sol.

Los siete planetas mágicos corresponden a los siete colores del prisma y a las siete notas de la octava musical; representan así mismo las siete virtudes, y por oposición, los siete vicios de la moral cristiana.

Los siete sacramentos se refieren también a este gran septenario universal. El bautismo, que consagra el elemento del agua, se refiere a la Luna; la penitencia rigurosa está bajo los auspicios de Samael, el ángel de Marte; la confirmación, que da el espíritu de inteligencia que comunica al verdadero creyente el don de lenguas, está bajo los auspicios de Rapahel, el ángel de Mercurio; la eucaristía sustituye la realización sacramental de Dios hecho hombre por el imperio de Júpiter; el matrimonio está consagrado por el ángel Anael, el genio purificador de Venus; la extremaunción es la salvaguardia de los enfermos prontos a caer bajo la faz de Saturno, y el orden, que consagra el sacerdocio de luz, es el que está más especialmente marcado con los caracteres del Sol. Casi todas estas analogías han sido advertidas por el sabio Dupuis, quien concluyó en la falsedad de todas las religiones, en lugar de reconocer la santidad y la perpetuidad de un dogma único, siempre reproducido en el simbolismo universal de las formas religiosas sucesivas. No comprendió, no, la revelación permanente trasmitida al genio humano por las armonías de la naturaleza y no vió más que una serie de errores en esa cadena de imágenes ingeniosas y de eternas verdades.

Las obras mágicas son también en número de siete: 1.ª, obras de luz y de riqueza, bajo los auspicios del Sol; 2.ª, obras de adivinación y de misterios, bajo la invocación de la Luna; 3.ª, obras de habilidad, de ciencia y de elocuencia, bajo la protección de Mercurio; 4.ª, obras de cólera y de castigo, consagradas a Marte; 5.ª, obras de amor, favorecidas por Venus; 6.ª, obras de ambición y de política, bajo los auspicios de Júpiter; 7.ª, obras de maldición y de muerte, bajo el patronato de Saturno. En simbolismo teológico, el Sol representa el Verbo de verdad; la Luna, la misma religión; Mercurio, la interpretación y la ciencia de los misterios; Marte, la justicia divina; Venus, la misericordia y el amor; Júpiter, al Salvador resucitado y glorioso; Saturno, al Dios Padre, o el Jehová de Moisés. En el cuerpo humano, el Sol es análogo al corazón; la Luna, al cerebro; Júpiter, a la mano derecha, y Saturno, a la izquierda; Marte, al pie izquierdo, y Venus al derecho, y Mercurio, a las partes sexuales, lo que hace representar a veces al genio de este planeta, bajo una figura andrógina.

En la faz humana, el Sol domina la frente; Júpiter, el ojo derecho y Saturno, el izquierdo; la Luna reina entre ambos ojos, en la raíz de la nariz, de la cual Marte y Venus gobiernan ambas fosas; Mercurio, por último, ejerce su influencia sobre la boca y la barbilla.

Estas nociones formaban entre los antiguos la ciencia oculta de la fisonomía, encontrada imperfectamente después por Lavater.

El mago que quiera proceder a las obras de luz, debe operar en domingo, de media noche a las ocho de la madrugada, o desde las tres después del medio día hasta la noche. Estará revestido de un traje de púrpura, con tiara y brazaletes de oro. El altar de los perfumes y el trípode del fuego sagrado, estarán rodeados de guirnaldas de laurel, de heliotropos y de girasoles; los perfumes serán el cinamo, el incienso macho, el azafrán y el sándalo rojo; los tapices serán de pieles de león; el anillo será de oro con una crisolita o un rubí; los abanicos serán de plumas de gavilán.

El lunes llevará un traje blanco laminado de plata con un triple collar de perlas, de cristales y de selenitas; la tiara estará recubierta de seda amarilla, con caracteres de plata, formando en hebreo el monograma de Gabriel, tal y como se hallan en la filosofía oculta de Agrippa; los perfumes serán: sándalo blanco, alcanfor, ámbar, áloes y la simiente del cohombro pulverizada; las guirnaldas serán de artemisa, selenotropos y renúnculos amarillos. Se evitarán las tinturas, los vestidos o los objetos de color negro y no se llevará encima ningún otro metal que no sea plata.

El martes, día de las operaciones de cólera, el traje será de color de fuego, de orín o de sangre, con un cinturón y brazaletes de acero; la tiara estará rodeada de hierro y no se servirá de la varita, sino únicamente del estilete mágico y de la espada; las guirnaldas serán de ajenjo y de ruda y se llevará en el dedo una sortija de acero con una amatista, como piedra preciosa.

El miércoles, día favorable para la alta ciencia, el traje será verde o de una tela que sea tornasolada de distintos colores; el collar será de cuentas de vidrio hueco, conteniendo mercurio; los perfumes serán el benjuí, el macías y el estoraque; las flores, el narciso, el lix, la mercurial, la fumaria y la mejorana; la piedra preciosa será el ágata.

El jueves, día de las grandes obras religiosas y políticas, el traje será de color de escarlata, y se llevará en la frente una lámina de estaño con los caracteres del espíritu de Júpiter y estas tres palabras: GIARAR, BETHOR SANGABIEL; los perfumes serán el incienso, el ámbar gris, el bálsamo, el grano del paraíso, el macías y el azafrán; el anillo estará adornado de una esmeralda o de un zafiro; las guirnaldas y las coronas serán de encina, de álamo, de higuera y de granado.

El viernes, día de las operaciones amorosas, el traje será de un color azul azulado; las tinturas serán verdes y rosa; los adornos de cobre pulido; las coronas de violetas, rosas, mirto y olivo; el anillo estará adornado de una turquesa; el lápiz lazùli y la barilla, servirán para la tiara y los broches; los abanicos serán de plumas de cisne y el operador llevará sobre el pecho un talismán de cobre con el carácter de Anael y estas palabras: AVEEVA VADELILITH.

El sábado, día de las obras fúnebres, el traje será negro o pardo, con caracteres bordados en seda, color de naranja; se llevará al cuello una medalla de plomo con el carácter de Saturno, y estas palabras: ALMALEC, APHIEL, ZARAHIEL; los perfumes serán el diagridium, la escamonea, el alumbre, el azufre y la asafétida; el anillo tendrá una piedra onix; las guirnaldas serán de fresno, de ciprés y de eleboro negro; sobre el onix del anillo se grabará con el punzón consagrado y en las horas de Saturno una doble cabeza de Jano.

Tales son las antiguas magnificencias del culto secreto de los magos. Es con semejante aparato como los magos de la edad media procedían a la consagración diaria de los pantáculos y de los talismanes relativos a los siete genios. Ya hemos dicho que un pantáculo es un carácter sintético, resumiendo todo el dogma mágico en una de sus concepciones especiales. Es, por tanto, la expresión verdadera de un pensamiento y de una voluntad completa; es la signatura de un espíritu. La consagración ceremonial de este signo, va fuertemente unida a la intención del operador y establece entre él y el pantáculo una verdadera cadena magnética. Los pantáculos pueden trazarse indistintamente sobre pergamino virgen, sobre papel o sobre los metales. Se llama talismán a una pieza de metal que lleve, sea pantáculos, sean caracteres, y que haya recibido una consagración especial para una intención determinada. Gaffarel, en una erudita obra sobre las antigüedades mágicas, ha demostrado científicamente el poder real de los talismanes, y la confianza en su virtud está de tal modo en la naturaleza, que se llevan de buen grado encima, recuerdos de aquellos a quienes se ama; con la persuasión de que esas reliquias nos preservarán de peligros y deberán hacernos más felices. Se hacen talismanes con los siete metales cabalísticos y se graban en ellos, en los días y horas favorables, los signos queridos y determinados. Las figuras de los siete planetas con sus cuadrados mágicos, se encuentran en el Pequeño Alberto, tomados de Paracelso, y éste es uno de los raros lugares serios de ese libro de magia vulgar. Es preciso advertir que Paracelso reemplaza la figura de Júpiter por la de un sacerdote, substitución que no está hecha sin una intención misteriosa y bien marcada. Pero las figuras alegóricas y mitológicas de los siete espíritus, se han convertido en nuestros días demasiado clásicos y asaz vulgares, para que todavía se pueda trazarlos con éxito sobre los talismanes; es preciso recurrir a signos más sabios y más expresivos. El pentagrama debe grabarse siempre en uno de los lados del talismán, con un círculo para el sol, un creciente para la luna, un caduceo alado para Mercurio, una espada para Marte, una G para Venus, una corona para Júpiter y una guadaña para Saturno. El otro lado del talismán debe llevar el signo de Salomón, es decir, la estrella de seis rayos hecha con dos triángulos superpuestos, colocándose una figura humana en el centro en los del Sol, una copa en los de la Luna, una cabeza de perro en los de Mercurio, una cabeza de águila en los de Júpiter, una de león en los de Marte, una paloma en los de Venus y una cabeza de toro o de macho cabrío en los de Saturno. A esto se agregará los nombres de los siete ángeles, sea en hebreo, sea en árabe, sea en caracteres mágicos semejantes a los de los alfabetos de Trithemo. Los dos triángulos de Salomón pueden reemplazarse por la doble cruz de las ruedas de Ezequiel, que se hallan en gran número de antiguos pantáculos y que son, como ya lo hemos dicho en nuestro Dogma, la clave de los trigrammas de Fohi (1).

Pueden emplearse también piedras preciosas como amuletos al mismo tiempo que los talismanes; pero todos los objetos de esta clase sean de metal, sean de piedras, deben llevarse envueltos en saquitos de seda de colores análogos al espíritu del planeta y perfumados con el perfume correspondiente a su día, preservándolos de toda mirada y de todo contacto impuro. Así, los talismanes y los pantáculos del Sol, no deben ser vistos ni tocados por personas disformes o cotrahechas o por mujeres de malas costumbres; los de la Luna se sienten profanados por las miradas y por las manos de personas crapulosas y de mujeres que estén con sus reglas; los de Mercurio pierden su virtud si son tocados por sacerdotes asalariados; los de Marte deben ocultarse a los cobardes; los de Venus a los hombres depravados y aquellos que han hecho voto de celibatos; los de Júpiter a los impíos y los de Saturno a las vírgenes y a los niños, no porque las miradas o el contacto

---

(1) Para más detalles sobre los talismanes, véase *La Magia Práctica* de Papus. (N. del T.)

de estos últimos sea impuro, sino porque el talismán les causaría desdichas y de este modo perdería su fuerza.

Las cruces de honor y otras condecoraciones análogas son verdaderos talismanes que aumentan el valor o el mérito personales. Las distribuciones solemnes que de ellos se hace equivalen a las consagraciones. La opinión pública les da un prodigioso poder. No se ha advertido bien la influencia recíproca de los signos sobre las ideas y de éstas sobre aquéllos; no menos cierto es que la obra revolucionaria de estos tiempos modernos, por ejemplo, ha sido simbólicamente resumida por la sustitución napoleónica de la estrella de honor por la cruz de San Luis. Es el pentagrama sustituído por el labarum; es la rehabilitación del símbolo de la luz, es la resurrección masónica de Adonhiram. Se dice que Napoleón creía en su estrella, y si se le hubiera preguntado qué entendía por esa estrella, hubiera respondido que su genio; debió, pues, adoptar por signo el pentagrama simple de la soberanía humana para la iniciativa inteligente. El gran soldado de la revolución sabía poco, pero todo lo presentía y adivinaba; por eso ha sido el mayor mago instintivo y práctico de los tiempos modernos. El mundo está lleno todavía de sus milagros y hasta habrá gentes sencillas que no crean que ha muerto.

Los objetos benditos e indulgenciados, tocados por santas imágenes o por personas venerables; los rosarios llegados de Palestina; los *agnus Dei* compuestos con cera del cirio pascual y los restos anuales del santo crisma; los escapularios, y las medallas, en fin, son verdaderos talismanes. Una de estas medallas se ha hecho popular en nuestros tiempos, y aun aquellos que no profesan ninguna religión, la cuelgan del cuello de sus hijos. Y como las figuras que en ellas aparecen son perfectamente cabalísticas, la tal medalla es verdaderamente un doble y maravilloso pantáculo. De un lado se ve a la grande iniciadora, la madre celeste de Sohar, la Isis del Egipto, la Venus Urania de los platonianos, la María del cristianismo, en pie sobre el mundo y aplastando la cabeza de la serpiente mágica. Extiende las manos en forma tal, que trazan un triángulo, del que la cabeza de la figura es la cima; sus manos están abiertas e irradiando efluvios, lo cual forma un doble pentagrama, cuyos rayos se dirigen hacia la tierra, lo que representa evidentemente la libertad de la inteligencia por el trabajo. Del otro lado se ve el doble Tau de los hierofantas el Lingam en el doble Cteis, o en el triple Phallus, soportado con enlace y doble inserción por la M cabalística y masónica representando la escuadra entre las dos columnas Jakin y Bohas; por encima hállanse al mismo nivel dos corazones doloridos y amantes y en derredor 12 pentagramas. Todo el mundo os dirá que los portadores de esta medalla no alcanzan su significación; pero no por esto deja de ser menos mágica, teniendo un doble sentido, y por consiguiente, una doble virtud. Las revelaciones extáticas nos han transmitido ese talismán, que fué grabado cuando ya existía viéndose en la luz astral, lo que demuestra una vez más la íntima conexión de las ideas con los signos, dando nueva sanción al simbolismo de la magia universal.

Cuanta más importancia y solemnidad se da a la consagración de los talismanes y de los pantáculos, mayores virtudes adquieren, como debe comprenderse, por la evidencia de los principios que hemos establecido. Esta consagración debe hacerse en los días especiales que hemos marcado con las ceremonias indicadas. Se consagran por los cuatro elementos exorcisados, después de haber conjurado a los espíritus de las tinieblas, con la conjuración de los cuatro; después se toma el pantáculo en la mano y se dice aspergiándole con algunas gotas del agua mágica:

In nomine Eloin et per spiritum aquarum viventium, sis mihi in signum lucis et sacramentum voluntatis.

Y presentándole al humo de los perfumes se dice:

Per serpentem œneum sub quo cadunt serpentes ignei, sis mihi (etc.).

Soplando siete veces sobre el pantáculo o sobre el talismán, se dice:

Per firmamentum et spiritum vocis, sis mihi (etc.).

Por último, colocando triangularmente algunos granos de tierra purificada o de sal, se dice:

In sale terrœ et per virtutem vitœ œternœ, sis mihi (etc.).

Después se hace la conjuración de los siete en la forma siguiente:

Se echa alternativamente en el fuego sagrado una pastilla de los siete perfumes y se dice:

¡En nombre de Michael, que Jehová te mande y te aleje de aquí, Chavajoth!

¡En nombre de Gabriel, que Adonai te mande y te aleje de aquí, Belial!

¡En nombre de Raphael, desaparece ante Elchim, Sachabiel!

¡Por Samael Zebaoth y en nombre de Eloim Gibor, aléjate, Adrameleck!

¡Por Zachariel y Sachiel-Méleck, obedece a Elvah, Samgabiel!

En el nombre divino y humano de Schaddai y por el signo del pentagrama que tengo en la mano derecha, en nombre del ángel Anael, por el poder de Adán y de Eva, que son Jotchavah, retírate Lilith; déjanos en paz, Nahemah!

Por los santos Eloim y los nombres de los genios Cashiel, Sehaltiel, Aphiel y Zarahiel, al mandato de Orifiel; ¡retírate de nosotros Moloch! nosotros no te daremos nuestros hijos para que los devores.

Por lo que respecto a instrumentos mágicos, los principales son: la varita, la espada, la lámpara, la copa, el altar y el trípode. En las operaciones de la alta y divina magia, se sirve uno de la lámpara, de la varita y de la copa; en las obras de la magia negra se reemplaza la varita por la espada, y la lámpara por la candela de cardan. Ya explicaremos esta diferencia en el artículo especial de la magia negra.

Pasemos a la descripción y consagración de los instrumentos. La varita mágica, no hay que confundirla con la simple varita adivinatoria, ni con la horquilla de los nigromantes o el tridente de Paracelso; la verdadera y absoluta varita mágica debe ser de una sola rama; perfectamente recta, de almendro o de nogal, cortada de un solo golpe, con la hoz mágica o la cuchilla de oro, antes de la salida del sol y en momentos en que el árbol está pronto para florecer. Es necesario perforarla en toda su longitud, sin hendirla ni romperla, e introducir dentro de ella una aguja de hierro imantado que ocupe toda su extensión; después se adapta en una de sus extremidades un poliedro tallado triangularmente y en el otro extremo una figura semejante de resina negra. En medio de la varita se colocarán dos anillos, uno de cobre rojo, y otro de cinc; después se dorará la varita por el lado de la resina y se plateará en el extremo del prisma, hasta el anillo del medio, revistiéndola de seda exclusivamente por las extremidades. Sobre el anillo de cobre se grabarán estos caracteres ירושלים חקרשה y sobre el de cinc חמ־ך שלמה. La consagración de la varita debe durar siete días, comenzando en la luna nueva y debe ser hecha por un iniciado poseedor de grandes arcanos y que también tenga una varita consagrada. Esta es la transmisión del sacerdocio mágico y esa transmisión no ha cesado desde los tenebrosos orígenes de la alta ciencia. La varita y los demás instrumentos, pero la varita sobre todo, deben estar ocultos con cuidado, y bajo pretexto alguno, el magista debe dejar verlos o tocar a los profanos; de otro modo perderían su virtud.

La manera de transmitir la varita, es uno de los arcanos de la ciencia que no está permitido revelar.

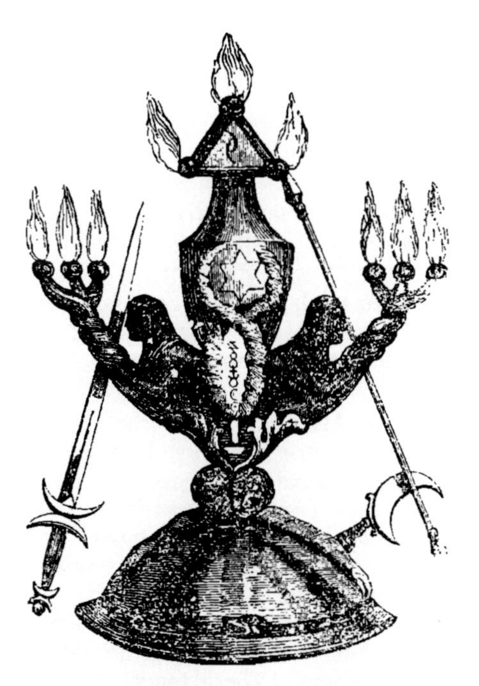

INSTRUMENTOS MAGICOS

La lámpara, la varita, la espada y la hoz.

La longitud de este instrumento no debe exceder de la del brazo del operador. El mago no debe servirse de ella sino cuando está solo, y ni aun debe tocarla sin necesidad. Algunos magos de la antigüedad la hacían del tamaño de la longitud de su antebrazo y la ocultaban entre las amplias mangas de su túnica, exhibiendo en público la simple varita adivinatoria, o algún cetro alegórico hecho de marfil o de ébano, según la naturaleza de las obras.

El cardenal Richeliu, que ambicionaba todos los poderes, buscó toda su vida sin poder conseguirlo, la transmisión de la varita mágica. Su cabalista Gaffarel no pudo darle más que la espada y los talismanes: tal fué, quizás, el motivo de su terrible odio contra Urbano Grandier, que sabía algo de las debilidades del cardenal. La larga conversación secreta de Lauvardemont con el desgraciado sacerdote, algunas horas antes de su último suplicio, y las palabras de un amigo y confidente de este último, cuando iba a morir, "Señor, sois hábil y no os perderéis", dan que pensar sobre el particular.

La varita mágica es el *Verendum* del mago, quien no debe nunca hablar de una manera clara y precisa. Nadie debe jactarse de poseerla y nadie debe transmitir la consagración sino bajo condiciones de discreción y confianza absolutas.

La espada es menos oculta, y he aquí como debe hacerse:

Tiene que ser de acero puro, con puño de cobre hecho en forma de cruz con tres pomos, tal y como está representada en el *Enchiridión* de León III, o teniendo por guarda dos medias lunas, como en nuestro grabado. En el nudo central de la guarda, que debe de estar revestida de una placa de oro, es preciso grabar, en un lado el signo del macrocosmo, y en el otro el del microcosmo. En el pomo se grabará el monograma hebreo de Michael, tal y como se ve en Agrippa, y sobre la hoja de un lado los caracteres באילים יתות מי במבה, y del otro el monograma del lábaro de Constantino, seguido de estas palabras: *Vince in hoc, Deo duce, férro comite.* (Para la autenticidad y exactitud de estas figuras, véanse las mejores y más antiguas ediciones del Enchiridion.)

La consagración de la espada debe hacerse el domingo en las horas del Sol, bajo la invocación de Michael. Se colocará la hoja de la espada al fuego procedente de laurel y ciprés; luego se limpiará y se pulirá esa misma hoja con cenizas del fuego sagrado, humedecidas con sangre de topo o de serpiente, y se dirá: *Sis mihi Gladius Michaelis, in virtute Eloim Sabaoth fugiant a te spiritus tenebrarum et reptilia terræ.* Después se perfumará con los perfumes del Sol y se encerrará en una vaina de seda con ramas de verbena, que será preciso quemar al séptimo día.

La lámpara mágica debe estar construída de cuatro metales: oro, plata, cobre y hierro. El pie será de hierro, el nudo de cobre, la copa de plata y el triángulo de enmedio de oro. Deberá tener dos brazos, compuestos de tres metales aleados juntos, de manera de dejar para el aceite un triple conducto. Tendrá nueve mechas, tres en medio y tres en cada brazo.

(Véase el grabado.) En el pie se grabará el sello de Hermés y encima el Andrógino con las dos cabezas de Khunrath. El borde inferior del pie representará una serpiente que se muerde la cola.

En la copa, o recipiente del aceite, se grabará el signo de Salomón. En esta lámpara se adaptarán dos globos; uno ornado de pinturas transparentes representando los siete genios, y el otro mayor y doble que pueda contener en cuatro departamentos, entre dos vidrios, agua teñida de diversos colores. El conjunto estará encerrado en una columna de madera, construída en forma giratoria y que pueda dejar escapar a voluntad los rayos de luz dirigidos hacia el humo del altar en el momento de las invocaciones. Esta lámpara es un auxiliar precioso en las operaciones intuitivas de las imaginaciones lentas, y para crear inmediatamente delante de las personas magnetizadas formas de una realidad asombrosa, que multiplicadas por los espejos, se agrandarán de pronto y cambiarán en una sala inmensa, llena de almas visibles, el gabinete del operador; la embriaguez de los perfumes y la exaltación de las invocaciones transformarán luego esa fantasmagoría en un sueño real; se reconocerán las personas que uno ha conocido; los fantasmas hablarán, y después, si se cierra la columna de la lámpara, redoblando el fuego de los perfumes se producirá algo inesperado y extraordinario.

VIII

Como ya hemos dicho en muchas ocasiones, las operaciones de esta ciencia no están exentas de peligro.

Pueden conducir a la locura a aquellos que no se hayan basado en la suprema, absoluta e infalible razón.

Pueden también sobreexcitar el sistema nervioso y producir terribles e incurables enfermedades.

Cuando la imaginación se asusta pueden producir igualmente desvanecimientos, y aun la muerte, por congestión cerebral.

No sabremos encarecer nunca lo bastante a las personas nerviosas, y naturalmente exaltadas, a las señoras y a las jóvenes y aquellas personas que no tienen completo dominio de sí mismas, los peligros de las operaciones mágicas.

Nada más peligroso, también, que convertir esta ciencia en un pasatiempo. Aun las mismas experiencias magnéticas hechas en semejantes condiciones pueden, no solamente causar trastornos en los sujetos, sino también desacreditar a la ciencia. No se juega impunemente con los misterios de la vida y de la muerte; las cosas que deben tomarse en serio, han de tratarse seriamente y con la mayor reserva.

No cedáis nunca al deseo de convencer por medio de efectos. Los más sorprendentes efectos no serían pruebas para personas no convencidas de antemano. Se podría siempre atribuirlos a prestigios naturales y mirar al mago como un competidor más o menos diestro de Roberto Houdin o de Hamilton. Solicitar prodigios para creer en la ciencia, es mostrarse indignos o incapaces de la misma. SANCTA SANCTIS.

No os vanagloriéis jamás de las obras que hayáis realizado, así hayáis resucitado muertos. Temed la persecución. El gran maestro recomendaba siempre el silencio a los enfermos, a quienes curaba; y si ese silencio hubiera sido fielmente observado, no hubieran crucificado al iniciador antes de la conclusión de su obra.

Meditad sobre la duodécima figura del Tarot; pensad en el gran símbolo de Prometeo y callaos.

Todos los magos que han divulgado sus obras han muerto violentamente y muchos se han visto obligados al suicidio, como Cardan, Shroeppfer, Cagliostro y otros.

El mago debe vivir en el retiro y no dejarse abordar fácilmente. Esto es lo que representa el símbolo noveno del Tarot, en donde el iniciado está representado por un ermitaño envuelto completamente en su manto.

Sin embargo, ese retiro no debe llegar al aislamiento. Le son necesarios actos de abnegación y amistades que debe escoger y conservar a cualquier precio.

Debe tener otra profesión que la de mago; la magia no es un oficio.

Para dedicarse a la magia ceremonial, es preciso tener el espíritu libre de preocupaciones inquietantes; es de necesidad procurarse todos los instrumentos de la ciencia y saber confeccionarlos por sí mismo; y es necesario, finalmente, un laboratorio inaccesible en donde no haya el temor de verse sorprendidos o molestados.

Después, y esta es una condición esencial, es preciso saber equilibrar las fuerzas, y contener los vuelos de su propia iniciativa. Esto es lo que representa la octava figura de las claves de Hermés, en la que se ve a una mujer sentada entre dos columnas, teniendo en una mano una espada recta y en la otra una balanza.

Para equilibrar las fuerzas, es preciso mantenerlas simultáneamente, y hacerlas funcionar alternativamente, doble acción representada por la balanza.

Este arcano está también representado por la doble cruz de los pantáculos de Pitágoras y de Ezequiel (véase el grabado en la página 129 del Dogma), en donde las cruces están equlibradas entre sí, y los signos planetarios siempre en oposición. Así, Venus es el equilibrio de las obras de Marte, Mercurio atempera y realiza las obras del Sol y de la Luna, Saturno debe balancear a Júpiter. Es por ese antagonismo de los antiguos dioses Prometeo, como si dijéramos el genio de la ciencia, llega a introducirse en el Olimpo y a robar el fuego sagrado.

¿Será preciso hablar más claramente? Cuanto más dulces y más calmosos seáis, mayor será el poder de vuestra cólera; cuanto más enérgicos os mostréis, mayor será el encanto de vuestra dulzura; cuanto más hábiles seáis, mayor producto obtendréis de vuestra inteligencia y aun de vuestras virtudes; cuanto más indiferentes os mostréis, más fácilmente os haréis amar. Esto es de experiencia en el orden moral y se realiza rigurosamente en la esfera de acción. Las pasiones humanas producen fatalmente, cuando no son dirigidas, los efectos contrarios a su deseo desenfrenado. El amor excesivo produce antipatía; el ciego odio se anula y se castiga a sí mismo; la vanidad conduce al rebajamiento y a las más crueles humillaciones. El gran maestro revelaba un misterio de la ciencia mágica positiva cuando dijo: ¿Queréis acumular carbones encendidos sobre la cabeza de aquel que os ha causado daños? Perdonadle y devolverle el bien por mal. Se dirá tal vez, que semejante perdón es una hipocresía y se parece mucho a una venganza refinada. Pero es preciso tener en cuenta que el mago es un soberano. Ahora bien; un soberano no se venga nunca, por cuanto tiene derecho de castigar. Cuando ejerce ese derecho cumple con su deber y es implacable como la justicia. Advirtamos también, para que nadie tome en mal sentido mis palabras, que se trata de castigar al mal con el bien y de oponer la dulzura a la violencia. Si el ejercicio de la virtud es una flagelación para el vicio, nadie tiene derecho a solicitar que se le ahorre o que se tenga piedad de sus vergüenzas y de sus dolores.

El que se entrega a las obras de la ciencia debe realizar diariamente un ejercicio moderado, abstenerse de veladas largas y seguir un régimen sano y regular. Debe evitar las emanaciones cadavéricas, la vecindad de lugares en que haya aguas corrompidas y alimentos indigestos o impuros. Debe especialmente distraerse diariamente de las preocupaciones mágicas por medio de cuidados materiales, o de trabajos de arte, de industria, etc. El medio de ver bien, es el de no mirar siempre, y aquel que se pasara toda su vida mirando hacia el mismo sitio no llegaría nunca a él.

Una precaución que no debe desdeñarse, es la de no operar cuando se está enfermo.

Siendo las ceremonias, como ya lo hemos dicho, medios artificiales para ejercitar la voluntad, cesan de ser necesarias cuando se ha adquirido la costumbre. Es en este sentido en el que Paracelso prohibía a los adeptos perfectos, las ceremonias mágicas. Es preciso simplificarlas progresivamente, antes de omitirlas del todo, según la experiencia que se haya adquirido de las fuerzas y la costumbre establecida en el ejercicio del querer extranatural.

IX

La ciencia se conserva por el silencio y se perpetúa por la iniciación. La ley del silencio no es absoluta e inviolable más que para las muchedumbres. La ciencia no puede transmitirse más que por la palabra. Los sabios deben, pues, hablar algunas veces.

Sí; los sabios deben hablar, no para decir, sino para conducir a los otros a encontrar. *Noli iri, fac venire,* era la divisa de Rabelais, quien poseyendo todas las ciencias de su época no podía ignorar la magia.

Vamos a revelar aquí los misterios de la iniciación.

El destino del hombre es, como ya lo hemos dicho, hacerse o crearse a sí mismo, y será el hijo de sus obras en el tiempo y en el espacio.

Todos los hombres están llamados a concurrir; pero el número de los elegidos, es decir, de los que alcanzan éxito, es relativamente restringido; en otros términos, los hombres deseosos de ser algo son muchos, pero los hombres selectos muy pocos, muy raros.

Pues bien; el gobierno del mundo pertenece de derecho a los hombres selectos, y cuando un mecanismo o una usurpación cualquiera impide que no les pertenezca de hecho, se opera un cataclismo político o social.

Los hombres que son dueños de sí mismos se hacen fácilmente amos de los otros; pero pueden mutuamente labrarse obstáculos, si no se reconocen por las leyes de una disciplina y una jerarquía universal.

Para someterse a una misma disciplina es preciso estar en comunión de ideas y de deseos, no pudiendo llegarse a esa comunión más que por una religión común fundada sobre las mismas bases de la inteligencia y de la razón.

Esta religión ha existido siempre en el mundo y es la única que puede ser llamada una, infalible, indefectible y verdaderamente católica, es decir, universal.

Esta religión, de la que las demás han sido los velos y las sombras, es la que demuestra el ser por el ser, la verdad por la razón, la razón por la evidencia y el sentido común.

Es la que prueba por las realidades, la razón de ser de las hipótesis y que no permite razonar sobre hipótesis independientemente y fuera de las realidades.

Es la que tiene por base el dogma de las analogías universales, pero que no confunde nunca las cosas de la ciencia con las de la fe. No puede dar fe de que dos y uno son más o menos de tres; que el contenido en física sea más grande que el continente; que un cuerpo sólido, en tanto que lo sea, pueda comportarse como un cuerpo flúido o gaseoso; que un cuerpo humano, por ejemplo, pueda pasar a través de una puerta cerrada sin operar ni solución ni apertura. Decir que se cree en semejante cosa es hablar como un niño o como un loco; pero, no es menos insensato definir lo desconocido y razonar de hipótesis en hipótesis hasta negar, *a priori,* la evidencia, para afirmar suposiciones temerarias. El sabio afirma lo que sabe y no creen lo que ignora más que según la medida de las necesidades razonables y conocidas de la hipótesis.

Pero esta religión razonable no podría ser la de las multitudes a las cuales les hacen falta fábulas, mitos, misterios, esperanzas definidas y terrores materialmente motivados.

Por esto es por lo que el sacerdocio se ha establecido en el mundo. Pues bien; el sacerdocio se recluta por iniciación.

Las formas religiosas perecen cuando la iniciación cesa en el santuario, sea por divulgación, sea por negligencia y olvido de los misterios sagrados.

Las divulgaciones gnósticas, por ejemplo, alejaron de la Iglesia cristiana las altas verdades de la Cábala, que contiene todos los secretos de la teología transcendental. Así, los ciegos se convirtieron en lazarillos de otros ciegos, y se produjeron grandes obscurecimientos, grandes caídas y deplorables escándalos; luego, los libros sagrados, cuyas claves son esencialmente cabalísticas, desde el Génesis hasta el Apocalipsis, se hicieron tan inneligibles para los cristianos, que los pastores tuvieron, con razón, que prohibir la lectura a los sencillos fieles. Tomados al pie de la letra y comprendidos materialmente, esos libros no sería, como lo demostró perfectamente la escuela de Voltaire, más que un inconcebible tejido de absurdos y de escándalos.

Lo propio sucede con todos los dogmas antiguos, con sus brillantes teogonías y sus poéticas leyendas. Decir que los antiguos creían en Grecia, en los amores de Júpiter, o adoraban, en Egipto, el cinocéfalo y el gavilán como dioses vivos y reales, es ser tan ignorante o de tan mala fe, como lo sería el que sostuviera que los cristianos adoran a un triple Dios, compuesto de un anciano, de un supliciado y de un pichón. La inteligencia de los símbolos es siempre calumniadora. Por esto hay que guardarse bien de burlarse de cosas que se ignoran, cuando su sola enunciación parece suponer un absurdo, o aun una singularidad cualquiera; esto sería tan poco sensato, como admitirla sin discusión y sin examen.

Antes de que exista una cosa que nos agrade o que nos desagrade, hay una verdad, es decir, una razón, y es por esa razón como nuestras acciones deben regularse a nuestro agrado, si queremos crear en nosotros la inteligencia, que es la razón de ser de la inmortalidad y la justicia que es la ley.

El hombre, que verdaderamente sea hombre, no puede querer más que lo que debe y puede hacer razonablemente y sea justo. Debe imponer también silencio a los apetitos y al temor para no escuchar mas que a la razón.

Semejante hombre es un rey natural y un sacerdote espontáneo para las multitudes errantes. A esto se debe que a las antiguas iniciaciones se las llamará indiferentemente arte real o arte sacerdotal.

Las antiguas asociaciones mágicas eran seminarios de sacerdotes y de reyes, y los neófitos no lograban ser admitidos, sino después de obras verdaderamente sacerdotales y reales, es decir, que estuvieran muy por encima de las debilidades naturales.

No repetiremos aquí lo que por todas partes se ha escrito sobre las iniciaciones egipcias, perpetuadas, aunque atenuadas, en las sociedades secretas de la edad media. El radicalismo cristiano fundado en la falsa inteligencia de esta frase: "No tenéis más que un padre y una madre, y todos sóis hermanos", dió un golpe terrible a la jerarquía sagrada. Desde entonces las dignidades sacerdotales, han sido el resultado de la intriga o del azar; la mediocridad activa ha venido a suplantar a la superioridad modesta, y por consiguiente desconocida, y, sin embargo, siendo la iniciación una ley esencial de la vida religiosa, una sociedad instintivamente mágica, se ha formado a espaldas del poder pontifical reconcentrando en sí sola todo el del cristianismo, porque sólo ella comprendió, bien que vagamente, el poder jerárquico por las pruebas de la iniciación y el todo poderoso de la fe en la obediencia pasiva.

¿Qué hacía el recipiendario en las antiguas iniciaciones? Abandonaba completamente su libertad y su vida a los maestros de los templos de Menfis o de Tebas; avanzaba resueltamente a través de espantosos peligros que hasta podrían hacerle suponer un atentado premeditado contra él mismo; atravesaba hogueras, pasaba a nado torrentes de agua negra e hirviente, se suspendía sobre básculas de mecanismo desconocido, pendientes de abismos sin fondo..... ¿No era ésto la obediencia ciega en toda la fuerza de este vocablo? Abjurar momentáneamente de su libertad para llegar a una elevada emancipación. ¿no es el más perfecto ejercicio de la misma libertad? Pues bien; he aquí lo que han hecho y lo que siempre hacen aquellos que aspiran al *Sanctum regnum* de la omnipotencia mágica. Los discípulos de Pitágoras se condenaban a un riguroso silencio de muchos años; los mismos sectarios de Epicuro, no comprendían la soberanía del placer, más que por la sobriedad adquirida y por la templanza calculada. La vida es una batalla en la que hay que someterse a pruebas para alcanzar un grado; la fuerza no se concede: hay que conquistarla.

La iniciación por la lucha y por las pruebas es, pues, indispensable para llegar a la ciencia práctica de la magia. Ya hemos dicho cómo puede triunfarse de las cuatro formas elementales; volveremos sobre esto, recomendando al lector que quiera conocer las ceremonias de las iniciaciones antiguas, las obras del barón de Tschoudy, autor de la "Estrella flameante de la masonería adonhiramita" y de otros muchos opúsculos masónicos muy estimables.

Debemos insistir aquí en una reflexión: en que el caos intelectual y material en que perecemos, tiene por causa la negligencia de la iniciación, de sus pruebas y de sus misterios. Los hombres en quienes el celo era más fuerte que la ciencia, impresionados por las máximas populares del Evangelio, creyeron en la igualdad primitiva y absoluta de los hombres. Un célebre alucinado, el elocuente e infortunado Rousseau, ha propagado con toda la magia de su estilo la paradoja de que sólo la sociedad es la que desgraba a los hombres, lo mismo que podría haber dicho que sólo la emulación en el trabajo hace a los obreros perezosos.

La ley esencial de la naturaleza, la de la iniciación por las obras y del progreso laborioso y voluntario, ha sido fatalmente desconocida; la masonería ha tenido sus desertores como el catolicismo ha tenido los suyos. ¿Qué ha resultado de ello?

El nivel de acero, substituído por el nivel intelectual y simbólico. Predicar la igualdad al que está abajo sin indicarle los medios de cómo debe elevarse, ¿no es colocarle en las vías del descenso? Así se ha descendido y pudo haber el reinado de la carmañola, de los descamisados y de Marat.

Para volver a elevar a la sociedad tambaleante o caída, es preciso restablecer la jerarquía y la iniciación. La tarea es difícil, pero todo mundo inteligente está en el deber de emprenderla. ¿Será preciso para esto, que el mundo tenga que sufrir un nuevo diluvio? Deseamos que no suceda así y este libro, la más grande quizá de todas nuestras audacias, aunque no la última, es una llamada a todo el que está vivo todavía, para reconstituir la vida en medio de la misma descomposición y de la muerte.

X

Profundicemos ahora el tema de los pantáculos, por cuanto en ellos estriba toda la virtud mágica, en tanto que el secreto de la fuerza está en la inteligencia que la dirige.

No volveremos a ocuparnos de los pantáculos de Pitágoras y de Ezequiel, de los cuales ya hemos ofrecido la explicación y el grabado. Probaremos en otro capítulo, que todos los instrumentos del culto hebraico eran pantáculos, y que Moisés había escrito en oro y en cobre, en el tabernáculo y en todos sus accesorios, la primera y la última palabra de la Biblia. Pero cada mago puede y debe de tener su pantáculo, porque un pantáculo, bien entendido, no es más que el resumen perfecto de un espíritu.

Por esto es por lo que se encuentra en los calendarios mágicos de Ticho-Brahé y de Duchenteau, los pantáculos de Adam, de Job, de Jeremías, de Isaías y de todos los grandes profetas que fueron, cada cual en su época, los reyes de la Cábala y los grandes rabinos de la ciencia.

Siendo el pantáculo una síntesis completa y perfecta, manifestada por un solo signo, sirve para reunir toda la fuerza intelectual en una mirada, en un recuerdo, en un contacto. Es algo así como un punto de apoyo, para proyectar la voluntad con fuerza. Los nigromantes y los goecios trazaban sus pantáculos infernales sobre la piel de las víctimas que inmolaban. Se encuentran en muchas clavículas y grimorios, las ceremonias de la inmolación, la manera de degollar el cabrito, el de salarle, secar y blanquear su piel. Algunos cabalistas hebreos cayeron también en esta especie de locura, sin acordarse de las maldiciones pronunciadas en la Biblia contra aquellos que sacrificaban lo mismo en los terrenos elevados, que en cavernas de la tierra. Todas las efusiones de sangre celebradas ceremonialmente son abominables e impías, y desde la muerte de Adonhiran la Sociedad de los verdaderos adeptos tiene horror por la sangre, *Ecclesia abhorret a sanguine.*

El simbolismo iniciático de los pantáculos, adoptado en todo el Oriente, es la clave de todas las mitologías antiguas y modernas. Si no se conociera el alfabeto jeroglífico se perdería uno en las obscuridades de los Vedas, del Zend-Avesta y de la Biblia.

El árbol generador del bien y del mal, el manantial único de los cuatro ríos, de los cuales, uno riega la tierra del oro, es decir, de la luz, y otro corre en la Etiopía, o en el reino de la noche; la serpiente magnética que seduce a la mujer y la mujer que seduce al hombre, revelando así la ley de la atracción; después el Querube o Esfinge colocado a la puerta del santuario edénico, con la espada refulgente de los guardianes del símbolo; luego la regeneración por el trabajo y el parto por el dolor, ley de las iniciaciones y de las pruebas; la división de Caín y de Abel, idéntica al símbolo de la lucha de Anteros y de Eros; el arca transportada sobre las aguas del diluvio, como el cofre de Osiris; el cuervo negro que no retorna, y la paloma blanca que regresa, nueva emisión del dogma antagónico y equilibrado; todas estas magníficas alegorías cabalísticas del Génesis que, tomadas al pie de la letra y aceptadas como historias reales, merecerían todavía mayores risa y desprecio, que el que las prodigó, Voltaire, si no se hicieran luminosas para el iniciado, quien saluda entonces con entusiasmo y amor la perpetuidad del verdadero dogma y la universalidad de la misma iniciación en todos los santuarios del mundo.

Los cinco libros de Moisés, la profecía de Ezequiel y el Apocalipsis de San Juan, son las tres claves cabalísticas de todo el edificio bíblico. Las esfinges de Ezequiel, idénticas a las del santuario y del arca, son una cuádruple reproducción del cuaternario egipcio; sus ruedas, que giran las unas dentro de las otras, son las esferas armónicas de Pitágoras; el nuevo templo, del que dió las medidas cabalísticas, es el tipo de los trabajos de la masonería primitiva. San Juan, en su Apocalipsis, reproduce las mismas imágenes y los mismos números, y reconstituye, idealmente, el mundo edénico en la nueva Jerusalén; pero en el manantial de los cuatro ríos, el cordero ha reemplazado al árbol misterioso. La iniciación por el trabajo y por la sangre se ha verificado, y ya no hay templo, porque la luz de la verdad se ha esparcido por todas partes y el mundo se ha convertido en templo de la justicia.

Este hermoso sueño final de las santas Escrituras, esta hermosa utopia divina, por la cual la iglesia se refiere con razón, a la realización de una vida mejor, han sido el escollo de todos los antiguos heresiarcas y de un gran número de ideólogos modernos. La emancipación simultánea y la igualdad absoluta de todos los hombres, supone la cesación del progreso, y, por consecuencia, de la vida; en la tierra de los iguales no puede haber ni ancianos ni niños; el nacimiento, lo mismo que la muerte, no podrían admitirse. Esto es suficiente para probar que la nueva Jerusalén no es, en este mundo, más que el Paraíso primitivo, en donde no debía conocerse ni el bien ni el mal, ni la libertad, ni la generación, ni la muerte es, por tanto, en la eternidad en donde empieza y concluye el ciclo de nuestro simbolismo religioso.

Dupuis y Volney han derrochado gran erudición para descubrir esa identidad relativa de todos los símbolos y han concluído en la negación de todas las religiones. Nosotros llegamos por la misma vía a una afirmación diametralmente opuesta y reconocemos, con admiración, que jamás hubo falsas religiones en el mundo civilizado; que la luz divina, ese esplendor de la razón suprema, del Logos, del Verbo, que ilumina a todo hombre que viene a este mundo, no ha faltado a los hijos de Zoroastro, lo mismo que a las fieles ovejas de San Pedro; que la revelación permanente, única y universal, está escrita en la naturaleza visible, se explica en la razón y se completa por las sabias analogías de la fe; que no hay, en fin, más que una religión verdadera, más que un dogma y una creencia legítima, como no hay más que un Dios, una razón y un universo; que la revelación no está obscura para nadie, puesto que todo el mundo comprende poco o mucho, la verdad y la justicia, y puesto que todo lo que puede ser no debe ser más que analógicamente a lo que es. EL SER ES EL SER אהיה אשר אהיה.

Las figuras, tan estravagantes en apariencia, que presenta el Apocalipsis de San Juan, son jeroglíficas, como todas las de las mitologías orientales, y pueden encerrarse en una serie de pantáculos. El iniciador, vestido de blanco en pie, entre los siete candelabros, teniendo en su mano siete estrellas, representa el dogma único de Hermés y las analogías universales de la luz.

La mujer, vestida de sol y coronada por doce estrellas, es la Isis celeste, es la gnosis en que la serpiente de la vida material quiere devorar al hijo; pero toma las alas de un águila y se escapa al desierto, protesta del espíritu profético contra el materialismo de la religión oficial.

El ángel colosal, cuyo rostro es un sol; la aureola, un arco iris; el vestido, una nube; las piernas, columnas de fuego, y el que tiene un pie sobre la tierra y el otro sobre el mar, es un verdadero Pantheo cabalístico.

Los pies, representan el equilibrio de Briah o del mundo de las formas; sus piernas, son las dos columnas del templo masónico JAKIN y BOHAS; su cuerpo, velado por nubes de entre las cuales sale una mano que sostiene un libro, es la esfera de Jezirah o de las pruebas iniciáticas; la cabeza solar, coronada del septenario luminoso, es el mundo de Aziluth o de la revelación perfecta, y no puede uno asombrarse bastante de que los cabalistas hebreos no hayan reconocido y divulgado ese simbolismo tan inseparable y estrechamente ligado a los más elevados misterios del cristianismo, al dogma secreto, pero invariable, de todos los maestros en Israel.

La bestia de las siete cabezas, es, en el simbolismo de San Juan, la negación material y antagónica del septenario luminoso y la prostituta de Babilonia, corresponde del mismo modo a la mujer revestida de sol; los cuatro caballeros, son análogos a los cuatro animales alegóricos; los siete ángeles con sus siete trompetas, sus siete copas y sus siete espadas, caracterizan lo absoluto de la lucha del bien contra el mal, por la palabra, por la asociación religiosa y por la fuerza. Así, los siete sellos del libro oculto, son sucesivamente levantados, y la iniciación universal se verifica. Los comentaristas que han buscado otra cosa en ese libro de alta cábala, han perdido su tiempo y su trabajo hasta llegar a hacerse ridículos. Ver a Napoleón en el ángel Apollyon, a Lutero en la estrella que cae, a Voltaire y a Rosseau en los saltamortes equipados para guerrear, es fantasear de lo lindo. Lo propio sucede con todas las violencias hechas con los nombres de personajes célebres, a fin de encerrar en determinadas cifras el fatal 666, que ya hemos explicado lo bastante; y cuando se piensa que esos hombres que se llamaron Bossuet y Newton se han entretenido en esas quimeras, se comprende como la humanidad no es tan maliciosa en su genio, cual podía suponerse por el aspecto de sus vicios.

XI

La gran obra en Magia práctica, después de la educación de la voluntad y de la creación de la personalidad del mago, es la formación de la cadena magnética, y este secreto es verdaderamente el del sacerdocio y el de la realeza.

Formar la cadena magnética, es dar origen a una corriente de ideas que produzcan la fe y que arrastre a un gran número de voluntades en un círculo determinado de manifestaciones por la acción. Una cadena bien formada, es algo así como un torbellino que todo lo absorbe y lo arrastra.

Puede establecerse la cadena de tres maneras: por los signos, por la palabra y por el contacto. Se establece por los signos, haciendo adoptar un signo para la opinión como representante de una fuerza. Así es como los cristianos se comunican y se unen por el de la cruz, los masones por el de la escuadra, bajo el sol, y los magos por el del microcosmo, que se hace con los cinco dedos extendidos, etc.

Los signos, una vez recibidos y propagados, adquieren fuerza por sí mismos. La vista y la imitación del signo de la cruz, bastaban para hacer prosélitos en los primeros siglos del cristianismo. La medalla, llamada milagrosa, ha operado aun en nuestros días un gran número de conversiones por la misma ley magnética. La visión y el iluminismo del joven israelita Alfonso de Ratisbona, ha sido el más notable de estos hechos. La imaginación es creadora, no sólo de nosotros mismos, sino fuera de nosotros, por nuestras proyecciones flúidicas, y no es necesario, sin duda, Cruz de Migné.

La cadena mágica por la palabra estaba representada, entre los antiguos, por esas cadenas de oro que salen de la boca de Hermés. Nada iguala a la electricidad de la elocuencia. La palabra crea la inteligencia más elevada, aun entre las muchedumbres más ignorantes y más abigarradas Hasta aquellos peor preparados para comprender, comprenden por conmoción y se ven arrastrados como los demás. Pedro el Ermitaño ha quebrantado a Europa al grito de ¡Dios lo quiere! Una sola palabra del Emperador electrizaba a su ejército y hacía invencible a Francia. Proudhon mató el socialismo con su célebre paradoja: "La propiedad es un robo." Basta, frecuentemente, una frase corta para derribar un poder. Voltaire lo sabía perfectamente y conmovió al mundo por medio de sarcasmos.

Así él, que no temía ni a los papas ni a los reyes, ni a las bastillas, se asustaba ante una frase de doble sentido.

Se está muy cerca de cumplir los deseos de un hombre cuando se repiten sus frases.

La tercera manera de establecer la cadena mágica es por el contacto. Entre personas que se ven con frecuencia, el principio de la corriente se revela pronto, y la voluntad más fuerte no tarda en absorber la de los demás. El contacto directo y positivo de mano a mano, completa la armonía de las disposiciones, siendo por este motivo una prueba de simpatía y de intimidad. Los niños, que están guiados instintivamente por la naturaleza, forman la cadena magnética al jugar al corro. Entonces la alegría circula y la risa se esparce. Las mesas redondas son más favorables para toda clase de juegos que las de otra forma. El gran corro del Sabat que era la señal de haber terminado las reuniones misteriosas de los adeptos de la edad media, era una cadena mágica que les unía a todos en una misma voluntad y para una obra común; la formaban colocándose espalda con espalda y agarrándose de las manos, con el rostro fuera del círculo, a imitación de las antiguas danzas sagradas, de las cuales se ven todavía reflejos en los bajo relieves de algunos templos vetustos. Las pieles eléctricas del lince, de la pantera y aun del gato doméstico, iban, a imitación de las antiguas bacanales, unidas a sus vestidos. De aquí procede la tradición de que los concurrentes al aquelarre llevaran un gato colgado de su cintura y que bailaran con todo ese aparato.

Los fenómenos de las mesas giratorias y parlantes, han sido una manifestación fortuita de la comunicación flúidica por medio de la cadena circular; luego la mixtificación se mezcló en ello y personas, aun instruídas e inteligentes, se apasionaron por esta novedad, hasta el punto de mixtificarse a sí mismas y convertirse en víctimas de su propio engaño. Los oráculos de las mesas eran respuestas sugeridas más o menos voluntariamente o tomadas al azar, pareciéndose a las conversaciones que tenemos entre sueños. Los demás fenómenos más extraños, podían ser productos externos de la imaginación común. No negamos, sin duda, la intervención posible de espíritus elementales en esas manifestaciones, como en las de la adivinación por las cartas o por los sueños; pero no creemos que esté probado en forma alguna, y que, nada, por consiguiente, puede obligarnos a admitirlo.

Uno de los más extraños poderes de la imaginación humana, es el de la realización de los deseos de la voluntad, o aun de sus aprensiones y temores. Se cree fácilmente lo que se teme o lo que se desea, dice el proverbio y con razón, puesto que el deseo y el temor dan a la imaginación un poder realizador cuyos efectos son incalculables.

¿Cómo se consigue, por ejemplo, padecer la enfermedad de que se tiene miedo? Ya hemos examinado las opiniones de Paracelso a este respecto y establecido en nuestro dogma las leyes ocultas, comprobadas por la experiencia; pero, en las corrientes magnéticas y por medio de la cadena, las realizaciones son tanto más extrañas cuanto que son casi siempre inesperadas cuando la cadena no ha sido formada por un jefe inteligente, simpático y fuerte. Resultan, en efecto, combinaciones puramente fatales y fortuitas. El espanto vulgar de los convidados supersticiosos cuando se sientan trece ante la mesa y la convicción en que se hallan de que una desdicha amenaza al más joven y al más débil de todos, es, como la mayoría de las supersticiones, un resto de ciencia mágica. Siendo el duodenario un número completo y cíclico en las analogías universales de la naturaleza, arrastra siempre y absorbe al décimotercio, número considerado como desgraciado y superfluo. Si el círculo de una muela de molino está representada por doce, el número trece será el del grano que deberá triturar. Los antiguos habían establecido sobre semejantes consideraciones la distinción de los números felices y desgraciados, de donde se deducía la observancia de los días de bueno y de mal augurio. Es en este asunto en donde la imaginación creadora se fija, y los números y los días no dejan de ser favorables o desfavorables a aquellos que creen en su influencia. Fué, pues, con razón como el cristianismo proscribió las ciencias adivinatorias, porque disminuyendo así el número de las probabilidades fatales, dió mayores elementos y más elevado imperio a la libertad.

La imprenta es un instrumento admirable para formar la cadena mágica por la extensión de la palabra. Efectivamente, ningún libro se pierde; los escritos van siempre a donde deben ir, y las aspiraciones del pensamiento atraen la palabra. Nosotros lo hemos experimentado cien veces durante el curso de nuestra iniciación mágica; los más raros libros se ofrecían a nuestra vista, sin investigaciones de parte nuestra, en cuanto se nos hacían indispensables. Así es como hemos encontrado intacta esta ciencia universal que muchos eruditos han creído sepultada bajo sucesivos cataclismos; así es también, como hemos penetrado en la gran cadena mágica, que comienza en Hermés o en Henoch, para no terminar más que con el mundo. Entonces es cuando pudimos evocar y hacérnoslos presentes, los espíritus de Apolonio, de Plotín, de Synesio, de Paracelso, de Cardan, de Cornelio Agrippa y de tantos otros más o menos conocidos, pero demasiado religiosamente célebres para que se les nombre de paso. Nosotros continuaremos su gran obra, que otros proseguirán después de nosotros. Pero ¿a quién será dable el terminarla?

XII

Ser siempre rico, siempre joven y no morir nunca, tal ha sido en todos los tiempos el sueño de los alquimistas.

Cambiar el plomo en oro, el mercurio y todos los demás metales; poseer la medicina universal y el elixir de la vida; tal es el problema a resolver para cumplir ese deseo y realizar ese sueño.

Como todos los misterios mágicos los secretos de la gran obra tienen una triple significación; son religiosos, filosóficos y naturales.

El oro filosofal, en religión, es la razón absoluta y suprema; en filosofía, es la verdad; en la naturaleza visible, es el Sol. En el mundo subterráneo y mineral, el oro es lo más perfecto y lo más puro.

Por esto es por lo que se llama a la busca de la gran obra, la busca de lo absoluto, y por lo que se designa esa misma obra por el nombre de obra del Sol.

Todos los maestros de la ciencia reconocen que es imposible llegar a resultados materiales, si no se han encontrado en los dos grados superiores, todas las analogías de la medicina universal y de la piedra filosofal.

Entonces—dicen—el trabajo es sencillo, fácil y poco dispendioso; de otro modo consume infructuosamente la fortuna y la vida de los que persiguen esa tarea.

La medicina universal, para el alma es la razón suprema y la justicia absoluta; para el espíritu es la verdad matemática y práctica; para el cuerpo es la quinta esencia, que es una combinación de luz y de oro.

La materia prima de la gran obra, en el mundo superior, es el entusiasmo y la actividad; en el mundo intermediario, es la inteligencia y la industria; en el mundo inferior es el trabajo; y en la ciencia son el azufre, el mercurio y la sal que, fijados y volatilizados a su vez, componen el ázoe de los sabios.

El azufre corresponde a la forma elemental del fuego, el mercurio al aire y al agua, y la sal a la tierra.

Todos los maestros en alquimia que han escrito sobre la gran obra, han empleado expresiones simbólicas y figuradas, y han debido hacerlo así, tanto para alejar a los profanos de un trabajo peligroso para ellos, cuanto para hacerse entender de los adeptos revelándoles el mundo entero de las analogías que rige el dogma único y soberano de Hermés.

Así, para ellos, el oro y la plata son el rey y la reina, o la luna y el sol; el azufre, es el águila voladora; el mercurio es el andrógino alado y barbudo, subido sobre un cubo y coronado de llamas; la materia o la sal, es el dragón alado; los metales en ebullición son leones de diversos colores; por último, toda la obra, tiene por símbolos al pelícano y al fénix.

El arte hermético es, pues, al mismo tiempo una religión, una filosofía y una ciencia natural. Como religión es la de los antiguos magos y de los iniciados de todos los tiempos; como filosofía pueden encontrarse los principios en la escuela de Alejandría y en las teorías de Pitágoras; como ciencia, hay que solicitar los procedimientos a Paracelso, a Nicolás Flamel y a Raymundo Lulio.

La ciencia no es real más que para aquellos que admiten y comprenden la filosofía y la religión, y sus procedimientos no pueden tener éxito más que entre los adeptos que hayan llegado al soberano dominio de la voluntad y convertídose en rey del mundo elemental; porque el gran agente de la operación del sol, es esa fuerza descrita en el símbolo de Hermés, de la tabla de esmeralda, es el poder mágico universal, es el motor espiritual ígneo: es el *od*, según los hebreos, es la luz astral, según la expresión que hemos adoptado en esta obra.

Está en ella el fuego secreto, viviente y filosofal, del que todos los filósofos herméticos no hablan sino con misteriosas reservas; es la esperma universal de la que ellos han guardado el secreto y que únicamente representan bajo la figura del caduceo de Hermés.

He ahí, pues, el gran arcano hermético y nosotros lo relevamos aquí por primera vez, claramente y sin figuras místicas; lo que los adeptos llaman materias muertas, son los cuerpos tal y como se hallan en la naturaleza; las materias vivas son substancias asimiladas y *magnetizadas* por la ciencia y la voluntad del operador.

De modo que la gran obra, es algo más que una operación química; es una creación del verbo humano, iniciado en el poder del verbo de Dios mismo.

הדאכר :
הנתיב הל״א נקרי שכל תמירי
בי הוא המנהיג השמש והירח
ושאר הכוכבים והצורות כל
אחד מהם בגלו ונותן לכל
הנבראים ממערכתם אל
המזלות וחצורות :

Este texto hebreo, que transcribimos como prueba de la autenticidad y de la realidad de nuestro descubrimiento, es del rabino judío Abraham, maestro de Nicolás Flamel, y que se halla en su comentario oculto sobre el Sepher-Jezirah, el libro sagrado de la Cábala. Este comentario es muy raro; pero las potencias simpáticas de nuestra cadena, nos hicieron encontrar un ejemplar que ha sido conservado hasta 1643 en la iglesia protestante de Rouen. En él se lee en la primera página: *Ex dono;* después un nombre ilegible: *Dei magni.*

La creación del oro en la gran obra, se hace por trasmutación y por multiplicación.

Raymundo Lulio, dice que para hacer oro se necesitan oro y mercurio, que para hacer plata son necesarios plata y mercurio, después agrega: "Entiendo por mercurio, ese espíritu mineral tan fino y tan depurado, que dora aun a la misma simiente del oro y platea la de plata." Nadie duda de que él no hable aquí del *od* o luz astral.

La sal y el azufre no sirven en la obra más que para la preparación del mercurio, y es a éste, sobre todo, a quien hay que asimilar y como incorporar el agente magnético. Paracelso, Raymundo Lulio y Nicolás Flamel, parecen ser los únicos que conocieron verdaderamente este misterio. Basilio Valentín y el Trevisano, lo indican de un modo imperfecto y que quizá puede ser interpretado de otra manera. Pero las cosas más curiosas que hemos encontrado a este respecto, están indicadas en las figuras místicas y las leyendas mágicas de un libro de Enrique Khunrath, titulado: *Amphitheatrum sapientiæ æternæ.*

Khunrath, representa y resume las escuelas gnósticas más sabias, y se refiere en el símbolo, al misticismo de Synesius. Afecta al cristianismo en las expresiones y en los signos; pero es fácil reconocer que su Cristo es el de los Abraxas, el pentagrama luminoso, irradiante sobre la cruz astronómica, la encarnación en la humanidad del rey-sol, celebrado por el Emperador Juliano; es la manifestación luminosa y viviente de ese Ruach-Elohim que, según Moisés, cubría y trabajaba la superficie de las aguas, en el nacimiento del mundo; es el hombre sol, es el rey de la luz, es el mago supremo, dueño y vencedor de la serpiente, y el que encuentra en la cuádruple leyenda de los evangelistas la clave alegórica de la gran obra. En uno de los pantáculos de su libro mágico, representa la piedra filosofal, en pie, en medio de una fortaleza rodeada de un recinto con veinte puertas sin salida. Solo una de ellas es la que conduce al santuario de la gran obra. Encima de la piedra hay un triángulo apoyado sobre un dragón alado, y sobre la piedra está grabado el nombre de Cristo, al que califica de imagen simbólica de toda la naturaleza. Es, por él sólo, como podréis llegar a la medicina universal para los hombres, para los animales, para los minerales y para los vegetales. El dragón alado, dominado por el triángulo, representa, pues, el Cristo de Kunrath, es decir, la inteligencia soberana de la luz y de la vida. Este es el secreto del pentagrama; este es el más elevado misterio dogmático y práctico de la magia tradicional. De aquí al grande y nunca incomunicable arcano, no hay más que un paso.

Las figuras cabalísticas del judío Abraham, que prestaron a Flamel la iniciativa de la ciencia, no son otras que las 22 claves del Tarot, imitadas y resumidas en las doce claves de Basilio Valentín. El sol y la luna reaparecen en ellas bajo las figuras del emperador y la emperatriz; Mercurio es el batelero, el gran Hierofante es el adepto, o el extractor de la quinta esencia; la muerte, el juicio, el amor, el dragón o el diablo, el ermitaño o el viejo cojuelo, y, por último, todos los demás símbolos, se hallan allí con sus principales atributos y casi en el mismo orden. No podría colegirse en otra forma, puesto que el Tarot es el libro primitivo y la clave maestra de las ciencias ocultas; debe de ser hermética como es cabalística, mágica y teosófica. Así, pues, encontramos en la reunión de su duodécima y vigésima segunda clave, superpuestas la una a la otra, la revelación jeroglífica de nuestra solución de los misterios de la gran obra.

La duodécima clave representa a un hombre colgado de un pie a una especie de horca compuesta de tres árboles o palos, que forman la letra hebráica ת; los brazos del hombre forman, asimismo, un triángulo con su cabeza, y toda su forma jeroglífica, es la de un triángulo invertido sobremontado por una cruz, símbolo alquímico, conocido por todos los adeptos y que representa la realización de la gran obra. La vigésima segunda clave que lleva el número 21, porque el loco que la precede en el orden cabalístico, no lleva número, representa una joven divinidad ligeramente velada, y corriendo sobre una corona florescente, soportada en los cuatro ángulos por los cuatro animales de la Cábala. Esta divinidad tiene una varita en cada mano en el *tarot* italiano, y en el de Besançon, reune en una sola mano ambas varitas, y tiene colocada la otra mano sobre el muslo, símbolos igualmente notables de la acción magnética, sea alternada en la polarización, sea simultánea por oposición y por transmisión.

La gran obra de Hermés es, por tanto, una operación esencialmente mágica y la más elevada de todas, por cuanto supone lo absoluto en ciencia y en voluntad. Hay luz en el oro, oro en la luz y la luz en todas las cosas. La voluntad inteligente que se asimila, la luz dirige así las operaciones de la forma substancial y no se sirve de la química más que como de un instrumento secundario. La influencia de la voluntad y de la inteligencia humana sobre las operaciones de la naturaleza, dependientes en parte de su trabajo, es, por otro lado, un hecho tan real, que todos los alquimistas serios han logrado realizar, en razón con sus conocimientos y con su fe, y han reproducido sus pensamientos en los fenómenos de la fusión, de la salificación y de la recomposición de los metales. Agrippa, hombre de erudición inmensa y de un hermoso genio, más puro filósofo y excéptico, no pudo sobrepasar los límites del análisis y de la síntesis de los metales. Eteilla, cabalista confuso, embrollado, fantástico pero perseverante, reproducía en alquimia las extravagancias de su Tarot, mal comprendido y desfigurado; los metales tomaban en sus crisoles formas singulares que excitaban la curiosidad de todo París, sin otro resultado, para fortuna del operador, que los honorarios que cobraba a sus visitantes. Un hombre obscuro, contemporáneo nuestro, el pobre Luis Cambriel, curaba realmente a sus vecinos y resucitó, al decir de todo el barrio, a un forjador amigo suyo. Para la obra metálica, tomaba las formas más inconcebibles y más ilógicas en apariencia. Vió un día en su crisol la figura de Dios, incandescente como el sol, trasparente como el cristal y con un cuerpo compuesto de ensambladuras triangulares que Cambriel comparaba ingenuamente con montones de peritas.

Un cabalista amigo nuestro que es sabio, pero que pertenece a una iniciación que consideramos errónea, ha hecho últimamente operaciones químicas de la gran obra. Llegó a debilitarse la vista por las incandescencias del atanor y creó un nuevo metal que se parecía al oro, pero que no era oro, y por consecuencia no tenía valor alguno. Raymundo Lulio, Nicolás Flamel, y muy probablemente Enrique Khunrath, han hecho oro verdadero y no se han llevado a la tumba su secreto, puesto que lo han consignado en sus símbolos y han indicado los manantiales en donde abrevaron para descubrir y realizar los efectos. Es este mismo secreto el que publicamos aquí.

XIII

Hemos enunciado audazmente nuestro pensamiento o más bien nuestra convicción sobre la posibilidad del resurreccionismo en ciertos casos. Preciso es completar aquí la revelación de ese arcano y exponer su práctica.

La muerte es un fantasma de la ignorancia; la muerte no existe. Todo está vivo en la naturaleza, y por esta razón, todo se mueve y cambia incesantemente de forma. La vejez es el comienzo de la regeneración; es el trabajo de la vida que se renueva y el misterio de lo que llamamos muerte estaba figurado entre los antiguos por la fuente de la juventud, en la que se entraba decrépito y de la cual se salía niño.

El cuerpo es una vestidura del alma. Cuando esa vestidura está completamente usada o grave e irreparablemente destrozada, la abandona completamente y no vuelve a ella. Pero, cuando por un accidente cualquiera esa vestidura se le escapa sin estar usada ni destruída, puede, en ciertos casos, volver a ella, sea por propio esfuerzo, sea con el auxilio de otra voluntad más fuerte y más activa que la suya.

La muerte no es ni el fin de la vida ni el comienzo de la inmortalidad; es la continuación y la transformación de la vida.

Luego, implicando una transformación y un progreso, hay muy pocos muertos aparentes que consientan revivir, es decir, volver a tomar la vestidura que acaba de abandonar. Esto es lo que hace que la resurrección sea una de las obras más difíciles de la alta iniciación. Así el éxito no es nunca infalible y debe considerarse como accidental e inesperado. Para resucitar a un muerto es preciso estrechar súbita y enérgicamente la más fuerte de las cadenas de atracción que puedan unirle a la forma que acaba de abandonar. Es, por tanto, necesario conocer antes esa cadena, luego apoderarse de ella y producir después un esfuerzo de voluntad bastante poderoso para ajustarla instantáneamente con un poder irresistible.

Todo esto—repetimos—es extremadamente difícil, pero no hay nada que sea absolutamente imposible. Los prejuicios de la ciencia materialista, no admitiendo en nuestros días la resurrección en el orden natural, se dispone a explicar todos los fenómenos de ese orden por letargias, más o menos complicadas, con los síntomas de la muerte y más o menos largas. Lázaro resucitaría hoy ante nuestros médicos y éstos consignarían sencillamente en sus informes a las academias competentes el extraño caso de una letargia, acompañada de un comienzo aparente de putrefacción y de un olor cadavérico muy pronunciado; se daría un nombre a este accidente especial y todo estaría dicho.

A nosotros no nos gusta ofender a nadie; y si, por respeto hacia los hombres condecorados que representan oficialmente la ciencia, es preciso llamar a nuestras teorías resurreccionistas, el arte de curar las letargias excepcionales y desesperadas, nada nos impedirá, así lo espero, hacerles esta concesión.

Si nunca se ha operado en este mundo una resurrección, es incontestable que la resurrección es posible. Ahora bien, los cuerpos constituídos protegen la religión y ésta afirma positivamente el hecho de las resurrecciones; luego las resurrecciones son posibles. Es difícil salir de aquí.

Decir que son posibles fuera de las leyes de la naturaleza y por una influencia contraria a la armonía universal, es afirmar que el espíritu de desorden, de tinieblas y de muerte, puede ser el árbitro soberano de la vida. No disputemos con los adoradores del diablo y pasemos.

Pero no es la religión solamente la que atestigua los hechos de resurrección; nosotros hemos recogido muchos ejemplos. Un hecho que llamó poderosamente la atención del pintor Greuze, fué reproducido por él en uno de sus cuadros más notables; un hijo indigno, cerca del lecho de muerte de su padre, sorprende y rompe un testamento que no le era favorable; el padre se reanima, se incorpora y maldice a su hijo; después vuelve a acostarse y muere por segunda vez. Un hecho análogo y más reciente nos ha sido referido por testigos oculares; un amigo traicionando la confianza de otro amigo que acababa de morir, cogió y rasgó un atestado de fideicomiso suscrito por él; ante este hecho, el muerto resucitó y permaneció vivo para defender los derechos de los herederos escogidos, a quienes su infiel amigo iba a burlar; el culpable se volvió loco y el muerto resucitado fué bastante compasivo para asignarle una pensión.

Cuando el Salvador resucitó a la hija de Jair, entró solo con tres de sus más fieles discípulos, y alejó de allí a cuantos lloraban y hacían ruido diciéndoles: "Esta joven no está muerta, duerme." Luego, en presencia del padre, de la madre y de sus tres discípulos, es decir, en un círculo de perfecta confianza y de deseo, tomó la mano de la niña, la levantó bruscamente y la gritó: "Joven, levantáos!" La joven, cuya alma indecisa vagaba cerca de su cuerpo, la que lamentaba quizá la extremada juventud y belleza del mismo, sorprendida por el acento de esa voz, que su madre y su padre escucharon de rodillas, y con extremecimientos de esperanza entró otra vez en el cuerpo, que abrió los ojos y se levantó, en tanto que el maestro ordenaba que se le diera de comer, para que las funciones de la vida se reanudaran y comenzaran un nuevo ciclo de absorción y de regeneración.

La historia de Eliseo, resucitando al hijo de la Sunamita, y de San Pablo resucitando a Eutica, son hechos del mismo orden; la resurrección de Dorcas por San Pedro, contada con tanta sencillez en los *Hechos de los Apóstoles*, es igualmente una historieta, de cuya veracidad no se podría razonablemente dudar. Apolonio de Tyana parece también haber realizado semejantes maravillas. Nosotros mismos hemos sido testigos de hechos que no dejan de guardar analogía con los referidos; pero el espíritu del siglo en que tenemos la dicha de vivir, nos impone a este respeto la más absoluta reserva, pues los taumaturgos están expuestos en nuestros días a una muy mediana acogida ante el público, lo que no impide que la tierra gire y que Galileo sea un hombre.

La resurrección de un muerto es la obra maestra del magnetismo, porque es preciso, para realizarla, ejercer una especie de omnipotencia simpática. Es posible en los casos de congestión, ahogo, languidez e histerismo.

Eutica, que fué resucitada por San Pablo, después de haberse caído desde un tercer piso, no debía de tener, sin duda, nada roto en el interior, siendo muy posible que hubiera sucumbido, fuera por la asfixia ocasionada por el movimiento del aire en la caída, fuera por el mismo espanto. Es preciso en semejante caso y cuando se sienten la fuerza y la fe necesarias para realizar semejante obra, practicar como el apóstol, la insuflación boca contra boca, estableciendo un contacto con las extremidades para llevar a ellas el calor. Si se hubiera realizado sencillamente lo que los ignorantes llaman un milagro, Elías y San Pablo, cuyos procedimientos en semejante caso, fueron los mismos, habrían hablado en nombre de Jehová o de Cristo.

Puede bastar, a veces, con tomar a la persona de la mano y levantarla vivamente llamándola en alta voz. Este procedimiento, de seguro éxito por lo general, en los desvanecimientos, puede también tener acción sobre la muerte, cuando el magnetizador que la ejerce está dotado de una palabra poderosamente simpática y posee lo que pudiéramos llamar la elocuencia de la voz. Es preciso, también, que sea tiernamente amado o respetado por la persona sobre quien se quiere obrar y que realice su obra con entera fe y voluntad absoluta.

Lo que se llama vulgarmente nigromancia no tiene nada de común con la resurrección y es por lo menos muy dudoso que, en las operaciones relativas a esta aplicación del poder mágico, no se pongan realmente en relación con las almas de los muertos a quienes se evoca. Hay dos géneros de nigromancia: la de la luz y la de las tinieblas; la evocación por plegarias, pantáculos y por perfumes y la evocación por la sangre, las imprecaciones y los sacrilegios. La primera es la única que hemos practicado y no aconsejaríamos a nadie que se dedique a la segunda.

Es cierto que las imágenes de los muertos se aparecen a las personas magnetizadas que los evocan; es cierto también que ellos no revelan jamás los misterios de la otra vida. Se les ve tales y como pueden estar todavía, en el recuerdo de aquellos que los han conocido, tal y como quedaron sus reflejos en la luz astral. Cuando los espectros evocados responden a las preguntas que se les dirigen, es siempre por signos o por impresión interior o imaginaria, nunca con una voz que hiere vivamente a los oídos; y esto se comprende bien: ¿Cómo hablaría una sombra? ¿Con qué instrumento haría vibrar el aire para hacer perceptible los sonidos?

Se experimentan, sin embargo, contactos eléctricos con las apariciones, y estos contactos parecen, a veces, ser producidos por la misma mano del fantasma; pero este fenómeno es completamente interno y debe obedecer, como causa única, al poder de la imaginación y a las afluencias locales de la fuerza oculta, que nosotros llamamos luz astral. Esto prueba que los espíritus, o por lo menos los espectros, considerados como tales, nos tocan algunas veces, pero que nadie podría tocarles a ellos, siendo esta una de las circunstancias más espantosas en las apariciones, porque las visiones tienen a veces una apariencia tan real, que no puede uno menos de sentirse emocionado, cuando la mano pasa a través de lo que nos parece un cuerpo, sin poder tocar ni encontrar nada.

Se lee en las historias eclesiásticas que Espiridión, obispo de Tremithonte, que fué después invocado como Santo, evocó el espíritu de su hija Irene para saber de ella en donde se encontraba oculto un depósito de dinero que había recibido de un viajero. Swdenborg comunicaba habitualmente con los pretendidos muertos, cuyas formas se le aparecían en la luz astral. Nosotros hemos conocido muchas personas dignas de fe, que nos han asegurado haber vuelto a ver durante años enteros, difuntos que les eran queridos. El célebre ateo Silvano Maréchal, se apareció después de su muerte a su viuda y a una amiga de esta última, para darle conocimiento de una suma de 1.500 francos en oro, que él había ocultado en un cajón secreto de un mueble. Conocemos esta anécdota por una antigua amiga de la familia.

Las evocaciones deben de ser siempre motivadas y tener un fin laudable; de otro modo son operaciones de tinieblas y de locura muy peligrosas para la razón y para la salud. Evocar por pura curiosidad y para saber si se verá algo, es disponerse por anticipado a fatigarse y a sufrir. Las altas ciencias no admiten ni la duda ni la puerilidad.

El motivo laudable de una evocación puede ser de amor o de inteligencia.

Las evocaciones de amor exigen menos aparatos y son de todos modos más fáciles. He aquí como hay que proceder:

Se deben, primero, recoger con cuidado todos los recuerdos de aquel o de aquella a quien se desee volver a ver, los objetos que le sirvieron y que han conservado su huella, y amueblar, sea una habitación que la persona hubiera ocupado en vida o sea un local semejante, en la cual se colocará su retrato, con un velo blanco, en medio de flores de las que gustaba la persona amada, y las cuales se renovarán todos los días.

Después hay que observar una fecha precisa, un día del año en que celebrase su santo o cumpleaños, o bien el día más feliz para nuestro afecto y para el suyo; un día en que supongamos que su alma, por feliz que se halle a la sazón, no haya podido olvidar su recuerdo, siendo ese día prefijado el mismo que hay que escoger para la evocación, para la cual habrá que prepararse durante catorce días.

Durante ese tiempo será preciso no dar a nadie las mismas pruebas de afecto que el difunto o la difunta tenía derecho a esperar de nosotros; habrá que observar una castidad rigurosa, vivir retiradamente y no hacer más que una comida modesta y una ligera colación por día.

Todas las noches y a la misma hora será preciso encerrarse con una luz poco brillante, tal como una pequeña lámpara funeraria o un cirio, en la habitación consagrada al recuerdo de la persona querida; se colocará esa luz detrás de sí y se descubrirá el retrato, ante cuya presencia se permanecerá una hora en silencio; después se perfumará la habitación con algo de incienso de buena calidad y se saldrá de ella andando hacia atrás.

El día fijado para la evocación, será preciso vestirse y adornarse desde por la mañana como para una fiesta, no dirigir el primero la palabra a nadie, no hacer más que una comida compuesta de pan, vino, raíces o frutas; el mantel deberá ser blanco; se colocarán en la mesa dos cubiertos y se cortará una parte del pan, que deberá haberse servido entero; se verterán también algunas gotas de vino en el vaso de la persona a quien quiera evocarse. Esta comida debe hacerse en silencio, en la cámara de las evocaciones, en presencia del retrato velado; después se llevará todo el servicio, excepto el vaso del difunto y su parte de pan, que quedarán delante del retrato.

Por la noche, a la hora de la acostumbrada visita, se dirigirá a la habitación en silencio; se encenderá un fuego claro de madera de ciprés, y se echarán en él siete veces pedazos de incienso, pronunciando el nombre de la persona a quien se quiere volver a ver; se apagará la lámpara y se dejará extinguir el fuego. Ese día no se quitará el velo al retrato.

Cuando la llama se hubiera extinguido, se echará nuevo incienso sobre los carbones y se invocará a Dios, según las fórmulas de la religión a que hubiere pertenecido la persona difunta y con arreglo a las mismas ideas que ella tuviera respecto a Dios.

Será preciso, al hacer esta plegaria, identificarse con la persona evocada, hablar como ella hablaría, creerse de algún modo que es ella misma; luego, es decir, después de un cuarto de hora de silencio, hablarla como si estuviera presente, con afección y con fe, rogándola que se nos deje ver; renovar este ruego mentalmente, cubriéndose el rostro con ambas manos; después, llamar tres veces y en voz alta a la persona; esperar de rodillas y con los ojos cerrados o cubiertos, durante algunos minutos, hablándola mentalmente; llamarla de nuevo otras tres veces con voz dulce y afectuosa y abrir lentamente los ojos. Si no se viera nada, será necesario renovar esta experiencia al año siguiente y hasta tres veces. Es evidente que a la tercera vez se obtendrá la aparición deseada, que será tanto más visible, cuanto mayor ha sido el tiempo que se haya hecho esperar.

Las evocaciones de ciencia y de inteligencia se hacen con ceremonias más solemnes. Si se trata de un personaje célebre, es preciso meditar durante veintiún días sobre su vida y sus escritos, formarse una idea de su persona, de su continente y de su voz; hablarle mentalmente e imaginarse sus respuestas; llevar encima su retrato, o por lo menos su nombre; someterse a un régimen vegetal durante los veintiún días, y a un severo ayuno durante los siete últimos; después construir el oratorio mágico tal y como lo hemos descrito en el capítulo XIII del DOGMA. El oratorio debe estar completamente cerrado; pero si se ha de operar de día, se puede dejar una estrecha abertura del lado en donde debe dar el sol a la hora de la invocación, y colocar delante de esa abertura un prisma triangular y luego, delante del prisma un globo de cristal lleno de agua. Si se ha de operar de noche, se dispondrá la lámpara mágica de modo que deje caer su único rayo de luz sobre el humo del altar. Estos preparativos tienen por objeto suministrar al agente mágico los elementos de una apariencia corporal y aliviar un tanto la tensión de nuestra imaginación, que no se exaltaría sin peligro hasta la absoluta ilusión del ensueño. Además, se comprende fácilmente que un rayo de sol o de la lámpara, diversamente coloreado y cayendo sobre un humo móvil e irregular, no puede en modo alguno crear una imagen perfecta. El brasero del fuego sagrado debe estar en el centro del oratorio y el altar de los perfumes a poca distancia. El operador debe volverse hacia el Oriente para orar, y hacia el Occidente para evocar; debe estar solo, o asistido de dos personas, quienes observarán el más riguroso silenció; estará revestido de las vestiduras mágicas, tal y como las hemos descrito en el capítulo VII, y estará coronado de verbena y de oro. Habrá debido bañarse antes de la operación, y todas sus ropas interiores deberán estar completa y rigurosamente limpias.

Se comenzará por una plegaria apropiada al genio del espíritu que quiere evocarse y que pudiera aprobarla él mismo, si viviese. Así, no se evocaría nunca a Voltaire, por ejemplo, recitando oraciones del gusto de las de Santa Brígida. Para los grandes hombres de los tiempos antiguos, se recitarán los himnos de Cleantheo o de Orfeo, con el juramento que termina los versos dorados de Pitágoras. Cuando nuestra evocación a Apolonio, habíamos adoptado como ritual la magia filosófica de Patricius, conteniendo los dogmas de Zoroastro y las obras de Hermés Trismegisto. Leímos en alta voz el Nuctamerón de Apolonio en griego y agregamos la conjuración siguiente:

Βουλῆς δ'ό πατηρ παντων, και καθηγητας ὁ τρισμεγιστος Ερμῆς. Ιατρικης δ'ό Ασκληπιὸς ο Ηφάισθου. Ισχυος τε και μωμης παλιν Οσιρις. με δ'ὼν ῶ τέκνον αυτοσσυ. Φιλοσοφιας δε Αρνεβασκενις. Ροιητικης δε Ραλιν ὁ Ασκλεπιος, ὁ Ιμούθης.

Ουτοι τ'α κρυπτα, φυσιν Ερμης, των εμων επιγνασσν. Ται γραμματον παντιων, και διακρινοῦσι, καῖ τινα μεναντοι κατεσχοσιν, ἃ δέ καὶ προς εὐεργεσιας θνητωνφθανει, ςηλαις και ὀβελίσκοις χαραξωσιν.

Μαγειαν, ὀ Απολλωνιος, ο Απολλωνιος, ο Απολλωνίος, διδασκεις του Ζοροαστρου του Ωρομάζου, εστί δέ τουτο, θεῶν θεραπεια.

Para la evocación de los espíritus pertenecientes a las religiones emanadas del judaísmo, es preciso decir la invocación cabalística de Salomón, sea en hebreo, sea en otra cualquiera lengua que se sepa haya sido familiar al espíritu que se evoca.

¡Potencias del reino, colocaos bajo mi pie izquierdo y en mi mano derecha! Gloria y eternidad, tocad mis hombros y llevadme por las vías de la victoria!

¡Misericordia y justicia, sed el equilibrio y el esplendor de mi vida! ¡Inteligencia y sabiduría, dadme la corona; espíritus de MALCHUTL, conducidme entre las dos columnas sobre las cuales se apoya todo el edificio del templo; ángeles de NESTAH y de HOD, afirmadme sobre la piedra cúbica de JESOD!

¡Oh GEDULAEL! ¡Oh GEBURAEL! ¡Oh TIPHERETH, BINAEL, sed mi amor; RUACH HOCHNCAEL, sed mi luz; sed lo que tú eres y lo que tú serás! ¡Oh KETHERIEL!

Ischim, asistidme en nombre de SADDAI.

Cherubim, sed mi fuerza en nombre de ADONAI.

Beni-Elohim, sed mis hermanos en nombre del hijo y por las virtudes de ZEBAOTH.

Eloim, combatid por mí en nombre de TETRAGRAMATON.

Malachim, protegedme en nombre de יהוה.

Seraphim, depurad mi amor en nombre de ELOAH.

Hasmalim, iluminadme con los esplendores de ELOI y de SCHECHINA.

Aralim, obrad; *Ophanim*, girad y resplandeced; *Hajotha Kadosh*, gritad, hablad, rugid, mugid; Kadosh, Kadosh, Kadosh, SADDAI, ADONAI, JOTEHAVAH, EIEAZEREIE.

Hallelu-jah, Hallelu-jah, Hallelu-jah. Amén. אמן

Es preciso acordarse bien, sobre todo en las conjuraciones, que los nombres de Satan, de Beelzebut, de Adramelek y los demás, no designan unidades espirituales, sino legiones de espíritus impuros. Yo me llamo legión, dice en el Evangelio el espíritu de las tinieblas, porque somos en gran número. En el infierno, reino de la anarquía, es el número el que hace la ley y el progreso se verifica en sentido inverso, es decir, que los más avanzados en desarrollo satánico, los más degradados por consiguiente, son los menos inteligentes y los más débiles. Así una ley fatal impulsa a los demonios a descender cuando creen y desean subir. También los que se dicen jefes, son los más impotentes y los más despreciados de todos. Cuanto a la multitud de espíritus perversos, tiembla ante un jefe desconocido, invisible, incomprensible, caprichoso, implacable, que no explica jamás sus leyes, y que tiene siempre el brazo extendido para golpear a aquellos que no han sabido adivinarle. Ellos dan a ese fantasma los nombres de Baal, de Júpiter y aun otros más venerables y que no se pronuncian en el infierno sin profanarlos; pero ese fantasma no es más que la sombra y el recuerdo de Dios, desfigurados por su perversidad voluntaria, y grabados en su imaginación como una venganza de la justicia y un remordimiento de la verdad.

Cuando el espíritu de luz que se ha evocado, se presenta con el rostro triste o irritado, es preciso ofrecerle un sacrificio moral, es decir, sentirse interiormente dispuesto a renunciar a lo que le ofenda; luego, es necesario antes de salir del oratorio, despedirle diciéndole: "Que la paz sea contigo; yo no he querido turbar tu tranquilidad, no me atormentes; yo trabajaré en reformarme en todo cuanto pueda ofenderte; oro y oraré contigo y para tí; ruega conmigo y para mí y retorna a tu gran sueño, esperando el día en que nos despertemos juntos. Silencio y adiós."

No terminaremos este capítulo sin agregar, para los curiosos, algunos detalles sobre las ceremonias de la nigromancia negra. Se encuentra en muchos autores antiguos como la practicaban las brujas de Tesalia y las Canidias de Roma. Se cavaba una fosa en uno de cuyos bordes se degollaba un cabrito negro; después se alejaban con la espada mágica las *psyllas* y las larvas que se suponían presentes y dispuestas a beberse la sangre; se invocaba la triple hecate y los dioses infernales y se llamaba por tres veces la sombra que se quería ver aparecer.

En la edad media los nigromantes profanaban las tumbas; componían filtros y ungüentos con la grasa y la sangre de los cadáveres; a esto mezclaban acónito, belladona y hongo venenoso; después cocían y espumaban estas horribles mescolanzas con fuegos compuestos de osamentas humanas y de crucifijos robados en las iglesias; también mezclaban al todo polvos de sapo desecado y la ceniza de hostias consagradas; después se frotaban las sienes, el pecho y las manos con el ungüento infernal, trazaban el pantaculo diabólico, evocaban a los muertos bajo las horcas o en cementerios abandonados. Se oía a lo lejos sus alaridos y los viajeros rezagados, creían ver salir de la tierra legiones de fantasmas; los mismos árboles tomaban a su vista figuras que causaban miedo; se veían refulgir ojos de fuego en las encrucijadas y las ranas de las marismas o ciénagas, parecían repetir con ronca voz las misteriosas palabras del Sabbat. Era el magnetismo de la alucinación y el contagio de la locura.

Los procedimientos de la magia negra tienen por objeto turbar la razón y producir todas las exaltaciones febriles, que dan valor para cometer toda suerte de crímenes. Los grimorios que la autoridad de épocas pasadas hacía quemar por todas partes en donde los hallaba, no eran ciertamente libros inocentes. El sacrilegio, el asesinato y el robo estaban indicados en ellos, o sobreentendidos como medio de realización en casi todas las obras. Así es como en el *Gran Grimorio* y en *El Dragón Rojo,* falsificación más moderna del primero, se lee una receta titulada:

Composición de muerte o piedra filosofal. Es una especie de caldo *consomé* del agua fuerte, cobre, arsénico y cardenillo. Se encuentran también procedimientos de nigromancia que consisten en escarbar la tierra de las tumbas con las uñas y en extraer de ellas osamentas que se deberán tener en cruz sobre el pecho, asistir también a la misa del gallo, a una iglesia y en el momento de la elevación de la hostia levantarse y huir gritando: "Que los muertos salgan de sus tumbas", y luego volver al cementerio, tomar un puñado de la tierra más próxima a un ataúd, y regresar cotriendo a la puerta de la iglesia y depositar los dos huesos, puestos en cruz, gritando una vez más: ¡Que los muertos salgan de sus tumbas! y si no se encuentra la persona que pueda deteneros y llevaros a una casa de locos, alejarse a pasos lentos y contar cuatro mil quinientos pasos sin volverse, lo que hace suponer que seguiréis un gran camino o que escalaréis las murallas. Al cabo de esos cuatro mil quinientos pasos, os acostaréis en el suelo, después de haber arrojado en forma de cruz, la tierra que habréis conservado en vuestra mano, os colocaréis en la misma forma en que nos colocan en el féretro, y repetiréis nuevamente con voz lúgubre: ¡Que los muertos, etc.!, llamando tres veces a aquel a quien queráis ver aparecer. No hay que dudar que la persona bastante loca y no menos perversa que sea capaz de entregarse a semejantes obras, esté ya dispuesta a todas las quimeras y a todos los fantasmas. La receta del *Gran Grimorio* es, pues, ciertamente muy eficaz, pero no aconsejamos a ninguno de nuestros lectores a que hagan uso de ella (1).

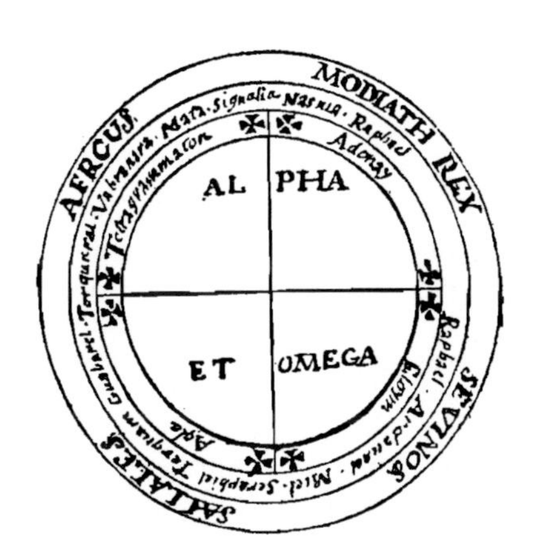

(1) Para los lectores que quieran profundizar en esta materia les aconsejamos la lectura de los libros siguientes, de La Editorial *La Irradiación:* Durville, *El Fantasma de los Vivos;* Allan Kardec, *El Libro de los mediums;* Grange, *Manual de Espiritismo.*

XIV

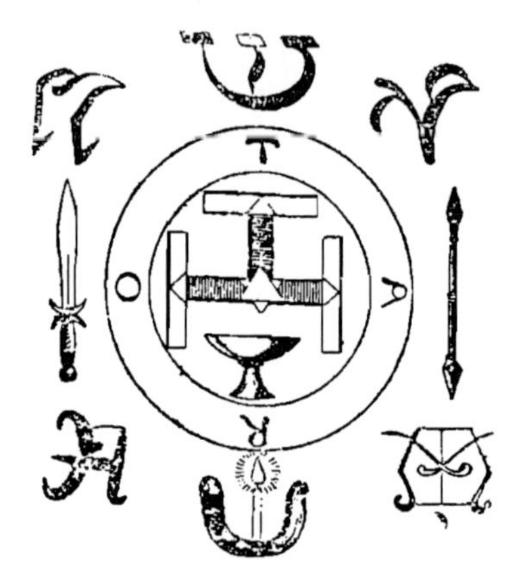

Ya hemos dicho que San Agustín se preguntaba si Apuleo pudo ser cambiado en asno, y después vuelto a su primitiva forma. El mismo doctor podía preocuparse igualmente de la aventura de los compañeros de Ulises, cambiados en cerdos por Circe. Las transmutaciones y las metamorfosis, han sido siempre, en concepto del vulgo, la esencia misma de la magia. Ahora bien, el vulgo que se hace eco de la opinión, reina del mundo, no ha tenido perfecta razón, ni tampoco ha carecido de sinrazón.

La magia cambia realmente la naturaleza de las cosas, o más bien modifica a su antojo sus apariencias, según la fuerza de voluntad del operador y la fascinación de los adeptos aspirantes. La palabra crea su forma y cuando un personaje reputado como infalible, ha nombrado una cosa con un nombre cualquiera, ha transformado realmente esa cosa en la substancia significada por el nombre que le da. La obra maestra de la palabra y de la fe, en este género, es la transmutación real de una substancia cuyas apariencias no cambian. Si Apolonio había dicho a sus discípulos, dándoles una copa llena de vino: He aquí mi sangre que beberéis siempre para perpetuar mi vida en vosotros, y si sus discípulos hubieran creído, durante siglos, en esa transformación, repitiendo las mismas palabras, y tomando el vino, a pesar de su olor y de su sabor, por la sangre real, humana y viva de Apolonio, habría que reconocer a ese gran maestro de teurgia, como el más hábil de los fascinadores y el más poderoso de todos los magos. No nos quedaría más que adorarle.

Sabido es que los magnetizadores dan al agua para sus sonámbulos, todos los sabores que les agraden, y si se supone a un mago bastante poderoso sobre el flúido astral, para magnetizar a toda una asamblea de personas, eso sin que estén preparadas al magnetismo por una sobreexcitación suficiente, se explicará con facilidad, no el milagro evangélico de Caná, sino las obras del mismo género.

Las fascinaciones del amor que resultan de la magia universal de la naturaleza, ¿no son verdaderamente prodigiosas y no transforman de por sí a las personas y a las cosas? El amor es un sueño de encantamientos que transfigura el mundo; todo se convierte en música y perfumes, en embriaguez y en dicha. El ser amado es bello, es bueno, sublime, resplandeciente y hasta irradia la salud y el bienestar.....; y cuando el sueño se disipa, se cree caer de las nubes; se mira con disgusto a la bruja inmunda que ha ocupado la plaza de la linda Melusina, a Tersites que se tomaba por Aquiles o por Nereo. ¿Qué no se haría creer a la persona por quien uno es amado? Pero, asimismo ¿qué razón y qué justicia puede hacer comprender lo que se desee a aquella que no nos ama? El amor comienza por ser mago y acaba por ser brujo. Después de haber creado las mentiras del cielo sobre la tierra, ha realizado las del infierno; su odio es tan absurdo, como su entusiasmo, porque es pasional, es decir, está sometido a influencias fatales para él. Por este motivo, los sabios le han proscrito, declarándole enemigo de la razón. ¿Merecen los sabios que se les condene o se les absuelva, por haber ellos a su vez condenado, sin comprenderle, sin duda, al más seductor de los culpables? Todo lo que puede decirse, es que cuando hablaban así, no habían amado todavía, o no serían ya capaces de amar.

Las cosas son para nosotros lo que nuestro verbo interior les hace ser. Creerse dichoso, es ser dichoso; lo que se estima se hace precioso en proporción con la estimación misma; he aquí cómo puede decirse que la magia cambia la naturaleza de las cosas. Las metamorfosis de Ovidio son verdaderas, pero alegóricas como el asno de oro del bueno de Apuleo. La vida de los seres es una transformación progresiva en la cual puede determinarse, renovarse, conservarse más o menos tiempo, y hasta destruir todas sus formas. Si la idea de la metempsicosis fuera verdadera, no podría decirse que el vicio, representado por Circe, cambia real y materialmente a los hombres en cerdos, porque los vicios, en esa hipótesis, tendrían por castigo la regresión a las formas animales que les correspondan. Luego, la metempsicosis, que ha sido con frecuencia mal comprendida, tiene un lado perfectamente verdadero; las formas animales comunican sus huellas simpáticas al cuerpo astral del hombre y se reflejan luego sobre sus rasgos, por la fuerza de sus costumbres. El hombre de una dulzura inteligente y pasiva, toma el aspecto y la fisonomía inerte de un carnero; pero en el sonambulismo, no es ya un hombre de fisonomía acarnerada, es un carnero lo que se percibe, como lo ha mil veces experimentado el sabio y extático Swedenborg. Este misterio está manifestado en el libro cabalístico del vidente Daniel, por la leyenda de Nabucodonosor, cambiado en bestia, que se ha tenido el poco acierto de tomar por una historia real, como ha ocurrido con todas las alegorías mágicas.

Así, pues, se puede realmente cambiar a los hombres en animales y a los animales en hombres; pueden metamorfosearse las plantas y cambiar su virtud; pueden darse a los minerales propiedades ideales; aquí no se trata más que de querer.

Se puede igualmente, a voluntad, hacerse visible o invisible, y vamos a explicar aquí los misterios del anillo de Gyges.

Alejemos primero del espíritu de nuestros lectores, toda suposición absurda, es decir, de un efecto sin causa, o contradictorio a su causa. Para hacerse invisible, de tres cosas una solamente es necesaria; o interponer un medio opaco cualquiera entre la luz y nuestro cuerpo, o entre nuestro cuerpo y los ojos, o fascinar los ojos de los concurrentes, de tal modo que no puedan hacer uso de su vista. Ahora bien, de esas tres maneras de hacerse invisibles, la tercera únicamente es mágica.

Hemos advertido con frecuencia que, bajo el imperio de una fuerte preocupación, miramos sin ver, y vamos a tropezar con objetos que estaban delante de nuestros ojos. "Haced que viendo, no vean", ha dicho el gran iniciador, y la historia de este gran maestro nos enseña que un día, viéndose a punto de ser lapidado en el templo, se hizo invisible y salió de él.

No repetiremos aquí las mixtificaciones de los grimorios vulgares sobre el anillo de invisibilidad. Los unos lo componen con mercurio fijado y quieren que se guarde en una caja del mismo metal, después de haber engastado en él una pedrezuela que debe infaliblemente encontrarse en el nido de la abubilla. El autor del *Pequeño Alberto*, quiere que se haga ese anillo con pelos arrancados de la frente de una hiena furiosa; es a poco más la historia del cascabel de Rodilard. Los únicos autores que han hablado seriamente del anillo de Gyges, son Jamblico, Porfirio y Pedro de Apono.

Lo que ellos dicen es evidentemente alegórico y la figura que ellos dan, o la que puede deducirse de su descripción, prueba que por el anillo de Gyges, ellos no entienden ni designan otra cosa que el gran arcano mágico.

Una de esas figuras representa el ciclo del movimiento universal, armónico y equilibrado en el ser imperecedero; el otro, que debe ser hecho con la amalgama de siete metales, merece una descripción particular.

Debe tener un doble engarce de dos piedras preciosas; un topacio constelado con el signo del sol, y una esmeralda con el de la luna; interiormente debe llevar los caracteres ocultos de los planetas, y exteriormente sus signos conocidos, repetidos dos veces y en oposición cabalística los unos con los otros, es decir, cinco a la derecha y cinco a la izquierda, los signos del sol y de la luna, resumiendo las cuatro inteligencias diversas de los siete planetas. Esta configuración no es otra cosa que un pantáculo, manifestando todos los misterios del dogma mágico, y el sentido simbólico del anillo, es el de que para ejercer el todo poderío, del que la fascinación ocúlar es una de las pruebas más difíciles que puedan darse, es necesario poseer toda la ciencia y saber hacer uso de ella.

La fascinación se opera por el magnetismo. El magista ordena interiormente a una asamblea que no pueda verle y la asamblea no le ve. Así penetra por puertas que tengan centinelas; sale de las prisiones por delante de sus estupefactos carceleros. Se experimenta entonces una especie de aturdimiento extraño, y se recuerda haber visto al mago como en sueños, pero solamente después que él ha pasado. El secreto de invisibilidad está, pues, todo él en un poder, que podría definirse: el de desviar o paralizar la atención, de modo que la luz llegue al órgano visual, sin excitar la mirada del alma.

Para ejercer este poder, es preciso poseer una voluntad acostumbrada a los actos enérgicos y repentinos; una gran presencia de espíritu y una no menos grande habilidad, para engendrar las distracciones en el público.

Que un hombre, por ejemplo, perseguido por asesinos, después de haberse internado en una calle transversal, o en una travesía, se vuelva de repente y acuda, con rostro encalmado, al encuentro de aquellos que corren tras de él, o que se mezcle con ellos y parezca ocupado en la misma persecución, y se hará ciertamente invisible. Un sacerdote, a quien se perseguía el año 93 para colgarle de un farol, dobló rápidamente por una calle, se bajó los hábitos y se inclinó en un rincón de un guarda cantón, en actitud de un hombre que está haciendo una necesidad urgente. La muchedumbre que le perseguía llegó inmediatamente; pero ni uno solo le vió, o más bien, ninguno le reconoció; ¡era tan poco probable que fuese él!

La persona que quiere ser vista se hace siempre notar, y la que desea permanecer inadvertida, se borra y desaparece. La voluntad es el verdadero anillo de Gyges; es también la varita de las transmutaciones, y es, formulándola clara y netamente, como ella crea el verbo mágico. Las palabras todo poderosas de los encantamientos, son aquellas que manifiestan ese poder creador de formas. El tetragrama, que es la palabra suprema en magia, significa: "Ello es lo que será"; y si se aplica a una transformación, sea la que fuere, con plena inteligencia, renovará y modificará todas las cosas, aun a despecho de la evidencia y del sentido común. El *hoc est* del sacrificio cristiano, es una traducción y una aplicación del tetragrama; también, esta sencilla palabra, opera la más completa, la más invisible, la más increíble y la más clara afirmación de todas las transformaciones. Una palabra dogmática, más fuerte todavía que la de *transformación,* ha sido juzgada necesaria por los concilios para manifestar esta maravilla, es la de *transsubstanciación.*

Las palabras hebreas יהוה, אגלא, אהיה אמן, han sido consideradas por todos los cabalistas como las claves de la transformación mágica. Las palabras latinas ***est, sit, esto, fiat,*** tienen la misma fuerza cuando se pronuncian con plena inteligencia. M. de Montalembert, refiere seriamente, en su leyenda de Santa Isabel de Hungría, que un día esta piadosa dama sorprendida por su noble esposo, a quien quería ocultar sus buenas obras, en el momento en que llevaba a los pobres algunos panes en su delantal, le dijo que llevaba rosas, y realizada la comprobación, resultó que no había mentido; los panes se habían convertido en rosas. Este cuento es un apólogo mágico de los más graciosos, y significa que el verdadero sabio no puede mentir, que el verbo de sabiduría determina la forma de las cosas, o aun su substancia, independientemente de sus formas. Porque, por ejemplo, el noble esposo de Santa Isabel, bueno y sólido, cristiano como ella, y que creía firmemente en la presencia real del Salvador en verdadero cuerpo humano sobre un altar, en donde él no veía más que una hostia de harina, ¿no iba a creer en la presencia real de rosas en el delantal de su mujer bajo las apariencias de pan? Ella le mostró sin duda el pan; pero como ella había dicho: son rosas, y él la creía incapaz de la más leve mentira, no vió, ni quiso ver, más que rosas. He aquí el secreto del milagro.

Otra leyenda refiere que un santo, cuyo nombre no me acuerdo, no encontrando de comer más que un ave, en cuaresma, o en un viernes de ella, ordenó al ave que se convirtiera en pescado, y ésta obedeció. Esta parábola no tiene necesidad de comentario, y nos recuerda un hermoso rasgo de San Espiridión de Tremithonte, el mismo que evocara el alma de su hija Irene. Llegó un viajero a su casa el mismo Viernes Santo, y el buen obispo, que como todos sus colegas de esas remotas épocas tomaban en serio el cristianismo y eran pobres, Espiridión, que ayunaba regularmente, no tenía en su casa más que tocino salado, que se preparaba anticipadamente para el período pascual. Sin embargo, como el extranjero llegaba extenuado de fatiga y de hambre, Espiridión le presentó esa vianda, y para animarle a comer se sentó a la mesa con él y compartió esa comida caritativa, transformando así la misma carne que los israelitas miraban como la más impura en ágape de penitencia, colocándose por encima del materialismo de la ley, por el espíritu de la ley misma, y mostrándose un verdadero e inteligente discípulo del hombre-Dios, que ha establecido a sus elegidos como reyes de la naturaleza en los tres mundos.

XV

Hemos aquí llegado a ese terrible número quince, que, en la clavícula del Tarot, presenta por símbolo a un monstruo, de pie sobre un altar, llevando una mitra y cuernos, con seno de mujer y las partes sexuales de un hombre; una quimera, una esfinge diforme; una síntesis de monstruosidades, y por debajo de esta figura leemos, en inscripción completamente franca, EL DIABLO.

Si nosotros abordamos aquí el fantasma de todos los espantos, el dragón de todas las teogonías, el Arimán de los persas, el Tifón de los egipcios, el Pitón de los griegos, la antigua Serpiente de los hebreos, la víbora, la tarasca, el mascarón, la gran bestia de la edad media, peor todavía que todo esto: el Baphomet de los Templarios, el ídolo barbudo de los alquimistas, el Dios obsceno de Mendés, el macho cabrío del Sabbat.

Nosotros publicamos a la cabeza de este Ritual la figura exacta de este terrible emperador de la noche, con todos sus atributos y todos sus caracteres.

Digamos ahora para edificación del vulgo, para satisfacción del señor Conde de Mirville, para justificación de Bodin, para mayor gloria de la iglesia, que persiguió a los Templarios, quemó a los Magos, excomulgó a los francmasones, etc., etc.; digamos—repito—audaz y altamente, que todos los iniciados en ciencias ocultas (hablo de los iniciados superiores y depositarios del gran arcano) han adorado, adoran todavía y adorarán siempre, a lo que está representado por este espantoso símbolo.

Si en nuestra convicción profunda, los maestros reales de la orden de los templarios, adoraban el Baphomet y le hacían adorar a sus iniciados, si han existido y pueden existir todavía, asambleas presididas por esta figura, sentada sobre un trono, con su antorcha ardiendo entre los cuernos, únicamente los adoradores de este signo no piensan como nosotros, que esa sea la representación del diablo, sino más bien la del dios Pan, el dios de nuestras escuelas de filosofía moderna, el dios de los teurgistas de la escuela de Alejandría y de los místicos neoplatonianos de nuestros días, el dios de Espinosa y de Platón, el dios de las primitivas escuelas gnósticas, el dios de Lamartine y de M. Víctor Cousin, el mismo Cristo del sacerdocio disidente, y esta última aplicación, calificada al macho cabrío de la magia negra, no asombrará a aquellos que estudien las antigüedades religiosas y que han seguido en sus diversas transformaciones las fases del simbolismo y del dogma, sea en la India, sea en el Egipto, sea en la Judea.

El toro, el perro y el macho cabrío, son los tres animales simbólicos de la magia hermética, en la cual se resumen todas las tradiciones del Egipto y de la India. El toro representa la tierra o la sal de los filósofos; el perro es Hermanubis, el mercurio de los sabios, el flúido, el aire y el agua; el macho cabrío representa el fuego y es, al propio tiempo, el símbolo de la generación.

En Judea se consagraban dos machos cabríos, el uno puro el otro impuro. El puro, era sacrificado en expiación de los pecados; el otro, cargado por imprecaciones de esos mismos pecados, era enviado en

Macho cabrío del Sabbat (Sábado)—Baphomet y Mendés

libertad al desierto. ¡Cosa extraña, pero de un simbolismo profundo! ¡La reconciliación por la abnegación y la expiación por la libertad! Pues bien; todos los sacerdotes que se han ocupado del simbolismo judío, han reconocido en el macho cabrío inmolado, la figura de aquel que ha tomado—dicen ellos—la propia forma del pecado. Luego los gnósticos no estaban fuera de las tradiciones simbólicas, cuando daban al Cristo libertador la figura mística del macho cabrío.

Toda la Cábala y toda la Magia, se dividen, en efecto, entre el culto del macho cabrío sacrificado y del macho cabrío emisario. Hay, pues, la magia del santuario y la del desierto, la iglesia blanca y la iglesia negra, el sacerdocio de las asambleas públicas y el *sanhedrín del sábado.*

El macho cabrío que está representado en el frontispicio de esta obra y aquí reproducimos, lleva sobre la frente el signo del pentagrama, con la punta hacia arriba, lo que basta para considerarle como símbolo de luz; hace con ambas manos el signo del ocultismo y muestra en alto la luna blanca de Chesed y en bajo la luna negra de Géburah. Este signo expresa el perfecto acuerdo de la misericordia con la justicia. Uno de sus brazos es femenino y el otro masculino, como en el andrógino de Khunrath, atributos que hemos debido reunir con los de nuestro macho cabrío, puesto que es un solo símbolo. La antorcha de la inteligencia, que resplandece entre sus cuernos, es la luz mágica del equilibrio universal; es también la figura del alma elevada por encima de la materia, aunque teniendo la materia misma, como la antorcha tiene la llama. La repugnante cabeza del animal manifiesta el horror al pecado, cuyo agente material, único responsable, es el que debe llevar por siempre la pena; porque el alma es impasible en su naturaleza, y no llega a sufrir más que cuando se materializa. El caduceo que tiene en vez de órgano generador, representa la vida eterna; el vientre, cubierto de escamas, es el agua; el círculo, que está encima, es la atmósfera; las plumas que vienen de seguida, son el emblema de lo volátil; luego la humanidad está representada por los dos senos y los brazos andróginos de esa esfinge de las ciencias ocultas.

He aquí disipadas las tinieblas del santuario infernal; he aquí la esfinge de los terrores de la edad media, adivinada y precipitada de su trono; *¿quomodo cecidisti, Lucifer?* El terrible Baphomet no es ya, como todos los ídolos monstruosos, enigma de la ciencia antigua y de sus sueños, sino un jeroglífico inocente y aun piadoso. ¿Cómo podría el hombre adorar a la bestia, cuando ejerce sobre ella un soberano imperio? Digamos en honor de la humanidad, que jamás ha adorado a los perros y a los machos cabríos, más que a los corderos y a los pichones. En punto a jeroglíficos, ¿por qué no un macho cabrío lo mismo que un cordero? En las piedras sagradas de los cristianos gnósticos de la secta de Basilido, se ven representaciones del Cristo, bajo las diversas figuras de los animales de la Cábala; tan pronto es un toro, como un león; tan pronto una serpiente con cabeza de león, como otra serpiente con cabeza de toro; por todas partes lleva, al mismo tiempo, los atributos de la luz, como nuestro macho cabrío, que su signo del pentagrama prohibe tomar por una de las fabulosas figuras de Satán.

Digamos muy alto, para combatir los restos de maniqueísmo, que todavía se advierten a diario en nuestros cristianos, que Satán, como personalidad superior y como potencia, no existe. Satán, es la personificación de todos los errores, de todas las perversidades y, por consiguiente, también de todas las debilidades. Si puede definirse a Dios, diciendo "aquél que existe", ¿no puede definirse a su antagonista y enemigo como "aquel que necesariamente no existe?"

La afirmación absoluta del bien implica la negación absoluta del mal; así en la luz la misma sombra es luminosa. Así es, también, como los espíritus extraviados son buenos por lo que tienen de ser y de verdad. No hay sombras sin reflejos, ni noches sin luna, sin fosforescencias y sin estrellas. Si el infierno es una justicia, es un bien. Nadie ha blasfemado jamás de Dios. Las injurias y las burlas que se dirijan a sus desfiguradas imágenes no le alcanzan.

Acabamos de nombrar el maniqueísmo, y es por esa monstruosa herejía como podemos explicarnos las aberraciones de la magia negra. El dogma de Zoroastro, mal comprendido, la ley mágica de las dos fuerzas que constituyen el equilibrio universal, han hecho imaginar a algunos espíritus ilógicos una divinidad negativa, subordinada, pero hostil a la divinidad activa. Es así como se forma el binario impuro. Se ha tenido la locura de dividir a Dios; la estrella de Salomón, fué separada en dos triángulos, y los maniqueos imaginaron una trinidad de la noche. Ese Dios malo, nacido en la imaginación de los sectarios, se convirtió en el inspirador de todas las locuras y de todos los crímenes. Se le ofrecieron sangrientos sacrificios; la idolatría monstruosa reemplazó a la verdadera religión; la magia negra hizo calumniar la alta y luminosa magia de los verdaderos adeptos, y hubo en las cavernas y en lugares desiertos horribles conventículos de brujos y vampiros, porque la demencia se cambia pronto en frenesí, y de los sacrificios humanos a la antrofagía, no hay más que un paso.

Los misterios del sabbat han sido diversamente referidos; pero figuran siempre en los grimorios y en los procesos de magia. Pueden dividirse todas las revelaciones que se han hecho a este respecto en tres series: 1.ª, los que se refieren a un sabbat fantástico e imaginario; 2.ª, las que traicionan los secretos de las asambleas ocultas de los verdaderos adeptos; 3.ª, las revelaciones de las asambleas locas y criminales, teniendo por fin las prácticas de la magia negra.

Para un gran número de desdichados y de desdichadas, entregados a estas locas y abominables prácticas, el sabbat no era más que una amplia pesadilla en la que los sueños parecían realidades, y que ellos mismos se procuraban por medio de brevajes, fricciones y fumigaciones narcóticas. Porta, a quien ya hemos señalado como un mixtificador, da en su *Magia natural,* la pretendida receta del ungüento de las brujas, por medio del cual se hacían transportar al sabbat. Se componía de manteca de niño, de acónito hervido con hojas de álamo y algunas otras drogas; después quiere que todo eso se mezcle con ollín de chimenea, lo que debe hacer poco atractiva la desnudez de las brujas que acuden al aquelarre frotadas con esa pomada. He aquí otra receta más seria, ofrecida igualmente por Porta, y que la transcribimos en latín para dejarle íntegro su sabor a Grimorio:

Recipe: suim, acorum vulgare, pentaphyllon vespertillionis sanguinem, solanum somniferum et oleum; el todo hervido e incorporado junto hasta la consistencia de ungüento.

Pensamos que las composiciones opiáceas, la médula de cáñamo verde, la datura stramonium, el laurel almendra y otros opiáceos, entrarían con no menor éxito en semejantes composiciones. La manteca o la sangre de ciertas aves nocturnas, junto con esos narcóticos y con las ceremonias de la magia negra, pueden atacar a la imaginación y determinar la dirección de los sueños. Es en los sabbats soñados de esta manera, a quien hay que atribuir las historias de machos cabríos que salen de un cántaro y entran después de la ceremonia, de polvos infernales recogidos detrás del mismo macho cabrío, llamado maestro Leonardo, festines en donde se comen fetos abortados, hervidos y sin sal con serpientes y sapos o danzas en las que figuran animales monstruosos, u hombres y mujeres de formas imposibles, de orgías desenfrenadas, en las que los incubos reparten un esperma frío. Sólo la pesadilla puede producir semejantes cosas y sólo ella puede explicarlas. El desgraciado cura Gaufridy y su perversa penitente Magdalena de la Palud, se volvieron locos por semejantes sueños y se comprometieron por sostenerlos hasta en la hoguera. Es preciso leer en su proceso las declaraciones de esos pobres enfermos para comprender hasta qué aberraciones puede conducir una imaginación enferma. Pero, el sabbat, no ha sido siempre un sueño y ha existido realmente; aún existen asambleas secretas y nocturnas, en donde se han practicado o se practican los ritos del antiguo mundo; de esas asambleas, las unas tienen un carácter religioso y un fin social, no siendo las otras más que conjuraciones u orgías. Es desde este doble punto de vista, como vamos a considerar y a describir el verdadero sabbat, sea de la magia luminosa, sea de la magia de las tinieblas.

Cuando el cristianismo proscribió el ejercicio público de los antiguos cultos, los partidarios de las otras religiones se vieron reducidos a reunirse en secreto para la celebración de sus misterios. Estas reuniones eran presididas por iniciados, quienes establecieron entre los diversos matices de esos cultos perseguidos, una ortodoxia que la verdad mágica les ayudaba a establecer, con tanta mayor facilidad cuanto que la proscripción reunía las voluntades y apretaba los lazos de la confraternidad entre los hombres. Así, pues, los misterios de Isis, de Ceres Eleusina, de Baco, se reunieron a los de la buena diosa y a los del druismo primitivo. Las asambleas se verificaban ordinariamente entre los días de Mercurio y de Júpiter, o entre los de Venus y Saturno; se ocupaban en ellas de los ritos de la iniciación, se cambiaban signos misteriosos, se entonaban himnos simbólicos, y se unían en banquetes, formando sucesivamente la cadena mágica por la mesa y por el baile; luego se separaban, no sin antes haber renovado sus juramentos ante los jefes y de haber recibido de ellos instrucciones.

El recipiendario del sabbat debía ser llevado a la asamblea, o mejor dicho, conducido con los ojos cubiertos por el manto mágico, en el cual se le envolvía por completo; se le pasaba sobre grandes hogueras y se hacía en su derredor ruidos espantosos. Cuando se le descubría el rostro se hallaba rodeado de monstruos infernales, y ante la presencia de un macho cabrío colosal, a quien se le obligaba a adorar. Todas estas ceremonias eran pruebas de su fuerza de carácter y de la confianza que le inspiraban sus iniciadores. La última prueba, especialmente, era decisiva, porque se presentaba primero al espíritu del recipiendario, alguna cosa que tenía algo de humillante y ridículo; se trataba de besar respetuosamente el trasero del macho cabrío y la orden se comunicaba sin contemplación ni respeto al neófito. Si rehusaba, se le cubría la cabeza y se le transportaba lejos de la asamblea con tal velocidad, que más podía creer que había sido transportado por una nube; si aceptaba, se le hacía girar alrededor del ídolo simbólico y allí encontraba no un objeto repulsivo obsceno, sino el joven y gracioso rostro de una sacerdotisa de Isis o de Maia, que le daba un ósculo maternal, siendo luego admitido al banquete.

Cuanto a las orgías que, en muchas asambleas de este género, seguían al banquete, preciso es no creer que hayan sido generalmente admitidas en estas ágapes secretas, pero se sabe que muchas sectas gnósticas las practicaban en sus conventículos, desde los primeros siglos del cristianismo. Que la carne haya tenido sus protestantes en siglos de ascetismo y compresión de los sentidos, no debe asombrarnos; pero no hay que acusar a la alta magia de desórdenes que jamás autorizó. Isis, es casta en su viudez; la Diana Pantea, es virgen; Hermanubis, teniendo ambos sexos no puede satisfacer ninguno; la Hermafrodita hermética, es casta. Apolonio de Tyana no se abandona jamás a las seducciones del placer; el emperador Juliano, era de una castidad severa; Plotín de Alejandría, era riguroso en sus costumbres como un asceta. Paracelso, era tan extraño a las locuras del amor, que se creyó pertenecía a un sexo dudoso; Raymundo Lulio no fué iniciado en los últimos secretos de las ciencias, más que cuando un amor desesperado le hizo casto para siempre.

Es también una tradición de la alta magia, que los pantáculos y los talismanes pierden toda su virtud, cuando el que los lleva penetra en una casa de prostitución, o comete un adulterio. El sabbat orgiaco no debe, pues, ser considerado como el de los verdaderos adeptos.

Cuanto al nombre de sabbat, se ha pretendido hacerle descender del de Sabasius; algunos han imaginado otras etimologías. La más sencilla, en nuestro concepto, es la que hace proceder la palabra Sabbat, del sábado judaico; puesto que es cierto que los judíos, los depositarios más fieles de los secretos de la Cábala, han sido casi siempre en magia los maestros más en boga en la edad media.

El sabbat era, pues, el domingo de los cabalistas, el día de su fiesta religiosa, o más bien la noche de su asamblea regular. Esta fiesta, rodeada de misterios, tenía por salvaguardia el espanto mismo de las gentes, y escapaba a la persecución por el terror.

Cuanto al sabbat diabólico de los nigromantes, era una falsificación del de los magos, y una asamblea de malhechores, que explotaba a los idiotas y a los locos. Se practicaban en ella ritos horribles y se componían abominables mixturas. Los brujos y las brujas, hacían en ella su policía, informándose los unos a los otros para sostener mutuamente su reputación de profecía y de adivinación, porque los adivinos eran entonces generalmente consultados y ejercían una profesión lucrativa y poderosa.

Estas asambleas de brujas y de brujos no podían tener y no tenían ritos regulares; todo dependía del capricho de los jefes y del vértigo de los asambleistas.

Lo que contaban los que habían podido asistir a ellas, servía de tipo a todas las pesadillas de los soñadores, y es una mezcla de realidades imposibles y de ensueños demoniacos, descendientes de las extravagantes historias del sabbat que figuran en los procedimientos de magia y en los libros de Spranger, Delancre, Delrio y Bodin.

Los ritos del sabbat gnóstico se transmitieron a Alemania a una asociación que tomó el nombre de Mopses; reemplazaron el macho cabrío cabalístico por el perro hermético, y cuando había recepción de candidato o de candidata (porque la orden admite damas) se le conduce a la asamblea con los ojos vendados; se hace alrededor de él o de ella un ruido infernal, que ha hecho dar el nombre de sabbat a todos los inexplicables rumores; se le pregunta: si tiene miedo del diablo, y después se le propone bruscamente la elección, entre besar el trasero del gran maestro o besar el de Mopse, que es una figura de perro recubierta de seda y substituta del gran ídolo del macho cabrío de Mendés. Los Mopses tienen por signo de reconocimiento una mueca ridícula, que recuerda las fantasmagorías del antiguo sabbat y las caretas de los asistentes.

Por lo demás, su doctrina se resume en el culto del amor y de la libertad. Esta asociación se inició cuando la iglesia romana persiguió a la masonería. Los Mopses afectaban no reclutarse más que en el catolicismo y habían sustituído el juramento de recepción por una solemne promesa por el honor, de no revelar los secretos de la asociación. Era más que un juramento y la religión no tenía nada que decir.

El Baphomet de los Templarios, es un nombre que debe leerse cabalísticamente, en sentido inverso, y está compuesto de tres abreviaturas: TEM OHP AB, *Templi omnium hominum pacis abbas*, el padre del templo, paz universal de los hombres; el Baphomet era, según unos, una cabeza monstruosa; según otros, un demonio en forma de macho cabrío. Ultimamente fué desenterrado un cofre esculpido de las ruinas de un antiguo templo, y los anticuarios observaron en él una figura baphomética, conforme en cuanto a los atributos, a nuestro macho cabrío de Mendés y a la andrógina de Khunrath. Esta figura es barbuda, con cuerpo entero de mujer; tiene en una mano el Sol y en otra la Luna, atados a unas cadenas. Es una hermosa alegoría que esa cabeza viril atribuya solo al pensamiento el principio iniciador y creador.

La cabeza aquí, representa el espíritu, y el cuerpo de mujer, la materia. Los astros encadenados a la forma humana y dirigidos por esa naturaleza, en la que la inteligencia es la cabeza, ofrecen también una hermosa alegoría. El signo en su conjunto, no ha dejado de ser considerado obsceno y diabólico por los sabios que lo examinaron. Nadie se asombre después de esto, ver acreditarse en nuestros días, todas las supersticiones de la edad media. Una sola cosa me sorprende, y es que, creyendo en el diablo y en sus acólitos, no se enciendan las hogueras. M. Venillot lo quería, y es preciso honrar a los hombres que tienen el valor de sus opiniones.

Prosigamos nuestras curiosas investigaciones y lleguemos a los más horribles misterios del grimorio, a los que se refieren a la evocación de los diablos y a los pactos con el infierno.

Después de haber atribuído una existencia real a la negación absoluta del bien; después de haber entronizado el absurdo y creado un dios de la mentira, restaba a la locura humana invocar a ese ídolo imposible y esto es lo que hicieron los insensatos. Se nos escribió últimamente que el respetable P. Ventura, antiguo superior de los theatinos, examinador de obispos, etc., etc., después de haber leído nuestro *Dogma*, había declarado que la Cábala, en su concepto, era una invención del diablo y que la estrella de Salomón era otra astucia del mismo diablo, para persuadir al mundo de que él, el diablo, no era más que uno con Dios. ¡Y he aquí lo que enseñan seriamente los que son maestros en Israel! ¡El ideal de la nada y de las tinieblas inventando una sublime filosofía, que es la base universal de la fe y la bóveda maestra de todos los templos! ¡El demonio poniendo su firma al lado de la de Dios! Mis venerables maestros en teología, vosotros sois más brujos que lo que se piensa y que cuanto vosotros mismos pensáis; y aquel que ha dicho: El diablo es embustero así como su padre, había podido, quizá, volvernos a decir algunas cosas sobre las decisiones de vuestras paternidades.

Los evocadores del diablo deben, ante todo, ser de la religión del P. Ventura y comprenderla como él. Para dirigirse a una potencia, es preciso creer. Dado un firme creyente en la religión del diablo, he aquí cómo deberá proceder para corresponder con su pseudo-dios:

AXIOMA MÁGICO

En el círculo de su acción, todo verbo crea lo que afirma.

CONSECUENCIA DIRECTA

Aquel que afirma el diablo, crea o hace el diablo.

Lo que hay que hacer para lograr éxito en las evocaciones infernales:

1.° Una pertinacia invencible.

2.° Una conciencia a la vez endurecida en el crimen y muy inaccesible a los remordimietos y al miedo.

3.° Una ignorancia afectada o natural.

4.° Una fe ciega en todo lo que no es creíble.

5.° Una idea completamente falsa de Dios.

Hace falta seguidamente:

Primeramente, profanar las ceremonias del culto en que se crea, y pisotear los signos más sagrados.

En segundo término, hacer un sacrificio sangriento.

En tercer lugar, procurarse la horquilla mágica. Esta es una rama de un solo brote de avellano o de almendro, que es necesario cortar de un solo tajo con el cuchillo nuevo que debe de haber servido para el sacrificio; la varita debe terminar en forma de horquilla; será necesario herrar esta horquilla de madera con una horca de hierro o de acero, hecha con la misma hoja del cuchillo con que se haya cortado.

Sería preciso ayunar durante quince días, no haciendo más que una sola comida en el día, sin sal, después de la puesta del sol; esta comida consistirá en pan negro y sangre sazonada con especies, sin sal o de habas negras y yerbas lechosas y narcóticas.

Cada cinco días, embriagarse, después de la puesta del sol, con vino, en el cual se habrá puesto en infusión durante cinco horas, cinco cabezas de adormideras negras y cinco onzas, o sea 144 gramos de cañamones triturados, todo esto contenido en un lienzo que haya sido hilado por una mujer prostituída (en rigor, el primer lienzo que se tenga a mano podrá servir).

La evócación puede hacerse, sea en la noche del lunes al martes, sea en la del viernes al sábado.

Es necesario escoger un sitio solitario y abandonado, tal como un cementerio frecuentado por los malos espíritus, una casa ruinosa en medio del campo, la cripta de un convento abandonado, el lugar en donde se ha cometido un asesinato, un altar druídico o un antiguo templo de ídolos.

Es preciso proveerse de un sayo negro, sin costuras y sin mangas, de un capacete de plomo, constelado con los signos de la Luna, de Venus y de Saturno, de dos velas de sebo humano, colocadas en candeleros de madera negra, tallados en forma de media luna, de dos coronas de Verbena, de una espada mágica de mango negro, de la horquilla mágica, de un vaso de cobre que contenga la sangre de la víctima, de un pebetero para los perfumes, que serán: incienso, alcanfor, áloes, ámbar gris y estoraque, todo esto triturado y hecho pastillas, que se amasarán con sangre de macho cabrío, de topo y de murciélago; también será necesario tener cuatro clavos arrancados del ataúd de un supliciado, la cabeza de un gato negro, alimentado con carne humana durante cinco días, un murciélago ahogado en sangre, los cuernos de un macho cabrío *cum quo puella concubuerit,* y el cráneo de un parricida. Todos estos objetos horribles y muy difíciles de conseguir, una vez reunidos, he aquí cómo se disponen:

Se traza un círculo perfecto con la espada, reservándose, sin embargo, una ruptura para salir, o un camino de salida; en el círculo se inscribe un triángulo, se colora con la sangre el pantáculo trazado con la espada; después, en uno de los ángulos se coloca el trípode, que también debemos contar entre los objetos indispensables; en la base opuesta del triángulo se hacen tres pequeños círculos, para el operador y sus dos ayudantes, y detrás del círculo del operador, se traza, no con la sangre de la víctima, sino con la misma sangre del operador, la propia insignia del lábarum, o el monograma de Constantino. El operador, o sus acólitos deben tener los pies desnudos y la cabeza cubierta.

Se habrá llevado también la piel de la víctima inmolada; esta piel, cortada en tiras, se colocará en el círculo, formaráse con ella otro círculo interno, que se fijará en los cuatro rincones con los cuatro clavos del supliciado; cerca de los cuatro clavos, y fuera del círculo, se colocará la cabeza del gato, el cráneo humano, o más bien, inhumano, los cuernos del macho cabrío y el murciélago; se les aspergerá con una rama de abedul empapada en la sangre de la víctima; después se encenderá un fuego de madera de chopo y de ciprés; las dos velas mágicas se colocarán a derecha e izquierda del operador, en las coronas de verbena. (Véase el grabado.)

Círculo goético de las evocaciones negras y de los pactos.

Pronunciaránse entonces las fórmulas de evocación que se encuentran en los elementos mágicos de Pedro de Apono o en los grimorios, sean manuscritos sean impresos.

El del *Gran grimorio,* repetido en el vulgar *Dragón Rojo,* ha sido voluntariamente alterado al imprimirlo. He aquí tal y como hay que leerla:

"Por Adonaï Eloïm, Adonaï, Jehová, Adonaï Sabaoh, Matraton, On. Agla, Adonaï, Mathon, verbum pythonicum, mysterium salamandæ, conventus sylphorum, antra gnomorum, dæmonia Næli, Gad, Almousin, Gibor, Jehosua, Evam, Zariatnatmik, veni, veni, veni."

La gran llamada de Agrippa, consiste solamente en estas palabras: DIES MIES JESCHET BOENEDOESEF DOUVEMA ENITEMAUS. Nosotros no nos vanagloriamos de comprender el sentido de estas palabras, que quizá no lo tengan, por lo menos no deben tener ninguno que sea razonable, puesto que ellas tienen el poder de evocar al diablo, que es la soberana sinrazón.

Pico de la Mirandola, sin duda por el mismo motivo, afirma que en magia negra las palabras más bárbaras y las más absolutamente ininteligibles, son las más eficaces y las mejores.

Las conjuraciones se repiten elevando la voz y con imprecaciones, amenazas, hasta que el espíritu responde. Acude, ordinariamente precedido de un viento fuerte, que parece estremecer todo el campo. Los animales domésticos tiemblan entonces y se esconden; los asistentes sienten un soplo en su rostro y los cabellos, humedecidos por un sudor frío, se erizan.

La grande y suprema llamada, según Pedro de Apono, es esta:

"*¡Hemen Etan! ¡Hemen Etan! ¡Hemen Etan!* EL * ATI * TITEIP * AZIA * HYN * TEU * MINOSEL * ACHADON * vay * vaa * Eye * Aaa * Eie * Exe * A EL EL EL A ¡HY! ¡HAU! ¡HAU! ¡HAU! ¡VA! ¡VA! ¡VA! ¡VA! ¡CHAVAJOTH!

"¡Aie Saraye, aie Saraye, aie Saraye! per Eloym Archima, Rabur, BATHAS Super ABRAC ruens supervenieus ABEOR SUPER ABEOR *¡Chavajoth! ¡Chavajoth!* impero tibi per clavem SALOMONIS et nomen magnum SEMHANPHORAS."

He aquí ahora los signos y firmas ordinarias de los demonios:

Estas son las firmas de los demonios simples; he aquí las signaturas oficiales de los príncipes del infierno:

Firmas comprobadas jurídicamente (¡jurídicamente! ¡Oh, señor conde de Mirville!) y conservadas en los archivos judiciarios, como piezas de convicción en el proceso del desgraciado Urbano Grandier.

Estas signaturas, o firmas, están puestas en la parte baja de un pacto del cual, M. Collin de Plancy, dió el facsimile en el atlas de su *Diccionario Infernal*, y que lleva este apostillado: "La minuta está en el infierno, en el gabinete de Lucifer", dato bastante precioso acerca de un sitio mal conocido y de una época nada remota con relación a la nuestra, pero anterior, sin embargo, al proceso de los jóvenes Labarre y d'Etalonde, quienes, como todo el mundo lo sabe, fueron contemporáneos de Voltaire.

Las evocaciones iban con frecuencia seguidas de pactos, que se escribían en pergamino de piel de macho cabrío, con una pluma de hierro, empapada en sangre, que debía extraerse del brazo izquierdo. El pacto se hacía por duplicado, llevándose una copia el maligno y quedando la otra en poder del réprobo voluntario. Los compromisos recíprocos eran: para el demonio, servir al brujo durante un cierto número de años, y para el brujo, pertenecer al demonio después del tiempo determinado.

La iglesia, en sus exorcismos, ha consagrado la creencia en todas estas cosas, y puede decirse, que la magia negra y su príncipe tenebroso, son una creación real, viviente, terrible, del catolicismo romano; son, asimismo, su obra especial y característica, porque los sacerdotes no inventan tampoco a Dios. También los verdaderos católicos tienden a la conservación, y hasta a la regeneración de la gran obra, que es la piedra filosofal del culto oficial y positivo. Se dice que en el lenguaje carcelario, los malhechores llaman al diablo el *panadero*. Todo nuestro deseo, y conste que aquí no hablamos como mago, sino como niño entregado al cristianismo y a la iglesia, a la cual debemos nuestra primera educación y nuestros primeros entusiasmos; todos nuestros deseos—repetimos—consisten en que el fantasma de Satán, no pueda también ser llamado el *panadero* de los ministros de la moral y de los representantes de la más elevada virtud. ¿Se comprenderá nuestro pensamiento y se nos perdonará la audacia de nuestras aspiraciones a favor de nuestra abnegación y de la sinceridad de nuestra fe?

La magia creadora del demonio, esa magia que ha dictado el grimorio del papa Honorio, el Enquiridión del papa León III, los exorcismos del Ritual, las sentencias de los inquisidores, las requisitorias de Laubardemont, los artículos de los hermanos Veuillot, los libros de los Sres. Falloux, de Montalembert, de Mirville, la magia de los brujos y de los hombres piadosos, que no son tales, es algo verdaderamente condenable en los unos y de infinitamente lamentable en los otros. Es, especialmente, para combatir, desvelándolas, esas tristes aberraciones del espíritu humano, la idea fundamental a que obedece la publicación de nuestro libro. ¿Puede servir al éxito de esta obra santa?

Pero todavía no hemos mostrado esas obras impías en toda su deleznable torpeza y en toda su monstruosa locura; es preciso remover el sangriento fango de las supersticiones pasadas, es necesario compulsar los anales de la demonomancia, para percibir ciertos sucedidos que la imaginación no inventaría por sí sola. El cabalista Bodín, israelita por convicción y católico por necesidad, no ha tenido otra intención, en su demonomancia de la brujería, que atacar al catolicismo en sus obras y de cogerle los dedos—por decirlo así—en el más grande de todos los abusos de su doctrina. La obra de Bodín, es profundamente maquiavélica y hiere en pleno corazón a las instrucciones y a los hombres, a quienes parece defender. Difícilmente se imaginaría, sin haberle leído, todo cuanto ha recogido y amontonado, en cuanto se refiere a vergonzosas y repugnantes historias, actos de superstición que asquean, decretos y ejecuciones de una ferocidad estúpida ¡Quemadlo todo!, parecían decir los inquisidores; Dios reconocerá perfectamente a los suyos.....! Pobres locos, mujeres histéricas, idiotas, todo, todo era quemado, sin misericordia, por el delito de magia; pero, también, ¡cuántos grandes culpables escapaban a tan injusta y sanguinaria justicia! Esto es lo que Bodín nos hace saber cuando nos refiere anécdotas del género de la que atribuye a la muerte del rey Carlos IX. Es una abominación poco conocida y que no ha tentado todavía, al menos que lo sepamos, aun en las épocas de las más febriles y desoladoras literaturas, el verbo de ningun novelista.

Atacado de un mal que ningún médico podía descubrir la causa, ni explicarse los espantosos efectos y síntomas, el Rey Carlos IX iba a morir. La reina madre, que le dominaba por completo y que podía perder toda su influenia bajo otro reinado; la reina madre, a quien se suponía causante de esa misma enfermedad, aun en contra de sus propios intereses, porque esa mujer era capaz de todo, de ocultas astucias y de intereses desconocidos, consultó primero a sus astrólogos respecto al Rey, recurriendo luego a la más detestable de las magias. El estado del enfermo empeoraba de día en día, hasta el punto de hacerse desesperado. En vista de esta situación quiso consultar el oráculo de la *cabeza sangrienta,* y he aquí cómo se procedió a esta infernal operación:

Se buscó un niño, hermoso de rostro e inocente de costumbres; se le hizo preparar en secreto para su primera comunión por un limosnero de palacio; cuando llegó el día, mejor dicho, la noche del sacrificio, un fraile jacobino, apóstata y entregado al ejercicio oculto de la magia negra, al comenzar la media noche, en la propia alcoba del enfermo y en presencia únicamente de Catalina de Médicis y de sus fieles, se procedió a decir lo que entonces se llamaba la misa del diablo.

Esta misa, celebrada ante la imagen del demonio, teniendo bajo sus pies una cruz invertida, el hechicero consagró dos hostias, una negra y otra blanca. La blanca fué servida al niño, a quien se le condujo vestido como para un bautismo y a quien se degolló sobre las mismas gradas del altar, inmediatamente después que hubo comulgado. Su cabeza, separada del cuerpo de un solo tajo, fué colocada, completamente palpitante, sobre la gran hostia negra, que cubría el fondo de la patena, y después llevada encima de una mesa, en la que ardían dos misteriosas lámparas. Entonces comenzó el exorcismo y el demonio hubo de ser colocado en situación de pronunciar un oráculo y de responder por la cabeza y la boca de esa cabeza, a una pregunta secreta que el Rey no osaba hacer en voz alta y que ni siquiera había confiado a nadie. Entonces una voz débil una voz extraña que no tenía nada de humana, salió de la pobre y sangrienta cabecita del pequeño mártir. "Soy a ello forzado", decía esa voz en latín: *Vim patior.* A esta respuesta, que anunciaba sin duda al enfermo que el infierno no le protegía ya, un temblor horrible se apoderó de él y sus brazos se retorcieron..... Luego gritó con voz ronca: "¡Alejad esa cabeza, alejad esa cabeza!", y hasta que exhaló su último suspiro no se le oyó decir otra cosa. Aquellos de sus servidores, que no habían sido confidentes del afrentoso secreto, creyeron que el Rey se hallaba perseguido por el fantasma de Coligny, y que creía ver constantemente la cabeza del ilustre almirante; pero lo que agitaba al moribundo, no era ya un remordimiento, sino un espanto sin esperanza y un infierno anticipado.

Esta negra leyenda mágica de Bodin recuerda las abominables prácticas y el suplicio bien merecido, de Gilles de Laval, Sr. de Raiz, que pasó del excepticismo a la magia negra, y se entregó para captarse la protección de Satán, a los más asquerosos y criminales sacrificios. Este loco declaró en su proceso que Satán se le había aparecido con frecuencia, pero que le había engañado siempre, prometiéndole tesoros, que no le entregó nunca.

De las informaciones jurídicas resultó que muchos centenares de infortunados niños, habían sido víctimas de las concupiscencias y de las locuras de este asesino.

XVI

Lo que los brujos, hechiceros y nigromantes buscaban, especialmente, en sus evocaciones al espíritu impuro, era ese poder magnético que es el patrimonio del verdadero adepto y que ellos querían usurpar a todo trance, para abusar de él indignamente.

La locura de los hechiceros era una locura malvada, y uno de sus fines, sobre todos, era el del poder de los hechizos o de las influencias deletéreas.

Ya dijimos en nuestro Dogma lo que pensamos acerca de los hechizos y cuán poderoso y real nos parece esa potencia. El verdadero magista hechiza sin ceremonia y por su sola reprobación, a aquellos a quienes quiere desaprobar, o a quienes cree necesario castigar; lo mismo hechiza con su perdón a aquellos que le causan mal, y nunca los enemigos de los iniciados llevarán lejos la impunidad de sus injusticias. Hemos comprobado personalmente numerosos ejemplos de esta ley fatal. Los verdugos de los mártires perecen siempre, desgraciadamente, y los adeptos son los mártires de la inteligencia; pero la Providencia parece despreciar a aquellos que la desprecian y hacen morir a aquellos que tratan de impedirles que vivan. La leyenda del Judío Errante, es la poesía popular de este arcano. Un pueblo ha enviado a un sabio al suplicio y le han dicho: ¡Marcha!, cuando quería reposar un instante. Pues bien; ese pueblo va a sufrir una condenación semejante; va a ser proscrito por completo y por todos los siglos de los siglos se le dirá: "¡Marcha, marcha!", sin que pueda encontrar ni piedad, ni reposo.

Un mago tenía una mujer a quien amaba únicamente y santamente. En la exaltación de su ternura, honraba a esa mujer con una confianza ciega, y descansaba por completo en ella. Enamorada, por decirlo así, de su hermosura y de su inteligencia, esa mujer comenzó a envidiar la superioridad de su marido y le tomó odio. Algún tiempo después lo abandonaba, comprometiéndose con un hombre viejo, feo, nada espiritual y excesivamente inmoral, en cambio. Este era su primer castigo; pero, en él no debía limitarse la pena. El mago pronunció contra ella esta única sentencia: "Yo vuelvo a tomaros vuestra inteligencia y vuestra belleza." Un año después aquellos que la encontraban no la reconocían ya; reflejaba en su semblante la fealdad de sus nuevas afecciones. Tres años después era fea, en toda la extensión de la palabra; siete años después había muerto. Este hecho ha ocurrido en nuestro tiempo, y nosotros hemos conocido a las dos personas.

Los magos condenan a semejanza de los médicos hábiles, y por esto es por lo que no se apela de sus sentencias, cuando ellos han pronunciado un decreto contra un culpable. No necesitan ni ceremonias, ni invocaciones, únicamente deben abstenerse de comer en la misma mesa del condenado, y si se vieran obligados a hacerlo no deben ofrecerle ni aceptar de él la sal.

Los hechizos de la brujería son de otra índole y pueden compararse a verdaderos envenenamientos de una corriente de luz astral. Exaltan su voluntad por medio de ceremonias, hasta el punto de envenenar esa corriente a distancia; pero, como ya lo hicimos observar en nuestro Dogma, se exponen ellos mismos a ser muertos los primeros por sus propias e infernales armas; denunciemos aquí algunos de sus culpables procedimientos. Procúranse cabellos o ropas de la persona a quien quieren maldecir; después escogen un animal que sea a sus ojos el símbolo de esa persona, colocan en medio de los cabellos o de las ropas al citado animal en relación magnética con ellas; le dan su nombre y luego le matan de un solo golpe; con el cuchillo mágico le abren el pecho, le arrancan el corazón y lo envuelven todavía palpitante en los objetos magnetizados y durante tres días y a todas horas, hunden en ese corazón clavos, alfileres enrojecidos al fuego o largas espinas, pronunciando maldiciones contra la persona a quien se está hechizando. Entonces es cuando están persuadidos (y con frecuencia es con razón) de que la víctima de sus infames maniobras experimenta tantas torturas como si efectivamente tuviera todas esas puntas hundidas en el corazón. Desgraciadamente la persona hechizada comienza a perecer, y al cabo de algún tiempo muere de un mal desconocido.

Otro hechizo, usado entre las gentes del campo, consiste en consagrar clavos por medio de obras de odio, con fumigaciones fétidas de saturno e invocaciones a los malos genios; después, en seguir las huellas de la persona a quien se quiere atormentar, clavando en forma de cruz todas las huellas de los pasos que pueda haber dejado en la tierra o en la arena.

Otro, aún más abominable, se practica así: se toma un sapo grande y se le administra el baustimo, dándole el nombre y el apellido de la persona a quien se quiere maldecir, se le hace tragar en seguida una hostia consagrada, ante la cual se habrán pronunciado fórmulas de execración, envolviéndola después entre los objetos magnetizados, que se liarán con cabellos de la víctima, sobre los cuales habrá escupido previamente el operador, y se entierra el todo bajo el umbral de la puerta maleficiada, o en un sitio por donde la citada víctima tenga que pasar todos los días.

Vienen, seguidamente, los hechizos por medio de imágenes de cera. Los nigromantes de la edad media, celosos por agradar, valiéndose de sacrilegios, a aquel que los miraba como maestro, mezclaban con la cera aceite bautismal y cenizas de hostias quemadas. Siempre se encontraban sacerdotes apóstatas, dispuestos a entregar los tesoros de la iglesia. Con la cera maldita se formaba una imagen, tan parecida como fuese posible, de la persona a quien se quería hechizar; se vestía esa imagen, con ropas semejantes a las suyas, se le daban los mismos sacramentos que aquélla había recibido, y después se pronunciaban sobre la cabeza de la imagen todas las maldiciones susceptibles de salir por la boca del hechicero, y se infligía diariamente a la imagen maldita, todas cuantas torturas pueden imaginarse para alcanzar y atormentar, por simpatía, a aquél o a aquélla que la figura representaba.

El hechizo es más infalible cuando el hechicero puede procurarse cabellos, sangre, y, sobre todo, un diente de la persona a quien se quiere hechizar. Esto es lo que ha dado lugar a ese proverbio que dice: Vos tenéis un diente contra mí.

Se hechiza también por la mirada, y esto es a lo que en Italia se llama *jettatura,* o hacer mal de ojo. En la época de nuestras discordias civiles, un hombre, que poseía una tienda, tuvo la desgracia de denunciar a uno de sus vecinos. Este, después de haber estado detenido algún tiempo, fué puesto en libertad, pero tuvo la desdicha de perder su posición social. Por toda venganza, pasaba dos veces al día por delante de la tienda de su denunciador, y mirándole fijamente, le saludaba y pasaba. Al cabo de algún tiempo el comerciante no podía soportar el suplicio que le causaba la mirada del denunciado, por lo cual vendió su establecimiento con pérdida considerable, y cambió de barrio sin decir su nuevo domicilio; en una palabra, estaba arruinado.

Una amenaza es un hechizo real, por cuanto obra vivamente sobre la imaginación, sobre todo si esa imaginación acepta fácilmente la creencia de que se trata de un poder oculto e ilimitado. La terrible amenaza del infierno, ese hechizo a la humanidad durante muchos siglos, ha creado más pesadillas, más enfermedades, sin nombre, más locuras furiosas, que todos los vicios y todos los excesos reunidos. Esto es lo que figuran los artistas herméticos de la edad media, por medio de los monstruos increíbles y desconocidos, que incrustaban en los pórticos de las basílicas que construían.

Pero el hechizo por la amenaza produce un efecto absolutamente contrario a las intenciones del operador, cuando la amenaza es evidentemente vana, cuando provoca la fiereza legítima del que se ve amenazado y engendra en éste, por consiguiente, la resistencia; y, por último, cuando es ridícula a fuerza de ser atroz.

Son los sectarios del infierno los que han desacreditado el cielo. Decidle a un hombre razonable que el equilibrio es la ley del movimiento de la vida, y que el equilibrio moral, la libertad, reposa sobre una distinción eterna e inmutable entre lo verdadero y lo falso, entre el bien y el mal; decidle que, dotado de una voluntad libre, debe hacerse lugar por sus obras en el imperio de la verdad y del bien, o caer eternamente, como la roca de Sisifo, en el caos de la mentira y del mal; comprenderá ese dogma y si llamáis a la verdad y al bien, cielo, y a la mentira y al mal infierno, creerá en vuestro cielo y en vuestro infierno, por encima de los cuales el ideal divino permanece en calma, perfecto e inaccesible a la cólera como a la ofensa; porque comprenderá que, si el infierno en principio, es eterno como la libertad, no podría ser en el hecho más que un tormento pasajero para las almas, puesto que es una expiación, y que la idea de expiación supone, necesariamente, la de la reparación y destrucción del mal.

Dicho esto, no con intenciones dogmáticas, que no podrían ser de nuestro resorte, sino para indicar el remedio moral y razonable del hechizo de nuestras conciencias por el terror a la otra vida, hablemos de los medios de sustraerse a las influencias funestas de la cólera humana.

El primero de todos, es ser razonables y justos y en no dar pávulo ni razón a la cólera. Una cólera legítima es muy de temer. Apresuráos entonces a reconocer la razón que la produce y a enmendaros. Si la cólera persiste después de vuestra enmienda, será porque proceda de un vicio que no habéis corregido; tratad de sabed cuál es ese vicio, y mirar fuertemente a las corrientes magnéticas de la virtud contraria. El hechizo, entonces, no tendrá poder contra vos.

Haced lavar con cuidado, antes de darlas o quemarlas, las ropas y los vestidos que han sido de vuestro uso; no uséis nunca un vestido o traje que haya servido a una persona desconocida, sin antes haberlas purificado por el agua, por los aromas, por el incienso, por perfumes, tales como el alcanfor, el incienso, el ámbar, etc.

Un gran medio de resistir al hechizo, es el de no temerle; el hechizo obra a la manera de las enfermedades contagiosas. En tiempo de peste, aquellos que tienen miedo son los primeros que caen. El medio de no temer el mal, es no preocuparse de él poco ni mucho, y aconsejo con el mayor desinterés, puesto que es un libro de magia del que yo soy autor, en donde doy el consejo a las personas nerviosas, débiles, crédulas histéricas, supersticiosas, devotas, tontas, sin energía, sin voluntad, de no abrir nunca un libro de magia y de cerrar éste si lo hubieran abierto, de no escuchar a aquellos que hablen de ciencias ocultas, de burlarse, de no creer nunca y de comer y beber fresco, como decía el gran mago pantagruelista, el excelente cura de Meudon.

Por lo que respecta a los sabios (tiempo es de que nos ocupèmos de ellos, después de haberlo hecho de los locos) no tienen otros maleficios que temer, que los de la fortuna; pero, como pueden ser sacerdotes o médicos, pueden, por eso mismo, ser llamados a curar maleficios, y he aquí cómo deben proceder:

Es preciso inducir a la persona maleficiada, a hacer un beneficio cualquiera al maleficiador o prestarle un servicio que él no pueda rehusar, y tratar de arrastrarle, sea directa, sea indirectamente, a la comunión de la sal.

La persona que se crea hechizada por la execración y entierro de un sapo, deberá llevar consigo un sapo vivo en una caja de asta.

Para el hechizo por medio de un corazón horadado, será necesario dar de comer a la persona enferma, un corazón de cordero, sazonado con salvia y verbena, y hacerla llevar un talismán de Venus o de la Luna, contenido en una bolsita llena de alcanfor y de sal.

Para el hechizo por medio de la figura de cera, es preciso hacer una figura más perfecta, ponerle de la misma persona todo lo que ella pueda darle, colgarle al cuello siete talismanes, colocarla en medio de un gran pantáculo representando el pentagrama y frotarla ligeramente todos los días, con una mezcla de aceite y bálsamo, después de haber pronunciado los conjuros de los cuatro, para desviar la influencia de los espíritus elementales. Al cabo de siete días habrá que quemar la imagen en el fuego consagrado, estando entonces seguros de que la estatua del hechicero perderá en el mismo momento toda su virtud.

Ya hemos hablado de la medicina simpática de Paracelso, que medicinaba sobre miembros de cera y operaba con la sangre producida por las llagas para curar éstas. Este sistema le permitía el empleo de más violentos remedios.

Por esto tenía como específicos principales, el sublimado y el vitriolo. Creemos que la homeopatía es una reminiscencia de las teorías de Paracelso y un retorno a sus sabias prácticas. Pero, ya volvemos sobre este asunto en el capítulo veintiuno, que estará consagrado exclusivamente a la medicina oculta.

Los votos de los padres comprometiendo el porvenir de sus hijos, son hechizos condenables; los hijos dedicados a vestir siempre de blanco, no prosperan casi nunca; los que se dedican al celibato caen ordinariamente en la depravación, o giran alrededor de la desesperación o de la locura. No está permitido al ser humano violentar el destino, y menos todavía, poner trabas al legítimo ejercicio de la libertad.

Agregamos aquí, a modo de suplemento y apéndice a este capítulo, algunas palabras acerca de las mandrágoras (1) y de los androides (2) que muchos magistas confunden con las figurillas de cera que sirven para las prácticas de los hechizos.

La mandrágora natural, es una raíz cabelluda, que presenta más o menos, en su conjunto, sea la figura de un hombre, sea la de una mujer, sea la de las partes viriles, sea las de la generación. Esta raíz es ligeramente narcótica, y los antiguos le atribuían una virtud afrodisiaca, que la hacía muy apreciada y muy buscada entre la brujería de la Tesalia para la composición de filtros.

¿Esta raíz es como la suponía un cierto misticismo mágico, el vestigio umbilical de nuestro origen terrestre? Esto es lo que no osaríamos afirmar seriamente. Es cierto, sin embargo, que el hombre ha salido del limo de la tierra; ha debido, pues, formarse en su primer bosquejo bajo la forma de una raíz. Las analogías de la naturaleza exigen absolutamente que se ad-

---

(1) Mandrágora. Hierba medicinal de cuya raíz salen muchas hojas de color verde oscuro, rugosas, de un pie de largas, puntiagudas en sus dos extremos y de mal olor. (N. del T.).

(2) Androide, autómata de figura humana. (N. del T.).

mita esta noción, o por lo menos como una posibilidad. Los primeros hombres debieron ser, por tanto, una familia de gigantescas mandrágoras sensitivas, que el Sol debió animar y que debieron por sí mismas desprenderse de la tierra, lo que no excluye en nada, y aun supone, por el contrario, de una manera positiva, la voluntad creadora y la cooperación providencial de la primera causa que nosotros tenemos *razón* en llamar DIOS.

Algunos antiguos alquimistas aferrados a esta idea, soñaron con el cultivo de la mandrágora y trataron de reproducir artificialmente una lama (1) bastante fecunda y un sol bastante activo, para *humanizar* de nuevo esta raíz y crear de este modo hombres sin el concurso de mujeres.

Otros que creían ver en la humanidad la síntesis de los animales, desesperaron de animar la mandrágora; pero cruzaron los ayuntamientos monstruosos y arrojaron la semilla humana en tierra animal, sin producir otra cosa que crímenes vergonzosos y monstruos sin posteridad.

La tercera manera de formar el androide, es por el mecanismo galvanizado. Se ha atribuído a Alberto el Grande, uno de esos autómatas casi inteligente y se agrega que Santo Tomás le rompió de un bastonazo, porque se vió turbado por sus respuestas. Este cuento es una alegoría.

El androide de Alberto el Grande, es la teología aristotélica de la escolástica primitiva, que fué destruída por la mano de Santo Tomás, ese audaz innovador, que fué el primero que substituyó la ley absoluta de la razón, por lo arbitrario divino, osando formular este axioma, que no tememos repetir hasta la saciedad, por cuanto emana de semejante maestro: Una cosa no es justa, porque Dios lo quiere, sino que Dios la quiere, porque es justa.

El androide real, el androide serio de los antiguos, era un secreto que ocultaban a todas las miradas y que Mesmer fué el primero que osó divulgar en nuestros días: era la extensión de la voluntad del mago en otro cuerpo, organizado y servido por un espíritu elemental; o en otros términos modernos y más inteligibles: era un sujeto magnético.

(1) El cieno o lodo que queda en los parajes o vasos en que hay o ha habido agua largo tiempo. (N. del T.).

XVII

Hemos terminado con el infierno y respiramos a plenos pulmones al volver a la luz, después de haber atravesado los antros de la magia negra. ¡Retírate, Satán! Renunciamos a tí, a tus pompas, a tus obras y mucho más todavía a tus fealdades, a tus miserias, a tu *nada,* a tus mentiras..... El gran iniciador te ha visto caer del cielo como fulminado por el rayo. La leyenda cristiana te convirtió haciéndote poner dulcemente la cabeza del dragón bajo el pie de la madre de Dios. Tú eres, para nosotros, la imagen de la inteligencia y del misterio; tú eres la sinrazón y el ciego fanatismo; tú eres la inquisición y su infierno; tú eres el dios de Torquemada y de Alejandro VI; tú te has convertido en juguete de nuestros hijos y tu último lugar está fijado al lado de Polichinela; tú no eres ya nada más que un personaje grotesco de nuestros teatros foráneos y un motivo de exhibición en algunas tiendas tenidas por religiosas.

Después de la décima sexta clave del Tarot, que representa la ruina del templo de Satán, encontramos en la décima séptima página un magnífico y gracioso emblema.

Una mujer desnuda, una joven inmortal, esparce sobre la tierra la savia de la vida universal que sale de dos vasos, uno de oro y otro de plata; cerca de ella hay un arbusto florido, sobre el cual está posada la mariposa de Psiquis; encima de ella, hay una estrella brillante de ocho rayos, a cuyo alrededor están distribuídas otras siete estrellas.

¡Creo en la vida eterna! Tal es el último artículo del simbolismo cristiano, y este artículo, por sí solo, es toda una profesión de fe.

Los antiguos comparando la tranquila inmensidad del cielo, poblado todo él de inmutables luces, ajeno a las agitaciones y tinieblas de este mundo, han creído encontrar en el hermoso libro de letras de oro, la última palabra del enigma de los destinos; entonces trazaron, imaginativamente, líneas de correspondencia entre esos brillantes puntos de la escritura divina y dijeron que, las primeras constelaciones detenidas por los pastores de la Caldea, fueron también los primeros caracteres de la escritura cabalística.

Estos caracteres, manifestados, primero por líneas y encerrados luego en figuras geroglíficas, habrían, según M. Moreau de Dammartín, autor de un tratado muy curioso sobre el origen de los caracteres alfabéticos, determinado a los antiguos magos la elección de los signos del Tarot, que dicho sabio reconoce, como nosotros, como un libro esencialmente hierático y primitivo.

Así, pues, en opinión de ese sabio, el *Tseu* chino, el *Aleph* de los hebreos y el *Alpha* de los griegos, manifestados jeroglíficamente por la figura del batelero, serían tomados de la constelación de la grulla, vecina del pez astral de la esfera oriental.

El *Tcheou* chino, la *Beth* hebrea y la *B* latina, correspondientes a la papisa o a Juno, fueron formados con la cabeza de carnero; *Layn* china, la *Ghimel* hebrea y la *G* latina, figuradas por la emperatriz, serían tomadas de la constelación de la Osa mayor, etc., etc.

El cabalista Gaffarel, a quien ya hemos citado más de una vez, trazó un planisferio en que todas las constelaciones forman letras hebraicas; pero, debemos confesar que la configuración nos parece, con frecuencia más que arbitraria y que no comprendemos por qué, por indicación de una sola estrella, por ejemplo Gaffarel traza más bien una ר o que ו que una ז; cuatro estrellas, igualmente dan asimismo, una ח o una ה, o una ה más que una א. Esto es lo que nos ha impedido ofrecer aquí una copia del planisferio de Gaffarel, cuyas obras no son, por otra parte, extremadamente raras. Ese planisferio ha sido reproducido en la obra del P. Montfancon, que trata de las religiones y supersticiones del mundo, y de la cual se encuentra igualmente una copia en la obra sobre magia publicada por el místico Eckartshausen.

Por otra parte, los sabios no están de acuerdo acerca de la configuración de las letras del alfabeto primitivo. El Tarot italiano, del que es de aplaudir que los tipos góticos se hayan conservado, se refiere, por la disposición de sus figuras, al alfabeto hebreo, que ha estado en uso después de la cautividad, y al que se llama alfabeto asirio; pero existen fragmentos de otros *Tarots,* anteriores a éste, en que la disposición no es ya la misma. Como no es posible aventurar nada en materias de erudición, nos atendremos, para fijar nuestro juicio, de nuevos y más concluyentes descubrimientos.

Por lo que respecta al alfabeto de las estrellas, creemos que es facultativo, como la configuración de las nubes, que parece toman todas las formas que nuestra imaginación les presta. Lo propio sucede con los grupos de estrellas, como en los puntos de la geomancia y en el conjunto de cartas en la moderna cartomancia. Es un pretexto para magnetizarse a sí mismo y un instrumento que puede fijar y determinar la intuición natural. Así, un cabalista habituado a los jeroglíficos místicos, verá en las estrellas signos que no descubrirá un simple pastor; pero éste, por su parte, encontrará allí combinaciones que escaparán tal vez al cabalista. Las gentes del campo ven un rastrillo en la espada y la cintura de Orión; un cabalista hebreo, vería en el mismo Orión, considerado en conjunto, todos los misterios de Ezequiel, los diez sefirotas dispuestos en ternario, un triángulo central formado por cuatro estrellas, después una línea de tres, formando el *jod,* y las dos figuras juntas manifestando todos los misterios del Bereschit, luego cuatro estrellas formando las ruedas de Mercavah y completando el carro divino. Mirando de otra manera y disponiendo de otras líneas ideales, se verá una ג, Ghimel, perfectamente formada y colocada debajo de una י, jod, en una gran ד, daleth, invertida; figura que representa la lucha del bien y del mal, con el triunfo definitivo del bien. En efecto la ג, fundada sobre la jod, es el ternario producido por la unidad, es la manifestación divina del Verbo, mientras que la daleth invertida es el cuaternario compuesto del mal binario, multiplicado por sí mismo. La figura de Orión, así considerada, sería, pues, idéntica a la del Angel Miguel, luchando contra el dragón, y la aparición de este signo, presentándose bajo esta forma, sería para el cabalista un presagio de victoria y de dicha.

Una dilatada contemplación del cielo exalta la imaginación; las estrellas entonces responden a nuestros pensamientos. Las líneas trazadas mentalmente de la una a la otra, por los primeros contempladores, han debido dar a los hombres las primeras ideas de la geometría. Según nuestra alma se halle agitada o tranquila, las estrellas parecen rutilantes de amenazas o centelleantes de esperanzas. El cielo es también el espejo del alma humana, y cuando creemos leer en los astros, es en nosotros mismos en donde leemos.

Gaffarel, aplicando a los destinos de los imperios los presagios de la escritura celeste, dice que los antiguos no han figurado vanamente en la parte septentrional del cielo todos los signos del mal augurio, y que así en todos los tiempos, las calamidades han sido consideradas como procedentes del norte para repartirse sobre la tierra invadiendo el mediodía.

Es por esto—dice—"por lo que los antiguos han figurado esas partes "septentrionales del cielo como una serpiente o dragón muy cerca de las "dos osas, puesto que esos animales son los verdaderos jeroglíficos de "tiranía y de toda clase de opresión. Y, efectivamente, recorred los anales "y veréis que todas las más grandes desolaciones que han ocurrido han "procedido del lado de septentrión. Los asirios o caldeos, animados por "Nabucodonosor y Salmanasar, han dejado ver esta verdad con la des- "trucción de un templo y una ciudad, los más suntuosos y santos del "Universo y con la completa ruina de un pueblo del que el mismo Dios "había tomado la singular protección y del que se decía particularmente "el padre. ¿Y la otra Jerusalen, la feliz Roma, no han experimentado con "frecuencia las furias de esta malvada raza del septentrión, cuando por la "crueldad de Alarico, Genserico, Atila y demás príncipes godos, hunos, "vándalos y alanos, vió sus altares derribados y las cimas de sus soberbios "edificios igualadas al nivel de los cardos?..... Pues bien, en los secretos "de esta escritura celeste, se leen por el lado de septentrión las desdichas "y los infortunios, puesto que *a septentrione pandetur omne malum.* Así, "pues, el verbo [illegible], que nosotros traducimos por *pandetur,* significa "también *depingetur* o *scribetur* y la profecía significa igualmente: Todas "las desdichas del mundo están escritas en el cielo del lado del norte."

Hemos transcrito este pasaje de Gaffarel, porque no deja de tener actualidad en nuestra época, en que el Norte parece amenazar nuevamente a toda Europa, como es también el destino de las escarchas, ser vencidas por el sol, del mismo modo que las tinieblas se disipan por sí solas a la llegada de la luz. He aquí para nosotros la última palabra de la profecía y el secreto del porvenir.

Gaffarel agrega algunos pronósticos sacados de las estrellas, como, por ejemplo, el debilitamiento progresivo del imperio otomano; pero, como ya lo hemos dicho, sus figuras de letras consteladas son bastante arbitrarias. Por lo demás, declara haber tomado estas predicciones de un cabalista hebreo llamado Rabi Chomer, que no se jacta de haberlas comprendido del todo.

He aquí el cuadro de los caracteres mágicos que fueron trazados por los antiguos astrólogos según las constelaciones zodiacales; cada uno de esos caracteres representa el nombre de un genio, bueno o malo. Sabido es que los signos del zodíaco se refieren a diversas influencias celestes, y. por consecuencia, expresan una alternativa anual de bien o de mal.

Los nombres de los genios designados por esos caracteres, son:

Para Aries, SATAARAN y *Sarahiel.*
Para Tauro, BAGDAL y *Araziel.*
Para Géminis, SAGRAS y *Saraïel.*
Para Cáncer, RAHDAR y *Plakaiel.*
Para Leo, SAGHAM y *Seratiel.*
Para Virgo, IADARA y *Schaltiel.*
Para Libra, GRASGARBEN y *Hadakiel.*
Para Escorpión, RIEHOL y *Saissaiel.*
Para Sagitario, VHNORI y *Saritaiel.*
Para Capricornio, SAGDALON y *Semakiel.*
Para Acuario, ARCHER y *Ssakmakiel.*
Para Piscis, RASAMASA y *Vacabiel.*

El sabio que quiere leer en el cielo debe observar también los días de la luna, cuya influencia es muy grande en astrología. La luna atrae y repele sucesivamente el flúido magnético de la tierra, siendo así como produce el flujo y reflujo del mar; es preciso conocer bien las fases y saber discernir de ellas los días y las horas. La nueva luna es favorable para el comienzo de todas las obras mágicas; desde el primer cuarto hasta la luna llena, su influencia es cálida; de la luna llena al último cuarto, es seca; del último cuarto hasta el fin, es fría.

He aquí ahora los caracteres especiales de todos los días de la luna marcados por las veintidós claves del Tarot y por los signos de los siete planetas.

1. El batelero o el mago.

El primer día de la luna es el de la creación de la luna misma. Este día está consagrado a las iniciativas del espíritu y debe ser propicio a las innovaciones felices.

2. La papisa o la ciencia oculta.

El segundo día, cuyo genio es Enediel, fué el quinto de la creación; puesto que la luna fué hecha el cuarto día. Los pájaros y los peces, que fueron creados en este día, son los jeroglíficos vivientes de las analogías mágicas y del dogma universal de Hermes. El agua y el aire, que fueron entonces llenados en las formas del Verbo, son las figuras elementales del Mercurio de los sabios, es decir, de la inteligencia y de la palabra. Este día es propicio para las revelaciones, las iniciaciones y los grandes descubrimientos de la ciencia.

3. La madre celeste o la emperatriz.

El tercer día fué el de la creación del hombre. También la luna, en cábala, es llamada MADRE, cuando se la presenta acompañada del número

3. Este día es favorable para la generación, y generalmente para todas las producciones, sea del cuerpo, sea del espíritu.

4. El emperador o el dominador.

El cuarto día es funesto; fué el del nacimiento de Caín; pero es favorable para las empresas injustas y tiránicas.

5. El papa o el hierofante.

El quinto es dichoso; fué el del nacimiento de Abel.

6. El enamorado o la libertad.

El sexto, es un día de orgullo; fué el del nacimiento de Lamech, aquel que decía a sus mujeres: Yo he muerto a un hombre que me había golpeado y a un joven que me había herido. ¡Maldito sea quien pretenda castigarme! Este día es propicio para las conjuraciones y revueltas.

7. La carreta.

En el séptimo día, nacimiento de Hebron, aquel que dió su nombre a la primera de las ciudades santas de Israel. Día de religión, de plegarias y de éxitos.

8. La justicia.

Asesinato de Abel. Día de expiación.

9. El viejo o la ermita.

Nacimiento de Matusalem. Día de bendición para los niños.

10. La rueda de la fortuna o de Ezequiel.

Nacimiento de Nabucodonosor. Reinado de la bestia. Día funesto.

11. La fuerza.

Nacimiento de Noé. Las visiones de este día son engañosas, pero es un día de santidad y de longevidad para los niños que nazcan en él.

12. El sacrificado o el ahorcado.

Nacimiento de Samuel. Día profético y cabalístico, favorable para la conclusión de la gran obra.

13. La muerte.

Día del nacimiento de Canaan, el hijo maldito de Cam. Día funesto y momento fatal.

14. El ángel de templanza.

Bendición de Noé, el décimo cuarto día de la luna. Lo preside el ángel Cassiel, de la jerarquía de Uriel.

15. Tyfon o el diablo.

Nacimiento de Ismael. Día de reprobación y de destierro.

16. La torre fulminada.

Día del nacimiento de Jacob y de Esaü y de la predestinación de Jacob por la ruina de Esaü.

17. La estrella rutilante.

El fuego del cielo quema a Sodoma y a Gomorra. Día de salvación para los buenos y de ruina para los malvados, peligroso si cae en sábado. Está bajo el reinado de Escorpión.

18. La luna.

Nacimiento de Isaac, triunfo de la esposa. Día de afección conyugal y de buena esperanza.

19. El sol.

Nacimiento de Faraón. Día benéfico o fatal para las grandezas del mundo, según los diferentes méritos de los grandes.

20. El juicio.

Nacimiento de Jonás, el órgano de los juicios de Dios. Día propicio para las revelaciones divinas.

21. El Mundo.

Nacimiento de Saul, reinado material. Peligro para el espíritu y la razón.

22. Influencia de Saturno.

Nacimiento de Job. Día de prueba y de dolor.

23. Influencia de Venus.

Nacimiento de Benjamín. Día de preferencia y de ternura.

24. Influencia de Júpiter.

Nacimiento de Jafet.

25. Influencia de Mercurio.

Décima plaga de Egipto.

26. Influencia de Marte.

Liberación de los israelitas y paso del Mar Rojo.

27. Influencia de Diana o de Hecate.

Victoria resonante alcanzada por Judas Macabeo.

28. Influencia del sol.

Sansón levanta las puertas de Gaza. Día de fuerza y de liberación.

29. El loco del Tarot.

Día de abortos y de fracasos en todas las cosas.

Por este cuadro rabínico, que Juan Belot y otros han tomado de los cabalistas hebreos, puede verse que esos antiguos maestros deducían, *a posteriori*, los hechos de las influencias presumibles, lo que es completamente lógico en las ciencias ocultas. Se ve también, cuán diversas significaciones están encerradas en esas veintidós claves que forman el alfabeto universal del Tarot y la verdad de nuestras aserciones cuando pretendemos que todos los secretos de la Cábala y de la magia, todos los misterios del antiguo mundo, toda la ciencia de los patriarcas, todas las tradiciones históricas, aun las de los tiempos primitivos, están encerradas en ese libro jeroglífico de Thot, de Henoch o de Cadmus.

Un medio muy sencillo de encontrar los horóscopos celestes por onomancia, es el que vamos a indicar; reconcilia a Gaffarel con nosotros y puede dar resultados asombrosos de exactitud y profundidad.

Tomad una tarjeta negra en la que recortaréis al descubierto el nombre de la persona para quien debéis consultar; colocad esa tarjeta en el extremo de un tubo adelgazado por la parte del ojo del observador y más ancho por el lado de la tarjeta; después miraréis hacia los cuatro puntos cardinales alternativamente, comenzando por Oriente y concluyendo por el Norte. Tomaréis nota de todas las estrellas que veáis através de las letras recortadas en la tarjeta, y después convertiréis las letras en números, y con la suma de la adición escrita de la misma manera, renovaréis la operación; contaréis cuántas estrellas tenéis, y después, agregando ese número al del nombre, sumaréis una vez más y escribiréis el total de ambos números en caracteres hebraicos. Renovaréis entonces la operación, e inscribiréis aparte las estrellas que hayáis encontrado; después buscaréis en el planisferio celeste los nombres de todas las estrellas; haréis la clasificación, según su magnitud y su brillo; escogeréis la mayor y la más brillante, como estrella polar de vuestra operación astrológica; buscaréis, seguidamente en el planisferio egipcio (se encuentra muy completo y bien grabado en el atlas de la gran obra de Dupuis), buscaréis los nombres y la figura de los genios a que pertenecen las estrellas. Entonces conoceréis cuáles son los signos felices y desgraciados que entran en el nombre de la persona y cuál será su influencia, sea en la infancia (este es el nombre trazado en Oriente), sea en la juventud (este es el nombre del mediodía), sea en la edad madura (este es el nombre de Occidente), sea en la vejez (el nombre trazado en el Norte), sea, en fin, en toda la vida (estas son las estrellas que entrarán en el número entero formado por la adición de las letras y de las estrellas). Esta operación astrológica es sencilla, fácil y requiere pocos cálculos; se remonta a la más lejana antigüedad y pertenece evidentemente, como uno se podrá convencer estudiando las obras de Gaffarel y de su maestro Rabí Chomer, a la magia primitiva de los patriarcas.

Esta astrología onomántica era la de todos los antiguos cabalistas hebreos, como lo prueban sus observaciones, conservadas por Rabí Chomer, Rabí Capol, Rabí Adjudan y otros maestros en cábala. Las amenazas de los profetas a los diversos imperios del mundo, estaban fundadas en los caracteres de las estrellas que se encontraban verticalmente encima de ellos en la relación habitual de la esfera celeste con la terrestre. Así es como escribiendo en el mismo cielo de la Grecia su nombre en hebreo יוו o יוב y traduciéndole en números, habían encontrado la palabra ח ר כ, que significa destruído, desolado.

חרב	יוב
2 2 8	5 6 1
CHARAB.	JAVAN
Destruído, desolado.	*Grecia*
Suma 12	Suma 12

De aquí dedujeron que, después de un ciclo de 12 períodos, la Grecia sería destruída, desolada.

Un poco antes del incendio y destrucción del templo de Jerusalén por Nabuzardan, los cabalistas habían advertido verticalmente encima del templo once estrellas dispuestas de este modo:

*** *** **

*

* *

y que entraban todas en la palabra חבשיח escrita del septentrión al occidente: *Hibschich,* lo que significa reprobación y abandono sin misericordia. La suma del número de letras es 423, tiempo justo de la duración del templo.

Los imperios de Persia y de Asiria estaban amenazados de destrucción por cuatro estrellas verticales que entraron en estas tres letras רוב, *Rob,* y el número fatal indicado por las letras era 208 años.

Cuatro estrellas también anunciaron a los rabinos cabalistas la caída y la división del imperio de Alejandro, formando la palabra פרד, *parad,* dividir, de la cual el número 284 indica la duración entera de este reino, sea en su raíz, sea en sus ramas.

Según Rabí Chomer, los destinos del poder otomano en Constantinopla estaban fijados por anticipado y aunciados por cuatro estrellas que, alineadas en la palabra כאה, *caah,* significan estar débil, enfermo, marchar a su fin. Las estrellas que están en la letra א, siendo más brillantes, indican una gran א y dan a esta letra el valor de mil. Las tres letras reunidas hacen mil veinticinco, que es preciso contar a partir de la toma de Constantinopla por Mahomed II, cálculo que promete, todavía, muchos siglos de existencia al debilitado imperio de los sultanes sostenido ahora por toda Europa reunida.

El MANE THECEL PHARES que Baltasar, en su embriaguez, vió escrito en el muro de su palacio por la irradiación de las antorchas, era una intuición onomántica del género de la de los rabinos. Baltasar, iniciado sin duda por sus adivinos hebreos, en la lectura de las estrellas, operaba maquinal e instintivamente sobre las lámparas de su nocturno festín, como hubiera podido hacerlo sobre las estrellas del firmamento. Las tres palabras que había formado en su imaginación, se hicieron pronto imborrables a sus ojos e hicieron palidecer todas las luces de su fiesta. No era difícil predecir a un rey que en una ciudad sitiada se abandonaba a las orgías, un fin semejante al de Sardanápalo. Ya lo hemos dicho, y lo repetiremos para conclusión de este capítulo, que las intuiciones magnéticas dan por sí solas valor y realidad a todos esos cálculos cabalísticos y astrológicos; pueriles, quizá, y completamente arbitrarios si se hacen sin inspiración, por fría curiosidad y sin una voluntad poderosa.

XVIII

Viajemos ahora por Tesalia, por el país de los encantamientos. Fué aquí en donde Apuleo se vió engañado, como los compañeros de Ulises y en donde sufrió una vergonzosa metamorfosis. Aquí todo es mágico, los pájaros que vuelan, los insectos que voltejean y zumban alrededor de las plantas, los árboles y hasta las flores; aquí se componen a la luz de la luna los venenos que inspiran el amor; aquí las estrygas componen los encantos que las hacen jóvenes y bellas como las Charitas. ¡Hombres jóvenes, guardáos!

El arte de los envenenamientos de la razón o de los filtros, parece, en efecto, según las tradiciones, haberse desarrollado con más lujo en Tesalia que en otras partes, su esflorescencia venenosa; pero allí también el magnetismo desempeñó un papel más importante, porque las plantas excitantes o narcóticas, las substancias animales maleficiadas y enfermizas, producían todos los efectos de los encantamientos, es decir, sacrificios por parte de las hechiceras y por las palabras que pronunciaban al preparar sus filtros y sus bebedizos.

Las substancias excitantes y aquellas que contienen mayor cantidad de fósforo, son naturalmente afrodisiacas. Todo lo que obra vivamente sobre el sistema nervioso, puede determinar la sobreexcitación pasional, y si una voluntad hábil y perseverante sabe dirigir e influenciar esas disposiciones naturales, se servirá de las pasiones de los demás en provecho de las suyas, y reducirá y obligará a las personas más fieras a convertirse, en un tiempo determinado, en instrumento de placeres.

De semejante influencia importa preservarse, y en dar armas a los débiles, es de lo que vamos a ocuparnos en el presente capítulo.

He aquí, primero, cuáles son las prácticas del enemigo:

Aquel que quiera hacerse amar (atribuímos a un hombre solamente todas estas maniobras ilegítimas, no suponiendo que una mujer tenga de ellas necesidad), debe, en primer término, hacerse advertir y producir una impresión cualquiera en la imaginación de la persona que codicia. Que la cause admiración, asombro, terror y aun horror también si no tiene otro recurso; pero le es preciso, a cualquier precio, que por ella salga del rango de los hombres ordinarios y que ocupe, de grado o por fuerza, un lugar en sus recuerdos, en sus aprensiones y aun en sus sueños. Los Lovelaces no son ciertamente el ideal confesado de las Clarisas; pero ellas piensan sin cesar en ellos para reprobarlos, para maldecirlos, para compadecerse de sus víctimas, para desear su conversión y su arrepentimiento. Luego quisieran regenerarlos por la abnegación y el perdón; después, la vanidad secreta las dice que sería hermoso fijar el amor de un Lovelace, amarle y resistirle; al decir que quisiera amarle enrojece, renuncia a ello mil veces y no le ama sino mil veces más; después, cuando llega el momento supremo, se olvida de resistirle.

Si los ángeles fueran tan mujeres como los representa el misticismo morderno, Jehová habría obrado como padre bien prudente y bien sabio cuando puso a Satán a la puerta del cielo.

Una gran decepción para el amor propio de las mujeres honradas, es la de encontrar bueno e irreprochable el fondo del hombre de que se habían enamorado, cuando le habían considerado como un bandido. El ángel entonces abandona al buen hombre con desprecio diciéndole: ¡Tú no eres el diablo!

Imitad al diablo lo más perfectamente posible, vosotros los que queráis seducir a un ángel.

No se le permite nada a un hombre virtuoso. ¿Para qué, en efecto, ese hombre nos toma?—dicen las mujeres. ¿Se cree que no hay quien tenga peores costumbres que él? Se le perdona todo a un libertino, ¿qué queréis esperar de semejante ser?

El papel del hombre de grandes principios y de un carácter rígido, no puede ser una potencia más que cerca de mujeres que no han tenido nunca necesidad de seducir; todas las demás, sin excepción, adoran a los malos sujetos.

Sucede todo lo contrario en los hombres, y es este contraste el que hace del pudor el dote de las mujeres: es en ellas la primera y la más natural de las coqueterías.

Uno de los médicos más distinguidos y uno de los más amables sabios de Londres, el Dr. Ashburner, me contaba en el año último, que uno de sus clientes, saliendo de la casa de una gran dama, le había dicho un día: "Acabo de recibir un extraño cumplido. La marquesa de *** me ha dicho mirándome de frente: Caballero, vos no me haréis bajar los ojos con vuestra terrible mirada, porque tenéis los ojos de Satán. Y bien, le respondió el Doctor sonriendo: ¿Vos os habréis arrojado inmediatamente a su cuello y la habréis besado? No; yo me quedé asombrado ante tan brusco apóstrofe. Pues bien, querido mío, no volváis a su casa; habéis perdido para su ánimo y os odiará."

Se dice ordinariamente que los oficios de verdugo se transmiten de padres a hijos. ¿Los verdugos tienen, pues, hijos? Sin duda, puesto que no carecen nunca de mujeres. Marat tenía una querida, por la que era tiernamente amado él, el horrible leproso; pero también era el terrible Marat, que hacía temblar a todo el mundo.

Podría decirse que el amor, sobre todo en la mujer, es una verdadera alucinación. En defecto de otro motivo insensato, se determinaría con frecuencia por el absurdo. ¿Engañar Gioconda con un gran simio? ¡Qué horror! Pues bien, si es un horror ¿por qué no hacerlo? ¡Es tan agradable hacer de rey en cuanto hay un pequeño horror!

Dado este conocimiento transcendental de la mujer, hay una segunda maniobra para operar, para atraer su atención; esta maniobra es la de no preocuparse de un modo que humille su amor propio, tratándola como a una niña y no dejando ni siquiera entrever la idea de hacerla el amor. Entonces los papeles se cambiarán: ella os iniciará en los secretos que las mujeres se reservan, ella se vestirá y se desnudará delante de vosotros, diciéndoos cosas como ésta: —Entre mujeres—entre antiguos amigos—vos no sois un hombre para mí, etc., etc. Después ella observará vuestras miradas, y si las encuentra calmadas, indiferentes, se sentirá ultrajada; se acercará a vos con un pretexto cualquiera, os alisará los cabellos; dejará que su peinador se entreabra..... Aún se ha visto en semejantes circunstancias, arriesgar ellas mismas un asalto; pero, por curiosidad, por impaciencia, porque se sienten *irritadas*.

Un mago que tenga ánimo no tiene necesidad de otros filtros que estos; dispone también de palabras persuasivas, de soplos magnéticos, de contactos ligeros, pero voluptuosos, con una especie de hipocresía, como si no pensara en ello. Los que dan bebedizos deben ser viejos, tontos, feos, impotentes. Y entonces ¿para qué los filtros? Todo hombre que es verdaderamente un hombre, tiene siempre a su disposición los medios para hacerse amar, siempre que no trate de ocupar una plaza ya tomada. Sería soberanamente antidiestro el intentar la conquista de una joven casada por amor, durante las primeras dulzuras de su luna de miel o de una Clarisa que tuviera ya un Lovelace, que la hace muy desgraciada o del que se reprocha amargamente el amor.

No hablaremos aquí de las porquerías de la magia negra con motivo de los filtros; hemos terminado ya con las cocinas de Canidia. Puede verse en las *Eprodas* de Horacio, como esa abominable bruja de Roma, componía sus venenos y se puede por los sacrificios y los encantamientos de amor, volver a leer las églogas de Teocrito y de Virgilio, donde las ceremonias de este género de obras mágicas están minuciosamente descritas. No transcribiremos aquí las recetas de los grimorios, ni del Pequeño Alberto, que todo el mundo puede consultar. Todas estas diferentes prácticas tienden al magnetismo, o a la magia envenenadora y son: o ingenuas o criminales. Los bebedizos que turban el espíritu y turban la razón pueden asegurar el imperio, ya conquistado, por una voluntad perversa y así es como la emperatriz Cesonia fijó, según dicen, el amor feroz de Calígula. El ácido prúsico es el más terrible agente de esos envenenamientos del pensamiento. Por esto es por lo que hay que guardarse de todas las destilaciones que tengan sabor a almendras amargas, alejar de la alcoba los laureles-almendras y las daturas, los jabones y las leches de almendras, y en general, todas las composiciones de perfumería en que domine el olor de almendra, especialmente si su acción sobre el cerebro estuviera secundada por la del ámbar.

Disminuir la acción de la inteligencia, es aumentar otro tanto las fuerzas de una pasión insensata. El amor, tal y como quieran inspirarlo los malhechores de que aquí hablamos, sería un verdadero envilecimiento y la más vergonzosa de todas las servidumbres morales. Cuanto más se enerva a un esclavo, más incapaz se le hace de su manumisión y aquí está verdaderamente el secreto de la magia de Apuleo y de los bebedizos de Circe.

El uso del tabaco, sea rapé, sea de fumar, es un auxiliar peligroso de los filtros estupefacientes y de los envenenamientos de la razón. La nicotina, como es sabido, no es un veneno menos violento que el ácido prúsico, y se encuentra en mayor cantidad en el tabaco que ese ácido en las almendras.

La absorción de una voluntad por otra, cambia con frecuencia toda una serie de destinos y no es solamente por nosotros mismos por quienes debemos velar, sino también por nuestras relaciones y por aprender a diferenciar las atmósferas puras de las impuras; porque los verdaderos filtros, los filtros más peligrosos son invisibles; son las corrientes de luz vital radiante que, mezclándose y cambiándose, producen las atracciones y las simpatías, como las experiencias magnéticas no dejan lugar a duda.

Se ha hablado en la historia de la Iglesia de un heresiarca llamado Marcos que volvía locas a todas las mujeres sobre quienes soplaba; pero su poder fué destruído por una valerosa cristiana que sopló sobre él primero, diciéndole: ¡Que Dios te juzgue!

El cura Gaufredy, que fué quemado por brujo, pretendía que se enamoraban de él todas las mujeres a quienes soplaba.

El asaz célebre P. Girard, jesuíta, fué acusado por la señorita Cadiere, su penitente, de haberla hecho perder completamente el juicio soplando sobre ella. Necesitaba esta excusa para atenuar el horror y el ridículo de sus acusaciones contra ese Padre, cuya culpabilidad no pudo nunca ser probada del todo, pero que de buen grado o de mala voluntad, había ciertamente inspirado una vergonzosa pasión a esa mísera criatura.

"Habiéndose quedado viuda en 16..... la señora Ranfaing—dice Don Calmet en su *Tratado sobre las apariciones*—fué solicitada en matrimonio por un médico llamado Poirot.

"No habiendo sido escuchado en sus solicitudes, la dió, en primer término, filtros para hacerse amar, lo que causó graves trastornos en la salud de la señorita Ranfaing. Posteriormente cosas tan extraordinarias ocurrieron a la citada dama, que se la creyó poseída y los médicos, declarándose impotentes para reconocer su estado, la recomendaron a los exorcismos de la Iglesia.

"Más tarde, por orden de M. de Porcelets, obispo de Toul, se le nombraron por exorcistas a M. Viardin, doctor en teología, consejero de Estado del duque de Lorena, a un jesuíta y a un capuchino; pero en el curso de estos exorcismos, casi todos los religiosos de Nancy, el referido señor obispo, el que lo era de Trípoli, sufragáneo del de Strasburgo y M. de Sancy, siendo éste embajador del muy cristiano rey en Constantinopla y a la sazón padre del Oratorio, Carlos de Lorena, obispo de Verdun, con dos doctores de la Sorbona, asistieron a los exorcismos; con frecuencia la exorcisaron en hebreo, en griego y en latín, respondiéndoles ella siempre de una manera pertinaz, en esos idiomas, cuando era notorio que apenas sabía leer el latín.

"Refiere el certificado que otorgó M. Nicolás de Harlay, muy experto en lengua hebraica, que reconocía que madame Ranfaing estaba realmente poseída, y que le había respondido al solo movimiento de sus labios, sin que él pronunciara palabra alguna, y le había dado muchas pruebas de su posesión. El Sr. Garnier, doctor de Sorbona, habiéndole también impartido no pocas órdenes en la lengua hebraica, ella le había respondido, *pertinazmente,* pero en francés, diciéndole que el pacto era de que no hablaría más que en lengua francesa. El demonio había agregado: ¿No es bastante que yo te demuestre que entiendo lo que me dices? El mismo Sr. Garnier, hablándola en griego, puso, por inadvertencia, un caso por otro. La poseída, o mejor dicho el diablo, le dijo: *Te has equivocado.* El doctor le replicó en griego: *Demuéstrame mi error,* a lo que el diablo respondió: *Conténtate con que yo te indiqué el error; yo no te diré más.* El doctor le dijo, siempre en griego, que se callara, y le respondió: *Tú me mandas callar y a mí no me da la gana de callarme."*

Este notable ejemplo de afección histérica, llevado hasta el éxtasis y la demonomanía, por consecuencia de un filtro administrado por un hombre que se creía brujo, demuestra mejor nuestras teorías que cuanto pudiéramos alegar respecto a la omnipotencia de la voluntad y de la imaginación, obrando la una sobre la otra, y a la extraña lucidez de las estáticas o sonámbulas, que entienden la palabra leyéndola en el pensamiento, sin tener necesidad de la ciencia del lenguaje. No pongo ni un instante en duda la sinceridad de los testigos citados por Don Calmet; me asombro únicamente de que hombres tan graves, tan sesudos, no hayan advertido esa dificultad que experimentaba el demonio al hablarles en un idioma extraño a la enferma. Si su interlocutor hubiera sido lo que ellos tomaban por un demonio, habría comprendido, no solamente el griego, sino que lo hubiera hablado. Lo uno no costaría más que lo otro a un espíritu tan sabio como maligno.

Don Calmet no se detiene aquí en la historia de madame Ranfaing; refiere toda una serie de asuntos insidiosos y de inducciones poco sesudas por parte de los exorcistas, y otra serie de respuestas, más o menos congruentes, de la pobre enferma, siempre extática o sonámbula. Como era de esperar, el buen Padre no deja de deducir conclusiones luminosas, sobre la inteligencia de los asistentes y de que en todo esto debe verse la obra del infierno. ¡Hermosa y sabia conclusión! Lo más serio del asunto es que el médico Poirot, fué condenado a juicio como mago; confesó como siempre, en la tortura, y fué quemado. Si hubiera realmente por un filtro cualquiera atentado a la razón de la referida dama, merecía haber sido castigado como envenenador, y esto es todo cuanto podemos decir.

Pero los más terribles filtros son las exaltaciones místicas de una devoción mal entendida. ¿Qué impurezas igualarán nunca a las tentaciones de San Antonio y a los tormentos de Santa Teresa de Jesús y de Santa Angela de Poligne? Esta úlima aplicaba un hierro candente a su sublevada carne y encontraba que el fuego material era de una frescura infinita para sus ocultos ardores. ¿Con qué violencia no solicitaría la naturaleza lo mismo que se le rehusaba, y cuál no tendría que ser el esfuerzo de voluntad para resistirla? Por el misticismo es como comenzaron los pretendidos embrujamientos de Magdalena Bavan y de las señoritas de la Palud y de la Cadiere. El excesivo temor de una cosa la hace casi siempre inevitable. Siguiendo las dos curvas de un círculo, se llega o se encuentra uno en el mismo punto de partida. Nicolás Remigius, juez criminal, en Lorena, que hizo quemar vivas a ochocientas mujeres, como brujas, veía la magia por todas partes; esta era su idea fija, su locura. Quería predicar y realizar una cruzada contra los brujos y hechiceros de que creía ver llena a toda Europa, y desesperado de no haber sido creído, bajo palabra, cuando afirmaba que casi todo el mundo era culpable de magia, concluyó por declararse brujo él mismo, y fué quemado a causa de sus propias confesiones.

Para preservarse de las malas influencias, la primera condición sería, pues, la de prohibir a la imaginación que se exaltara. Todos los exaltados están más o menos locos, y siempre se domina a un loco tratándole por su locura. Colocáos por encima de todo temor pueril y de deseos vagos; creed en la suprema sabiduría y permaneced convencidos de que esa suprema sabiduría os ha dado la inteligencia como único medio de conocerla, por lo cual no puede tender celadas a vuestra inteligencia y a vuestra razón. Por todas partes veréis a vuestro alrededor efectos proporcionados a las causas; veréis causas dirigidas y modificadas en el dominio del hombre por la inteligencia; veréis, en suma, el bien ser más fuerte y más estimado que el mal; porque, ¿podrías suponer en el infinito una sin razón inmensa, cuando existe la razón en lo infinito? La verdad no se oculta a nadie. Dios está visible en sus obras, y no exige a los seres nada que sea contrario a las leyes de la naturaleza, de que El mismo es autor. La fe es la confianza; no en los hombres que os hablan mal de la razón, porque estos son locos o impostores, sino en la eterna razón, que es el verbo divino, esa luz verdadera ofrecida como el sol a la intuición de toda criatura humana que viene al mundo.

Si creéis en la razón absoluta y si deseáis más que cualquiera otra cosa, la verdad y la justicia, no debéis temer a nadie y amaréis a aquellos que sean dignos de vuestro amor. Vuestra luz natural rechazará instintivamente la de los malvados, porque caerá bajo el dominio de vuestra voluntad. Así, aun las mismas substancias venenosas que pudieran administraros, no afectarán a vuestra inteligencia. No podrán enfermaros, no podrán haceros criminales.

Lo que contribuye al histerismo de las mujeres es su educación floja e hipócrita. Si hicieran más ejercicio, si se les enseñaran las cosas del mundo, más franca y liberalmente que lo que se acostumbra, serían menos caprichosas, menos vanas, menos fútiles, y por consiguiente menos accesibles a las malas seducciones. La debilidad simpatiza siempre con el vicio, porque el vicio es una debilidad que se atribuye la apariencia de una fuerza. La locura tiene horror a la razón y se complace en todas las exageraciones de la mentira. Curad, pues, primero vuestra inteligencia enferma. La causa de todos los embrujamientos, el veneno de todos los filtros, el poder de todos los hechiceros, están ahí.

Cuanto a los narcóticos u otros venenos que os hubieran administrado, es asunto de la medicina y de la justicia; pero no pensamos que semejantes enormidades se produzcan en nuestros días. Los Lovelaces no duermen ya a las Clarisas en otra forma que por medio de galanterías, y los brebajes, como los raptos por hombres enmascarados y las cautividades en subterráneos, no se realizan ya, ni aun siquiera en la moderna novela. Hay, pues, que relegar todo eso al confesonario de los penitentes negros, o a las ruinas del castillo de Udolfo.

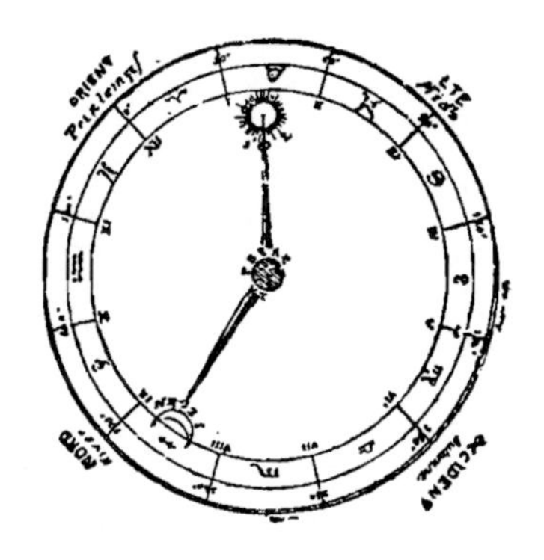

XIX

Llegamos al número que en el Tarot está marcado con el signo del Sol. El denario de Pitágoras y el ternario multiplicado por sí mismo, representan, en efecto, la sabiduría aplicada a lo absoluto. Es, por tanto, de lo absoluto de lo que aquí vamos a hablar.

Encontrar lo absoluto en lo infinito, en lo indefinido y en lo finito, tal es la gran obra de los sabios, y a la que Hermes llama la obra del Sol.

Encontrar las bases inquebrantables de la verdadera fe religiosa, de la verdad filosófica, y de la transmutación metálica, era todo el secreto de Hermes (1), era el hallazgo de la piedra filosofal.

Esta piedra es una y múltiple; se la descompone por el análisis y se la recompone por la síntesis. En el análisis es un polvo, el polvo de proyección de los alquimistas; ante el análisis y en la síntesis es una piedra.

La piedra filosofal—dicen los maestros—no debe exponerse al aire, ni a las miradas profanas; es preciso tenerla oculta con cuidado en el rincón más secreto del laboratorio y llevar siempre consigo la llave del lugar en que está encerrada.

Aquel que posee el gran arcano es un rey verdadero y más que un rey, porque es inaccesible a todos los temores y a toda esperanza vana. En todas las enfermedades del alma y del cuerpo, una sola partícula destacada de la preciosa piedra, un solo grano del divino polvo, son más que suficientes para curarlas. ¡Que entienda el que tenga oídos para ello! como dice el maestro.

La sal, el azufre y el mercurio no son más que elementos accesorios e instrumentos pasivos de la gran obra. Todo depende como ya hemos dicho, del *magnés* interior de Paracelso. Toda la obra está resumida en la *proyección* y la proyección se verifica perfectamente por la inteligencia efectiva y realizable de una sola palabra.

No hay más que una sola operación importante en la obra, que consiste en la *sublimación*, que no es otra cosa, según Geber, que la elevación de la cosa seca por medio del fuego, con adherencia a su propio vaso.

Aquel que quiere llegar a la inteligencia de la gran palabra y a la posesión del gran arcano debe, después de haber meditado los principios

---

(1) Hermes *Trimegisto*. Filósofo, legislador y bienhechor del Egipto en el siglo xx antes de Jesucristo. (N. del T.)

de nuestro dogma, leer con atención a los filósofos herméticos y así llegará sin duda a la iniciación, como otros han llegado; pero es necesario tomar como clave de sus alegorías, el dogma único de Hermes, contenido en su tabla de esmeralda, y seguir para clasificar los conocimientos y dirigir la operación, el orden indicado en el alfabeto cabalístico del *Tarot,* del que damos toda la explicación completa y absoluta en el último capítulo de esta obra.

Entre los libros raros y preciosos que contienen los misterios del gran arcano, es preciso contar en primera línea, el *Sendero químico* o *Manual de Paracelso,* que contiene todos los misterios de la física demostrativa y de la más secreta cábala. Este libro manuscrito, precioso y original, no se encuentra más que en la biblioteca del Vaticano. Sendivogius sacó una copia de la que el barón de Tschoudy se sirvió para componer el catecismo hermético contenido en su obra titulado: *La estrella reluciente.* Este catecismo, que indicamos a los sabios cabalistas como capaz de sustituir al incomparable tratado de Paracelso, contiene todos los verdaderos principios de la gran obra de una manera tan satisfactoria y tan clara, que es preciso carecer en absoluto de la inteligencia especial de ocultismo para no llegar a la verdad absoluta meditándola. Vamos a hacer de él un análisis sucinto, con algunas palabras de comentario.

Raymundo Lulio, uno de los grandes y sublimes maestros de la ciencia, ha dicho que para hacer oro era preciso, primero, tener oro. No se hace nada, de nada; no se crea absolutamente la riqueza; se la aumenta y se la multiplica. Que los aspirantes a la ciencia comprendan bien que no hay que exigir a los adeptos ni escamoteos ni milagros. La ciencia hermética, como todas las ciencias reales, es matemáticamente demostrable. Sus resultados, como materiales, son tan rigurosos como los de una ecuación bien planteada.

El oro hermético, no es solamente un dogma verdadero, una luz sin sombra, una verdad sin aleación de mentira, sino que es también un oro material, real, puro y el más precioso que pueda encontrarse en las minas de la tierra.

Pero el oro vivo, el azufre vivo o el verdadero fuego de los filósofos, debe buscarse en la casa del mercurio. Ese fuego se alimenta del aire; para expresar su poder atractivo y expansivo, no puede hacerse mejor comparación que con la del rayo, que no es en principio más que una exhalación seca y terrestre, unida al vapor húmedo, pero que, a fuerza de exhalarse, llega a tomar naturaleza ígnea, obra sobre lo húmedo, que le es inherente, lo atrae hacia sí y lo trasmuta en su naturaleza, después de lo cual se precipita con rapidez hacia la tierra en donde se ve atraído por una naturaleza fija semejante a la suya.

Estas palabras, enigmáticas en la forma, pero claras en el fondo, manifiestan claramente lo que los filósofos entienden por su mercurio, fecundado por el azufre, que se convierte en maestro y regenerador de la sal y que no es otra cosa que el ÁZOE, la magnesia universal, el gran agente mágico, la luz astral, la luz de vida fecundada por la fuerza anímica por la energía intelectual, que ellos comparan con el azufre a causa de sus afinidades con el fuego divino. Cuanto a la sal es la materia absoluta. Todo lo que es materia contiene sal y toda sal puede convertirse en oro puro por la acción combinada del azufre y del mercurio, que, a veces, obran tan rápidamente que la transmutación puede hacerse en un instante, en una hora, sin fatigas para el operador y casi sin gastos; otras veces y según las disposiciones más contrarias de los medios atmosféricos, la operación requiere muchos días, muchos meses, y algunas veces hasta muchos años.

Como ya lo hemos dicho, existen en la naturaleza dos leyes primarias, dos leyes esenciales que producen, al contrabalancearse, el equilibrio universal de las cosas; esta es la fijeza y el movimiento, análogos, en filosofía, a la verdad y a la invención, y, en concepción absoluta, a la necesidad y a la libertad, que son la esencia misma de Dios. Los filósofos herméticos dan el nombre de *fijo* a todo lo que es ponderable, a todo lo que tiende, por su naturaleza, al reposo central y a la inmovilidad; nombran *volátil* a todo lo que obedece más natural y más voluntariamente a la ley del movimiento, formando ellos su piedra del análisis, es decir, de la volatilización del fijo, después de la síntesis, es decir, de la fijación de lo volátil, cosa que operan aplicando al fijo, que ellos llaman su sal, el mercurio sulfurado o la luz de vida, dirigida y hecha omnipotente por una voluntad soberana. Así es como se apoderan de toda la naturaleza, y su piedra se encuentra por todas partes en donde hay sal, lo que hace decir que ninguna substancia es extraña a la gran obra, y que pueden cambiarse en oro aun las materias más despreciables y las más viles en apariencia, lo que es verdad en este sentido, que, como ya lo hemos dicho, contienen todas la sal principiante, representada en nuestros emblemas por la piedra cúbica, por sí misma, como se ve en el frontispicio simbólico y universal de las claves de Basilio Valentín.

Saber extraer de toda materia la sal pura que más esté oculta, es tener el secreto de la piedra. Esta piedra es, pues, una piedra salina, que el od o la luz universal astral, descompone o recompone; es única y múltiple, porque puede disolverse como la sal ordinaria e incorporarse a otras substancias. Obtenida por el análisis, podría llamársele el *sublimado universal;* encontrada por vía de síntesis, es la verdadera *panacea* de los antiguos, porque cura todas las enfermedades, sea del alma, sea del cuerpo y ha sido llamada por excelencia la medicina de toda la naturaleza. Cuando se dispone, por iniciación absoluta, de las fuerzas del agente universal, se tiene siempre esa piedra a su disposición, porque la extracción de ella es entonces una operación sencilla y fácil, bien distinta de la proyección o realización metálica. Esta piedra, en el estado de sublimado, no debe dejarse en contacto con el aire atmosférico, que podría disolverla en parte y hacerla perder su virtud. No dejaría de entrañar peligro el sufrir o respirar sus emanaciones. El sabio la conserva con agrado en sus envolturas naturales, seguro como está de extraerla con un solo esfuerzo de su voluntad y una sola aplicación del agente universal, de las envolturas que los cabalistas llaman cortezas. Esto es para expresar jeroglíficamente la ley de prudencia que atribuyen a su mercurio, personificado en Egipto por Hermanubis, una cabeza de perro, y a su azufre representado por el Baphomet del templo, o el príncipe del Sabbat, esa cabeza de macho cabrío que tanto ha desacreditado a las asociaciones ocultas de la edad media.

XX

Hemos definido los milagros como efectos naturales de causas excepcionales.

La acción inmediata de la voluntad humana sobre los cuerpos, o por lo menos esa acción ejercida sin medio visible, constituye un milagro en el orden físico.

La influencia ejercida sobre las voluntades, o sobre las inteligencias, sea repentinamente, sea en un tiempo determinado, y capaz de cautivar los pensamientos, de cambiar las resoluciones mejor adoptadas, de paralizar las más violentas pasiones, esa influencia, en fin, constituye un milagro en el orden moral.

El error común relativo a los milagros, es el de mirarlos como efectos sin causas, como contradicciones de la naturaleza, como ficciones repentinas de la imaginación divina; y no se piensa que un solo milagro de esta especie, rompería la armonía universal y sumergiría al universo en el caos.

Hay milagros imposibles, aun para el mismo Dios. Son estos milagros absurdos. Si Dios pudiera ser absurdo un solo instante, ni él ni el mundo existirían un instante después. Esperar del arbitrio divino un efecto del que se desconociera la causa, o cuya causa no existiera, es lo que se llama tentar a Dios; esto es sencillamente precipitarse en el vacío.

Dios acciona por sus obras; en el cielo opera por sus ángeles y en la tierra por los hombres. Así, pues, en el círculo de acción de los ángeles, éstos pueden todo lo que sea posible a Dios, y en el círculo de acción de los hombres, éstos disponen igualmente de la omnipotencia divina.

En el cielo de las concepciones humanas, es la humanidad la que crea a Dios, y los hombres piensan que Dios los ha hecho a su imagen, por cuanto ellos lo hacen a la suya.

El dominio del hombre abarca toda la naturaleza corporal y visible sobre la tierra, y si no rige ni a los grandes astros ni a las estrellas, puede, por lo menos, calcular el movimiento, medir la distacia e identificar su voluntad a su influencia; puede modificar la atmósfera, obrar, hasta cierto punto, sobre las estaciones del año, curar y hacer enfermar a sus semejantes, conservar la vida y dar la muerte, y por la conservación de la vida entendemos, como ya hemos dicho, la resurrección en ciertos casos.

Lo absoluto en razón y en voluntad es el mayor poder que sea dado alcanzar al hombre, y es por medio de ese poder como él realiza lo que la muchedumbre admira bajo el nombre de milagros.

La más perfecta pureza de intención es indispensable al taumaturgo, pues le hace falta una corriente favorable y una confianza ilimitada.

El hombre que ha llegado a no ambicionar nada y a no temer nada es el dueño de todo. Esto es lo que manifiesta esa hermosa alegoría del Evangelio, en la que se ve al hijo de Dios tres veces victorioso del espíritu impuro, ser servido en el desierto por los ángeles.

Nada sobre la tierra resiste a una voluntad razonable y libre: Cuando el sabio dice yo quiero, es el mismo Dios quien quiere, y todo cuanto ordena se realiza.

Es la ciencia y la confianza del médico la que da virtud a las medicinas, y no existe otra medicina real y eficaz como la taumaturgia.

También la terapéutica oculta es exclusiva de toda medicamentación vulgar. Emplea, especialmente, las palabras, las insuflaciones y comunica, por la voluntad, una virtud variada a las substancias más simples; el agua, el aceite, el vino, el alcanfor, la sal. El agua de los homeópatas es verdaderamente un agua magnetizada y encantada, que opera por la fe. Las substancias enérgicas que a ella se agrega en cantidades, por decirlo así, infinitesimales, son la consagración y como los signos de la voluntad del médico.

Lo que se llama vulgarmente el charlatanismo es un gran medio de éxitos reales en medicina, si ese charlatanismo es bastante hábil para inspirar una gran confianza y formar un círculo de fe. En medicina, especialmente, es la fe la que salva.

No existe apenas villa ni villorrio, que no tenga un individuo o individua que se dedique al ejercicio de la medicina oculta, y estos sujetos alcanzan siempre, y en todas partes, éxitos incomparablemente mayores que los de los médicos aprobados por la Facultad. Los remedios que prescriben son con frecuencia ridículos o extravagantes, y curan tanto mejor, cuanto mayor fe producen, tanto en los sujetos enfermos como en el operador.

Un amigo nuestro, antiguo negociante, hombre de un carácter raro y de un sentimiento religioso, muy exaltado, después de haberse retirado del comercio, se dedicó a ejercer gratuitamente y por caridad cristiana, la medicina oculta en una provincia de Francia. No empleaba, por todo específico, más que el aceite, las insuflaciones y las plegarias. Se intentó un proceso contra él, por el ejercicio ilegal de la medicina, quedando probado por él, que en el espacio de cinco años se le atribuía diez mil curaciones, y que el número de creyentes aumentaba sin cesar, en proporciones capaces de alarmar seriamente a todos los médicos del país.

Nosotros hemos visto en Mans una pobre religiosa, a la que se consideraba un si es o no loca, y que curaba a todos los enfermos de los campos vecinos, con un elixir y un esparadrapo de su invención. El elixir era para el interior, el esparadrapo para el exterior, y de este modo nada escapaba a esta panacea universal. El emplasto no se adhería nunca a la piel más que en los sitios en que su aplicación era precisa; en los demás sitios se enrollaba sobre sí mismo y caía; por lo menos, esto era lo que pretendía la excelente hermana y lo que aseguraban sus enfermos. Esta taumaturga tuvo también su respectivo proceso, pues su curanderismo empobrecía a los médicos de la región. Fué estrechamente clausurada, pero bien pronto hubo necesidad de dejarla una vez por semana al cariño y la fe de los pueblos. Hemos visto el día de las consultas de sor Juana Francisca, gentes del campo, llegadas la víspera, esperar su turno acostados a la puerta del convento; había dormido en el duro suelo y esperaban para volverse a su pueblo el elixir y el esparadrapo de la buena hermana.

El remedio era el mismo para todas las enfermedades, y hasta parecería así como que la excelente hermana no tenía necesidad de conocer los sufrimientos de sus enfermos. Los escuchaba, sin embargo, con la mayor atención y no les confiaba su específico sino con conocimiento de causa. En esto estribaba el secreto mágico. La dirección de intención daba al remedio su virtud especial. Este remedio era insignificante por sí mismo. El elixir era aguardiente aromatizado y mezclado al jugo de yerbas amargas; el emplasto estaba hecho con una mezcla análoga a la teriaca por el color y el olor; era, quizá, pez de Borgoña opiada. Sea lo que fuere, el específico obraba maravillas, y mal lo habría pasado entre aquellos campesinos el que hubiera puesto en duda los milagros de la excelente hermana.

Nosotros hemos conocido, cerca de París, a un viejo jardinero taumaturgo, que hacía también maravillosas curas, y que ponía en sus frascos el jugo de todas sus yerbas de la verbena de San Juan. Este jardinero tenía un hermano, espíritu escéptico, que se burlaba del hechicero. El pobre jardinero, mortificado por los sarcasmos del descreído, comenzó a dudar de sí mismo; los milagros cesaron; los enfermos perdieron su confianza, el taumaturgo, decaído y desesperado, murió loco.

El abate Thiers, cura de Vibraie, en su curioso Tratado de las supersticiones, refiere que una mujer atacada de una oftalmia desesperada en apariencia, habiendo sido repentina y misteriosamente curada, fué a confesarse a un sacerdote de haber recurrido a la magia. Había importunado durante largo tiempo a un clérigo, a quien suponía mago, para que le diera algo que, llevándolo encima de sí, la curase, y el clérigo la había dado un pergamino enrollado, recomendándola lavarse tres veces por día con agua fresca. El sacerdote hizo que le llevaran el pergamino, y encontró en él escritas estas palabras: *Eruat diabolus oculos tuos et repleat stercoribus loca vacantia.* Tradujo estas palabras a la buena mujer, la cual quedó estupefacta; pero no por eso estaba menos curada.

La insuflación es una de las más importantes prácticas de la medicina oculta, porque es un signo perfecto de la transmisión de la vida. Inspirar, en efecto, quiere decir soplar sobre alguien o sobre alguna cosa, y ya sabemos por el dogma único de Hermes, que la virtud de las cosas ha creado las palabras y que existe una proporción exacta entre las ideas y las palabras, que son las formas primeras y las realizaciones verbales de las ideas.

Según el soplo sea caliente o frío, es atractivo o repulsivo. El soplo caliente responde a la electricidad positiva, y el frío a la negativa. Así los animales eléctricos y nerviosos, temen el soplo frío, como puede hacerse la experiencia soplando sobre un gato, cuyas familiaridades sean inoportunas. Mirando fijamente a un león o a un tigre y soplándole a la faz, se les dejaría estupefactos hasta el extremo de obligarlos a retirarse y a retroceder ante vosotros.

La insuflación caliente y prolongada, restablece la circulación de la sangre, cura los dolores reumáticos y gotosos, restablece el equilibrio en los humores y disipa la laxitud. Por parte de una persona simpática y buena es un calmante universal. La insuflación fría aplaca los dolores que tiene por origen congestiones y acumulaciones flúidicas. Necesario es alternar con esas dos clases de insuflaciones, observando la polaridad del organismo humano y obrando de una manera opuesta sobre los polos, que se someterán uno después de otro a un magnetismo contrario. Así, para curar un ojo enfermo por inflamación, será preciso insuflar caliente y dulcemente el ojo sano, después practicar sobre el ojo calentado insuflaciones frías a distancia y en proporciones exactas con las calientes. Los pases magnéticos obran como el soplo y son un soplo real por transpiración e irradiación de aire interior, todo fosforescente de luz vital; los pases lentos son un soplo caliente que une y exalta los espíritus; los pases rápidos son un soplo frío que dispersa las fuerzas y neutraliza las tendencias a la congestión. El soplo cálido debe de hacerse transversalmente de abajo a arriba; el soplo frío tiene más fuerza si va dirigido de alto a abajo (1).

No respiramos solamente por las narices y por la boca; la porosidad universal de nuestro cuerpo es un verdadero aparato respiratorio, insuficiente, sin duda, pero muy útil para la vida y para la salud. Las extremidades de los dedos, a las cuales vienen a terminar todos los nervios, hacen irradiar la luz astral, o la aspiran según nuestra voluntad. Los pases magnéticos sin contacto, son un simple y ligero soplo; el contacto agrega al soplo la impresión simpática equilibrante. El contacto es bueno y aun necesario para prevenir las alucinaciones en el comienzo del sonambulismo. Es una comunión de realidad física que advierte al cerebro y llama al orden a la imaginación que se desvía; pero no debe de ser demasiado prolongado, cuando se quiere magnetizar únicamente. Si el contacto

---

(1) Aconsejamos a nuestros lectores las obras de DEUVILLE, *Teorías y Procedimientos del Magnetismo*, precio 5 pesetas, y *El Magnetismo personal o psíquico*, precio 10 pesetas, editadas por LA IRRADIACIÓN. (N. del T.)

absoluto y prolongado, es útil en ciertos casos, la acción que debe ejercerse entonces sobre el sujeto, se referirá más bien a la incubación o al masaje, que al magnetismo propiamente dicho.

Hemos referido ejemplos de incubación extractados del libro más respetado entre los cristianos; esos ejemplos se refieren todos a la curación de las letargias, reputadas incurables, puesto que hemos convenido en llamar así a las resurrecciones. Cuanto al masaje, está todavía en gran uso entre los orientales, que le practican en los baños públicos, y se encuentran después de él admirablemente. Es todo un sistema de fricciones, tracciones, de presiones, ejercidas amplia y lentamente sobre todos los miembros y sobre todos los músculos y cuyo resultado es un nuevo equilibrio en las fuerzas, una sensación completa de reposo y de bienestar, con renovación muy sensible, de agilidad y de vigor.

Todo el poder del médico oculto está en la conciencia de su voluntad, y todo su arte consiste en producir la fe en su enfermo. Si podéis creer, dice el maestro, todo es posible a aquel que cree. Preciso es dominar a su sujeto por la fisonomía, por el tono, por el gesto, inspirarle confianza con sus maneras paternales, convencerle por algún alegre discurso. Rabelais, que era más mago que lo que realmente parecía, había tomado como panacea especial el pantagruelismo. Hacía reir a sus enfermos, y todos los remedios que ordenaba después, todos alcanzaban éxito; establecía entre él y ellos una simpatía magnética, por medio de la cual, les comunicaba su confianza y su buen humor; los alababa en sus prefacios, llamando a sus enfermos muy ilustres y muy preciosos y les dedicaba sus obras. Estamos convencidos de que Gargantua y Pantagruel han curado más humores negros, más predisposiciones a la locura, más manías atrabiliarias, en esa época de odios religiosos y de guerras civiles, que toda la Facultad de medicina de entonces haya podido comprobar y estudiar.

La medicina oculta es esencialmente simpática. Es preciso que una afección recíproca, o por lo menos un aprecio real se establezca entre el médico y el enfermo. Los jarabes y los julepes no tienen virtud por sí mismos; son los que les hacen la opinión común del agente al paciente; por eso la medicina homeopática los suprime sin graves inconvenientes. El aceite y el vino combinados, sea con sal o con alcanfor, podrían bastar para la curación de toda suerte de heridas y para todas las fricciones externas o aplicaciones calmantes. El aceite y el vino son las medicinas por excelencia de la tradición evangélica. Es el bálsamo del samaritano, y en el apocalipsis, el profeta, al describir grandes exterminios, ruega a los poderes vengadores de ahorrar el aceite y el vino, es decir, de dejar una esperanza y un remedio para tantas heridas. Lo que se llama entre nosotros la extremaunción era, entre los primeros cristianos y en la intención del apóstol Santiago, que ha consignado el precepto en su epístola a los fieles de todo el mundo, la práctica pura y sencilla de la medicina tradicional del maestro. Si alguno de vosotros está malo, escribe, que haga venir a los ancianos de la Iglesia, que orarán por él y le aplicarán unciones de aceite invocando el nombre del Maestro. Esta terapéutica divina, se ha perdido progresivamente, y se ha adquirido la costumbre de mirar la extremaunción como una formalidad religiosa, necesaria antes de morir. Sin embargo, la virtud taumatúrgica del óleo santo, no podía olvidarse por completo por el dogma tradicional y de ello se hace memoria en el pasaje del catecismo que se refiere a este sacramento.

Lo que curaba, sobre todo, en los primeros cristianos, eran la fe y la caridad. La mayor parte de las enfermedades tienen su origen en desórdenes morales; es necesario comenzar por curar el alma, que el cuerpo se curará inmediatamente después.

XXI

Este capítulo está consagrado a la adivinación.

La adivinación, en su sentido más amplio y según la significación gramatical del vocablo, es el ejercicio del poder divino y la realización de la ciencia divina.

Es el sacerdocio del mago.

Pero la adivinación en concepto general se refiere más especialmente al conocimiento de las cosas ocultas.

Conocer los pensamientos más secretos de los hombres; penetrar los misterios del pasado y del porvenir. evocar de siglo en siglo la revelación rigurosa de los efectos por la ciencia exacta de las causas, he aquí a lo que se llama universalmente adivinación.

De todos los misterios de la naturaleza. el más profundo es el del corazón del hombre; y. sin embargo. la naturaleza no permite que esa profundidad sea inaccesible. A pesar del más profundo disimulo; a pesar de la política más hábil. traza por sí misma y deja observar en las formas del cuerpo. en la luz de las miradas, en los movimientos, en el modo de andar, en la voz, en fin, mil indicios reveladores.

El perfecto iniciado no tiene necesidad ni aun de esos indicios; ve la verdad en la luz, siente una impresión que le manifiesta al hombre de cuerpo entero, atraviesa los corazones con su mirada y debe aun fingir ignorar, para desarmar así el miedo o el odio de los malvados, a quienes conoce por completo.

El hombre que no tiene o tiene mala conciencia, cree siempre que se le acusa, que se sospecha de él; se reconoce al decir cualquiera sátira que sea colectiva, pues la considerará hecha expresamente para él, y dirá que se le calumnia. Siempre desconfiado, pero siempre tan curioso como tímido, está ante el mago como el Satán de la parábola, o como los escribas que le interrogaban para tentarle. Siempre testarudo y siempre débil, lo que teme por encima de todo, es reconocer sus injusticias. El pasado le inquieta, el porvenir le espanta; querría transigir consigo y creerse un hombre de bien y de fáciles condiciones. Su vida es una lucha continua entre buenas aspiraciones y malas costumbres; se cree filósofo, a la manera de Arístipo (1) o de Horacio, aceptando toda la corrupción de su

(1) Filósofo griego, de Circe (425 años antes de Jesucristo). (N. del T.)

siglo como una necesidad que hay que sufrir; después se distrae en algún pasatiempo filosófico y se otorga de buen grado la sonrisa protectora de Mecenas, para persuadirse de que no es sencillamente un explotador del hambre en complicidad con Verrés, o un complaciente de Trimalción.

Semejantes hombres son siempre explotadores aunque realicen buenas obras. Han resuelto ofrecer un donativo a la asistencia pública y aplazan su dádiva para obtener el descuento. Este tipo sobre el cual me he detenido, de intento, no es el de un particular; es el de toda una clase de hombres, con los cuales el mago está expuesto, especialmente en nuestro siglo, a encontrarse en frecuente relación. Que se encierra en la desconfianza de que ellos le darán bien pronto ejemplo, porque encontrará siempre en ellos sus más comprometedores y peligrosos enemigos.

El ejercicio público de la adivinación no podría convenir hoy con el carácter de un verdadero adepto, por cuanto en muchas ocasiones tendría que apelar a la farsa y al escamoteo para maravillar a su público y conservar su clientela. Los adivinos y las adivinadoras acreditados, tienen siempre una policía secreta que les informa de continuo respecto a la vida y costumbre de sus clientes consultantes. En la antecámara está establecida toda una telegrafía de señales con el gabinete de consultas; se da un número al cliente que no se conoce todavía y que acude por primera vez; se le indica un día y se le hace seguir; se obliga a hablar a las porteras, a los criados y aun a los vecinos, llegando de este modo a conocer ciertos detalles de la vida íntima, que no pueden menos de maravillar al cosultante sencillo, y que proporciona al charlatán la estimación que sería preciso reservar para la verdadera y concienzuda adivinación.

La adivinación de los acontecimientos del porvenir, no es posible más que para aquellos en quienes la realización está ya contenida, de algún modo, en su causa. El alma, mirándola a través de todo el aparato nervioso en el círculo de la luz astral que influencia a un hombre y recibe una influencia de él, el alma del adivinador, repetimos, puede abarcar en una sola intuición todo cuanto ese hombre ha levantado alrededor de sí, de odios o de amores; puede leer sus intenciones en su pensamiento, prever los obstáculos que encontrará en su camino; la muerte violenta que quizás le espera; pero no puede prever sus determinaciones privadas, voluntarias, caprichosas, instantes después de terminada la consulta, a menos que la astucia del adivino, no prepare por sí mismo el cumplimiento de una determinada profecía. Ejemplo: decís a una mujer que desea encontrar un marido: iréis tal o cual día, a tal o cual espectáculo, y en él hallaréis un hombre que os agradará. Ese hombre no saldrá de allí, sin haberse fijado en vos y, por un concurso de circunstancias, resultará más tarde un matrimonio. Podéis estar seguro de que la dama irá al espectáculo indicado y esperará un próximo matrimonio. Si el matrimonio no se realiza, eso no os desacreditará ante sus ojos, porque ella no querra perder la esperanza de una nueva ilusión, sino que, por el contrario, irá con mayor frecuencia a consultaros.

Hemos dicho que la luz astral es el gran libro de la adivinación; aquellos que tienen aptitud para leer en ese libro, tienen toda suerte de ventajas a su favor. Hay, pues, dos clases de videntes: los instintivos y los iniciados. Por esto es por lo que los niños, los ignorantes, los pastores, los mismos idiotas tienen mayores disposiciones para la adivinación natural que los sabios y los pensadores. David, simple pastor, era profeta, como lo fué después Salomón, el rey de los cabalistas y de los magos. Las percepciones del instinto son con frecuencia tan seguras, como las de la ciencia; los menos clarividentes en luz astral son aquellos que más razonan.

El sonambulismo es un estado de puro instinto; así, los sonámbulos tienen necesidad de ser dirigidos por un vidente de la ciencia; los excépticos y los razonadores no pueden hacer otra cosa que desviarlos.

La visión adivinatriz, no se opera más que en estado de éxtasis, y para llegar a ese estado es preciso hacer imposibles la ilusión y la duda, encadenando o durmiendo el pensamiento.

Los instrumentos de adivinación no son, pues, otros que los medios de magnetizarse a sí mismos y de distraerse de la luz exterior, para estar atentos únicamente a la luz interna. Es por esto por lo que Apolonio se envolvía por completo en un manto de lana, y fijaba, en la obscuridad, sus miradas sobre su ombligo. El espejo mágico de du Potet, es un medio análogo al de Apolonio. La hidromancia y la visión en la uña del pulgar, bien igualada y ennegrecida, es una variedad del espejo mágico. Los perfumes y las evocaciones aletargan el pensamiento; el agua o el color negro absorben los rayos visuales; prodúcese entonces un desvanecimiento, un vértigo que va seguido de lucidez en los sujetos que tienen para esto una aptitud natural y que están convenientemente predispuestos.

La cartomancia y la geomancia son otros medios para llegar a los mismos fines; las combinaciones de símbolos y de nombres, siendo a la vez fortuitos y necesarios, dan una imagen bastante verdadera de las probabilidades que ofrece el destino, para que la imaginación pueda ver las realidades a través de los símbolos. Cuanto más excitado está el interés, más grande es el deseo de ver y mayor la confianza en la intuición, y también más clara la visión. Arrojar al azar los puntos de geomancia, o echar las cartas a la ligera, es jugar, como los niños, a quien saca la carta más bonita. Las cartas no son oráculos más que cuando están magnetizadas por la inteligencia y dirigidas por la fe.

De todos los oráculos el Tarot es el más sorprendente por sus respuestas, porque todas las combinaciones posibles de esta clave universal de la Cábala, dan por soluciones oráculos de ciencia y de verdad. El Tarot era el libro único de los antiguos magos; es la Biblia primitiva, como lo probaremos en el capítulo siguiente, y los antiguos le consultaban como los primeros cristianos consultaron más tarde la *Suerte de los Santos,* es decir, versículos de la Biblia, sacados al azar y determinados por el pensamiento de un número.

La señorita Lenormand, la más célebre de nuestras modernas adivinadoras, ignoraba la ciencia del Tarot, o apenas la conocía por Eteilla, cuyas explicaciones son sombras arrojadas sobre la luz. No sabía nada, ni de alta magia, ni de cábala, y tenía la cabeza repleta de una erudición mal digerida; pero era intuitiva por instinto y éste la engañaba raramente. Las obras que nos ha legado son un galimatías legitimista, esmaltado por citas clásicas; pero sus oráculos, inspirados por la presencia y por el magnetismo de los consultantes, ofrecían con frecuencia motivos de sorpresa. Era una mujer en quien el humorismo de la imaginación y la divagación del espíritu, substituyeron siempre a las afecciones naturales de su sexo. Vivió y murió virgen, como las antiguas druidesas de la isla de Sayne. Si la naturaleza la hubiera dotado de alguna belleza, habría desempeñado fácilmente, en épocas remotas con los galos, el papel de una Melusina o de una Velleda.

Cuanto mayores son las ceremonias que se emplean en el arte de la adivinación, tanto más se excita la imaginación de los consultantes y la del operador. El conjuro de los cuatro, la oración de Salomón, la espada mágica para apartar los fantasmas, pueden ser empleados con éxito; debe evocarse también el genio del día y de la hora en que se opera y ofrecerle su perfume especial; después se coloca en relación magnética e intuitiva con la persona que consulta, preguntándola qué animal le es simpático y cuál otro le es antipático; qué flor le gusta y qué color prefiere. Las flores, los colores y los animales, se refieren en clasificación analógica a los siete genios de la cábala. Aquellos que gustan del azul, son idealistas y soñadores; los que prefieren el rojo, materialistas y coléricos; los que aman el amarillo, fantásticos y caprichosos; los que ponen su complacencia en el color verde, tienen frecuentemente un carácter mercantil o astuto; los amigos del negro están influenciados por Saturno; el rosa, el color de Venus, etc. Aquellos que gustan del caballo son laboriosos, nobles de carácter y, por consiguiente, flexibles y dóciles; los amigos del perro son amantes y fieles; los del gato son independientes y libertinos. Las personas francas tienen miedo de las arañas; a las almas bravas les es antipática la serpiente; las personas probas y delicadas, no pueden sufrir las ratas ni los ratones; los voluptuosos tienen horror al sapo, porque es frío, solitario, triste y repugnante. Las flores producen simpatías análogas a las de los animales y de los colores, y como la magia es la ciencia de las analogías universales, un solo gusto, una sola disposición de una persona hace adivinar todos los demás. Esta es una aplicación a los fenómenos de orden moral de la anatomía analógica de Cuvier. La fisonomía del rostro y del cuerpo, las arrugas de la frente, las líneas de la mano suministran igualmente al magista, indicios preciosos. La metoposcopia y la quiromancia han llegado a ser ciencias apartes, cuyas observaciones, amenudo arriesgadas y puramente conjeturales, han sido comparadas, discutidas y después reunidas en un cuerpo de doctrina por Goglenius, Belot, Romphile, Indagine y Taisnier. La obra de este último es la más considerable y la más completa, y reune y comenta las observaciones y las conjeturas de las demás.

Un observador moderno, el caballero D'Arpentingny, ha dado a la quiromancia un nuevo grado de certeza por sus anotaciones acerca de las analogías que realmente existen entre los caracteres de las personas y la forma, sea total, sea detallada, de sus manos (1). Esta nueva ciencia ha sido desarrollada y precisada después, por un artista, que es, al propio tiempo, un literato, lleno de originalidad y de finura. El discípulo excedió al maestro, y se cita ya como un verdadero mago en quiromancia al amable y espiritual Desbarrollés, uno de los viajeros de quienes place rodearse en sus novelas cosmopolitas nuestro gran novelista Alejandro Dumas.

Es preciso también interrogar al consultante acerca de sus habituales sueños. Los sueños son los reflejos de la vida, sea interior, sea exterior. Los filósofos antiguos les prestaban una grande atención; los patriarcas veían en ellos revelaciones ciertas, y la mayoría de las revelaciones religiosas fueron hechas en sueños. Los monstruos del infierno son pesadillas del cristianismo, y como lo advierte espiritualmente el autor de Smarra, nunca el pincel o el buril habrían reproducido semejantes horrores, si no hubieran sido vistos en sueño.

Hay que desconfiar de las personas que generalmente sueñan cosas feas o monstruosas.

El temperamento se manifiesta también por los sueños, y como el temperamento ejerce sobre la vida una influencia continua, es necesario recocerle bien para conjeturar con certeza los destinos de la persona. Los sueños de sangre, de placer y de luz, son indicios de un temperamento sanguíneo; los de agua, fango, lluvia, lágrimas, son el resultado de disposiciones más flemáticas; el fuego nocturno, las tinieblas, los terrores, los fantasmas, pertenecen a los biliosos y a los melancólicos.

Synesius, uno de los más grandes obispos cristianos de los primeros siglos, discípulo de la bella y pura Hypatia, que fué martirizada por fanática depués de haber sido la gloriosa maestra de esa magnífica escuela de Alejandría, de la que el cristianismo debía compartir la herencia; Synesius, poeta lírico, como Pindaro y Calímaco, religioso como Orfeo, cristiano como Spiridión de Tremithonte, ha dejado un tratado de los sueños, que nos ha sido dado a conocer por Cardam. En la actualidad ya nadie se ocupa de esas magníficas investigaciones del espíritu, porque los fanatismos sucesivos han casi forzado al mundo a desesperar del racionalismo científico y religioso. San Pablo quemó a Trimegisto; Omar quemó a los discípulos de Trimegisto y de San Pablo. ¡Oh, perseguidores! ¡Oh, incendiarios! ¿Cuándo habrá terminado vuestra obra de tinieblas y de destrucción?

---

(1) Véase *La Quiromancia* de Gourdon, edición de *La Irradiación.* (N. del T.)

Trithemo, uno de los más eximios magos del período cristiano, abad irreprochable de un monasterio de benedictinos, sabio teólogo y maestro de Cornelio Agrippa, ha dejado entre sus inapreciadas e inapreciables obras, un tratado que se titula: *De septem secundeis, id est intelligentiis sive spiritibus orbes post Deum moventibus.* Es una clave de todas las antiguas y nuevas profecías y ún medio matemático, histórico y fácil de exceder a Isaías y a Jeremías en la previsión de todos los acontecimientos del porvenir. El autor bosqueja a grandes rasgos la filosofía de la historia y divide la existencia de todo el mundo entre los siete genios de la Cábala. Es la mayor y más amplia interpretación que se haya hecho nunca de esos siete ángeles del Apocalipsis, que aparecen sucesivamente con trompetas y copas para repartir el verbo y la realización del verbo en el mundo. El reinado de cada ángel es de 354 años y cuatro meses. El primero es Orifiel, el ángel de Saturno, que ha comenzado su reinado el 13 de marzo del año primero del mundo (porque el mundo, según Trithemo, ha sido creado en 13 de marzo); su reinado ha sido el del salvajismo y la noche primitiva. Después vino el imperio de Anael, el espíritu de Venus, que comenzó el 24 de junio del año del mundo 354; entonces el amor comenzó a ser el preceptor de los hombres; él creó la familia, y la familia condujo a la asociación y a la ciudad primitiva. Los primeros civilizadores fueron los poetas inspirados por el amor; después, la exaltación de la poesía produjo la religión, el fanatismo y la crápula que, más tarde, debían producir el diluvio. Y todo esto duró hasta el año del mundo 708 en el octavo mes, es decir, hasta el 25 de octubre; y entonces comenzó el reinado de Zachariel, el ángel de Júpiter, bajo el cual los hombres comenzaron a conocer y a disputarse la propiedad de los campos y de las habitaciones. Esta fué la época de la fundación de los pueblos y de la circunscripción de los imperios; la civilización y la guerra fueron las consecuencias. Luego se hizo sentir la necesidad del comercio, y fué entonces cuando, en el año del mundo 1063, el 24 de febrero, comienza el reinado de Raphaél, el ángel de Mercurio, el ángel de la ciencia y del verbo, el ángel de la inteligencia y de la industria. Entonces fué cuando se inventaron las letras. El primer idioma fué jeroglífico universal, y el monumento que nos queda de él es el libro de Henoch, de Cadmus, de Thot o de Palamedo, la clavícula cabalística adoptada más tarde por Salomón, el libro místico de los Theraphims del Urim y Thumim, la Génesis primitiva del Sohar y de Guillermo Postel, la rueda mística de Ezequiel, la *rota* de los cabalistas, el *Taro* de los magistas y de los bohemios. Entonces se inventaron también las artes y la navegación fué ensayada por vez primera; las relaciones se extendieron, las necesidades se multiplicaron y pronto llegó, es decir, el 26 de junio del año del mundo 1417, el reinado de Samael, el ángel de Marte, época de la corrupción de todos los hombres y del diluvio universal. Después de un largo desfallecimiento, el mundo se esforzó por renacer bajo el imperio de Gabriel, el ángel de la luna, que comenzó su reinado el 28 de marzo del año del mundo 1771; entonces la familia de Noé se multiplica y repuebla todas las partes de la tierra, después de la confusión de Babel, hasta el reinado de Michael, el ángel del Sol, que comienza el 24 de febrero del año del mundo 2126; y es está época en la que hay que cargar en cuenta el origen de las primeras dominaciones, el imperio de los hijos de Nemrod, el nacimiento de las religiones y de las ciencias sobre la tierra y los primeros conflictos del despotismo y de la libertad. Trithemo prosigue este estudio curiosísimo, a través de las edades y muestra en las mismas épocas la vuelta a las ruinas, luego la civilización renaciente por la poesía y por el amor, los imperios restablecidos por la familia, engrandecidos por el comercio, destruídos por la guerra, reparados por la civilización universal y progresiva, luego absorbidos por otros grandes imperios, que son las síntesis de la historia. El trabajo de Trihtemo, desde este punto de vista, es más universal y más independiente que el de Bossuet y es una clave absoluta de la filosofía de la historia. Sus cálculos rigurosos le conducen hasta el mes de noviembre de 1879, época del reinado de Michael y de la fundación de un nuevo reinado universal. Este reinado había sido preparado por tres siglos y medio de angustias y otros tres siglos y medio de esperanzas; épocas que coinciden precisamente con el XVI, XVII, XVIII y XIX por el crepúsculo lunar y la esperanza; con los XIV, XIII, XII y XI por las pruebas, la ignorancia, las angustias y los azotes de todo género. Vemos, pues, según este cálculo, que en 1879, es decir, dentro de veinticuatro años, se fundará un imperio universal que dará la paz al mundo. Este imperio será político y religioso; dará una solución a todos los problemas agitados de nuestros días y durará 354 años y cuatro meses; después volverá el reinado de Orifiel, es decir, una época de silencio y de noche. Estando el próximo imperio universal bajo el reinado del Sol, pertenecerá a aquel que tenga las llaves del Oriente, que se disputan en el actual momento los príncipes de las cuatro partes del mundo; pero la inteligencia y la acción, son en los reinados superiores, las fuerzas que gobiernan el Sol y la nación que sobre la tierra tiene ahora la iniciativa de la inteligencia y de la vida, tendrá también las llaves del Oriente y fundará el reinado universal. Quizá tenga por esto que sufrir una cruz y un martirio, análogos a los del hombre-Dios; pero muerta o viva, entre las naciones, su espíritu triunfará y todos los pueblos del mundo reconocerán y seguirán dentro de veinticuatro años el estandarte de la Francia, victoriosa siempre o milagrosamente resucitada. Tal es la profecía de Trithemo, confirmada por todas nuestras previsiones y apoyada por todos nuestros votos.

XXII

Llegamos al final de nuestra obra, y es aquí en donde debemos dar la clave universal y decir la última palabra.

La clave universal de las artes mágicas, es la clave de todos los antiguos dogmas religiosos; la clave de la Cábala y de la Biblia, la clavícula de Salomón.

Pues bien, esta clavícula o pequeña clave, que se creía perdida desde hacía siglos, nosotros la hemos hallado, y hemos podido abrir con ella todas las tumbas del antiguo mundo, hacer hablar a los muertos, volver a ver en todo su esplendor los monumentos del pasado, comprender los enigmas de todas las esfinges y penetrar en todos los santuarios.

El uso de esta llave entre los antiguos, no estaba permitido más que solo a los grandes sacerdotes, y no se comunicaba el secreto, ni a lo más selecto de los iniciados. Pues bien, ved aquí lo que era esa llave.

Era un alfabeto jeroglífico y numeral, manifestando por caracteres y por números una serie de ideas universales y absolutas; luego una escala de diez números multiplicados por cuatro símbolos, y unidos juntos por doce figuras representando los doce signos del zodíaco, más cuatro genios, los de los cuatro puntos cardinales.

El cuaternario simbólico, figurado en los misterios de Menfis y de Tebas, por las cuatro formas de la esfinge, el hombre, el águila, el león y el toro, correspondían con los cuatro elementos del mundo antiguo, figurados; el agua, por la copa que tiene el hombre o el acuario; el aire, por el círculo o nimbo que rodea la cabeza del águila celeste; el fuego, por la madera que le alimenta, por el árbol que el calor de la tierra y el del sol hacen fructificar, por el cetro, en fin, de la realeza, de la que el león es el emblema; la tierra, por la glava de Mithra, que inmola todos los años el toro, y hace correr con su sangre, la savia que infla todos los frutos de la tierra.

Pues bien, estos cuatro signos, con todas sus analogías, son la explicación de la palabra única oculta en todos los santuarios, de la palabra que las bacantes parecían adivinar en su embriaguez cuando celebraban las fiestas de Iacchos y se exaltaban hasta el delirio para gritar: ¡Io EVOHÉ!

¿Qué significa, pues, esta palabra misteriosa?

Era el nombre de las cuatro letras primitivas de la lengua madre; la

JOD, símbolo de la cepa de la viña o del cetro paternal de Noé; la He. imagen de la copa de las libaciones, signo de la maternidad divina; la VAU que une a las dos precedentes, y tenía por figura en la India, al grande y misterioso lingam. Tal era, en la palabra divina, el triple signo del ternario; después la letra maternal aparecía una segunda vez, para manifestar la fecundidad de la naturaleza y de la mujer; para formular así el dogma de las analogías universales y progresivas, descendiendo de las causas a los efectos, y ascendiendo de los efectos a las causas. Así la palabra sagrada no se pronunciaba nunca; se separaba y pronunciaba en cuatro sílabas, que son las cuatro palabras sagradas: JOD HÉ VAU HÉ.

El sabio Gaffarel no duda que los *Theraphims* de los hebreos, por medio de los cuales consultaban los oráculos del *Urim* y del *Thumim,* no hayan sido las figuras de los cuatro animales de la Cábala; cuyos símbolos estaban resumidos, como luego veremos, por las esfinges o querubines del Arca. Pero cita a propósito de los *Theraphims* usurpados de Michas, un curioso pasaje de Philon, el Judío, que es toda una revelación sobre el origen antiguo y sacerdotal de nuestros tarots. He aquí cómo se expresa Gaffarel: "Dice (Philon, el Judío) hablando de la historia oculta en el capítulo susodicho de los Jueces, que Michas hizo de oro fino y de plata, tres figuras de otros mozos jóvenes y de otras tantas terneras, de un león, de un águila, de un dragón y de una paloma, de manera que si alguno iba a buscarle para saber algún secreto referente a su mujer, interrógala por medio de la paloma; si referente a sus hijos, por el mozo joven; si por sus riquezas, por el águila; si respecto a la fuerza y por el poder, por el león; si por la fecundidad, por el querube o ternera; si por la longevidad, por el dragón." Esta revelación de Philon—aun cuando Gaffarel no la dé grande importancia—tiene para nosotros mucha. He aquí en efecto, nuestra clave del cuaternario; he aquí las imágenes de los cuatro animales simbólicos, que se encuentran en la vigésima primera clave del Tarot, es decir, en el tercer septenario, repitiendo así tres veces y resumiendo todo el simbolismo que expresan los tres septenarios superspuestos; luego el antagonismo de los colores, manifestado por la paloma y el dragón; el círculo o ROTA, formado por el dragón o serpiente para manifestar la longitud de los días; en fin, la adivinación cabalística del Tarot completo, tal como la practicaron más tarde los egipcios bohemios, cuyos secretos fueron adivinados y encontrados por Eteilla.

Se ve en la Biblia que los grandes sacerdotes consultaban al Señor sobre la tabla de oro del arca santa, entre los querubes o esfinges de cuerpos de toro y alas de águila, y que consultaban con el auxilio de los theraphims, por el urim, por el thumim y por el ephod. El ephod era, como es sabido, un cuadrado mágico de doce números y de doce palabras grabadas sobre piedras preciosas.

La palabra *Theraphims,* en hebreo significa jeroglíficos o signos figurados; el urim y el thumim, era lo alto y lo bajo, el oriente y el occidente, el sí y el no, y esos signos correspondían a las dos columnas del templo, JAKIN y BOHAS. Cuando, pues, el gran sacerdote quería hacer hablar al oráculo, tiraba al azar, los theraphims, o láminas de oro que llevaban las imágenes de las cuatro palabras sagradas y las colocaba tres a tres alrededor del racional o el ephod, entre el urim y el thumim, es decir, entre las dos onix que servían de grapones a las cadenillas del ephod. El onix de la derecha significaba Gedulah o misericordia y magnificencia; y la de la derecha significaba Gedulah o misericordia y magnificencia; y al por ejemplo, el signo del león se encontraba cerca de la piedra en donde estaba grabado el nombre de la tribu de Judá del lado izquierdo, el gran sacerdote leía de este modo el oráculo: La verga del Señor está irritada contra Judá. Si el theraphim representaba el hombre o la copa y se encontraba igualmente a la izquierda, cerca de la piedra de Benjamín, el gran sacerdote leía: La misericordia del Señor está enojada por las ofensas de Benjamín, que le ultraja en su amor. Es por esto por lo que va a verter sobre él la copa de su cólera, etc. Cuando el soberano sacerdote cesó en Israel, cuando todos los oráculos del mundo se callaron en presencia del verbo hecho hombre y hablando por boca del más popular y del más dulce de los sabios; cuando el arca fué perdida, el santuario profanado y el templo destruído, los misterios del ephod y de los theraphims, que no estaban ya trazados sobre oro y piedras preciosas, fueron escritos, o más bien figurados por algunos sabios cabalistas sobre marfil, sobre pergamino, sobre cuero plateado y dorado, y últimamente sobre simples cartas, que siempre fueron sospechosas a la iglesia oficial, como encerrando una clave peligrosa en sus misterios. De aquí proceden esos tarots, cuya antigüedad, revelada al sabio Court de Gebelín, por la misma ciencia de los jeroglíficos y de los números, tanto ejercitó, más tarde, la dudosa perspicacia y la tenaz investigación de Eteilla.

Court de Gebelín, en el volumen 8.º de su *Mundo primitivo,* da el grabado de las veintidós claves y de los cuatro ases del Tarot, y demuestra la perfecta analogía con todos los símbolos de la más remota antigüedad; trata de dar seguidamente la explicación y se desvía, naturalmente, porque toma como punto de partida el tetragrama universal y sagrado, el IO EVOHÉ de las bacantes, el JOD HÉ VAU HÉ del santuario el יהוה.

Etteilla o Alliette, preocupado únicamente de su sistema de adivinación y del provecho material que de él podía sacar; Alliette—repetimos—el antiguo peluquero, que jamás aprendió bien el francés ni la ortografía, pretendió reformar y aun apropiarse también el libro de THOT. Sobre el tarot que hizo grabar, y que ha hecho extremadamente raro se lee en la carta 28 (el ocho de bastos) este ingenuo reclamo: "Etteilla, profesor de álgebra, renovador de la cartomancia y redactor *(sic)* de las modernas *incorrecciones* del antiguo libro de Thot, vive calle de la Oseille, núm. 48, en París." Etteilla hubiera procedido mejor no redactando las incorrecciones de que habla; sus trabajos han hecho caer en la magia vulgar, entre las echadoras de cartas, el antiguo libro descubierto por Court de Gebelín. Quien quiere probar mucho, no prueba nada, dice un axioma lógico; Etteilla suministra un ejemplo más, y sin embargo, sus esfuerzos le habían conducido a cierto conocimiento de la Cábala, como puede verse en algunos raros pasajes de sus ilegibles obras.

Los verdaderos iniciados, contemporáneos de Etteilla, los Rosa-Cruz, por ejemplo, y los Martinistas que estaban en posesión del verdadero Tarot, como lo prueba un libro de San Martín, en que las divisiones son las del Tarot y este pasaje de uno de los enemigos de los Rosa-Cruz: "Pretenden tener un volumen en el cual pueden aprender todo cuanto está en los demás libros que hay o que pueda haber. Ese volumen es su razón, en la cual encuentran el prototipo de todo lo que existe por la facilidad de analizarlo, de hacer abstracciones, de formar una especie de mundo intelectual y de crear todos los seres posibles. Ved las cartas filosóficas, teosóficas, microscómitas, etc. (*Conjuración contra la religión católica y los soberanos* por el autor de *Velo levantado para los curiosos*, París, Crapart, 1792); los verdaderos iniciados—repetimos—que tenían el secreto del Tarot entre sus mayores misterios, se guardaron bien de protestar contra los errores de Eteilla y le dejaron, no *revelarlo,* sino *velar* el arcano de las verdaderas clavículas de Salomón. Tampoco es sin un profundo asombro como hemos encontrado intacta e ignorada aún esa clave de todos los dogmas y de todas las filosofías del antiguo mundo. Digo una clave, y una es verdaderamente, teniendo un círculo de cuatro décadas por anillo, y un tallo a manera de cuerpo, con la escala de los 22 caracteres girando los tres grados del ternario, como lo comprendió Guillermo Postel en su *Llave de las cosas ocultas* desde el comienzo del mundo, clave que indica el nombre oculto y solo conocido de los iniciados.

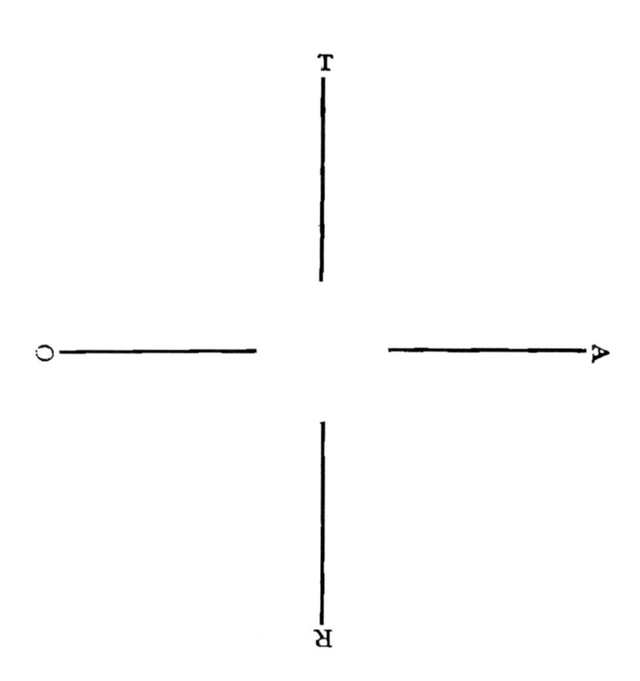

palabra que puede leerse ROTA y que significa la rueda de Ezequiel, o TARO, que entonces es sinónimo del AZOE de los filósofos herméticos. Es una palabra que manifiesta cabalísticamente lo absoluto dogmático y natural; está formada con caracteres del monograma de Cristo, según los griegos y los hebreos.

La R latina, o la P griega, se encuentra en medio, entre el alpha y omega del Apocalipsis; después la Tau sagrada imagen de la cruz, encierra toda la palabra, como lo representamos en esta página de este Ritual.

Sin el Tarot la magia de los antiguos sería un libro cerrado para nosotros y sería imposible penetrar ninguno de los grandes misterios de la Cábala. Solamente el Tarot da la interpretación de los cuadros mágicos de Agrippa y Paracelso, como puede uno convencerse formando esos mismos cuadrados con las claves del Tarot y leyendo los jeroglíficos que se hallarán así reunidos.

He aquí los siete cuadros mágicos de los genios planetarios según Paracelso:

SATURNO

2	9	4
7	5	3
6	1	8

JÚPITER

6	12	12	10
5	10	11	11
9	6	7	12
14	6	4	1

MARTE

14	10	22	22	18
20	12	7	20	2
8	17	19	9	8
12	3	9	5	26
11	23	8	6	11

EL SOL

9	32	1	32	25	19
7	11	27	18	8	3
19	14	16	15	23	24
18	20	22	21	17	13
22	29	10	19	26	12
36	5	35	6	12	13

VENUS

22	47	18	41	0	35	8
25	23	47	17	42	11	26
10	6	14	9	18	36	12
3	31	16	25	43	19	37
38	14	32	31	26	44	20
21	39	8	33	22	27	45
46	15	40	19	34	3	27

MERCURIO

8	52	39	5	24	61	63	11
49	15	14	52	52	12	10	56
41	43	22	14	45	19	18	48
33	34	35	29	20	38	39	25
40	6	27	59	31	30	31	33
17	47	55	28	25	43	42	24
9	51	53	12	13	51	00	16
64	12	15	61	50	6	7	47

LA LUNA

37	70	29	70	21	62	12	14	41
16	28	70	30	71	12	53	14	46
47	20	11	7	31	72	22	35	15
16	48	68	40	81	32	62	24	56
57	17	49	29	7	66	33	65	25
26	58	40	56	31	42	74	34	66
53	27	59	10	51	2	41	75	35
36	68	19	60	11	65	43	44	76
77	28	20	69	61	12	25	60	5

Adicionando cada una de las columnas de estos cuadrados, obtendréis invariablemente el número característico del planeta, y al encontrar la explicación de ese número por los jeroglíficos del Tarot, buscáis el sentido de todas las figuras, sean triangulares, sean cuadradas, sean cruciales, que encontraréis formadas por los números. El resultado de esta operación será un conocimiento completo y profundo de todas las alegorías y de todos los misterios ocultos por los antiguos, bajo el símbolo de cada planeta, o más bien, de cada personificación de las influencias, sean celestes, sean humanas, sobre todos los acontecimientos de la vida.

Hemos dicho que las 22 claves del Tarot son las 22 letras del alfabeto cabalístico primitivo. He aquí un cuadro de las variantes de ese alfabeto, según los diversos cabalistas hebreos.

א *El ser, el espíritu, el hombre o Dios; el objeto comprensible; la unidad madre de los números, la substancia primera.*

Todas estas ideas están expresadas jeroglíficamente por la figura del BATELERO. Su cuerpo y sus brazos forman la letra א; lleva alrededor de la cabeza un nimbo en forma de ∞, símbolo de la vida y del espíritu universal; ante él están las espadas, las copas y los pantáculos y eleva hacia el cielo la varita milagrosa. Tiene una figura juvenil y los cabellos ensortijados, como Apolo o Mercurio; tiene la sonrisa de la seguridad en los labios y la mirada de inteligencia en los ojos.

ב *La casa de Dios y del hombre, el santuario, la ley, la gnosis, la cábala, la iglesia oculta, el binario, la mujer y la madre.*

Jeroglífico del Tarot, LA PAPISA; una mujer coronada con una tiara, mostrando los cuernos de la luna o de Isis; la cabeza está rodeada de un velo; la cruz solar sobre el pecho, y en sus rodillas tiene un libro que oculta con su manto.

El autor protestante de una pretendida historia de La Papisa Juana, ha encontrado y hecho servir, cual bien, cual mal, a sus tesis, dos curiosas y antiguas figuras que ha encontrado de La Papisa o soberana sacerdotisa del Tarot. Estas dos figuras dan a La Papisa todos los atributos de Isis; en una de ellas tiene y acaricia a su hijo Horus; en la otra tiene largos cabellos sueltos; está sentada entre las dos columnas del binario, lleva sobre el pecho un sol de cuatro rayos; coloca una mano sobre el libro y hace con la otra el signo del esotericismo sacerdotal, es decir, que abre solamente tres dedos y mantiene los otros plegados en señal de misterio; por detrás está velada su cabeza, y a cada lado de su asiento hay un mar, sobre el cual se esparcen flores de lotus. Debo, pues, enmendar la plana vigorosamente al desdichado erudito que no ha querido ver en este símbolo antiguo más que un retrato monumental de su pretendida Papisa Juana.

El verbo, el ternario, la plenitud, la fecundidad, la naturaleza, la generación en los tres mundos.

Símbolo, LA EMPERATRIZ: una mujer alada, coronada, sentada y teniendo en el extremo de su cetro el globo del mundo; tiene por signo un águila, imagen del alma y de la vida.

Esta mujer es la Venus Urania de los griegos, y ha sido representada por San Juan en su Apocalipsis, por la mujer revestida del sol, coronada por doce estrellas y teniendo la luna bajo sus pies. Es la quinta esencia mística del ternario; es la espiritualidad; es la inmortalidad; es la reina del cielo.

ד *La puerta o el gobierno entre los orientales, la iniciación, el poder, el tetragrama, el cuaternario, la piedra cúbica o su base.*

Jeroglífico, El Emperador; un soberano cuyo cuerpo representa un triángulo recto, y las piernas una cruz, imagen del Atanor de los filósofos.

ה *Indicación, demostración, enseñanza, ley, simbolismo, filosofía, religión.*

Jeroglífico, El Papa o el gran hierofante. En los Tarots más modernos este signo está reemplazado por la imagen de Júpiter. El gran hierofante, sentado entre las dos columnas de Hermes y de Salomón, hace el signo del esoterismo y se apoya sobre la cruz de tres traviesas, de una forma triangular. Ante él, dos ministros inferiores están de rodillas, de modo que, teniendo encima de él los capiteles de dos columnas y debajo las dos cabezas de los ministros, él es el centro del quinario y representa el divino pentagrama, del que él da el sentido completo. Efectivamente, las columnas son la necesidad o la ley, las cabezas son la libertad o la acción y de cada columna a cada cabeza se puede trazar una línea, y dos líneas de cada columna a cada una de las dos cabezas. Así se obtendrá un cuadrado cortado en cuatro triángulos por una cruz, y en medio de esta cruz estará el gran hierofante, diremos que como la araña en medio de su tela, si esta imagen pudiera convenir a cosas de verdad, de gloria y de luz.

ו *Encadenamiento, gancho, lingam, enlazamiento, unión, estrechamiento, lucha, antagonismo, combinación, equilibrio.*

Jeroglífico, el hombre entre el Vicio y la Virtud. Encima de él irradia el sol de la verdad, y en ese sol el Amor tiende su arco amenazando al Vicio con su flecha. En el orden de los diez sefirotas, este símbolo corresponde a Tiphereth, es decir, al idealismo y a la belleza. El número seis representa el antagonismo de los dos ternarios, es decir, de la negación absoluta y de la absoluta afirmación. Es, pues, el número del trabajo y de la libertad; es por lo que también se refiere a la belleza moral y a la gloria.

ז *Arma, glava, espada reluciente del querube, septenario sagrado, triunfo, realeza, sacerdocio.*

Jeroglífico, un carro cúbico de cuatro columnas, con cortinajes azulados con estrellas. En el carro, entre las cuatro columnas, un triunfador coronado de un círculo, sobre el cual se elevan e irradian tres pentagramas de oro. El triunfador lleva sobre su coraza tres escuadras superpuestas; tiene sobre los hombros el *urim* y el *thumin* del soberano sacrificio, figurados por las dos crecientes de la luna en Gédulah y en Géburah; tiene en la mano un cetro terminado por un globo, un cuadrado y un

El carro de Hermes, Séptima clave del Tarot

triángulo; su actitud es altiva y tranquila. Al carro van enganchados una doble esfinge o dos esfinges, echadas sobre el bajo vientre; cada una de ellas tira de un lado; pero una vuelve la cabeza y ambas miran hacia el mismo lado. La esfinge que vuelve la cabeza es negra, la otra blanca. Sobre el cuadrado que forma la delantera del carro, se ve el lingam indio sobremontado por la esfera volante de los egipcios. Este jeroglífico, del cual ofrecemos el grabado, es el más bello, quizá, y el más completo de todos cuantos componen la clavícula del Tarot.

ח *Balanza, atracción y repulsión, vida, espanto, promesa y amenaza.*

Jeroglífico, La Justicia, con su clava y su balanza.

ט *El bien, el horror del mal, la moralidad, la sabiduría.*

Jeroglífico, un sabio apoyado sobre su bastón y llevando delante de sí una lámpara; se envuelve completamente en su manto. Su inscripción es el EREMITA o el CAPUCHINO, a causa de la capucha de su manto oriental; pero su verdadero nombre es LA PRUDENCIA, completando así las cuatro virtudes cardinales, que han parecido dos parejas a Court de Gebelín y Etteilla.

ז *Principio, manifestación, alabanza, honor-viril, falo, fecundidad viril, cetro paternal.*

Jeroglífico, LA RUEDA DE LA FORTUNA, es decir, la rueda cosmogónica de Ezequiel, con un Hermanubis ascendiente a la derecha, un Typhón descendiente a la izquierda, y una esfinge encima, en equilibrio, teniendo la espada entre sus garras de león. Símbolo admirable, desfigurado por Etteilla quien ha reemplazado a Typhón por un hombre, a Hermanubis por un ratón y a la esfinge por un mono, alegoría bien digna de la cábala de Etteilla.

כ *La mano en el acto de tomar y retener.*

Jeroglífico, LA FUERZA, una mujer coronada del ∞ vital y que cierra tranquilamente, sin esfuerzos, las fauces de un león furioso.

ל *Ejemplo, enseñanza, lección pública.*

Símbolo, un hombre que está colgado por un pie y cuyas manos están atadas a la espalda, de modo que su cuerpo forma un triángulo con la punta hacia abajo y sus piernas una cruz por encima del triángulo. La potencia tiene la forma de una *tau* hebrea; los dos árboles que la sostienen tienen cada uno seis ramas cortadas. Hemos explicado en otra parte este símbolo del sacrificio y de la obra realizada; no volveremos aquí a repetirlo.

מ *El cielo de Júpiter y de Marte; dominación y fuerza; renacimiento, creación y destrucción.*

Jeroglífico, LA MUERTE, que siega cabezas coronadas, en un prado en donde se ven crecer hombres.

נ *El cielo del sol, temperaturas, estaciones, movimiento, cambios de la vida siempre nueva y siempre la misma.*

Jeroglífico, LA TEMPERANCIA. Un ángel que tiene el signo del sol en la frente, y en el pecho el cuadrado y el triángulo del septenario, vierte de una copa en otra las dos esencias que componen el elixir de vida.

ס *El cielo de Mercurio, ciencia oculta, magia, comercio, elocuencia, misterio, fuerza moral.*

Jeroglífico, EL DIABLO, el macho cabrío de Mendes o el Baphomet del templo con todos sus atributos panteistas. Este jeroglífico es el único que Etteilla ha comprendido perfectamente y convenientemente interpretado.

ע *El cielo de la luna, alteraciones, subversiones, cambios, debilidades.*

Jeroglífico, una torre fulminada por el rayo, probablemente la de Babel. Dos personajes, Nemrod, sin duda, y su falso profeta o su ministro, se ven precipitados desde arriba hasta el fondo de las ruinas. Uno de los personajes, al caer, representa perfectamente la letra ע, gnain.

פ *El cielo del Alma, efusiones del pensamiento, influencia moral de la idea sobre las formas, inmortalidad.*

Jeroglífico, la estrella brillante y la juventud eterna. Ya hemos ofrecido en otra parte la descripción de esta figura.

צ *Los elementos, el mundo visible, la luz reflejada, las formas materiales.*

Jeroglífico, la luna, el rocío, un cangrejo en el agua remontando hacia tierra, un perro y un lobo aullando a la luna y detenidos al pie de dos torres; un sendero que se pierde en el horizonte, y que está sembrado de gotas de sangre.

ק *Los mixtos, la cabeza, la cima, el principio del cielo.*

Jeroglífico, un sol radiante y dos niños desnudos se dan la mano en un recinto fortificado. En otros tarots, es una hilandera adivinando los destinos; en otros, también, un niño desnudo monta en un caballo blanco y despliega un estandarte color escarlata.

ר *Lo vegetativo, la virtud generadora de la tierra, la vida eterna.*

Jeroglífico, El Juicio. Un genio toca la trompeta y los muertos salen de sus tumbas; estos muertos que reviven, son un hombre y una mujer y un niño; el ternario de la vida humana.

ש *Lo sensitivo, la carne, la vida material.*

Jeroglífico, El Loco: un hombre vestido de loco, marcha al azar, cargado con una saca que lleva a la espalda y que, sin duda, está llena de sus ridiculeces y de sus vicios; sus ropas en desorden, dejan al descubierto lo que debiera ocultar, y un tigre que le sigue, le muerde sin que él trate de evitarlo o de defenderse.

ת *El microcosmo, el resumen de todo en todo.*

Jeroglífico, el Kether, o la corona cabalística entre los cuatro animales misteriosos; en medio de la corona se ve a la verdad, teniendo en cada mano una varita mágica.

Tales son las 22 claves del Tarot que explican todos los números.

Así, el batelero, o clave de las unidades, explica los cuatro ases con su cuádruple significación progresiva en los tres mundos y en el primer principio. Así, el as de oros o de los círculos, es el alma del mundo; el de espadas, la inteligencia militante; el de copas, la inteligencia amante, y el de bastos, la inteligencia creadora; éstos son, también, los principios del movimiento, del progreso, de la fecundidad y del poder. Cada número, multiplicado por una clave, da otro número que, explicado a su vez por las claves, completa la revelación filosófica y religiosa, contenida en cada signo. Ahora bien, cada una de las 56 cartas puede multiplicarse por las 22 claves, turno por turno; de aquí resulta una serie de combinaciones, ofreciendo los más sorprendentes resultados de revelación y de luz. Es una verdadera máquina filosófica que impide que el espíritu se extravíe, siempre dejándole su iniciativa y su libertad; son las matemáticas aplicadas a lo absoluto; es la alianza de lo positivo con lo ideal; es una lotería de pensamientos rigurosamente justos como los números; es, en fin, quizá lo mejor que el genio humano haya concebido jamás, siendo a la vez, lo más sencillo y lo más grande.

El modo de leer los jeroglíficos del Tarot es disponiéndolos, sea en cuadrado, sea en triángulo colocando los números pares en antagonismo y conciliándolos por medio de los impares. Cuatro signos manifiestan siempre lo absoluto en un orden cualquiera, y se explican por un quinto. Así, la solución de todas las cuestiones mágicas, es la del pentagrama, y todas las autonomías se explican por la armoniosa unidad.

Dispuesto de este modo, el Tarot es un verdadero oráculo y responde a todas las preguntas posibles con mayor claridad e infalibilidad que el Androide de Alberto el Grande; de manera que un prisionero sin libros, podría, en algunos años, si tuviera solamente un Tarot del que supiera servirse, adquirir una ciencia universal y hablaría de todo con una doctrina sin igual y con una elocuencia inagotable. Esta rueda, en efecto, es la verdadera clave del arte oratorio y del gran arte de Raymundo Lulio; es el verdadero secreto de la trasmutación de las tinieblas en luz; es el primero y el más importante de todos los arcanos de la gran obra.

Por medio de esta clave universal del simbolismo, todas las alegorías de la India, de Egipto y de la Judea, se hacen claras; el Apocalipsis de San Juan es un libro cabalístico, cuyo sentido está rigurosamente indicado por las figuras y por los números del *urim,* del *thumin,* de los *theraphims* y del *ephod,* todos resumidos y completados por el Tarot. Los antiguos santuarios no tienen ya misterios, y se comprende, por vez primera, la significación de los objetos del culto de los hebreos. ¿Quién no ve, en efecto, en la tabla de oro, coronada y soportada por querubines, que cubría el arca de la alianza y servía de propiciatoria, los mismos símbolos que en la veintiuna claves del Tarot? El arca era un resumen jeroglífico de todo el dogma cabalístico; contenía el *jod* o el bastón florido de Taron, el *he,* o la copa, el *gomor,* conteniendo el maná, las dos tablas de la ley, símbolo análogo al de la clave de la justicia, y el maná contenido en el *gomor,* cuatro cosas que traducen maravillosamente las letras del tetragrama divino.

Gaffarel ha probado sabiamente que los querubines o querubes del arca tenían la figura de terneras; pero lo que él ha ignorado, es que en lugar de dos había cuatro, dos en cada extremidad, como lo dice expresamente el texto, mal entendido en este paraje por la mayor parte de los comentaristas.

Así, en los versículos 18 y 19 del éxodo, es preciso traducir el texto hebreo de este modo:

"Tú harás dos vacas o esfinges de oro, trabajadas al martillo, de cada lado del oráculo.

"Y tú las colocarás, la una vuelta de un lado, y la otra del otro."

Los querubes o esfinges estaban efectivamente acoplados de a dos de cada lado del arca, y sus cabezas se volvían hacia los cuatro rincones del propiciatorio, al que cubrían con sus alas redondeadas en forma de bóveda, sombreando también la corona de la mesa de oro que sostenían sobre sus espaldas y se miraban el uno al otro, por parejas, al mirar al propiciatorio (véase el grabado).

El arca tenía también tres partes o tres pisos, representando a Aziluth, Jezirah y Briah, los tres mundos de la Cábala; la base del cofre, al cual estaban adaptadas las cuatro argollas de las dos andas, análogas a las columnas del templo JAKIN y BOHAS; el cuerpo del arca, sobre la cual resaltaban en relieve el de las esfinges y la cubierta, sombreada por las alas de las esfinges. La base representaba el reino de la sal, para hablar en el lenguaje de los adeptos de Hermes; el cofre, el reino del mercurio o del ázoe, y la tapa o cobertera, el del azufre o del fuego. Los demás objetos del culto, no eran menos alegóricos; pero sería precisa una obra especial para descubrirlos y explicarlos.

San Martín, en su "Tabla natural de las relaciones que existen entre Dios, el hombre y la naturaleza", ha seguido, como ya hemos dicho, la

El Arca

división del Tarot y da sobre las 22 claves un comentario místico bastante extenso; pero se guarda muy bien de decir de dónde ha tomado el plan de su libro y de revelar los jeroglíficos que comenta. Postel ha tenido la misma discreción, y al nombrar solamente el Tarot en la figura de su clave de los arcanos, le designa en el resto del libro bajo el nombre de *Génesis de Henoch*. Este personaje, autor del primer libro, es, en efecto, idéntico al de Thot entre los egipcios, Cadmus entre los fenicios y Palamedo entre los griegos.

Hemos encontrado, de una manera bastante extraordinaria, una medalla del siglo XVI, que es una clave del Tarot. Nosotros no sabríamos decir que esta medalla, y el lugar en donde hubimos de hallarla, nos había sido exhibida en sueños por el divino Paracelso; sea lo que fuere, la medalla está en poder nuestro. Representa, de un lado el batelero, en traje alemán del siglo XVI, teniendo en una mano su cinturón y en la otra el pentagrama; tiene ante sí, sobre la mesa, entre un libro abierto y una bolsa cerrada, diez dineros o talismanes, dispuestos en dos líneas de tres cada uno y en un cuadrado de cuatro; las patas de la mesa forman dos ה y los del batelero dos ך invertidos de esta manera ⅃ ך. El reverso de la medalla cotiene las letras del alfabeto, dispuestas en cuadrado mágico de este modo:

A B C D E
F G H I K
L N M O P
Q R S T V
X V Z N

Puede advertirse que este alfabeto no tiene más que 22 letras, puesto que la V y la N están dos veces repetidas, y que está compuesto por cuatro quinarios y un cuaternario por clave y por base. Las cuatro letras finales son dos combinaciones del binario y del ternario, leídas cabalísticamente forman la palabra AZOE, dando a las configuraciones de las letras su valor en hebreo primitivo y tomando N por א, Z por lo que ella es en latín, V por la *van* ו hebrea que se pronuncia O entre dos vocales o letras que tienen de ella el valor y la X por la *tau* primitiva que tenía exactamente esa figura. Todo el Tarot está, pues, explicado en esta maravillosa medalla, digna, en efecto, de Paracelso, y que nosotros ponemos a disposición de los curiosos. Las letras dispuestas por cuatro veces cinco, tienen por suma la palabra תו Z א, análoga a las de יהוה, de INRI, y conteniendo todos los misterios de la Cábala.

Teniendo el Tarot tan alta importancia científica, es de desear que no se le alterase más. Hemos recorrido en la Biblioteca imperial, la colección de antiguos Tarots, siendo en ella en donde hemos recogido todos los jeroglíficos, de los cuales ofrecemos la descripción. Resta un trabajo importante por realizar: es el de hacer grabar y publicar un

Tarot rigurosamente completo y cuidadosamente ejecutado. Quizás lo emprendamos muy pronto.

Se encuentran vestigios del Tarot en todos los pueblos del mundo. El Tarot italiano es, como lo hemos dicho, el mejor conservado y el más fiel; pero se podría perfeccionarle aún, con preciosos datos tomados a los juegos de naipes españoles; el dos de copas, por ejemplo, en los *Naibi*, es completamente egipcio, y en ellos se ven dos vasos antiguos en que los *ibis* forman las asas, superpuestas por encima de una vaca; se encuentra en las mismas cartas un licornio en medio del cuatro de oros; el tres de copas representa la figura de Isis saliendo de un vaso, en tanto que de los otros dos vasos salen dos ibis, llevando el uno una corona para la diosa, y el otro, al parecer, ofreciéndola una flor del lotus. Los cuatro ases, llevan la serpiente hierática y sagrada y, en algunos juegos, en medio del cuatro de oros, en vez de la licornia simbólica, se encuentra el doble triángulo de Salomón.

Los Tarots alemanes están más alterados y no se encuentra en ellos más que apenas los nombres de las claves, estando muy recargados de figuras bizarras y pantagruelicas. Hemos tenido en la mano un Tarot chino y se encuentran en la Biblioteca imperial algunas muestras de un juego semejante. M. Boiteau, en su notable obra sobre las cartas de juego, ha publicado ejemplares muy bien hechos. El Tarot chino conserva todavía muchos emblemas primitivos; se distinguen muy bien los oros y las espadas, pero sería más difícil encontrar las copas y los bastos.

En las épocas de las herejías gnósticas maniqueas, fué cuando el Tarot debió perderse para la iglesia, y es en la misma época cuando el sentido del divino Apocalipsis se ha, igualmente, perdido para ella. No ha comprendido que los siete sellos de este libro cabalístico son otros tantos pantáculos, de los que publicamos el grabado, y que se explican por las analogías de los números, de los caracteres y de las figuras del Tarot. Así, la tradición universal de la religión única, se vió un instante interrumpida; las tinieblas de la duda se esparcieron por toda la tierra y ha parecido a la ignorancia, que el verdadero catolicismo, la revelación universal, había desaparecido. La explicación del libro de San Juan, por los caracteres de la Cábala, será, pues, toda una revelación nueva, que han presentido ya muchos magistas distinguidos. He aquí cómo se expresa uno de ellos, M. Agustín Chaho:

"El poema del Apocalipsis supone en el joven evangelista un sistema completo y tradiciones desarrolladas por él sólo.

"Está escrito en forma de visión, y encierra en un cuadro desvanecedor de poesía, toda la erudición, todo el pensamiento del africano civilizador.

"Bardo inspirado, el autor recorre una serie de hechos dominantes; traza, a grandes rasgos, la historia de la sociedad, de un cataclismo a otro y aun más allá.

"Las verdades que revela son profecías procedentes de arriba y de lejos, de las que se hace sonoro eco.

"Es la voz que grita, la voz que canta las armonías del desierto y prepara el camino de la luz.

"Su palabra resuena con imperio y ordena a la fe, porque viene para aportar a los bárbaros los oráculos de IAO y desvelar a la admiración de las futuras civilizaciones el primer nacido de los soles.

"La teoría de los cuatro ángeles se encuentra en el Apocalipsis, como en los libros de Zoroastro y en la Biblia.

"El restablecimiento gradual de las federaciones primitivas y del reinado de Dios en los pueblos franqueados del yugo de los tiranos y del bando del terror, está claramente profetizada para el final de la cuarta edad y la renovación del cataclismo demostrada, en principio a lo lejos, en la consumación de los tiempos.

"La descripción del cataclismo y de su duración; el mundo nuevo, desprendido de la onda y aparecido bajo el cielo con todos sus encantos; la gran serpiente, amarrada por un ángel en el fondo del abismo por un tiempo; la aurora, en fin, de ese tiempo que vendrá, profetizada por un verbo, que se aparece al apóstol desde el comienzo de su poema.

"Su cabeza y sus cabellos eran blancos, sus ojos chispeantes, sus pies se parecían al fino estaño cuando sale del horno y su voz igualaba el ruido de las grandes aguas.

"Tenía en su diestra mano, siete estrellas, y de su boca salía una glava de dos filos, muy bien afilada. Su rostro era tan brillante como el sol en toda su fuerza."

"He aquí a Ormud, Osiris, Chur, el Cordero, el Cristo, el anciano de los días, el hombre del tiempo y del río contado por Daniel.

"El es el primero y el último, aquel que ha sido y que debe ser, el alfa y la omega, el comienzo y el fin.

"Tiene en su mano la llave de los misterios; abre el gran abismo del fuego central en donde reposa la muerte, bajo un pabellón de tinieblas, en donde duerme la gran serpiente esperando el despertar de los siglos."

El autor aproxima esta alegoría de San Juan a la de Daniel, en la que las cuatro formas de la esfinge están aplicadas a los grandes períodos de la historia, y en donde el hombre-sol, el verbo-luz, consuela e instruye al vidente.

"El profeta Daniel, ve un mar agitado en sentido contrario por los cuatro vientos del cielo.

"Y bestias muy diferentes unas de otras, salieron de las profundidades del Océano.

"De allí salieron cuatro.

"La primera bestia, símbolo de la raza solar de los videntes vino del lado del Africa; se parecía a un león y llevaba alas de águila; le fué dado un corazón de hombre.

"La segunda bestia, emblema de los conquistadores del Norte, que reinaron por el hierro durante la segunda edad, era parecida a un oso.

"Tenía en las fauces tres hileras de dientes agudos, imagen de las tres grandes familias conquistadoras, y se le dijo: Levantáos y alimentáos de carnaza.

"Después de la aparición de la cuarta bestia, se elevaron tronos, y el anciano de los días, el Cristo de los videntes, el cordero de la primera edad, se mostró sentada.

"Su vestido era de una blancura deslumbrante; su cabeza lanzaba rayos de luz; su trono, de donde chisporroteaban llamas vivas, era llevado por ruedas ardientes; una llama de fuego muy viva salía de su rostro y miriadas de ángeles o estrellas brillaban a su alrededor.

"El juicio se verificó; los libros alegóricos fueron abiertos.

"El Cristo nuevo vino en una nube llena de relámpagos y se detuvo ante el anciano de los días; obtuvo en reparto el poder, el honor y el reinado sobre todos los pueblos, todas las tribus y todos los idiomas.

"Daniel se aproximó entonces a uno de los que estaban presentes y le preguntó la verdad de las cosas.

"Y él le respondió que los cuatro animales eran cuatro potencias que reinarían sucesivamente sobre la tierra."

M. Chaho explica seguidamente muchas imágenes cuyas analogías son asombrosas y que se hallan en casi todos los libros sagrados. Sus palabras son muy notables.

Clave Apocalíptica

"En todo verbo primitivo, el paralelismo de las relaciones físicas y de las relaciones morales, se establece sobre los mismos radicales.

"Cada palabra lleva consigo su definición material y sensible y ese lenguaje viviente es también perfecto y verdadero cuanto más sencillo y natural es el hombre creador.

"Que el vidente manifieste con la misma palabra, ligeramente modificada, el sol, el día, la luz, la verdad, y que aplicando un mismo epíteto al blanco sol y a un cordero, se dice *cordero* o *Cristo,* en vez de *sol* y *sol* en lugar de *verdad, luz, civilización,* no habrá alegoría, sino relaciones de verdad, tomadas y manifestadas con inspiración.

"Pero cuando los hijos de la noche dicen en su dialecto incoherente y bárbaro, *sol, día, luz, verdad, cordero,* la relación sabia, tan claramente manifestada por el verbo primitivo, se borra y desaparece y por la simple traducción el cordero y el sol se convierten en seres alegóricos, en símbolos.

"Advertid, en efecto, que la palabra *alegoría* significa en definición céltica, *cambio de discurso, traducción.*

"La observación que acabamos de hacer se aplica rigurosamente a todo el lenguaje cosmogónico de los bárbaros.

"Los videntes se servían del mismo radical inspirado para manifestar el *alimento* y la *instrucción.* ¿No es, acaso, la ciencia de la verdad el alimento del alma?

"Así, el rollo de papyrus o de biblos devorado por el profeta Ezequiel; el pequeño libro que el ángel hace comer al autor del *Apocalipsis;* los festines del palacio mágico de Asgard, a los cuales Gangler está convidado por *Har* el sublime; la maravillosa multiplicación de siete panecillos, contada por los evangelistas del Nazareno; el pan viviente que Jesús-Sol, hace comer a sus discípulos, diciéndoles: *Este es mi cuerpo* y otros muchos rasgos semejantes, son una repetición de la misma alegoría; la vida de las almas que se alimentan con la verdad; la verdad que se multiplica, sin disminuir nunca y que, por el contrario, aumenta a medida que uno se alimenta de ella.

"Que exaltado por un noble sentimiento de nacionalidad, desvanecido por la idea de una revolución inmensa, se erija en un revelador de cosas ocultas y que trate de popularizar los descubrimientos de la ciencia antigua entre hombres groseros, ignorantes, desprovistos de las nociones más elementales y más sencillas:

"Que diga, por ejemplo: La tierra gira; la tierra es redonda como un huevo.

"¿Qué puede hacer el bárbaro que escucha sino *creer?* ¿No es evidente que toda proposición de este género se convierte para él en un dogma elevado, en un artículo de *fe?*

"Y el velo de una alegoría sabia, ¿no basta para hacer de ella un *misterio?*

"En las escuelas de videntes, el globo terrestre estaba representado por un huevo de cartón o de madera, pintado, y cuando se preguntaba a los niños: ¿Qué es este huevo? Ellos respondían: Es la tierra.

"Niños grandes, los bárbaros que habían oído esto, repitieron con los hijos de los videntes: El mundo es un huevo.

"Pero ellos comprendían por esto el mundo físico, material, y los videntes el mundo geográfico, ideal, el mundo imagen, creado por el espíritu y el verbo.

"En efecto, los sacerdotes de Egipto representaban al espíritu, la inteligencia, a Kueph, con un huevo colocado sobre los labios, para mejor manifestar que el huevo no era más que una comparación, una imagen, un modo de hablar.

"Choumounton, el filósofo del Ezour-Veda, explica de la misma manera el fanático Biache, lo que hay que entender por el huevo de oro de Brama."

No hay que desesperar completamente de que llegue una época en que todavía se ocupen de investigaciones sabias y razonables; así, pues, es con un gran consuelo, con una gran satisfacción, como acabamos de citar las páginas de M. Chao. No es esta, no, la crítica negativa y desesperante de Volney y de Dupuis. Es una tendencia a una sola fe, a un solo culto que debe unir todo el pasado con todo el porvenir; es la rehabilitación de todos los grandes hombres, falsamente acusados de idolatría y de superstición; es, en fin, la justificación del mismo Dios, ese sol de las inteligencias, que no está jamás velado para las almas rectas y para los corazones puros.

"Es grande el vidente, el iniciado, el elegido de la naturaleza y de la suprema razón—exclama una vez más el autor que acabamos de citar.

"A él sólo le pertenece esa facultad de imitación que es el principio de su perfeccionamiento y en el cual las inspiraciones, rápidas como el relámpago, dirigen sus creaciones y sus descubrimientos.

"A él sólo le pertenece un Verbo perfecto de conveniencia, de propiedad, de flexibilidad, de riqueza, creado por reacción física, armonía del pensamiento; del pensamiento, cuyas palpitaciones, todavía independientes del lenguaje, reflejan siempre la naturaleza, exactamente reproducida en sus impresiones, bien juzgada, bien manifestada en sus relaciones.

"A él sólo le pertenece la luz, la ciencia, la verdad, porque la imaginación, limitada a su papel pasivo secundario, no domina nunca la razón, la lógica natural que resulta de la comparación de las ideas; que estas nacen, se multiplican, se extienden en la misma proporción que sus necesidades y que el círculo de sus conocimientos se ensanche también por grados, sin mezcla de juicios falsos y de errores.

"Para él sólo una luz infinitamente progresiva, porque la multiplicación rápida de la población, según las renovaciones terrestres, combina en pocos siglos la sociedad nueva en todas las relaciones imaginables de su destino, sean morales, sean políticas."

Y nosotros podríamos agregar, luz absoluta.

"El hombre de nuestro tiempo es inmutable en sí; no cambia más que la naturaleza en que está ordenado.

"Las condiciones sociales en que se halla colocado determinan por sí solas el grado de su perfeccionamiento, la santidad del hombre y su felicidad en la ley."

¿Se nos preguntará, aun después de semejantes puntos de vista, que para qué sirven las ciencias ocultas? ¿Tratarán con desdén de misticismo y de iluminismo a estas matemáticas vivas, a estas proporciones de ideas y de formas, a esta revelación permanente de la razón universal, a esta liberación del espíritu, a esta base inquebrantable dada a la fe, a esa omnipotencia revelada a la voluntad? Niños que buscáis prestigios, ¿estáis descorazonados porque sólo os ofrecemos maravillas? Un hombre nos dijo un día: Haced aparecer al diablo y os creeré; nosotros le respondimos: Pedís demasiado poco; nosotros queremos no hacerle aparecer, sino que desaparezca del mundo entero; hacerle desaparecer de nuestros sueños. ¡El diablo es la ignorancia; son las tinieblas, son las incoherencias del pensamiento; es la fealdad! ¡Despertáos, pues, durmientes de la edad media! ¿No véis que ya es de día? ¿No véis cómo la luz de Dios llena ya toda la naturaleza? ¿Quién, pues, osaría a estas fechas mostraros al príncipe caído de los infiernos?

Nos resta ahora ofrecer nuestras conclusiones y determinar el fin y el alcance de esta obra en el orden religioso y en el orden filosófico, así como también en el orden de las realizaciones materiales y positivas.

En el orden religioso, primero hemos demostrado que las prácticas de los cultos no podrían ser indiferentes, que la *magia* de las religiones estriba en sus ritos, que su fuerza moral reside en la jerarquía ternaria y que la jerarquía tiene por base, por principio y por síntesis, la unidad.

Hemos demostrado la unidad y la ortodoxia, universales del dogma, revestido sucesivamente de muchos velos alegóricos, y hemos seguido la verdad salvada por Moisés de las profanaciones de Egipto, conservada en la Cábala de los profetas, emancipada por la escuela cristiana de la servidumbre de los fariseos, atrayendo así todas las aspiraciones poéticas y generosas de las civilizaciones griega y romana, protestando contra un nuevo fariseísmo, más corrompido que el primero, con los grandes santos de la edad media y los audaces pensadores del renacimiento. Hemos demostrado—repito—esa verdad siempre universal, siempre una, siempre viva que sólo concilia la razón y la fe, la ciencia y la sumisión; la verdad del ser, demostrada por el ser mismo, la armonía demostrda por la misma armonía, y la razón manifestada por la propia razón.

Al revelar por primera vez al mundo los misterios de la magia, no hemos querido resucitar prácticas sepultadas bajo las ruinas de antiguas civilizaciones, sino que hemos querido decir a la humanidad actual que ella también está llamada a crearse inmortal y todo poderosa por sus obras.

La libertad no se da sino que se toma, ha dicho un escritor moderno; lo propio sucede con la ciencia, y es por esto por lo que la divulgación de la verdad absoluta no es jamás útil al vulgo. Pero en una época en que el santuario ha sido devastado y sepultado entre ruinas y han arrojado la clave del mismo a través de los campos, sin provecho para nadie, he creído deber recoger esa clave y ofrecérsela a los que sepan tomarla;

porque ese será a su vez, un doctor de las naciones y un libertador del mundo.

Son precisos y lo serán siempre, las fábulas y los andadores para los niños; pero hay que pensar un solo instante en que aquellos que han de manejar los andadores sean tan niños como los que quieren andar y escuchar fábulas.

Que la ciencia más absoluta y la razón más elevada sea el patrimonio de los jefes del pueblo; que el arte sacerdotal y el arte real, vuelvan a empuñar el doble cetro de las antiguas iniciaciones, y el mundo saldrá una vez más del caos.

No quememos las santas imágenes; no demolamos los templos; son necesarias a los hombres tanto aquéllas como éstos; pero arrojemos a los vendedores de la casa en que no debe hacerse otra cosa que orar; no permitamos que los ciegos se conviertan en lazarillos de otros ciegos; reconstituyamos la jerarquía de la ciencia y de la santidad y reconozcamos únicamente aquellos que saben como doctores de aquellos que creen.

Nuestro libro es católico; y si las revelaciones que contiene son de naturaleza que alarmen la conciencia de las personas sencillas, nuestro consuelo consistirá en pensar que no lo leerán. Escribimos para los hombres sin prejuicios y no tratamos de adular ni a la irreligión ni al fanatismo.

Porque ¿qué cosa hay en el mundo que sea más inviolable y libre que la creencia? Es preciso por la ciencia y por la persuasión, desviar de lo absurdo a las imaginaciones descarriadas, pues sería dar a sus errores toda la dignidad y toda la verdad del martirio, amenazándolos o contradiciéndolos.

La fe no es más que una superstición y una locura si no tiene como base a la razón, y no puede suponerse lo que se ignora más que por la analogía con lo que se sabe. Definir lo que no se sabe, es una ignorancia presuntuosa; afirmar positivamente lo que se ignora, es sencillamente mentir.

Así, pues, la fe es una aspiración y un deseo. Así sea; yo deseo que sea así, tal es la última palabra de todas las profesiones de fe. La fe, la esperanza y la caridad, son tres hermanas de tal modo inseparables, que muy bien pudiera confundírselas, o tomar a la una por la otra.

Pues bien, la religión ortodoxia universal y hierática, restauración de los templos en todo su esplendor, restablecimiento de todas las ceremonias, en su pompa primitiva; enseñanza hierática del símbolo, misterios, milagros, leyendas para los niños, luz para los hombres maduros, que se guardarán muy bien de escandalizar a los niños en la sencillez de su creencia. He aquí en religión toda nuestra utopía, y este es también el deseo y la necesidad de la humanidad.

Vengamos a la filosofía.

La nuestra es la del realismo y la del positivismo.

El ser está en razón del ser, cosa que nadie duda. Todo existe para nosotros por la ciencia. Saber, es ser. La ciencia y su objeto se identifican en la vida intelectual de aquel que sabe. Dudar, es ignorar. Pues bien, lo que ignoramos no existe aún para nosotros. Vivir intelectualmente, es aprender.

El ser se desarrolla y se amplía por la ciencia. La primera conquista de la ciencia, es el resultado primero de las ciencias exactas, es el sentimiento de la razón. Las leyes de la naturaleza son algebra pura. Así la única fe razonable es la de la adhesión del estudiante a los teoremas, de los que ignoran toda la exactitud que consigo llevan, pero cuyas aplicaciones y resultados le son suficientemente demostrados. El verdadero filósofo cree en lo que es, y no admite *a posteriori,* más que todo lo que es, y es razonable.

Cuanto más charlatanismo haya en filosofía, mayor será el empirismo y más grande el sistema. ¡El estudio del ser y de sus realidades comparadas! ¡Una metafísica de la naturaleza! Pues ¡atrás el misticismo! Nada de sueños en filosofía; la filosofía no es poesía, sino las matemáticas puras de las realidades, sean físicas, sean morales. Dejemos a la religión la libertad de sus aspiraciones infinitas, pero que ella deje, a su vez, a la ciencia las conclusiones rigurosas del experimentalismo absoluto.

El hombre es hijo de sus obras; es lo que quiere ser; es la imagen de Dios la que él se forma; es la realización de su ideal. Si su ideal carece de base, todo el edificio de su inmortalidad se derrumba. La filosofía no es el ideal, sino es ella la que debe servir de base al ideal. Lo conocido es para nosotros la medida de lo desconocido; lo visible nos hace apreciar lo invisible; las sensaciones son a los pensamientos, lo que los pensamientos a las aspiraciones. La ciencia es una trigonometría celeste; uno de los lados del triángulo absoluto, es la naturaleza sometida a nuestras investigaciones; el otro, es nuestra alma que abraza y refleja la naturaleza; el tercero, es lo absoluto, en el cual se agranda nuestra alma. Nada de ateísmos posibles en adelante, aun cuando no tengamos la pretensión de definir a Dios. Dios es, para nosotros, el más perfecto y el mejor de los seres inteligentes y la jerarquía ascendente de los seres, nos demuestra lo bastante que existe. No pidamos más; pero para comprenderle siempre mejor, perfeccionémonos subiendo hacia él.

¡Nada de idiología! El ser es lo que es y no se perfecciona más que siguiendo las leyes reales del ser. Observemos, no prejuzguemos; ejercitemos nuestras facultades, no las falseemos; ensanchemos el dominio de la vida; veamos la verdad en la verdad! Todo es posible a aquel que quiere solamente lo que es verdadero. Permaneced en la naturaleza, estudiad, sabed y, después, osad; osar querer, ¡osar, obrar y calláos!

Nada de odios contra nadie. Cada cual cosechará lo que siembre. El resultado de las obras es fatal, y es a la razón suprema a la que corresponde juzgar y castigar a los malvados. Aquel que se mete por un callejón sin salida, o tendrá que volver sobre sus pasos o morir. Advertidle dulcemente, por si puede aún oiros; después dejadle que obre; es necesario que la libertad humana siga su curso.

Nosotros no somos jueces unos de otros. La vida es un campo de batalla. No dejemos de combatir, por causa de los que caen en la lucha; pero sí evitemos marchar por encima de ellos. Después viene la victoria y los heridos de ambas partes, convertidos en hermanos por el sufrimiento y por razones de humanidad, se reunirán en las ambulancias de los vencedores.

Tales son las consecuencias del dogma filosófico de Hermes; tal ha sido en todo tiempo, la moral de los verdaderos adeptos; tal es la filosofía de los Rosa-Cruz, herederos de todos los sabios de la antigüedad; tal es la doctrina secreta de las asociaciones a que calificaban de subversivas del orden público, y a las que siempre se les acusó de conspiradoras contra los tronos y los altares.

El verdadero adepto, lejos de turbar el orden público, es su más firme sostén. Respeta demasiado la libertad para desear la anarquía; hijo de la luz, ama la armonía y sabe que las tinieblas producen la confusión. Acepta todo lo que es, y niega únicamente lo que no es. Quiere la religión verdadera, práctica, universal, creyente, palpable, realizada en la vida entera; la quiere con un sabio y poderoso sacerdocio, rodeado de todas las virtudes y todos los prestigios de la fe. Quiere la ortodoxia universal, la catolicidad absoluta, jerárquica, apostólica, sacramental, incontestable e incontestada. Quiere una filosofía experimental, real, matemática, modesta en sus conclusiones, infatigable en sus investigaciones, científica en sus progresos. ¿Quién puede marchar contra nosotros, si Dios y la razón está con nosotros? ¿Qué importa que se nos prejuzgue y se nos calumnie? Nuestra completa justificación está en nuestros pensamientos y en nuestras obras. Nosotros no venimos, como Edipo, a matar a la esfinge del simbolismo; tratamos, por el contrario, de resucitarla. La esfinge no devora más que a los intérpretes ciegos, y aquel que la da muerte, es porque no ha sabido adivinarla; es preciso domarla, encadenarla y obligarla a que nos siga. La esfinge es el *palladium* viviente de la humanidad, es la conquista del rey de Thebas; habría sido la salvación de Edipo, si Edipo hubiera adivinado todo su enigma.

En el orden positivo material, ¿qué hay que concluir de esta obra? ¿La magia es una fuerza que la ciencia puede abandonar al más audaz o al más malvado? ¿Es una farsa y una mentira del más hábil para fascinar al ignorante y al débil? ¿El mercurio filosofal es la explotación de la credulidad por la astucia? Aquellos que nos han comprendido saben ya cómo responder a estas preguntas. La magia no puede ser en nuestros días el arte de las fascinaciones y de los prestigios; no se engaña ahora más que aquellos que quieren ser engañados. Pero la incredulidad estrecha y temeraria del siglo último, recibe diariamente mentís y más mentís, de la propia naturaleza. Vivimos rodeados de profecías y de milagros; la duda negaba todo esto en otros tiempos con temeridad; la ciencia, hoy día, los explica. No, señor conde de Mirville, ¡no le es dable a un espíritu caído turbar el imperio de Dios!; no, las cosas desconocidas no se aplican más que como cosas imposibles; no es dado a seres invisibles engañar, atormentar, seducir y aun matar a las criaturas vivientes de Dios, los hombres, antes tan ignorantes y tan débiles, y a quienes cuesta tanto trabajo defenderse contra sus propias ilusiones. Aquellos que hayan dicho esto en vuestra infancia, os han engañado, señor conde, y si habéis sido bastante niño para escucharlo, sed ahora bastante hombre para no creerlo.

El hombre es, por sí mismo, el creador de su cielo y de su infierno, y en éste no hay otros demonios que nuestras propias locuras. Los espíritus a que la verdad castiga, son corregidos por el castigo, y no piensan en turbar el mundo. Si Satán existe, no puede ser sino el más desdichado, el más ignorante, el más humillado y el más impotente de los seres.

La existencia de un agente universal de la vida, de un fuego viviente, de una luz astral, nos está demostrado por los hechos. El magnetismo nos hace comprender, hoy día, los milagros de la magia antigua; los hechos de segunda vista, las inspiraciones, las curaciones repentinas, instantáneas, la penetración de los pensamientos, son ahora cosas familiares, aun a nuestros hijos.

Pero se había perdido la tradición de los antiguos; se creía en nuevos descubrimientos, se buscaba la última palabra de los fenómenos observados, las cabezas se enardecían ante manifestaciones incomprensibles, o se sufrían fascinaciones sin comprenderlas. Nosotros hemos venido a decir a los que se dedican a hacer mover los trípodes; esos prodigios no son nuevos; aún podéis operar otros mayores, si estudiáis las leyes secretas de la naturaleza. ¿Y qué resultará del nuevo conocimiento de estos poderes?

Un nuevo campo, una nueva vida abierta a la actividad y a la inteligencia del hombre; el combate de la vida organizado de nuevo con armas más perfectas, y la posibilidad, devuelta a las inteligencias selectas, de volver a ser dueños de todos los destinos, dando al mundo del porvenir verdaderos sacerdotes y grandes monarcas.

Eliphas Lévi.

(Alfonso-Luis Constant.)

FIN DEL RITUAL

ÍNDICE DE MATERIAS

DEL SEGUNDO VOLUMEN (RITUAL)

Clasificación y explicación de los grabados que se encuentran en el volumen segundo (RITUAL)

Figura 1.ª Macho cabrío del Sabbat. Baphomet de Mendés. Frontispicio.

Figura panteísta y mágica de lo absoluto. La antorcha colocada entre los dos cuernos representa la inteligencia equilibradora del ternario; la cabeza del macho cabrío, cabeza sintética, que reune algunos rasgos del perro, del toro y del asno, representa la responsabilidad de la materia sola, y la expiación en los cuerpos de los pecados corporales. Las manos son humanas, para demostrar la santidad del trabajo; hacen el signo del esoterismo arriba y abajo, para recomendar el misterio a los iniciados; exhiben también dos medias lunas: la una blanca, que es la de arriba, y negra la otra, que está abajo, para explicar las relaciones del bien y del mal, de la misericordia y de la justicia. La parte inferior del cuerpo está velada, y es la imagen de los misterios de la generación universal, manifestada únicamente por el símbolo del caduceo. El vientre del macho cabrío está lleno de escamas, y debe colorearse de verde; el semicírculo que está encima debe ser azul; las plumas que suben hasta el pecho, deben ser de diversos colores. El macho cabrío presenta senos de mujer, y no lleva por eso de la humanidad, más que los signos de la maternidad y los del trabajo, es decir, los signos redentores; sobre su frente, entre los cuernos, y por debajo de la antorcha, se ve el signo del microcosmo, o el pentagrama con la punta hacia arriba, símbolo de la inteligencia humana que, colocada por debajo de la antorcha, hace de la llama de esa antorcha una imagen de la revelación divina. Este panteo debe tener por asiento un cubo y por escabel sea una sola bola, sea una bola y un escabel triangular. En nuestro grabado le hemos dado únicamente la bola para no complicar demasiado la figura.

Este tridente, figura del ternario, está formado por tres dientes piramidales, superpuestos sobre una *Tau* griega o latina. En uno de los dientes, se ve una *jod* atravesando una media luna, por una parte, y por la otra a una línea transversal, figura que recuerda jeroglíficamente el signo zodiacal de Cáncer. En el diente opuesto hay un signo mixto, que recuerda el de Géminis y el de Leo. Entre las patas o bocas de Cáncer se ve el sol, y cerca de Leo la cruz astronómica. En el diente de en medio está trazada jeroglíficamente la figura de la serpiente celeste, teniendo por cabeza el signo de Júpiter. Del lado de Cáncer se lee la palabra OBITO, vete, retrocede: y por la de Leo se lee IMO, más aún, persiste. En el centro, y cerca de la serpiente simbólica se lee AP DO SEL, palabra compuesta de una abreviatura, de una palabra compuesta cabalista y hebraicamente y, por último, de un vocablo entero y vulgar: AP, que es preciso leer AR, porque son las dos primeras letras griegas de la palabra ARCHÉE; DO, que es preciso leer OD y SEL. Estas son las tres primeras substancias, y los nombres ocultos de Archée y de Od, manifiestan las mismas cosas que el azufre y el mercurio de los filósofos. Sobre el tallo de hierro que debe servir de mango al tridente, se ven tres veces la letra P, PP, jeroglífico faloide y lingámico; después las palabras VLI DOX FATO, que es preciso leer tomando la primera letra por el número del pentagrama en cifra romana y completa de este modo: PENTAGRAMMÁTICA LIBERTATE DOXA FATO, carácter equivalente a las tres letras de Cagliostro L. P. D. libertad, poder y deber. De un lado la libertad absoluta; del otro la necesidad o la fatalidad invencible; en medio LA RAZÓN, absoluto cabalístico que forma el equilibrio universal. Este admirable resumen mágico de Paracelso, puede servir de clave a las obras obscuras del cabalista Wronski, sabio notable que se ha dejado arrastrar más de una vez de su ABSOLUTA RAZÓN por el misticismo de su nación, y por especulaciones pecuniarias indignas de un pensador tan distinguido como él. Nosotros le reconocemos, sin embargo, el honor y la gloria de haber descubierto, antes que nosotros, el secreto del Tridente de Paracelso. Así, pues, Paracelso representa el pasivo por el Cangrejo, el activo por el León, la inteligencia o la razón equilibradora por Júpiter, o el hombre rey dominando a la serpiente, pues equilibra las fuerzas dando al pasivo la fecundación del activo, representada por el sol, y al activo, el espacio y la noche para conquistar e iluminar bajo el símbolo de la cruz. El dice al pasivo: Obedece a la impulsión del activo y marcha con él por el mismo equilibrio de resistencia. Y dice al activo: Resiste a la inmovilidad del obstáculo; persiste y avanza. Después explica esas fuerzas alternas, por el gran ternario central: LIBERTAD, NE-